Le gène de la révolte

Thierry Serfaty

Le gène de la révolte

ROMAN

Albin Michel

« COLLECTION SPÉCIAL SUSPENSE »

À mes parents.
À Olivier, mon frère et mon ami.

« Le progrès est l'injustice que chaque génération commet à l'égard de celle qui la précède. »

CIORAN

I.

TROIS VOIES VERS L'ENFER

1

Il fait déjà nuit. Il sait ce que cela signifie : il déteste la nuit et elle le lui rend bien. Mais il n'y pense pas. Il n'a pas le temps, pas maintenant. Dès qu'il les a vus, il a su qu'il était trop tard.

Tout à l'heure, en sortant de l'école, quand le froid et l'humidité l'ont saisi et qu'il s'est mis à sillonner les rues déjà désertes, l'ombre l'a enserré dans un étau angoissant. La pluie fine lui piquait le visage et brouillait sa vue, ses tempes ont commencé à battre. Bien sûr, Sandra n'était pas là pour l'attendre. Comme tous les soirs. Elle préférait se cacher derrière l'entrepôt du supermarché avec ce type de terminale qui lui touche les seins et la fait crier. Au début, ça ne le dérangeait pas. Il ne faisait pas encore nuit à la sortie des cours. Et puis, il savait où la trouver, Sandra, il aimait même les guetter et se planquer pour l'entendre gémir, l'entendre faire semblant de ne pas vouloir. Elle mentait, Sandra, elle mentait tout le temps. Elle mentait quand elle disait qu'elle rentrait tard à cause de son petit frère qui n'en finissait plus de traîner avec les copains, elle mentait quand le type se frottait contre elle et qu'elle lui disait qu'elle était pas une pute, qu'il pouvait pas faire n'importe quoi avec elle, comme avec ces salopes de terminale. Elle n'était peut-être qu'en troisième, mais à la fin, elle criait quand même, elle criait mieux que les salopes de terminale et ça ne ressemblait pas à de la douleur. Ce soir, il aurait bien aimé qu'elle n'ait pas menti, pour une fois. Qu'elle l'ait attendu pour l'accompagner jusqu'à la maison.

Mais c'est un peu tard, même pour les regrets.

Maintenant, il faut courir, courir plus vite. Sans s'arrêter. Sans se retourner. Trop tard pour feindre de ne pas les avoir vus, feindre de ne rien redouter, trop tard pour marcher d'un pas tranquille, ce serait du suicide. Il voudrait crier, mais il s'économise. De toute manière, le cri est bloqué, un nœud très serré l'étrangle. Et ça ne sert à rien de crier, il le sait. Ça épuise, ça l'essouffle et personne ne l'aidera. Il fait nuit, et il est seul. Il a douze ans, ils sont plus grands, plus âgés, et ils sont plus rapides.

Ce n'est pas la première fois. Dans la cité, c'est tellement fréquent, ça arrive à tellement de gosses que le baptême n'en est jamais un : la première baston avec une bande du quartier pourrait être la dixième, la centième. De ce qu'ils entendent et voient, ils font leur propre expérience. Histoire de se rassurer, de se protéger quand c'est leur tour.

Mais lui, c'est le contraire. Il a tellement peur qu'à chaque épisode il lui semble que c'est la première fois. Et celle-ci sera peut-être la pire. Pourtant il ne les a même pas vus, il n'a pas pris la peine de discerner un visage, un regard. C'est une idée nue, d'autant plus effrayante qu'elle s'impose, qu'elle le submerge et se dessine sans qu'il puisse y changer quoi que ce soit. Il va en baver. Et s'il s'en sort, ce sera dans un sale état. Alors il court comme un fou.

Ils courent, eux aussi. Ils savent, ils ont l'habitude et ils ne perdent pas de temps. Ils ont de bons réflexes, meilleurs que les siens. Ils connaissent mieux que lui les ruelles, les impasses, les voies sans éclairage. Leurs enjambées sont plus longues et leurs pas se rapprochent. Le bruit des chaussures coquées ricoche sur l'asphalte. Il imagine déjà – il *sent* les pointes marteler ses côtes. Il pense à sa mère, à sa sœur encore. Ils vont le rattraper, il faut essayer autre chose. Ses cuisses sont en feu, il accélère, bouche ouverte, pour aspirer tout l'air de la rue, tout, même les odeurs d'essence, même la puanteur des poubelles. *Les poubelles.* Ils les aperçoit au moment où il dérape, à l'angle de la rue. Il se jette derrière les containers en plastique et se plaque contre la paroi. Retenir sa respiration, tenter d'endiguer les bouffées de terreur – ne pas mouiller son pantalon. Ils sont quatre, ils passent sans le voir et s'engouffrent dans la rue.

Il reste pétrifié.

Sur le trottoir opposé, au rez-de-chaussée, une main écarte un rideau. Il se redresse un peu, fait un signe, un geste qui mime un appel téléphonique, en articulant « police ». La vieille le dévisage, ouvre des yeux démesurés. Elle aperçoit les quatre autres et baisse précipitamment le volet. Il se plaque à nouveau contre le container. Trop tard. Ils fondent sur lui comme des loups. Il jette de toutes ses forces son cartable dans les pattes du premier, qui trébuche et s'ouvre l'arcade sourcilière sur le bord du trottoir. Il s'offre quelques fractions de seconde de ce spectacle et se remet à courir.

Il n'est plus très loin. Il a peut-être une chance, il en oublie d'avoir peur, rassemble tout ce qui lui reste de forces, ses muscles lui font mal à crever, mais ce n'est rien à côté de ce qu'il va endurer s'il ralentit. Il plonge la main dans son blouson, déplie la lame de son canif et serre le manche de toutes ses forces. Il aperçoit la tour Agathe. Sa mère est proche, au septième étage. Sandra doit être de retour. Elles sont là, tout près. Comme ce type qui entre dans l'ascenseur et qui va l'attendre. Oui, il va l'attendre, il va bloquer la fermeture.

Il enfonce la porte d'entrée au moment où la cabine se referme.

Il se jette dans la cage d'escalier presque en même temps

que les quatre types. Il est sur son terrain, il peut encore s'en sortir. Il connaît le nombre exact de marches à chaque palier, il n'allume pas la lumière, pour garder l'avantage. Sa voix se dénoue : il hurle en avalant les marches. Les portes s'entrouvrent mais se referment. Il sent le souffle des autres sur sa nuque. Une main agrippe sa ceinture. Son talon part vers l'arrière, incontrôlable ; il entend un clac très sec, et le gars hurle. Lui continue à grimper. Ses jambes tremblent. Quatrième étage. Dans le virage, il a la vision fugace de leurs traits tendus, leurs visages faits d'angles. Ils ressemblent à des fauves. Il lâche la rampe et son bras décrit un mouvement de faucille. La lame entre dans une bouche ouverte et ressort à travers la joue qu'elle tranche jusqu'à la commissure des lèvres. Un râle de douleur se perd dans un gargouillis, le sang gicle sur sa main et son blouson, sur le carrelage sale, les mégots et les déchets. Sixième étage. Quelques marches encore. Une main se referme sur sa cheville, une autre le fait basculer en arrière et rouler jusqu'au palier inférieur.

Deux genoux le plaquent contre le sol et broient sa cage thoracique. Il entend un crissement sec et on lui colle un morceau de scotch sur les lèvres. Le câble électrique lui scie déjà les poignets et les chevilles. Il se débat comme un fou. Pendant qu'on l'entraîne dans les profondeurs de la cage d'escalier, il croise un regard au palier supérieur : Sandra referme doucement la porte.

Ses yeux s'habituent lentement au noir.

Le sol est humide, gluant et glacé. Une odeur de moisi lui donne la nausée. L'un des types arrache le chatterton et un lambeau de peau. Un goût de sang lui envahit la bouche et préfigure l'enfer qui l'attend.

– Tu peux gueuler, maintenant, y a personne pour t'entendre, petit connard.

Celui qui vient de parler s'approche. À la lueur d'une flamme de briquet, le gamin distingue deux traits en guise d'yeux, un millimètre de cheveu au sommet du crâne, et des caillots de sang autour des lèvres. Le type appuie un mouchoir contre sa joue déchirée.

– T'as voulu jouer à quoi, sale nègre ? T'as voulu faire le malin ? Moi aussi je vais t'ouvrir, et je vais pas te louper.

– Ça court bien à douze balais, mon salaud, hein ? C'est comme ça, chez vous, les Blacks. Vous courez vite. Z'avez l'habitude, forcément. On va t'arranger un peu pour ralentir tout ça.

L'un d'eux lui saisit les jambes et les tend. Il glisse un rondin de bois sous les chevilles et donne un coup sec sur les tibias du plat de la chaussure. Une douleur fulgurante irradie depuis les genoux, comme une décharge électrique.

– Vous savez faire que deux choses, vous autres, les Noirs : courir et baiser. Il paraît que vous en avez une grande, et que les filles ça les fait kiffer.

L'autre à l'arcade ouverte se met à ricaner.

– Toi t'es un peu bizarre, non ? C'est quoi, cette peau blanche et ces cheveux blonds ? Elle a fait quoi, ta mère, elle s'est fait tirer par un Blanc, c'est ça ? Faut qu'on regarde si t'as quand même une belle queue. Sinon, on va voir ce qu'on peut faire pour toi.

Il tente d'échapper aux mains qui tirent sur son pantalon. Au moindre mouvement, ses jambes brisées lui arrachent des hurlements de douleur. L'un d'eux découpe le slip d'un coup de couteau. Un jet chaud inonde ses cuisses et son pantalon.

– Le con ! Il pisse de trouille.

– C'est tout ? Et elles font des histoires pour ça, les gonzesses ? Attends, regarde un peu...

Le type au crâne rasé déboutonne son pantalon et écarte les jambes. Le gamin ferme les yeux et la bouche mais deux doigts d'acier appuient avec force sur les mâchoires qui s'ouvrent : l'urine lui coule dans la gorge. Il recrache, crie, s'étrangle. Les quatre paumés éclatent de rire.

– T'as vu ? Moi aussi je pisse de peur.

– Elle est un peu maigre, ta queue. Avec ça, tu dois sûrement pas faire autre chose que pisser. On va la détendre un peu, on va lui donner du jeu.

Il entrouvre les yeux : la lame rougit dans la flamme. Il s'agite, se débat, ne sent même plus ses genoux disloqués.

– Si tu bouges encore, c'est sur les yeux qu'on la pose.

La lame descend. La brûlure lui déchire le scrotum. La peur, l'odeur de peau calcinée et la douleur le font vomir. Par saccades. Il redresse la tête, observe, hagard, la boucherie en cours. Il ne sent même pas la lame qui taillade l'épiderme fin et veiné de la verge. Le sang coule doucement, poisse l'aine, et il sombre dans l'inconscience au moment où la porte est enfoncée dans un fracas infernal.

Vincent se redressa, les membres crispés, tendu comme un arc. Sa respiration était saccadée. Il s'assit au bord du lit. Son corps ruisselait, il avait la bouche pâteuse, son cœur battait à tout rompre.

Il tâtonna et trouva sa montre. Deux heures moins le quart. Il jeta un regard à son côté : ses nuits de cauchemars n'étaient pas agitées, Stella n'avait pas bougé. Il quitta la pièce et sans bruit alla se glisser sous une douche glacée, un long moment.

Nu, il s'approcha de la baie vitrée. Montrouge était plongé dans la nuit, les lampadaires formaient des halos blafards dans le brouillard. Le crachin crépitait sur la verrière et la tôle, les arbres en fin d'automne projetaient leur ombre décharnée sur la cour pavée. Le hangar réhabilité était planté sur une colline. Il surplombait suffisamment les bâtiments alentour pour que la vue soit dégagée. Vincent regarda au loin, vers le sud de Paris. À travers la brume, les tours des cités d'Arcueil ressemblaient à des totems arrogants, des torches agressives, une menace lumineuse sur son corps mouillé. Un appel au combat. Vincent serra les dents, plaqua ses paumes contre la vitre. Ces lueurs tremblantes le narguaient, réveillaient sans cesse les mêmes angoisses d'enfance, le même désir de revanche, le défi permanent. Depuis qu'il avait emménagé avec Stella dans ce loft. Depuis bien plus longtemps encore : depuis qu'il s'était éloigné de ces tours.

– Qu'est-ce que tu fais ?

Vincent tourna la tête. La silhouette de Stella se découpait sur les murs à la lueur crue de la banlieue. Il ne l'avait pas entendue venir. Elle s'approcha et il suivit du regard le serpent qui courait sur son corps. Le reptile se dressait le long de la jambe, se cambrait sur la fesse, faisait une boucle sur le flanc et repartait pour s'enrouler autour de la colonne et finir, gueule béante, sur l'omoplate opposée. Il vivait à chacun de ses mouvements, il ondulait avec la peau de la jeune femme et Vincent sentit un désir chaud monter en lui. Il sourit et noua une serviette autour de sa taille. Elle le vit quitter le séjour et revenir quelques secondes plus tard. Il avait enfilé une paire de jeans et un pull. Il s'assit pour lacer ses chaussures.

Elle s'approcha de lui et posa la main sur son épaule.

– Où vas-tu, Vincent ?

Il se leva et caressa son cou, sa gorge, la naissance de ses seins.

– Retourne te coucher, il est très tôt.

Elle arrêta le mouvement d'un geste sec.

– Fous-moi la paix. J'ai pas envie de dormir, je veux savoir où tu vas, c'est tout.

Il ne répondit pas. Elle lâcha son poignet et s'éloigna vers la baie vitrée. Elle fixa les tours.

– Tu y vas, c'est ça ?

Vincent vérifia le chargeur de son Glock.

– Boulot. On piste un réseau de prostitution.

L'empreinte de son compagnon se trouvait encore sur la vitre. Elle y apposa la sienne. En ombre chinoise, les cheveux courts, le corps droit et musclé, elle était aussi menaçante que la cité.

– J'ai tout fait pour la quitter. Et s'il le fallait, je ferais encore n'importe quoi. Pour laisser ça derrière nous. La cité nous a tués, Vincent. On a mis une éternité à s'en relever. Tu as oublié, pas moi. (Elle lui sourit.) Toi, tu y retournes. Elles t'attirent, ces HLM pourries, ça te manque, la misère, la détresse, tous ces paumés, cette merde qui nous renvoie à la gueule tout ce qu'on était. Tu y retournes, c'est plus fort que toi.

Il l'enlaça par-derrière.

– C'est mon boulot, Stella.

– Ne me prends pas pour une conne. À deux heures du mat, ce n'est pas le boulot qui t'appelle. C'est la crasse qui est encore là-dedans, dit-elle en martelant le crâne de son compagnon. Tu as passé quinze ans à traîner dans une zone infecte, cinq autres dans un internat, comme moi, à te faire redresser le corps et l'esprit pour sauver ce qui pouvait encore être sauvé, et résultat ? Tu es flic mais toujours demi-Black, malade d'avoir un nez épaté, une tignasse blonde et des yeux clairs en même temps, et deux cicatrices sur le sexe. Et tu crois encore qu'en y retournant pour jouer les héros tu vas régler ton problème.

Il lui mordit la lèvre inférieure jusqu'au sang. Elle le repoussa, furieuse.

– Le goût de la chair avant la guerre, dit-il.

Il saisit sa veste et son casque et disparut.

La moto ralentit devant deux bâtiments désaffectés, près des grillages éventrés. Vincent coupa le moteur et plongea dans le silence étouffant de Chanteclair.

La cité hérissait ses blocs de béton le long des trottoirs tagués. Un éclair déchira le ciel chargé et illumina les immeubles. Le premier était à plus d'un kilomètre, pourtant les bruits semblaient proches. Des éclats de voix, un cri, une plainte animale résonnèrent dans la nuit. Seule la musique, une cacophonie agressive, paraissait lointaine.

Vincent cacha la moto derrière une haie de ronces en évitant de marcher sur les tas de cannettes, de bouteilles et de seringues, et poussa le portail avec précaution. Il suivit un chemin boueux pour contourner le plus grand bâtiment ; les anciens hangars à bestiaux, l'abattoir lui-même et les chambres froides. Depuis quelques années, les salles étaient envahies par une végétation sauvage. Les bandes du quartier venaient s'y mesurer, parfois à mort. Les murs bariolés, les fenêtres fracassées et les sols défoncés portaient les stigmates des combats, des armes à feu et des explosifs. La nuit, l'endroit était squatté par les dealers et leurs clients. Des jeunes au sourire vague et aux yeux injectés apparaissaient et disparaissaient comme des zombies dans la pénombre.

La construction avait la forme d'un L, dont le pied, plus préservé, correspondait à la zone « froide ». On y pénétrait par une porte indépendante ou de l'intérieur, après avoir traversé l'abattoir.

Le policier dépassa sans bruit le bâtiment et s'engagea à travers un talus. Il longea un sentier à travers la broussaille squelettique d'automne pour déboucher sur une petite esplanade en béton. Un baraquement rudimentaire s'y élevait. Une sorte de cube préfabriqué. Les volets étaient fermés, il n'y avait pas le moindre signe de vie dans le local administratif des anciens abattoirs.

Il glissa le long du mur de tôle, prit la précaution de se

baisser en passant devant une des fenêtres, et sortit son arme lorsqu'il fut devant la porte. D'une balle, il fit sauter le cadenas rouillé, et retint la chaîne avant qu'elle ne touche le sol. La détonation provoqua l'envol de corbeaux qui assombrirent encore le ciel. Puis plus rien. Vincent, superstitieux, les suivit du regard. Il ouvrit la porte et se glissa à l'intérieur du bâtiment. Dans l'obscurité, il distingua un court instant un rai lumineux au fond du couloir. On venait d'éteindre. Il se plaqua dos au mur, progressa lentement jusqu'au seuil, les deux mains sur la crosse, et fit voler la porte d'une détente de la jambe. Trois écrans vidéo renvoyaient une lumière blafarde dans la pièce vide. Un éclat métallique décrivit un arc de cercle au-dessus de sa tête. Il esquiva de justesse la chaise qui s'abattait sur lui et pointa le Glock sur le front de son agresseur. Au même instant, il sentit le contact froid d'un canon sur sa nuque.

– Écarte les jambes, et lâche ton arme. Vite. Crois-moi, si tu tires, tu n'auras même pas le temps de t'en rendre compte.

Vincent abaissa son arme et se retourna lentement.

– Flieg, tu tirerais pas sur un copain, tout de même ?

Le policier leva les yeux au ciel.

– Vincent, nom de Dieu, qu'est-ce que tu fous ici ?

Le technicien s'affairait depuis quelques minutes sur son matériel de surveillance. Flieg, lui, n'avait pas cessé de râler.

– Tu devrais être au pieu. Tu serais quand même mieux avec ta blonde, non ?

– Elle est auburn, maintenant.

– Je me tape de la couleur de cheveux de ta femme, Karst. Tu sais très bien ce que je veux dire ; tu n'as rien à faire ici.

Vincent scrutait les écrans.

– Arrête, Flieg. On bosse en tandem, c'est *notre* enquête. Tu es là, moi aussi. Point barre.

– Notre enquête... Tu n'en fais qu'à ta tête, oui ! On était convenus d'une chose : toi, tu bosses dans la cité, moi ici. Tu es bien introduit dans le milieu, tu as encore des connaissances, il n'y a que toi pour dealer avec ton indic ! Et tu le fais comme un chef, alors pourquoi tu viens m'emmerder ici ? Tandem, tu parles ! Je suis le seul à pédaler, quand il s'agit de respecter les consignes.

– Ben voilà, ce soir, c'est moi qui pédale. Tu peux rentrer, si tu veux.

Flieg jeta son arme sur le bureau.

– Et merde ! On aurait dû s'en douter ! Ça fonctionnait trop bien, il n'y avait pas de raison pour que ça continue. (Il saisit brutalement Vincent par le col.) Écoute, vieux, on va se mettre d'accord. Ici, c'est mon bout de viande, j'en suis responsable, c'est moi qui fixe les règles. Toi, tu regardes si tu veux, mais tu ne bouges pas. *Tu ne bouges pas*, Vincent, on est bien d'accord ?

Laurent enleva son casque et les interrompit.

– Hé, les gars ! j'ai du mal à les entendre, dit-il en désignant les individus sur l'écran. Vous vous mangerez le nez une autre fois.

– Où sont-ils ?

– Leur « terrain de jeu » est toujours le même : la deuxième chambre froide. Normal : elle est au centre du bâtiment, à l'abri des curieux et des trois merdeux qui peuvent traîner dans le coin la nuit. Les bruits sont étouffés et on n'y accède que par cette porte, là, sur la droite.

– Et ton matériel ?

– On a placé les caméras dans le système de réfrigération, et les micros sont intégrés dans les joints du carrelage mural. Indécelables, pratiquement.

– C'est qui, les autres mecs ?

– Le noyau dur, répondit Flieg. Suis-moi avec la caméra, Laurent, que je présente tout ce beau monde à l'inspecteur Karst. Le rat en retrait, là, en haut à gauche, tu connais. Les autres sont pas mal non plus. Celui-là, au centre, près de la table, c'est le Blême, le frère de ton indic.

Vincent plissa les yeux : la caméra balayait lentement le carrelage blafard. Dans la salle rectangulaire, cinq hommes étaient regroupés autour d'une table – l'unique meuble. Laurent zooma d'abord sur un petit gabarit : une épaule plus haute que l'autre, un visage tanné et ravagé par les séquelles d'une acné encore active. Il reconnut Mehdi. En avant-plan, le Blême, presque obèse, cachait partiellement son frère. À ses côtés, deux gars tentaient de maîtriser une fille hystérique. Vincent serra les poings. Flieg, vigilant, appuya sur un bouton et d'autres écrans s'allumèrent. Les deux hommes y apparurent de face.

– C'est la troisième fois qu'ils viennent. Des mecs du Nord, une autre branche du réseau. Des invités... On favorise les échanges, on peaufine les relations publiques chez ces messieurs. Le grand maigre, avec la gueule cabossée, c'est Fido. L'autre s'appelle Jerry K. et devant, là, celui qui est de dos, c'est Raoul, le plus âgé, un routard. Le responsable du réseau de « recrutement » pour le sud de Paris.

Vincent n'écoutait qu'à moitié. Il se pencha sur le premier écran.

– Qui c'est ?

– Elle ? Une nouvelle. Inconnue au bataillon. Nouvelle recrue, dit Flieg. T'en occupe pas. Je te le répète, Karst, pour l'instant, on peut pas grand-chose pour elles, tu le sais bien. C'est la peau de ces pourris qu'on veut. Et c'est la meilleure chose qu'on puisse faire pour aider ces filles.

Vincent se pencha et pointa une ombre dans un coin de la pièce.

– Fais un focus là-dessus. Ou passe sur une caméra plus proche.

Laurent jeta un coup d'œil à Flieg et s'exécuta. Une nouvelle caméra fit un gros plan sur ce qui ressemblait à un sac, une chose affaissée, inerte. L'image se précisa encore : un visage tuméfié apparut à l'écran. La femme était recroquevillée comme un animal, la tête sur ses genoux, les yeux grands ouverts, perdus.

– Et elle ?

– Mouna, répondit le technicien. Troisième fois qu'elle y passe. Ils la shootent, sans doute. Elle est bientôt prête pour le réseau.

Vincent ouvrit son blouson. Il étouffait. Mouna. Il avait lu d'autres prénoms dans le dossier, jusqu'ici. Laura, Karine, Hafida. C'est Hafida qui avait parlé de tout ça, qui avait osé, il y a deux ans. Laura, Karine, Hafida et les autres. Et maintenant Mouna, la suivante.

– Mais bon Dieu pourquoi elles viennent ? Pourquoi elles acceptent, la première fois ?

– Tu vas pas le croire.

– Je crois tout, ici.

– Amoureuses, mon vieux. Ces mecs lèvent les nanas en boîte, au supermarché, à la laverie, partout. Ils promettent, ils ont de l'argent. Elles sont éblouies. Après c'est l'héro et la détresse. Et la honte. Elles finissent par revenir parce qu'elles savent plus où aller. Mais pour Mouna, c'est autre chose. Elle a fait confiance à ces deux pourris. Elle est venue parce qu'elle les a crus. Mehdi et son frangin. Ces enfoirés sont ses cousins, ses cousins germains. Dans ces milieux-là, la famille, c'est sacré, au-dessus de tout soupçon. Se faire violer par ses propres cousins, ça ne se conçoit même pas. Elle n'y a pas pensé un seul instant, en les suivant.

Sur un des moniteurs, la situation se compliquait. La blonde musclée aux cheveux hirsutes se débattait comme une folle. Elle repoussa la table avec violence. On lisait la rage sur les traits de Raoul, dont le pantalon était ouvert. Les deux autres s'y prenaient comme ils pouvaient pour la maîtriser. La fille mordait, griffait, frappait des pieds et des mains. Ils finirent par la plaquer au sol. Mehdi et son frère reculèrent, visiblement mal à l'aise.

Mouna, elle, semblait dans un autre monde, sourde et aveugle.

Vincent respirait mal. Il pointa du doigt la tête de la blonde. Laurent ne réagit pas.

Il bouscula le technicien et reproduisit les manipulations observées quelques minutes plus tôt. Le visage de la fille apparut plein écran. Un filet de salive et de sang coulait de ses lèvres fendues, alors qu'un genou lui écrasait la tempe pour l'immobiliser contre la pierre. Son regard était chargé de terreur et de haine. Vincent recula, le technicien reprit les commandes.

– Mets le son, dit-il.

– Karst, t'en as assez vu pour ce soir, dit Flieg. Rentre chez toi.

Vincent posa une main sur la crosse de son arme et de l'autre serra l'épaule du jeune homme.

– *Mets le son.*

Laurent obtempéra. Un râle déchira la pièce depuis les haut-parleurs. Raoul venait de pénétrer la fille d'un mouvement brutal du bassin. Mehdi regardait ailleurs, son frère souriait vaguement. L'autre fille s'était affalée sur le sol et gémissait au rythme des insultes étouffées de la blonde. Vincent vérifia le chargeur de son arme et ouvrit la porte. Flieg s'interposa.

– Vincent, fais pas le con. Fais pas le con. C'est insoutenable et nous aussi on en bave. Mais faut un peu de recul, on doit rester froids. Si on résiste, on les aura. Du premier au dernier. Mais si tu fais le malin on foire tout, on aura tout raté.

Vincent regarda une dernière fois les écrans.

– T'as pas vu, Flieg ? T'as quoi à la place des yeux ? T'as déjà tout raté en acceptant de regarder ça.

La porte vola, Flieg la retint en débitant un flot d'injures. Il sortit son arme.

– Laurent, tu effaces tout ce qui va venir.

– Merde, Flieg, qu'est-ce que...

– *Tout.* Je ne veux pas la moindre trace des prochaines minutes, sinon c'est ta fête, d'accord ? Et appelle les copains. On va en avoir besoin.

Vincent traversa le talus et se mit à courir vers l'arrière du bâtiment principal. La première porte était ouverte.

Le dernier orgasme de Raoul eut un goût de sang et de chair vive. La botte avait balayé l'air avec précision et l'œil du violeur explosa comme un fruit mûr. Un des deux types lâcha la fille, sortit son arme et tira à l'aveugle. Raoul tressauta à chaque impact et s'effondra.

Derrière lui, Vincent s'était déjà rétabli, les bras tendus. Il appuya sur la détente et la balle fit un trou d'une précision chirurgicale dans la pomme d'Adam : le type tomba à genoux, les mains agrippées à son cou, dans un bouillonnement de sang. Mehdi, tapi au fond de la salle, reconnut le policier et se plaqua contre le mur.

– Qu'est-ce que tu fous là, le métis ? Fallait pas, putain ! fallait pas.

Une balle vint lui répondre en formant un cratère sur la tempe gauche.

– Enfoiré ! Tu balanceras plus personne.

Jerry K. avait tiré à bout portant. L'indic s'effondra comme un pantin. Son frère se mit à vociférer en se jetant sur l'homme. Jerry tira une nouvelle fois.

– Va le rejoindre, pov' con !

Le projectile traversa toute l'épaisseur de l'Algérien. Une flaque rouge s'étendit dans son dos. Le Blême glissa doucement des bras de son meurtrier.

La dernière balle fut pour Jerry. Flieg venait d'entrer et avait visé le cœur.

Les deux policiers se figèrent un long moment devant ce spectacle d'apocalypse. Les corps gisaient, martyrisés. Il flottait une odeur de feu et de chair, le sang s'éparpillait en une multitude de rigoles. Le silence surtout – un silence de mort – était écrasant. Mouna elle-même avait cessé de gémir. Elle s'était redressée et contemplait le carnage, absente.

Vincent s'approcha enfin de la blonde, inerte dans une mare pourpre. Il palpa la carotide.

– Morte.

Au loin, les sirènes hurlaient déjà.

2

– NOUS NE SOMMES PAS DANS UNE SÉRIE B, inspecteur Karst.

Vincent s'approcha de la fenêtre. Flieg avait raison : il était fait pour le terrain. Il avait en horreur ce temps perdu dans les bureaux de la police. Et il détestait par-dessus tout celui de Picard. On y répétait cent fois les mêmes choses, on voulait y faire de la psychologie fine, bâtir des stratégies de haut vol, on y nourrissait l'ambition d'une grande police. En réalité, on s'y emmerdait prodigieusement. Son regard se perdit au loin, à la recherche d'une tour où l'on mutilait un gosse, d'un loft où l'attendait une femme, d'une route où il roulerait à 200 à l'heure pour oublier ce qu'il venait de voir.

– Dans un feuilleton, le supérieur du flic hurle, Karst. Il est grand, gros, de préférence black, et il est furieux. Il déballe tout, il vomit sa bile, et le flic s'en prend plein la figure. Vous avez de la chance, dit Picard : je ne ressemble en rien à ce chef. Je suis petit, chétif, et j'ai une certaine estime pour vous. Et je n'ai rien à prouver : je suis caucasien. Reconnaissez que vous avez de la chance.

Vincent n'écoutait pas. Il fixait Flieg qui semblait perdu dans la contemplation d'une gravure du XVIIe siècle à l'authenticité improbable. Ce type de quarante ans, dégarni, mal habillé, était donc capable de bouger, de respirer – de vivre, en somme, après ce qu'il avait vécu. Flieg était ce qu'on pouvait appeler un homme gentil. Et un gars sérieux. Dur, à ses débuts. À l'époque où l'on démarre et où il faut s'imposer vis-à-vis des autres policiers avant de faire ses preuves dans une enquête. Puis Flieg s'était adouci. Amolli, même. L'arrivée de Vincent l'avait secoué de sa torpeur professionnelle. Les choses ne s'étaient pas déroulées sans conflit mais dans l'estime mutuelle, au bout du compte. Ce n'était pas de l'amitié ; plutôt de la reconnaissance. Pour l'expérience partagée, pour une dynamique retrouvée. Et une reconnaissance d'identité. L'un était né policier, et à le fréquenter, l'autre l'était redevenu. Flieg lui avait présenté sa famille : Sonia et leurs trois gosses – une adolescente en pleine crise et deux mouflets en bas âge qui braillaient sans cesse – et l'avait invité à partager un épouvantable repas dominical. Gentil et chiant, Flieg. Aujourd'hui, Vincent portait sur lui un autre regard. Flieg était collé depuis des mois à ces écrans qui vomissaient l'horreur et la désolation ; il assistait sans broncher, comme une machine, à l'anéantissement de ces filles, et il pouvait encore, deux heures plus tard, se concentrer sur une reproduction sans intérêt. Un type étonnant, finalement. Ou un type amoral, ou rien de tout cela. Flieg pouvait tout simplement n'être rien. Un être vide de sens. Un flic anesthésié, une épave affective. Rien.

– Je ne vais pas passer l'éponge éternellement.

Picard s'était levé. Il se tenait près de Vincent, et souriait. Comme s'il s'était approché pour lui tenir compagnie : deux amis qui discutent paisiblement, absorbés par le paysage.

– Je devrais vous rappeler que ça fait deux ans que votre collègue se tue à les filmer, les répertorier, les piéger. Deux ans de souffrance.

– Pour qui ? Pour nous ou pour ces filles ?

Picard se rapprocha de la fenêtre. Sa voix se fit encore plus détachée, presque distraite.

– Non, Karst, non. Pas de ça. Pas entre nous. Vous êtes intelligent. Je suis en train de vous expliquer que je ne vous fais pas le speech traditionnel. Alors épargnez-moi le discours du policier plus humain que les autres.

– Vous les avez vues, ces images ?

– Bien sûr. On les a tous vues.

Picard ne souriait plus. Il fixait durement Vincent.

– Qu'est-ce que vous croyez ? Que ça lui a fait plaisir, à votre collègue, d'assister à cette abomination sans pouvoir bouger ?

Il saisit Vincent par le bras et l'entraîna fermement jusqu'à la gravure. Flieg n'avait pas bougé d'un millimètre.

– Vous trouvez qu'il ressemble à un psychopathe ? À un dangereux pervers ?

Vincent se dégagea d'un geste brutal. Son supérieur avait retrouvé son calme.

– Deux ans, Karst, deux ans d'images insoutenables, de filles violées, droguées, qui finissent sur le trottoir parce qu'il ne leur reste plus rien d'autre. On a tous eu envie de les massacrer, de venger ces gamines, mais on s'est retenus pour garder une chance de stopper tout ça. Alors ne vous prenez pas pour un justicier dans un monde de lâches. Vous avez juste été plus faible que les autres. C'est tout.

Picard regagna sa place derrière son bureau. Il semblait joyeux, comme si l'un de ses collègues venait de lui raconter une bonne plaisanterie.

– C'est la deuxième fois, Karst. Pourtant, vous êtes bon. Je le sais. Vous aussi, vous le savez, Flieg, n'est-ce pas ? Et vous, qu'est-ce que vous en pensez, Pauline ?

Pauline n'avait pas prononcé un mot depuis le début de l'entretien. Comme Flieg, elle estimait sa présence déplacée. Ce genre d'affaire se réglait en face-à-face. Elle se sentait le témoin d'une situation malsaine. Pourtant, techniques d'intimidation, méthodes d'approche, rien ne lui était désormais étranger et rien ne l'effrayait. Deux ans en délégation à Austin l'avaient aguerrie – si tant était qu'elle en ait jamais eu besoin. Le Texas et les fédéraux étaient la meilleure école du monde dans le domaine et Pauline la meilleure élève qui soit. Lorsqu'elle avait débarqué aux États-Unis, elle avait aussitôt été baptisée par ses hôtes, comme tous les collègues étrangers qui transitaient par le FBI. On l'avait initialement surnommée Clarisse, en référence à sa nationalité et surtout, à l'héroïne de Thomas Harris dans *Le Silence des agneaux*. Sa détermination froide et ses méthodes impitoyables lui valurent très vite un nouveau pseudonyme emprunté au même univers : Hannibal. Peut-être était-elle un peu violente. Quoiqu'elle ne partageât pas ce point de vue. Elle avait certes fracturé le bras d'un collègue pendant un entraînement de self-défense, mais parce qu'elle ne se laissait pas faire, rien de plus. Les Américains s'étaient trompés. De même qu'elle n'était pas sans scrupule : elle ne laissait aucune place à ses états d'âme, et ses enquêtes avaient révélé un flic rigoureux, point barre. Et dans des limites raisonnables. C'était sa force, à Pauline Verhoover : pas d'erreur. Pas de dérapage. Résultats lisses, impeccables. Et aucune perversion dans son comportement. Surtout vis-à-vis d'un collègue. Exactement l'opposé de la scène pénible à laquelle elle assistait. Elle soupira : en définitive, le lieutenant se montrait aussi pervers et caricatural qu'un flic de série B.

Ce n'était pas la première enquête qu'elle menait avec Karst. La fois précédente, Picard s'était comporté de la même façon : calme, vicieux. Un capitaine new-yorkais vociférant dans les couloirs avait pour lui la transparence et la franchise. Picard, lui, cultivait l'ambiguïté et la manipulation. Elle se souvint de la scène. Picard prit soin de la rappeler.

– Vous aimez bousiller les choses et vous-même, Karst. Il y a deux ans, c'était le réseau STAM. Soixante types minutieusement repérés. Un parcours complexe, un boulot de fourmis. Et vous êtes arrivé. Il a suffi de quoi ? Attendez, que je me souvienne. Ah, oui, le gosse. Le gosse de cinq ans. Shooté au dernier degré par la mère. Pour le calmer. Coma dans vos bras. Ça, c'était trop dur pour vous, hein ? Ces salauds de dealers ! Le reste, le fric pourri, les connexions avec la mafia, des centaines de paumés, des adultes à la dérive rongés par l'héroïne, passe encore, mais une victime de cinq ans, ça... Alors vous y êtes allé. Pouf ! Démantèlement ruiné, une tonne et demie de poudre en fumée. Le réseau éparpillé, un coup de pied dans une fourmilière. Vous auriez dû jouer au foot, Karst.

– Vous avez des gosses ? dit Vincent.

– Là n'est pas la question.

– Si, elle se situe précisément là. Vous n'avez pas de gosse.

– Vous non plus, si mes renseignements sont exacts. Et je vous répète que la question n'est pas là. La police ne recrute pas exclusivement chez les célibataires endurcis. Elle confie à de jeunes femmes flics des enquêtes sur des pauvres filles, aux pères de famille des enquêtes sur des pédophiles, aux anciens toxicos des enquêtes sur la drogue. Et ça se passe bien, figurez-vous. Alors vous, c'est quoi ? Qu'est-ce qui vous est arrivé de si grave, de si particulier par rapport aux autres inspecteurs qui bossent ici, hein, pour que vous fassiez capoter mes enquêtes – *vos* enquêtes ?

– Je me souviens du gosse que j'ai été. J'ai meilleure mémoire que vous, qu'est-ce que vous voulez que j'y fasse ?

Picard se tut. Flieg dévisagea Vincent avec des yeux ronds et Pauline défit puis refit nerveusement sa queue de cheval. Tous deux connaissaient – comme chacun ici – le passé de leur supérieur. Vie coquette en banlieue jusqu'au jour où le petit Daniel Picard avait surpris deux cambrioleurs au domicile familial. Sa mère s'était précipitée vers lui, les types avaient paniqué, le coup de couteau était parti. À huit ans, le gamin s'était retrouvé orphelin de mère avec un père reporter qui disparaissait trois mois plus tard dans la jungle en couvrant une énième guérilla sud-américaine. Passage en foyers, recueilli par une tante lointaine du bout des doigts, ça ressemblait sacrément à une histoire triste pour les gosses ; en tout cas, on pouvait difficilement prétendre que le passé de Picard fût de ceux qu'on oubliait facilement. Vincent avait eu le mot suicidaire. L'orage menaçait, Flieg tenta de s'éclipser.

– Restez.

Picard avait fait pivoter son siège, le dos vers ses collaborateurs. Il se mit à rire.

– Alors c'est ça. Deux incisions sur la verge et deux tibias cassés il y a une vingtaine d'années. Tout simplement. J'aurais espéré autre chose. Quelque chose de plus fort, de plus noble, de plus élevé. Moins personnel, vous voyez. Je suis très déçu, Karst, dit-il en se retournant. Bien. Rentrez chez vous et ne touchez à rien d'autre qu'à vos petits souvenirs douloureux. Vous n'êtes plus sur le coup. D'ailleurs, je me demande bien qui peut encore l'être, après votre acte de bravoure.

– La suite des événements ?

– Il va bien sûr y avoir une enquête sur votre nettoyage. Les familles vont porter plainte, comme d'habitude.

– Porter plainte ? Contre qui ? Contre moi ? !

– Pourris ou pas, leurs mari, frère ou je ne sais quelle merde de chez eux se sont fait trucider par vous. Certains n'étaient pas armés. Ça va être notre fête et la presse sera là pour faire l'écho. Ne faites pas semblant de débarquer.

Picard se leva. L'entretien était terminé. Il avait à nouveau accroché son sourire aux lèvres.

– Vous attendez qu'on vous fasse signe. Faites-vous petit,

Karst, tout petit. Jusqu'à la fin de l'enquête, au moins. Bonnes vacances.

Vincent déposa délicatement son insigne sur le bureau.

– Vous voyez, moi non plus je ne la joue pas série B. Je ne vous le jette pas à la figure.

Il sortit et dévala l'escalier.

– Vincent !

Il se retourna. Flieg était en haut des marches, l'insigne à la main.

– Fais pas le con, reprends cette plaque.

– J'en veux plus.

– Karst !

Flieg le rejoignit prestement au palier inférieur.

– C'est toi qui as raison, dit-il sans le regarder. On aurait tous dû faire la même chose. Moi le premier. J'ai vu pendant des mois sans voir. Tu comprends ? Tout à l'heure, je vais rentrer, et ma fille sera là. Elle a dix-huit ans. Selma aura dix-huit ans dans huit jours. D'ailleurs, on fera une petite fête. Ce serait sympa si tu venais.

– Merci.

– Je ne sais pas comment te dire. Je crois que je n'ai jamais compris ce que ça représentait de rentrer et de la retrouver intacte, heureuse. Aujourd'hui, oui. À cause de toi. Ou grâce à toi.

– J'en veux pas, de gosse, Flieg. Picard n'a rien compris. Je ne veux justement pas avoir besoin d'être père pour être humain.

– Arrête. Il n'a pas totalement tort. Tu n'as pas besoin d'avoir des gosses pour ressentir la haine ou le désespoir, mais tu peux en avoir et savoir te contrôler. Prendre du recul, te contrôler : ça veut dire quelque chose pour toi ?

Une femme en larmes passa devant eux. Un homme la soutenait, abattu. Les deux policiers s'écartèrent.

– Bon, je ne te demande pas de faire des mômes, je veux juste que tu reprennes cette plaque, c'est tout.

Il lui lança l'insigne. Vincent l'attrapa à la volée.

– On a besoin de types comme toi. Voilà, t'es content ou tu veux que je t'embrasse ? (Flieg remonta quelques marches.) Dis, cette affaire de sexe en lamelles, c'est un truc pour exciter les filles ?

Vincent s'éloigna en souriant. Il entendit encore :

– Bonnes vacances, Karst !

Vincent enleva l'antivol de sa moto. Il leva la tête. Au premier étage, une fenêtre s'ouvrit. Pauline s'accouda et lui fit un petit signe. Vincent connaissait Pauline. C'était le geste d'amitié et de soutien le plus démonstratif dont la jeune femme fût capable. Il lui sourit, mit son casque et démarra.

Un quart d'heure plus tard, il s'arrêtait devant la porte d'un immeuble recouvert de tags. Des messages anarchistes bombés par des jeunes qui n'y connaissaient rien, des mots qui disaient la haine de tout voisinaient avec des dessins pornographiques ou des déclarations d'amour.

Vincent détourna le regard. La cité s'éveillait à peine. Les premiers partaient. Les gens « normaux ». Ceux qui étaient rentrés chez eux hier soir, qui avaient dîné, regardé la télé et dormi en maugréant contre la racaille de leur rue et d'ailleurs – qu'ils s'entretuent si ça leur fait plaisir, mais qu'ils nous laissent dormir en paix. Les uns s'étaient entretués. Les autres avaient dormi en paix.

Soudain il aperçut une minuscule silhouette emmitouflée.

– Hé, toi, où tu vas ? héla-t-il en s'approchant.

Le gamin ne répondit pas et accéléra le pas. Vincent le rattrapa.

– Qu'est-ce que tu fais dehors si tôt ?

Le gosse s'était arrêté. Il jeta des regards inquiets autour de lui, puis vers Vincent.

Le policier le saisit par le bras.

– Il fait à peine jour. À quoi tu t'amuses, petit ? Tu trouves ça malin de traîner tout seul ici ?

Le petit secoua la tête, terrifié.

– Je vais à l'école. Je vais être en retard, sinon.

Vincent ferma les yeux et inspira profondément. Flieg avait raison. Se contrôler. Oublier, prendre de la distance.

– Où tu vas ? C'est où, ton école ?

– Près du supermarché, y a le bus. Il va partir.

Vincent fit un signe de tête. Le gosse se remit en route, escorté en silence par ce type bizarre. Avant de monter dans le bus, il se retourna, intrigué. Vincent attendit qu'il s'éloigne pour rebrousser chemin.

Il traversa le hall de la tour Agathe. L'ascenseur bringuebala jusqu'au septième étage. Vincent hésita sur le pas de la porte : il n'était pas six heures et demie. Il se décida malgré tout à sonner. Trois coups secs, comme toujours. Sauf que toujours, c'était pas très souvent. Et même trop rare. Vincent s'en voulait chaque fois.

La porte s'ouvrit et une femme mit un terme à ses regrets.

– Vincent ?

Elle était belle. D'une beauté inconnue ici. La peau était noire – vraiment noire, pas comme la sienne. D'un noir magnifique. Les cheveux longs étaient teintés par le temps. Elle devait avoir soixante ans, on lui en donnait dix de moins. Vincent embrassa sa mère.

– Qu'est-ce qui se passe ?

– Il est tôt. Je sais.

– Et moi je sais ce que ça signifie.

– Non, tu ne sais pas. J'entre ? Je n'entre pas ?

Elle sourit et s'écarta.

Vincent la suivit dans la cuisine. Les mêmes objets, les mêmes odeurs. Il chercha instinctivement le bol de Sandra, la chaise dont le pied était cassé depuis vingt ans déjà, son cartable près de la commode en Formica. Pour ce qui était d'oublier et de prendre des distances, on repasserait. Pendant que sa mère s'affairait autour de la machine à café, il se glissa dans le couloir jusqu'à la chambre. Celle qu'il avait partagée avec sa sœur. Là encore, il se surprit en quête de sensations perdues. Il n'en restait pas grand-chose. Juste de quoi alimenter les cauchemars d'une petite semaine, guère plus. Il entrouvrit un placard. Rien n'avait bougé : ses chemises, les jouets, les cahiers. Jaunis. Tout semblait figé, sans passé ni futur. Lui cherchait autre chose, mais quoi ? L'innocence n'avait pas fait long feu, le sentiment de sécurité encore moins. L'insouciance avait duré deux ou trois ans, les prémices de l'enfance, et il n'en restait plus la moindre trace. Vincent continua à fouiller, sans espoir. Impossible d'oublier, donc de cicatriser. Il ne fallait pas chercher l'apaisement dans le passé. La clef n'était pas ici. Sa mère passa la tête par la porte. Ses traits sentaient la naphtaline, eux aussi. Vincent referma le placard.

– Le café est prêt.

– Moi aussi. J'arrive.

Il s'assit, la chaise gémit. Il sourit.

– Tu es venu la réparer ?

– Non. Prendre de tes nouvelles.

– Je vais bien, très bien, même.

Vincent passa en revue la cuisine. Elle devait y préparer des repas amers. Depuis combien de temps n'avait-il pas dîné ici, près d'elle, dans cet intérieur misérable ? Il repoussa sa tasse.

– Il y a eu du grabuge cette nuit, dit-elle d'une voix

calme. La police était là. Sûrement les abattoirs. (Elle se tut un instant.) Tu y étais ?

Vincent ne répondit pas.

– Bien sûr. Tu y étais. Tu es toujours dans ces histoires-là.

– Arrête.

Elle passa la main sur la joue de son fils avec douceur – et une infinie tristesse.

– Je suis venu pour savoir si tu avais besoin de quelque chose, dit-il.

– De quoi ?

– Je ne sais pas, moi, de quelque chose. N'importe quoi.

Elle fixa le jeune homme dans les yeux.

– Vincent, je suis bien ici, dans cette cité. J'y suis bien, *moi*. Depuis des années. Et je sais qu'il ne m'y arrivera rien. (Elle lui sourit.) Mais, je comprends aussi que tu en sois parti. Je le comprends et je l'accepte. Comment va-t-elle ?

Elle ne prononçait jamais le prénom de Stella. Elle ne l'avait plus prononcé depuis qu'elle avait appris qu'ils étaient ensemble, que cette fille agressive, écorchée, cette fille de la rue – de leur rue – vivait avec son fils. Pourtant, Mme Karst ne se contentait pas de comprendre que son fils avait quitté la cité, elle s'en réjouissait. Comme tous les êtres épuisés d'espérer pour eux-mêmes, et qui le font pour leurs enfants. Elle n'était pas *bien* dans cette cité. Ni mal, d'ailleurs. Elle y était, et la question du bien-être ne se posait plus. L'existence à Chanteclair s'était résumée à ce constat. Elle faisait partie de la génération qui se contentait d'y vivre. Sans s'y plaire ou s'en plaindre. Il suffisait seulement d'y rester. C'était presque un confort que cette démission-là.

– Stella va bien. Pas toujours commode. Tu la connais.

– Mal. Mais son homme est policier. Qui serait commode ?

Vincent vida sa tasse.

– J'y vais.

Sa mère le suivit jusqu'au seuil de l'ascenseur.

Au moment où il entrait dans la cabine, elle lança, presque malgré elle :

– Reviens me voir. Juste pour me voir, pour rien d'autre.

Les portes se refermèrent sur une ombre.

Quand Vincent fit démarrer son engin, la pluie s'était remise à tomber.

Il entra sans bruit. Le jour se levait péniblement et projetait les ombres blafardes des canapés sur le sol et les murs.

– On va enfin avoir du temps pour nous, si j'ai bien compris. J'aurais dû t'y envoyer plus tôt.

Elle était assise dans le fauteuil en cuir, face à la baie.

– Qui t'a porté la bonne nouvelle ?

– Flieg a appelé.

– Il ferait mieux de s'occuper de sa petite famille et de sa mauvaise conscience.

Stella vint le rejoindre.

– Il était inquiet. Ça signifie quelque chose pour toi ?

Vincent ne répondit pas. Il frissonnait. Elle ouvrit le blouson trempé.

– Tu comptes rester ici ? Dans l'entrée ? Oh, pourquoi pas.

– Ils me l'ont retirée. Ils m'ont viré de l'enquête, Stella.

Elle posa un doigt sur ses lèvres.

– Plus tard. On en parlera plus tard.

Le pull, le pantalon. Elle le déshabilla comme on déshabille un amant, il se laissa dévêtir comme un enfant. Elle l'enlaça. Son corps était lisse contre sa peau humide, hérissée. Mais il n'était plus un enfant. Il la souleva par la taille, et les deux jambes s'enroulèrent autour de lui comme un anneau de feu. Il l'embrassa dans le cou, sur les lèvres, sa langue caressa ses seins. Le serpent se cambra et resserra son étreinte. Vincent fit un pas et s'allongea sur le tapis. Elle se redressa, la lueur du jour perça enfin et passa sur son visage, ses bras, ses reins. Vincent sentit une bouffée de désir l'envahir. Il saisit Stella par la taille et la coucha sur le cuir froid. Elle se crispa et se referma autour de lui. Elle le guida en elle. Ses bras se tendirent, Vincent les caressa : la peau était si chaude. Elle gémit soudain et replia les jambes.

– Tu as mal ?

– Tais-toi. Continue.

Le ciel s'était à nouveau obscurci. Les deux corps étaient plongés dans la pénombre.

Puis le gémissement de Stella se mua en plainte. Elle s'était contractée, cette fois. Elle respirait plus fort, plus vite.

– Stella, qu'est-ce qu'il y a ?

Elle ne répondit pas. Vincent se souleva sur les avant-bras. Stella était en sueur. Il se retira et elle se mit à bafouiller. Les mots se bousculaient, inaudibles. Sa respiration se fit saccadée, stertoreuse. Elle était brûlante maintenant.

Vincent bondit du canapé et alluma la lumière.

Les jambes de Stella s'étaient empourprées. Ses pieds étaient violacés, dévorés par une éruption de vésicules qui confluaient. La peau se soulevait à vue d'œil, formait des bulles qui crevaient l'une après l'autre pour laisser s'échapper un liquide nauséabond. La jeune femme ne répondait plus. Sa poitrine se soulevait par vagues successives, elle semblait guetter la marée mortelle qui progressait en elle.

Vincent se précipita sur le téléphone et composa le numéro d'urgence. Quand il raccrocha, le phénomène avait atteint le haut des cuisses, et Stella se tordait comme un ver.

L'ambulance s'immobilisa dans la cour. Les deux infirmiers déployèrent le brancard et le médecin se précipita vers la porte.

– C'est au premier étage. Pas d'ascenseur. Grouillez-vous.

Le régulateur du SAMU les avait appelés il y avait un peu moins de sept minutes. Un appel urgent, un type terrifié, sa femme lui claquait entre les doigts. Une femme jeune, la trentaine, sans antécédents particuliers.

Le médecin grimpa les marches quatre à quatre. À mi-hauteur, il fut saisi par l'odeur. Un effluve âcre qu'on n'oublie plus lorsqu'on l'a senti une fois. La nécrose des tissus.

La porte d'entrée de l'appartement était ouverte. Il se précipita et s'arrêta net devant le spectacle.

Un homme le dévisageait. Un homme jeune et athlétique, apparemment en bonne santé, accroupi, au sol, les genoux ramenés à la poitrine. Ses cheveux blonds et ses yeux clairs contrastaient avec sa peau de métis. À son regard totalement hagard, le médecin comprit qu'il était en état de choc.

Tout cela, le médecin n'y porta attention qu'un court instant.

Près de l'homme, sur le canapé, gisait un corps comme il n'en avait jamais vu. Ou plutôt ce qui restait d'un corps. Un amas de chair brûlée, passée au chalumeau. Aucune parcelle de peau n'avait été épargnée. Le derme était à nu, fripé, calciné, pelé par un phénomène indescriptible. Par endroits, le processus infectieux avait recouvert le corps d'un enduit purulent.

Seul le visage était vaguement respecté, animé par des yeux fous et un rictus figé par la stupeur.

3

LE CARRELAGE BLANC. Le bruit des pas, l'écho assourdissant des voix dans son esprit. Les sonneries, les sirènes, la course et l'affolement, son abattement. Et puis le crissement des blouses, le choc des bouteilles et des chariots recouverts de produits.

Ces milliers de bips, ces millions de battements cardiaques.

Vincent dévala les escaliers et se réfugia au sous-sol, près d'un distributeur de boissons. Il se laissa glisser le long du mur. Était-ce un cauchemar ? Était-il vraiment monté dans cette ambulance ? Était-ce bien Stella que l'on avait emportée dans ce cercueil hurlant et qu'on découpait consciencieusement, en ce moment même, dans une salle d'hôpital ? Il se prit la tête dans les mains, à bout de forces. Lointain, le brouhaha des urgences résonnait toujours. Insoutenable.

– Monsieur Karst ?

Vincent sursauta. Une infirmière posait la main sur son bras. Il ouvrit les yeux et les referma aussitôt. Elle portait des cheveux courts mais plus sombres. Elle était plus jeune aussi que Stella. Et elle était vivante. Stella était morte. D'un geste brusque, il se défit de la main amicale. Son blouson bâilla et l'arme apparut en bandoulière. La jeune femme recula, mais s'efforça de sourire.

– On vous cherche, monsieur Karst. Un de vos collègues essaie de vous joindre.

Vincent haussa les épaules. L'infirmière regarda autour d'elle.

– Vous ne voulez pas qu'on appelle quelqu'un pour vous ? La famille, ou un ami ?

Vincent se redressa. Il songea à sa mère, à Chanteclair. À Sandra, quelque part en France ou en Espagne ou Dieu sait où, loin de lui, perdue dans une histoire sans rêve. La dernière fois qu'il avait eu des nouvelles de sa sœur, c'était par l'intermédiaire d'un commissariat. Elle lui demandait d'intervenir pour qu'on libère son copain du moment, « un type bien, sans histoire, j'te jure, Vincent ». L'histoire ne mentionnait que quelques grammes de poudre et le port illégal d'une arme à feu. Appeler la famille...

– Non. Non, merci, dit-il avec un semblant d'amabilité.

Un silence pénible s'installa.

– Avez-vous pu parler avec le Dr Muller, monsieur ? Est-ce qu'on vous a donné des explications ?

Vincent se rappela confusément ses enquêtes, les morts, les drames qui finissaient à l'hôpital. Il se remémorait tous les mots inutiles des médecins et des infirmières impuissants. Il l'observa. Elle était très jeune. Peut-être même avait-il plus d'expérience qu'elle de ces circonstances pénibles.

– Je veux voir le Dr Gallet.

Elle l'interrogea du regard.

– Le médecin légiste, répondit il. Gallet. C'est lui qui pratique l'autopsie. On m'a dit que je le verrais.

– Je vais me renseigner.

Elle semblait soulagée de s'éloigner.

– Il me connaît. Dites-lui qu'elle est ma...

Ma compagne. Ma fiancée. Mon air, mon envie, ma raison de vivre. Vincent serra les mâchoires, ferma les yeux.

L'infirmière pria pour ne pas voir ce type pleurer. Elle ne

savait pas pourquoi, elle ne le connaissait pas, mais il lui semblait qu'il n'était pas fait pour pleurer et que si cela devait se produire, les larmes, le visage, le corps, tout prendrait une forme terrible et saisissante.

Il se redressa.

– Donnez-lui mon nom. On se connaît.

Elle s'éclipsa. Deux minutes plus tard, une aide-soignante guillerette l'avait remplacée.

– Suivez-moi, monsieur. Je vais vous conduire à l'Institut médico-légal.

L'hôpital était un dédale impressionnant de rues où les bâtiments grisâtres étaient disséminés à l'infini. Le métro aérien grondait avec une régularité exaspérante et troublait le crépitement apaisant des gouttes sur leur parapluie. Vincent leva les yeux vers le bloc à un seul étage. Autre exception, l'institut était fraîchement repeint de blanc. Les vitres miroitantes et la clarté de la façade donnaient à cet endroit un air indécent de dynamisme et de vie. Son cœur, ses tempes se mirent à frapper. Pénétrer la réalité anatomique de la mort lui apparut soudain comme une descente aux enfers qui le coupait du monde. Vincent se retourna. Son guide en blouse blanche le saluait et s'éloignait déjà, la tête rentrée dans les épaules. Il lui semblait qu'elle emportait le peu de vie qui subsistait en lui. Il éprouva alors, sans comprendre, une sorte de reconnaissance envers cette silhouette claire qui disparaissait. Il se sentit à la fois soulagé, délesté d'un poids, et envahi par un courant glacé. Il n'éprouvait pour ainsi dire plus rien. Rien d'autre que l'envie de savoir. Sans plus laisser de place aux sentiments et à la peine. Du moins durant son séjour à l'Institut.

Il poussa la porte comme un automate.

Le hall d'accueil ressemblait à une agence de voyages. Ses

pieds s'enfoncèrent dans une moquette épaisse. Une hôtesse très maquillée lui sourit. Les sièges étaient confortables, les magazines de mode récents. Vincent eut presque envie de rire. Ici, on pouvait attendre avec insouciance le diagnostic final. Il jeta un coup d'œil sur les vitres fumées derrière lesquelles on coupait, on ouvrait. On n'était plus qu'un corps, un tas d'organes. Il songea à ce qui l'attendait, et se rappela sa résolution : n'être plus qu'un esprit.

Quand la jeune femme s'avança vers lui, seule une vague nausée l'indisposait.

La porte du fond glissa sur un rail et ils pénétrèrent dans un sas. L'hôtesse lui indiqua le vestiaire où il devait laisser arme et blouson. Vincent couvrit ses bottes de chaussons et enfila une blouse. À gauche se trouvait un lavabo. Du genou, il actionna une manette horizontale qui commandait le débit d'eau. Un panneau explicatif ordonnait de ne plus toucher au mobilier après s'être séché les mains – afin de n'introduire aucun germe dans l'enceinte réservée aux autopsies – et préconisait surtout de se laver soigneusement les mains à la sortie, pour les mêmes raisons mais en sens inverse.

La jeune femme appuya sur un bouton et retourna dans le hall.

La porte opposée du sas s'ouvrit sur un couloir qui partait à droite vers un escalier et à gauche vers des bureaux. Les murs étaient nus, le linoléum brillant sous les néons aveuglants.

Vincent s'immobilisa, étourdi par l'odeur qui emplissait l'atmosphère. Il croyait l'avoir oubliée. Pourtant, il le savait : une seule visite dans une salle d'anatomie ou d'autopsie suffit pour ne jamais oublier cette odeur. Alcoolisée, acide. Elle est obsédante, elle pénètre la peau, s'accroche malgré le savon, l'eau et les efforts, et envahit le nez pendant un long moment, bien après qu'on a quitté le lieu. Elle matérialise et s'identifie *ad æternam* à la mort.

Vincent ajusta son masque et fit un pas vers la double-porte vitrée qui lui faisait face. Les battants s'écartèrent. Il pénétra dans une salle carrelée de blanc jusqu'au plafond. Elle était déserte. Seule ronronnait l'aspiration continue à travers deux grilles encastrées dans les murs. Au fond, sur un meuble en aluminium, des instruments sous plastique étaient alignés. Vincent tourna la tête : la porte de gauche venait de s'ouvrir.

Bruno Gallet apparut. Le contour de ses yeux plissa et Vincent devina un sourire derrière le masque. Il leva des mains gantées et sanguinolentes. Ses lunettes rondes elles-mêmes étaient maculées.

– Excuse-moi, je ne te serre pas la main. Je ne suis pas présentable.

Vincent regarda par-delà son épaule, en direction de la salle où il semblait travailler.

– Je viens de finir, dit simplement Gallet.

Il laissa tomber les bras, désemparé.

– Désolé, mon vieux. Sincèrement désolé.

Le jeune homme ne répondit pas. Il contempla un instant le sang de sa compagne sur les mains du médecin, et fit un pas vers la porte. Gallet le précéda.

Vincent s'approcha de la table. Un nœud terrible lui noua la gorge. Il s'immobilisa à un mètre du corps.

Bruno Gallet avait soigneusement recousu les entailles pratiquées par le bistouri. Le visage de Stella paraissait enfin détendu. Seul le ventre était un peu plus creusé.

Il leva les yeux. Sur la table roulante, six plateaux exposaient les organes. Il inspira profondément. Il chercha du regard les fenêtres. Elles formaient une étroite bande vitrée, tout en haut du mur. L'ouverture en était condamnée. Il manquait d'air.

Le médecin l'observait, il lui tendit un flacon. Vincent l'examina et l'approcha du nez.

– De l'eucalyptus, du menthol, rien que des bonnes choses en concentré. Tu enfiles une paire de gants et tu en mets un peu à la racine du nez. Tu verras. Ça rend les choses plus supportables.

Vincent le fixa.

– Enfin, presque tout, se rattrapa le légiste.

– Commence. Je veux comprendre.

Gallet saisit une pince effilée sur le chariot.

– Que t'ont expliqué les médecins des urgences ?

– Muller m'a parlé d'une infection fulgurante.

Vincent hachait les mots, comme un homme qui apprend une langue et répète des phrases sans en saisir le sens. Les voix résonnèrent dans la salle.

– Diagnostic clinique en partie juste, répondit Gallet. Mais incomplet.

Il dévisagea Vincent.

– Il faut que je transforme Stella en sujet anatomique pour quelques minutes, Karst. Tu comprends ? Je n'ai pas le choix, et toi non plus. Tu dois oublier autant que possible ce qu'elle représente, le temps de mon exposé. Ne m'en veux pas.

Vincent eut un geste d'agacement.

– De quoi as-tu peur ? Que je fasse une crise de nerfs ? Je t'ai dit que tout irait bien. Ça va aller.

Gallet se campa derrière le corps. Il s'était redressé, son timbre de voix changea.

– Bien. Allons-y. Tu vois ces taches sombres et violacées ? Elles ont un aspect polymorphe, variable, elles sont assez typiques de ce que l'on appelle un purpura fulminans. Le sang sort de petits vaisseaux et infiltre la peau. Cela peut aller jusqu'à la destruction du tissu cutané, qui forme alors des ulcères, dit-il en montrant de son instrument les petits cratères disséminés sur les jambes.

– C'est le nom que Muller a prononcé, confirma Vincent.

– Le plus souvent, c'est dû à un germe, le méningocoque. Une méningite s'associe parfois au purpura : j'ai fait un prélèvement de liquide céphalo-rachidien autour de la moelle épinière. Avec un peu de chance, on y détectera la bactérie.

Vincent, comme hypnotisé, fit un pas vers le corps de son amie.

– Elle ne m'entendait plus. Elle se tordait dans tous les sens. Je... je n'ai rien pu faire. Rien.

Il s'appuya contre le rebord de la table, effleura d'un doigt le bras de Stella.

Gallet repoussa sa main et garda le cap.

– J'ai lu le compte rendu de Muller. Ce que tu lui as décrit correspond à des convulsions. Elles font partie du tableau du purpura fulminans, tout comme la fièvre. C'est assez classique.

Vincent se ressaisit. Le légiste avait raison. Rester sur le terrain de la science. Ne pas flancher.

– D'où ça peut venir ?

– C'est la question qu'on se pose, dit Gallet. Le méningocoque est extrêmement contagieux. Aurait-elle fréquenté récemment une personne atteinte de méningite ?

– Non, pas que je sache.

– J'ai fait d'autres prélèvements, notamment de la gorge, des fosses nasales, des voies génitales. Il peut s'agir d'une autre saloperie.

– Tu as parlé d'un diagnostic incomplet. Qu'est-ce que tu veux dire ?

Gallet introduisit un écarteur dans la bouche du cadavre.

– Les muqueuses sont atteintes. Elles le sont aussi au niveau des yeux, de l'intestin. Ce n'est pas en faveur du purpura fulminans, mais plutôt d'un syndrome de Lyell. Je crois que les deux se sont produits. C'est d'autant plus exceptionnel que l'un et l'autre sont rarissimes.

La terminologie échappait à Vincent. Il voulait bien brider sa répulsion et bâillonner sa douleur, mais à condition de comprendre. Le médecin perçut sa nervosité et se reprit.

– Le syndrome de Lyell est un phénomène toxique. Il correspond à un décollement de la peau, le plus souvent en réaction à la prise d'un médicament qui déclencherait un mécanisme allergique violent. La nécrolyse touche l'épiderme mais aussi les muqueuses, jusqu'au niveau des voies respiratoires. Tout se décolle, forme des bulles, des cloques qui confluent en d'immenses nappes. À la moindre pression, les lambeaux se détachent, comme ici, et mettent à nu un fond rose et suintant. Ce n'est pas le cas du purpura fulminans.

– Elle n'était allergique à rien, et ne prenait aucun médicament, j'en suis sûr. Elle détestait ça, elle s'y opposait systématiquement.

– C'est d'autant plus étonnant. On a observé certains cas de Lyell ou de Stevens-Johnson en dehors de toute prise de substance allergisante, mais je reste perplexe. C'est vraiment étrange, cette intrication de maladies rares chez le même sujet, au même moment, et de façon aussi violente, répéta le médecin, comme pour lui-même.

Vincent songea au passé bouleversé de sa compagne. Stella avait tout essayé, comme lui. Les infections étaient la hantise des toxicomanes.

– Il peut s'agir d'une vieille infection ?

– Une vieille infection ?

Vincent se tut. Elle s'était battue pour oublier et pour qu'on oublie, pour que cette Stella du passé, cette fille paumée et shootée disparaisse à jamais de sa propre mémoire, de ses pensées, et pour échapper aux cauchemars qui le hantaient encore, lui. Remuer ce fond de vase le rendait malade, encore plus malade que la voir ainsi, mutilée et décomposée.

– Stella est une ancienne toxicomane. Mais c'était fini, depuis longtemps déjà. Rien, plus rien, même pas du shit.

– Je ne juge pas, Karst. On n'est pas là pour ça. Je pose des questions uniquement pour trouver la solution scientifique et médicale, anatomique.

Vincent ne répondit pas. Elle se moquait bien des jugements. Il était le seul regard qui comptait pour elle, comme elle était son repère à lui. Le médecin l'arracha une nouvelle fois à ses pensées.

– J'ai examiné les zones cutanées moins atteintes. Ce n'est pas facile, le Lyell a abîmé plus de soixante pour cent de la surface du corps. Mais je n'ai pas trouvé de porte d'entrée infectieuse. Pas de point d'injection au pli du coude, pas de plaie qui semblerait antérieure. Peut-être ici, à la cheville, une cicatrice un peu gonflée, mais ce n'est pas facile de se prononcer avec certitude, compte tenu de ce qui s'est produit.

– Stella était cascadeuse. Elle était bourrée de cicatrices, de bobos en tous genres. Les chutes, les blessures, c'était son lot quotidien. Sa résistance était même impressionnante.

Gallet reposa la pince.

– Je dois maintenant examiner au microscope les échantillons prélevés sur tous les organes. À vue d'œil, rien d'anormal, mais rien n'est joué. Il faut préparer les cellules du foie, de la rate, du cerveau, le sang, tout. Découpage au laser, coloration, examen. J'y trouverai peut-être un indice, des signes en faveur d'une allergie fulgurante ou d'une pathologie différente. On va aussi effectuer les dosages sanguins de routine : substances toxiques, médicamenteuses, hormonales.

Il s'approcha de Vincent.

– On va tout faire, mon vieux, on va essayer de trouver une explication. Pour elle, pour toi... et pour le bébé.

Le policier le dévisagea sans comprendre.

– Tu ne savais pas ? dit Gallet. Excuse-moi, décidément, je suis vraiment maladroit.

Vincent posa délicatement la main sur le ventre de Stella.

– Je l'ai découvert à l'incision de l'utérus. Huit semaines de grossesse, précisa le médecin. Tu sais, ça ne représente pas grand-chose, c'est minuscule. Ce n'est pas rien, bien sûr, mais ce n'est pas la vie, Vincent, pas encore.

Gallet finit par préférer le silence.

La pluie avait repris de plus belle, elle tambourinait contre les vitres. Vincent frissonna. Il retira ses gants et sortit sans un mot.

Le rituel de sortie lui coûta plus que le premier : placer sa blouse dans le sac rouge, les chausses, le masque et le couvre-chef dans la poubelle jaune qui partait à l'incinération. Il scruta dans le miroir, pour la première fois depuis des heures, son visage débarrassé du tissu vert. Ses yeux disparaissaient au fond de cernes profonds. La solitude, un instant barricadée dans un recoin de son esprit, se manifestait déjà. Il se trouva vieux, simplement.

Il baissa tous les volets. Les pièces se strièrent de rais pâles. La chanteuse était hollandaise, sa voix était grave, douloureuse et violente, comme l'absence. *Pictures on your skin*. Ta peau déchirée et brûlée, le serpent se contorsionne. *Nobody's wife*, la femme de personne, mais moi je suis seul, seul au monde maintenant, l'homme de personne, l'homme du vide et de la mort.

Vincent marcha, à la recherche d'une sensation. Il frôla les murs, écouta aux portes. Il effleura les livres le long de la bibliothèque, le cuir du fauteuil. La chanteuse hurlait un rock agressif. Il s'enfonça dans le canapé, puis se releva brusquement. L'empreinte ne devait pas disparaître.

Dans la chambre, les draps étaient encore froissés. Il s'allongea, enfouit la tête dans le creux de l'oreiller et huma ce qui restait d'elle. Pressa le coussin contre lui, contre son ventre, contre son visage. Il se releva. Dans l'armoire, il prit la robe noire, celle qui était ouverte dans le dos, fendue sur le côté. Stella écartait la jambe, et le serpent apparaissait. Il la posa sur le lit et disposa près d'elle une paire de jeans et un pull qu'elle aimait le voir porter. La manche du pull s'enroula autour de la robe. La deuxième manche glissa le long de la fente. Il froissa les vêtements, les noua, les sépara, les noua encore, les vêtements ne faisaient qu'un. Alors, seulement, il put pleurer.

Lorsqu'il s'éveilla, il était toujours au pied du lit. Il ne savait pas quelle heure il était, ni même le jour. Il se sentait plus paisible, moins fiévreux. La robe était en boule sur son torse. Il la remit sur cintre et quitta la pièce.

Il poussa la porte du bureau. Ils n'y travaillaient jamais – d'ailleurs ce n'était pas un bureau, plutôt une pièce différente des autres, où tout avait droit de cité. Les objets, les attitudes. Rien n'y trouvait de place définie, ou définitive. Dans cette pièce tout bougeait, dansait, elle y dansait, d'ailleurs, elle y faisait la folle. Ils y fumaient, les papiers s'y entassaient. Chacun y avait son coin privé, son jardin secret. L'emplacement ne l'était pas, mais aucun des deux n'aurait même imaginé fouiller chez l'autre. Jusqu'à ce jour, jusqu'à maintenant.

Vincent déplaça la montagne de coussins qui noyait un des coins de la pièce. Il souleva le sac et s'assit. C'était un sac marin, rapiécé, élimé. La sangle avait été recousue à plusieurs reprises, à en juger par les fils multicolores qui zigzaguaient sur le tressage. Lorsqu'il lui avait demandé d'où provenait ce sac et pourquoi il lui servait de malle aux trésors, elle avait répondu en riant qu'il enfreignait le code de cohabitation. Il n'avait jamais plus songé à l'interroger.

Il considéra longuement le sac sur ses genoux. Les images du matin s'interposèrent à nouveau. Les suppositions de Gallet, les ombres sur le diagnostic. Le secret qui enveloppait la mort de Stella.

Il renversa le sac sur les coussins, et sourit en extirpant une poupée. Une Barbie dans les affaires de Stella ! Il lui manquait un bras, et les jambes étaient scarifiées, gravées de petits dessins tribaux. Les cheveux avaient été coupés ras. Il dissémina les objets : un couteau suisse dont la plupart des éléments étaient inutilisables, un livret de famille sur lequel figuraient des noms inconnus. Un journal intime, interrompu sur un 12 novembre. Ce jour-là, elle avait fait l'amour pour la première fois avec « le métis de son cœur ». Il ferma les yeux et tenta de se souvenir de cet instant. Il s'en voulut de ne pas réussir à revivre en totalité la scène, il lui semblait trahir Stella. Il rangea le livret et les objets dans le sac, et ramassa deux enveloppes de grand format. Il ouvrit la première et en sortit une série de clichés noir et blanc. Là encore, il ne reconnut personne d'autre qu'eux. Une photo prise à Strasbourg ; elle devait dater de leur rencontre à la fondation Mertz. En arrière-plan, il distingua l'Ill, bouillonnant au travers de l'écluse à cet endroit de la Petite France, Stella souriait de manière inhabituelle. Elle vivait de révoltes et de refus, à l'époque, et ça la faisait rire, sans doute. Les autres photos semblaient prises dans une autre ville, sous un ciel clair. Il les parcourut rapidement, avec indifférence. Il allait vider la deuxième enveloppe quand le téléphone sonna. Il ne bougea pas. À la troisième sonnerie, le répondeur se mit en marche. Il reconnut la voix de sa mère. Elle ne l'appelait jamais, elle haïssait le téléphone. « Si je t'appelle, si je réponds, tu ne viendras plus et nous ne nous verrons plus », disait-elle. Il écouta attentivement. Elle parlait fort, sans la timidité des gens qui n'ont pas l'habitude. Elle avait l'habitude de tout, même de ce qu'elle ne connaissait pas. Il y a des gens qui ne prennent plus la peine d'avoir peur – en tout cas des choses.

– Vincent, c'est moi. Je t'appelle, ça doit t'étonner... je t'appelle pour... (Elle hésita)... pour savoir si tu as besoin de quelque chose. N'importe quoi. Je ne sais pas, moi non plus, un peu comme toi ce matin. Quelque chose qu'une mère peut donner. (Pause) Viens me voir. Viens me voir, mon garçon, on ne pleurera pas, on sait pas faire ça, ici, tu le sais. Viens me voir, ça nous fera du bien à tous les deux, à toi et à moi.

Vincent sourit et refusa de pleurer. Elle avait raison, on ne *savait pas* pleurer chez eux. Il écouta à nouveau le message, les yeux clos. Elle ne pouvait rien pour lui. Pourtant, elle savait déjà ce qui s'était passé. Elle ne pouvait rien mais elle pouvait encore, parce qu'elle était sa mère et que parler pouvait suffire. Il se sentit presque mieux. Il interrompit l'écoute des messages et ouvrit la seconde enveloppe.

Elle renfermait un dossier médical très fourni. Prises de sang, lettres de l'hôpital, comptes rendus de radiologie. Vincent fut surpris : jamais Stella ne lui avait donné l'impression de se faire suivre par qui que ce soit, pour quelque motif que ce soit. Il lui semblait qu'elle se soignait au paracétamol, à l'alcool à 70° et au repos. Il examina les documents avec plus d'attention. C'était certainement l'occasion de découvrir quelque chose concernant la santé de son amie, et d'éclairer ainsi le doute diagnostique qui enveloppait sa mort. Les feuilles étaient manifestement classées dans un ordre précis qui ne respectait pas la chronologie : elles étaient numérotées dans l'angle supérieur gauche, selon un principe qui échappait à Vincent.

Il entama la lecture en respectant la succession des comptes rendus. Le premier correspondait à un résultat sanguin : le dosage de bêta-HCG. Probablement celui qui confirmait la grossesse, puisqu'une fourchette indicative, en bas de page, mentionnait un nombre de semaines en fonction de la valeur. Il datait d'un mois et demi : Stella était alors enceinte de deux semaines. Elle ne lui avait rien dit. Pourquoi ? Il se souvint avec peine d'une discussion récurrente, qui le conduisait invariablement à s'opposer à la venue d'un enfant. Il revoyait son visage, la déception mêlée de défi. Puis s'ensuivaient des éclats de voix et le mutisme, durant deux jours tout au plus.

Vincent tenta de chasser cette image et s'attarda sur un courrier manuscrit – daté du mois d'août, quatre mois plus tôt – émanant d'un certain Dr Samoëns. Un courrier à en-tête privé. Le ton était amical, presque paternel. Il l'appelait « ma chère Stella », « chère enfant ». Il recommandait à la jeune femme de s'en remettre à un service hospitalier de gynécologie-obstétrique afin d'envisager un bilan de fertilité si ses tentatives se révélaient inefficaces. Il lui conseillait aussi de s'adresser à ce même service pour le suivi d'une éventuelle grossesse. Il concluait en l'embrassant. Samoëns. Ce nom ne lui était pas inconnu. Ce n'était pourtant pas Stella qui l'avait évoqué, il en était persuadé, non, c'était plus ancien, et chargé, lui semblait-il, d'une certaine angoisse. Mais en matière d'anxiété, sa vie avait dépassé la dose prescrite. Il nota l'adresse du médecin sur un papier, et poursuivit son exploration.

Les feuillets suivants étaient réunis dans une pochette qui portait le logo d'un hôpital parisien. Le premier était adressé au Dr Samoëns, il s'agissait d'une copie signée par le Dr Klein, gynécologue en Maternité 2, qui faisait état de l'ensemble du bilan effectué : la biologie, l'examen clinique et l'échographie en phase d'ovulation ne décelaient aucune anomalie. Rien ne s'opposait à la fécondité de Stella. Le médecin évoquait un éventuel blocage psychologique, peut-être en rapport avec une dissension dans le couple. Vincent tourna la page, la gorge nouée. Le document suivant n'était pas un courrier, mais le cliché échographique d'un fœtus de six semaines. De profil, on distinguait déjà les membres, le contour crânien.

Vincent ferma les yeux.

Elle devait être folle de joie devant l'écran, ce jour-là. Elle se voyait mère. Et elle le voyait père, certainement, quitte à concevoir leur enfant dans le secret. Elle ne comptait pas le quitter, ils étaient bien ensemble. Le gosse n'était pas une trahison. Elle avait eu le courage pour deux, c'est tout. Elle lui aurait tout avoué ensuite, un peu plus tard.

Vincent froissa le papier, renversa le dossier et frappa des deux poings de toutes ses forces contre le mur. Il recommença jusqu'à voir le sang perler sur la tapisserie. Il monta le son de la musique et se passa le visage sous l'eau froide. Ce n'est qu'un peu plus tard qu'il parvint à revenir dans le bureau.

Il fixa le sac marin et les enveloppes. La pièce empestait la culpabilité, la honte, l'impuissance. L'occasion manquée, le bonheur soigneusement contourné. Son bonheur à elle, le sien. Il ne se supportait plus. Il s'agenouilla et rassembla les papiers épars. Il restait une dernière feuille.

Samoëns, encore.

Qui lui conseillait, suite aux difficultés qu'elle avait connues, de vérifier avec une attention particulière le bon déroulement de la grossesse. Une hospitalisation courte lui permettrait de regrouper tous les examens.

À la main, on avait griffonné un mot et une date dans un coin de la page. Vincent reconnut l'écriture de Stella. *Maternité 2 / 24 novembre / 8 heures.*

On était le 26 novembre. Vincent replia la feuille. Deux jours plus tôt, Stella avait prétexté un tournage, et s'était absentée pour passer cette journée à l'hôpital.

Deux jours avant de mourir.

4

VINCENT S'ARRÊTA DEVANT LE NUMÉRO 17 de la rue des Moulins. La plaque indiquait les jours de consultation. Elle était de mauvaise qualité – ou très vieille. Un papier – une ordonnance découpée, certainement – collé de travers indiquait les nouveaux horaires. Samoëns avait décidé de lever le pied : il ne travaillait plus que trois jours par semaine. L'eau s'était infiltrée sous le scotch, l'encre s'étalait sur le papier. On était mercredi. Vincent fut incapable de déchiffrer les horaires du jour.

Il sonna à plusieurs reprises, en vain. Il prit appui sur le muret et jeta un coup d'œil par-dessus la palissade en bois. Un jardin minuscule, dans les mêmes proportions que la maison, était entretenu avec soin. Les arbustes étaient taillés et trois jardinières collées au mur et déjà recouvertes pour les mois d'hiver. L'hiver était interminable à Strasbourg, Vincent s'en souvenait. Il y revenait pour la première fois et, pour fêter l'événement, le ciel alsacien était moins chargé qu'à l'habitude. Une lumière pâle venait frapper la façade en crépi, sans caractère.

Dans la maison voisine, une fenêtre s'ouvrit. Les rayons se réfléchirent sur le verre et vinrent éblouir Vincent. La femme avait une mine austère.

– Bonjour, madame. Je cherche le Dr Samoëns.

– Pas la peine d'attendre, dit-elle avec un accent guttural. Il ne consulte pas aujourd'hui.

Elle connaissait certainement les horaires par cœur. Il lui fit confiance.

– Vous savez où je peux le trouver ? Je suis un ami. D'enfance. Je viens de Paris, dit-il en soulevant son casque.

– Il doit se promener. Il va jamais bien loin, dit-elle.

Elle esquissa un sourire, indiqua le bout de la rue d'un geste et referma la fenêtre.

Vincent fit quelques pas sur les pavés et déboucha face au canal. À droite, les maisons à colombages de la Petite France se serraient le flanc. Il marcha jusqu'au pont de l'écluse, attendit qu'un bateau à moteur passe et que le pont pivote sur son axe pour pouvoir traverser le cours d'eau. Il progressa jusqu'à la Maison des Tanneurs, joyau de la vieille ville. La place, noire de monde en été, était déserte. Il rebroussa chemin et remarqua, déçu, l'hôtel de luxe qui avait remplacé les anciennes glacières. Il longea le canal en direction des Ponts Couverts, tout près de la Prison des Femmes. Il avait lu dans la presse la magnifique réhabilitation dont elle avait fait l'objet pour accueillir les énarques parisiens qui trouvaient encore le moyen de faire la fine bouche. Il oublia vite la beauté de la ville. Devant lui, il devina une silhouette voûtée. Il accéléra le pas pour arriver à son niveau.

– Bonjour, docteur.

L'homme se retourna à moitié, sans paraître surpris. Il répondit d'un sourire et continua sa promenade. Un labrador s'agitait autour de lui, qui se mit à renifler le policier.

– Vincent, remarqua-t-il simplement.

Le jeune homme lui emboîta le pas.

Alors qu'il filait sur l'autoroute de l'Est, tout lui était revenu. Le visage avait peu changé, si ce n'était une barbe presque blanche et cette attitude lasse – ou nonchalante. Il devait avoir soixante-dix ans. À force de retourner le nom dans son esprit, Vincent s'était enfin souvenu de Samoëns. Mais ce n'était pas à Strasbourg. Voilà ce qui avait perturbé sa mémoire. Il n'était pas parvenu à faire le lien entre le nom et la ville. Puis l'image lui était apparue, comme une vision : celle du médecin qui consultait une fois par semaine à la fondation Mertz de Kaysersberg. En cinq ans d'internat, Vincent n'avait pas dû s'y rendre trois fois, à cette foutue consultation. Il réussissait même à éviter les visites de début d'année scolaire. Les filles, elles, s'y rendaient volontiers. Samoëns s'y prenait bien avec elles. Il savait dire, prévenir, répondre ; effrayer au besoin. Les gamines de treize ans enceintes, la Fondation connaissait, malgré les dortoirs séparés, la discipline de fer et la surveillance draconienne. Stella était sûrement allée le voir avant de coucher avec Vincent la première fois.

Les deux hommes marchèrent en silence quelque temps.

– Je savais qu'un jour tu viendrais, mais je ne savais pas quand, finit par dire Samoëns.

– Elle est morte.

Le médecin s'arrêta. Il s'appuya contre la balustrade, au bord de l'eau, le regard perdu vers les ponts embrumés. Quand il tourna la tête vers Vincent, ses traits accusaient une immense fatigue. Il semblait avoir vieilli de vingt ans. Il repoussa son chien d'un mouvement de canne et prit le bras du policier pour avancer.

– Qu'est-ce qui s'est passé ? parvint-il à demander. Un accident ?

– Non. C'était chez nous, j'étais près d'elle. Une infection foudroyante. On ne sait pas encore.

Ils étaient au bout du quai. Seuls les serveurs de l'Arbre Vert commençaient à s'affairer devant le restaurant, mais cette présence indisposa le médecin. Il remonta le col de son manteau. Les deux hommes traversèrent le pont et longèrent l'autre rive vers l'écluse, sous un pâle soleil.

– Elle venait de temps en temps, régulièrement. Elle venait me voir, on parlait. Elle me demandait mon avis lorsqu'elle avait un souci de santé. Elle voulait mon aval. Et elle me parlait de toi, beaucoup. Elle restait deux heures, parfois on déjeunait ensemble, puis elle repartait. Elle montait vers Kaysersberg.

– Pourquoi ?

Samoëns s'arrêta et sourit tristement.

– Elle y avait gardé des contacts. Des amis. Des filles, celles de la Fondation qui étaient restées dans la région. Elle n'avait pas coupé les ponts.

Les pavés étaient glissants, la canne l'équilibrait mal. Vincent dut le soutenir.

– Toi, c'est Chanteclair, reprit-il, elle c'était là-bas. Tu aimes retrouver l'enfer, et elle, elle voulait se souvenir du lieu qui l'avait sauvée. C'est un choix très personnel.

– Vous saviez qu'elle était enceinte.

Samoëns scruta les environs : le chien avait disparu. Le médecin sembla indifférent à son absence.

– Je savais surtout qu'elle voulait cet enfant et qu'elle n'y arrivait pas. Je lui ai conseillé de se faire suivre à l'hôpital. Ils ont réalisé un bilan de fertilité tout à fait satisfaisant. Peu de temps après, elle était enceinte.

Vincent ressentit le goût de l'amertume. Ce type avait su avant lui qu'ils allaient avoir un enfant. Que savait-il d'autre ? Qu'accepterait-il de dire ?

– Je ne crois pas qu'elle y soit retournée, tenta Vincent.

– Elle y a passé vingt-quatre heures, confirma Samoëns. C'était il y a quelques jours. Elle m'a téléphoné le lendemain, pour me dire que tout allait bien.

– La veille de sa mort.

Samoëns ne répondit pas. Ils s'accoudèrent à la rambarde et fouillèrent des yeux les remous de l'eau brune.

– C'est moi qui lui ai conseillé de le faire.

– Faire quoi ? Qu'est-ce qu'on lui a fait, là-bas ?

– Un bilan obstétrical, rien de particulier dans le suivi d'une grossesse. Les examens traditionnels : examen clinique, échographie, bilan sanguin. Stella ne connaissait pas sa famille. Elle était incapable de renseigner le gynécologue au sujet des antécédents familiaux : une maladie congénitale, une trisomie, quelque chose de cet ordre. Il fallait être vigilant. Son passé de toxicomane ne rassurait pas non plus le médecin, il ne savait pas où elle en était vraiment. Il ne la connaissait pas.

– Elle avait tout arrêté.

– Je le sais. Pas les médecins qui la suivaient. Et puis, Stella n'était pas le stéréotype de la fille consciencieuse quand il s'agissait de prendre soin d'elle : je craignais qu'elle ne fasse ce bilan au compte-gouttes, ou de façon incomplète. L'hospitalisation courte regroupait tout en peu de temps, c'était une bonne chose.

– Je ne vous reproche rien.

– Moi si. Je n'ai rien vu venir.

– Personne n'a rien vu venir, pas même elle.

Le vieil homme secoua la tête.

– Une infection foudroyante, tu m'as dit ?

– C'est plus compliqué que ça. En quelques minutes, elle est devenue brûlante, elle a perdu conscience et elle s'est décomposée sous mes yeux. Le légiste n'est pas d'accord avec le médecin des urgences. Il m'a parlé de deux maladies simultanées : un purpura fulminans et un syndrome de Lyell, en rapport avec une allergie.

Samoëns le fixait, incrédule.

– Deux atteintes aussi brutales en même temps ? C'est invraisemblable.

– Vous la connaissiez bien. Mieux que les médecins parisiens.

Samoëns se troubla.

– Je n'étais plus son médecin depuis longtemps.

– Essayez de vous souvenir de son passé médical. Quelque chose aurait-il pu expliquer ce qui s'est produit ?

– Non, vraiment, je ne vois pas.

– Et à l'hôpital ?

– Je n'ai pas eu de compte rendu. C'est trop tôt. (Samoëns réfléchit un instant.) Logiquement, s'il s'était produit le moindre incident, s'ils avaient détecté un signe infectieux ou une intolérance, ils ne l'auraient pas laissée rentrer au bout de vingt-quatre heures. Et je doute qu'ils lui aient donné un médicament auquel elle aurait été allergique. La grossesse nécessite qu'on redouble de prudence en matière de prescription. On se limite à ce qu'on connaît, quelques molécules inoffensives pour la femme enceinte et son bébé. Et Stella n'était pas du genre à jouer les cobayes, tu le sais comme moi. Elle détestait les médicaments, grossesse ou pas.

Ils venaient de s'engager dans la rue des Moulins. La promenade touchait à sa fin, Samoëns avait certainement décidé d'en rester là. Sa respiration était courte. Il anticipa la question de Vincent, comme s'il avait lu dans son esprit.

– Klein. Le Dr Klein.

– C'est lui qui l'a suivie depuis le début ?

– *Elle.* C'est une femme. Ina Klein. Elle est chef de clinique dans le service de gynécologie. Ils s'occupent de fécondation *in vitro.* C'est pour cette raison que je l'avais recommandée à Stella. Mais elle suit aussi les grossesses, bien sûr. C'est elle qui a effectué le premier bilan et c'est dans son unité que Stella a passé les derniers examens, le 24 novembre. Si tu veux, je la tiendrai au courant.

Vincent mit son casque et enfourcha sa moto. Il valait mieux que Klein ne sache rien avant qu'il la rencontre. Réflexe d'enquêteur.

– Non. Ne faites rien. Je vous rappellerai. Merci.

Samoëns regarda la Honda s'éloigner. Il attendit qu'elle disparaisse pour pousser le portique et monter péniblement les quelques marches de l'entrée.

Il referma la porte et, sans allumer la lumière, s'installa au bureau où il resta longuement immobile. Il avait fait ce qu'il devait faire. Le reste n'était plus de son ressort. C'était aux Frères de poursuivre.

Il se leva, traversa le couloir jusqu'à la chambre, et toucha le radiateur : il était chaud, alors que la pièce lui semblait glacée. Il s'allongea sur le lit et fixa le plafond, avec l'étrange impression de s'être vidé de lui-même.

5

– Ce n'est pas vraiment un scoop, Hervé.

Hervé Lamoureux bourra sa pipe paisiblement.

Florent Marouans avait trente-six ans, il était arrivé à la rédaction deux ans plus tôt et la dirigeait depuis trois mois. Lui en avait cinquante depuis la semaine dernière et balayait le monde de la science depuis trois décennies, d'article en article. Il avait besoin de tout sauf d'un scoop.

– On s'en fout, Florent. On s'en fout totalement. Les lecteurs aussi. Tu comprends ça ?

– *Vous* vous en foutez, Lamoureux. Pour ce qui est de la rédaction que *je* dirige, les critères sont différents des vôtres. Et *je* décide que la rédaction ne s'en fout pas.

Lamoureux aspira une longue bouffée et remercia intérieurement le jury du Scientific International Award. En couronnant son travail à trois reprises, il lui avait permis de ne plus avoir besoin du scoop pour propulser une carrière bien engagée, de choisir ses sujets et surtout de tutoyer un supérieur sans lui demander son avis.

– On n'est pas lus dans les salons de coiffure. On s'adresse à des scientifiques, des médecins, des chercheurs. Des gens qui font la différence entre un vrai sujet de fond et un feu de paille sensationnaliste.

– C'est gentil de me rappeler le ciblage de *Sciences du*

devenir. À moi de vous rappeler votre créneau : l'information scientifique générale. L'actualité. Laissez les monographies et les études pointues aux spécialistes.

Marouans insista sur le dernier mot avec délectation.

– Tu confonds information générale et chiens écrasés.

– C'est ce que vous faites de mieux. Lamoureux, acceptez-le. C'est pour ça qu'on vous paie, et cher. Vous traitiez de science dans la presse grand public, vous vous en souvenez ? Sous votre plume, le chien écrasé se transforme en « canidé disséqué ». C'est un talent qu'on vous reconnaît, pourquoi pas vous ? C'est pas assez bien ? (Marouans se pencha.) Je n'y peux rien si vous n'avez pas un doctorat de génétique.

– Alors tu veux quoi ? Un soixantième papier sur les menaces bioterroristes ?

– En tout cas, pas ça.

Hervé ne prit pas la peine de ramasser les feuillets que le rédacteur en chef venait de lancer sur son bureau. Il se leva et sortit sans un mot.

– Où est-ce que vous allez ? On n'a pas fini cette discussion ! Je vous rappelle qu'on boucle dans une semaine, Lamoureux !

Le journaliste était déjà au bout du couloir. Marouans vociférait dans l'encadrement de la porte.

– Qu'est-ce que vous croyez ? Que vous êtes indispensable ? Que vous pouvez tout vous permettre ?

Lamoureux se retourna enfin. Marouans retrouva son sang-froid. C'était certainement ce qui l'exaspérait le plus : il était – malgré lui – toujours impressionné par le regard du reporter. L'aura de ce type était proprement insupportable. Tout le service s'était tu, comme pour confirmer le fait.

– Une semaine, dit Marouans, pas plus.

– Tu boucleras sans moi.

– Vous n'êtes pas éternel dans le milieu, Lamoureux, dites-vous bien ça.

– Toi, tu y mourras jeune. C'est mieux ?

Lamoureux entra dans la boutique et acheta deux paquets de tabac. Lui non plus ne ferait pas de vieux os. Pour quoi faire, de toute manière ? Le monde – et celui des sciences – se chargeait de nous dévorer, si on ne le faisait pas soi-même. Il songea à Brigitte, son ex-épouse, qui trouvait aussi intelligent et courageux, justement, de participer à sa propre mort que d'être l'acteur de sa vie. Brigitte fut, sous cet angle, particulièrement intelligente et courageuse. Elle ne s'était pas contentée de fumer : il l'avait retrouvée dans une baignoire d'eau pourpre, un soir, les poignets incisés, alors qu'il rentrait d'un reportage sur la génétique des schizophrènes suicidaires. Il lut avec désinvolture le slogan inscrit sur la cartouche de cigarettes qu'on tendait à son voisin : *le tabac nuit gravement à la santé.* Il prit ses paquets et sortit, un vague sourire aux lèvres.

Il songea à Marouans, qui ne comprenait rien, qui refusait de s'inquiéter quand la contrefaçon de médicaments inondait les marchés occidentaux après avoir fait des ravages en Asie et en Amérique du Sud. Marouans qui restait de glace face au désastre de santé publique mais qui frôlait la psychose quand on découvrait une bouteille d'eau de Cologne vide près d'un château d'eau. Lui n'en prenait jamais, des médicaments. Il avait d'autres plaisirs. Il palpa le tabac dans sa poche et se souvint qu'il n'avait plus rien à manger chez lui. Il fallait bien tenir les quelques années qui lui restaient.

Il entra dans le premier supermarché qu'il rencontra, sillonna les allées et finit par prendre des paquets de biscuits, une bouteille de vin chilien, du thon et quelques légumes en conserve. Il prit aussi un pack d'eau minérale, le considéra une bonne minute, finit par le reposer et se dirigea vers la caisse.

Devant lui, une femme disposait ses achats sur le tapis roulant. Dans ses mouvements, il crut lire une forme de lassitude, une maladresse qui le préoccupa. Elle était longue, presque maigre, et très pâle. Ses yeux brillaient comme s'ils cachaient un heureux secret derrière la fatigue apparente. Elle fit tomber un sachet de fruits. Hervé Lamoureux se pencha en même temps qu'elle. Ils saisirent tous deux le plastique et ses doigts effleurèrent ceux de la femme.

Glacés.

Hervé fut parcouru d'un frisson désagréable. Il leva les yeux sur elle. Elle n'était pas seulement d'une blancheur surprenante, ses traits semblaient figés, ils appartenaient au passé déjà, alors qu'elle était jeune, bien plus jeune que lui. Ce sont les lèvres, étrangement bleutées, qui le troublèrent le plus. La femme poussa ses articles et voulut glisser une barre pour séparer ses achats de ceux d'Hervé. Elle dut interrompre son geste. Elle prit appui sur la caisse enregistreuse. Ses yeux fouillèrent alentour, Hervé tenta de voir ce qu'elle guettait. Elle resserra son manteau et noua son écharpe.

– Il fait tellement froid, ici, tellement froid...

Sa respiration s'accéléra. Elle serra les bras contre elle. Ses jambes tremblaient et paraissaient ne plus la porter. Elle semblait gagnée par une panique intérieure, une inquiétude morbide. La caissière reposa la bouteille de lait qu'elle passait devant le détecteur de code-barre et s'immobilisa.

– Madame, vous ne voulez pas vous asseoir un instant ?

La femme voulut répondre, mais les mots furent incompréhensibles. Elle se mit à grelotter. Lamoureux poussa le chariot qui les séparait et prit son bras. Elle se laissa glisser contre un parapet et se recroquevilla sur le sol. Les gens s'écartèrent.

– Froid... horriblement froid...

Elle gémissait. Le journaliste se défit de sa veste et l'en couvrit. Le visage de la femme sembla se tendre à l'extrême et cristalliser. Sa peau devint translucide et laissa apparaître un réseau de minuscules vaisseaux. Lorsqu'elle voulut ramener ses genoux sous elle, un effroyable crissement se fit entendre. La caissière poussa un cri, les clients s'écartèrent.

Effrayé lui aussi, Hervé voulut lui prendre les mains. La peau fissura puis cassa comme une pellicule de verre. Les veines s'étaient brisées, mais le sang, figé, ne coulait pas.

Un homme fendit l'attroupement et s'approcha.

– Je suis médecin.

Hervé lui céda la place, soulagé. Le médecin secoua doucement la jeune femme, qui ne répondait plus.

– Aidez-moi à la relever.

Les deux hommes la saisirent sous les bras et dans le dos. Au moment de la soulever, leurs doigts s'enfoncèrent sans rencontrer de résistance et ils entendirent un bruit invraisemblable, inconcevable, qui évoqua à Hervé le crépitement des pas dans la neige. Il tenta de réprimer sa répulsion. Au même instant, un claquement sec retentit et la femme se plia en deux, comme une poupée dont on aurait brisé l'axe. Le journaliste la relâcha, hébété. Il interrogea le médecin du regard sans recevoir de réponse.

Ils entendirent une sirène hurler au loin et se relevèrent. Les gens ouvraient déjà un passage pour permettre aux secours d'intervenir. Hervé fit un pas en arrière. La jeune femme était accroupie, les jambes tordues, marbrées, striées de fissures sèches. Son buste formait un angle droit et sa tête reposait joue contre sol, les yeux grands ouverts. Le visage, momifié, exprimait une sorte de stupéfaction.

Hervé resta interdit devant le drame comme il aurait contemplé, dans un film ou un musée, un être fossilisé pris dans les glaces. Le froid mortel avait conservé aux yeux leur brillance : la femme semblait se moquer d'elle-même et de sa position grotesque.

6

VINCENT REGARDA SA MONTRE : le temps s'écoulait avec une lenteur insupportable, il n'était que huit heures. Il tenta de distinguer la porte de l'hôpital à travers la vitre embuée : le flux de voitures s'intensifiait. Les consultations hospitalières commençaient de bon matin et les médecins prenaient leur service très tôt. Peut-être étaitelle déjà arrivée.

Il leva les yeux vers le comptoir. Le bruit des tasses entrechoquées l'assommait, la fumée le rendait nauséeux. Il but son quatrième café d'un trait et se décida à sortir du bar où il s'était installé une demi-heure plus tôt.

Vincent n'avait du bâtiment qu'un souvenir nocturne effroyable. De jour, l'hôpital ressemblait à une caserne reconvertie – rien de bien apaisant. Il poussa la porte d'entrée et se dirigea vers l'accueil, où une dizaine de personnes s'impatientaient. Il joua des coudes, saisit des mains de l'hôtesse la photocopie du plan qu'elle lui tendait et l'examina attentivement. La gynécologie se trouvait à l'autre bout de l'enceinte, il suffisait de suivre les panneaux bleus. Il s'engagea dans les allées, entre les pavillons de béton. Au bout de cinq minutes d'errance, il se mit à jurer : il s'était égaré.

Après plusieurs aiguillages contradictoires, il débusqua enfin le bâtiment. Et pria pour ne pas tomber sur une hôtesse revêche. Il était à bout de nerfs et ne se maîtriserait pas.

Par chance, le hall était vide et l'accueil efficace. On lui indiqua avec précision le dédale de couloirs à suivre.

– Allez-y, je la bipe. Je l'ai vue ce matin, elle est forcément dans la maison. Elle vous rejoint devant son bureau.

Vincent acquiesça sans trop y croire et monta les marches quatre à quatre. Il arriva devant une porte close et deux fauteuils en sky usés jusqu'à la trame. Le couloir, nu, était désert. Vincent se souvint de la rumeur : la compétence de l'Assistance publique était inversement proportionnelle à ses aménagements. Il s'assit et imagina avec difficulté qu'une femme puisse accoucher dans des locaux aussi austères. Au même instant, une porte battante s'ouvrit à la volée.

– Vous me prenez au saut du lit, ou plutôt au saut du bloc. Je sors de garde, une césarienne récalcitrante. Vous m'accordez un instant ?

Elle boutonnait sa blouse et n'avait pas adressé un regard à Vincent. Elle n'attendit pas la réponse et se dirigea d'un pas décidé vers son bureau. Le policier se leva.

– Je suis inspecteur de police à la Criminelle. J'enquête sur une de vos patientes.

Ina Klein s'acharnait sur la serrure, imperturbable.

– Laquelle ?

– Stella Fazzini. Une fille assez grande, les cheveux courts. Tatouée. Vous souvenez-vous d'elle ?

La porte céda enfin. Le médecin ramassa ses cheveux d'un geste et les lia à l'aide d'un élastique. Elle poursuivit du fond de son bureau :

– Pour quel motif voulez-vous me parler ? Vous avez une pièce d'identité, une carte, un badge ou un mandat, enfin vous voyez ce que je veux dire.

Vincent la suivit dans la pièce de taille réduite. Livres et dossiers s'empilaient de toutes parts, comme s'ils avaient été jetés au hasard. Klein devait avoir une trentaine d'années, peut-être trente-cinq. Sa désinvolture, son détachement et son assurance la rendaient plus mûre.

– On en parlera mieux au calme, dit-il en refermant derrière lui.

Ina Klein le fixa pour la première fois.

– Je n'aime pas vos façons, inspecteur.

Vincent l'observa, son visage était tout proche du sien. Ni beau ni laid : fatigué.

Il ne répondit pas, mais ne bougea pas non plus.

– Vous m'avez fait appeler à huit heures du matin en vous faisant passer pour le parent d'une patiente. Et là, vous décidez pour moi avec des airs de dur. Est-ce parce que je suis une femme ?

Vincent finit par reculer et fouilla dans sa poche. Il fut surpris d'avoir sa plaque sur lui.

– Je me suis mal exprimé, sans doute.

– Et je me suis mal fait comprendre, alors permettez-moi de me répéter : je sors de garde et j'ai besoin d'une minute de répit pour ressembler à quelque chose. Au moins à un médecin, dit-elle en prenant son stéthoscope.

Elle n'était pas maquillée, ses yeux sombres étaient cernés. Quelques mèches blondes rebelles s'étaient déjà désolidarisées de sa queue-de-cheval. Vincent la jaugea de la tête aux pieds.

– N'ajoutez rien, dit-elle. Vous pourriez être grossier et je pourrais ne pas être coopérante.

Vincent ouvrit la porte, et sur le point de sortir :

– Prenez votre temps. Elle est morte.

Elle se retourna vivement.

– Qu'est-ce que vous racontez ?

– Je m'appelle Vincent Karst. Le papa. L'ex-papa, se reprit-il. L'ex-tout.

Il alla se rasseoir dans le hall, tandis que la jeune femme l'observait depuis le fond de son bureau. Une infirmière s'arrêta devant l'étrange tableau, intriguée.

– Vous avez raison, on sera mieux à l'intérieur, dit Ina.

Elle débarrassa tant bien que mal un siège et ferma la porte derrière lui. Elle prit place dans son fauteuil, en se frottant le visage. La conversation prenait une autre tournure. L'homme qui l'affrontait semblait abattu malgré son arrogance. Sans le connaître, sans même savoir pourquoi – elle était trop fatiguée pour s'en remettre à l'intuition –, elle le croyait. Il disait la vérité, et la vérité semblait l'avoir détruit.

– Expliquez-moi, dit-elle.

Elle écouta le récit de Vincent avec attention, et réfléchit un long moment. Elle se leva et quitta le bureau.

Quand elle revint, elle fouillait dans une grande chemise cartonnée. Elle en éparpilla le contenu sur le bureau. Vincent se pencha. Ina Klein rassembla rapidement les documents et fit disparaître la pochette dans un tiroir.

– Quelque chose vous intrigue ? demanda Vincent.

– Plutôt, oui. Une de mes patientes est hospitalisée vingt-quatre heures pour un bilan de surveillance de grossesse, qui se déroule sans encombre, et vous venez m'annoncer qu'elle est décédée dans des conditions effroyables. Elle était en pleine santé, monsieur Karst, en pleine santé, c'est tout ce que je peux vous dire. La grossesse se déroulait à merveille. Oui, je suis plutôt intriguée.

Elle observa Vincent, et prit enfin conscience de son interlocuteur.

– Excusez-moi, mon analyse est un peu froide. J'oublie ce qu'elle représentait pour vous.

– Tant mieux. Considérez que vous vous adressez toujours à un flic. Je n'ai pas besoin de compassion mais d'exactitude. Je veux comprendre.

– Je suis soumise au secret médical. À un « flic », je ne peux rien dire, sauf sous le coup d'une procédure judiciaire.

Vincent se leva d'un bond et se pencha par-dessus le bureau. Klein l'affronta avec une certaine appréhension. Les bras écartés, les mains à plat sur le bois, il semblait prêt à mordre.

– Ça suffit, docteur Klein. Voyez en moi ce que vous voulez : le flic, l'amant, même le père, si ça vous amuse. Mais je ne vais pas me contenter éternellement d'un « je ne sais pas » ou d'un « c'est incompréhensible ». Vous n'avez qu'à chercher. C'est aussi votre boulot.

– Pourtant, *c'est* incompréhensible, dit-elle sans émotion. En tout cas je ne vois aucun lien entre son état obstétrical et l'hospitalisation d'une part, et ce qui lui est arrivé d'autre part. Je vous répète que tout s'est parfaitement déroulé et...

– ... et elle finit par mourir quarante-huit heures plus tard d'une infection galopante et d'une allergie foudroyante. C'est normal, ça, pour vous, nom de Dieu ?

Il avait hurlé sans impressionner Ina Klein. La scène semblait lui être familière, comme si elle faisait face à l'un de ces parents furieux – le lot de tous les médecins.

– Je l'ai suivie personnellement pendant son séjour. Personne d'autre que moi n'était habilité à prescrire quoi que ce soit. Et rien n'a été prescrit, je vous le garantis, dit-elle froidement en posant la main sur le dossier comme sur une bible.

Vincent se redressa. Il comprit enfin qu'elle réagissait en professionnelle dont le geste et la compétence avaient été mis en cause. Avec les risques que cela comportait : la faute, en matière de santé, était toujours plus répréhensible. Ina Klein se défendait. Elle était forte, il fallait la pousser sur son terrain de faiblesse.

– Comment pouvez-vous être sûre que rien ne s'est passé pendant l'hospitalisation ? L'erreur médicale, ça existe, et à tous les échelons.

– Tout est signalé dans ce dossier ou dans les transmissions informatiques. Mais vous avez raison, dit-elle, prudente. Je ne peux être certaine de rien. Je vais fouiller, mais je ne vois pas ce que je pourrais encore découvrir. Il faudra probablement chercher ailleurs une réponse à la mort de votre amie. Les résultats de l'autopsie seront peut-être concluants.

Elle jeta un œil sur l'horloge murale.

– On m'attend au service.

Elle ouvrit la porte. Vincent n'avait pas quitté son siège.

– Je comprends votre démarche, dit-elle.

– Non. Vous ne comprenez pas. Et vous vous en foutez. C'est l'éventualité d'une enquête qui vous rend à peu près polie.

Pour la première fois, elle mit un peu de douceur dans sa voix.

– Désolée. Je suis choquée, en fait. Pas de la même façon que vous, mais je le suis. Je voudrais vous aider, mais rien ne peut expliquer ce que vous m'avez raconté. Je crois qu'il faut attendre les résultats définitifs de l'anatomie.

Vincent se leva.

– Alors fouillez, fouillez bien. Parce que je vais revenir.

Il traversa l'hôpital sans le voir. Il était clair que les médecins n'étaient pas disposés à élucider un phénomène susceptible de les impliquer. Mais ça ne l'arrêterait pas. Il remuerait, il bousculerait toutes les blouses blanches de France s'il le fallait, il leur braquerait un flingue sur la tempe au besoin, mais ils finiraient par s'y mettre, que ça leur plaise ou non. Cependant, l'embarras dans lequel le sort de Stella les plongeait l'intriguait. Ça ne ressemblait pas à un simple réflexe professionnel de protection. Samoëns cachait une inquiétude réelle derrière sa lassitude de médecin près de la retraite. Quant à Klein, il ne savait pas quoi en penser. Elle pourrait l'aider s'il parvenait à briser la glace. Son téléphone sonna : un numéro protégé, qui ne s'affichait pas à l'écran.

– Vincent ? Bruno Gallet. Je peux te parler ?

Vincent frappa et entra sans y être invité. Ina Klein leva la tête et referma machinalement le dossier dans lequel elle était plongée.

– Déjà ?

– Il faut que je vous parle.

– Vous avez peut-être remarqué que nous sommes dans une chambre et que je fais ma visite ? dit-elle, furieuse. On se verra plus tard.

Vincent adressa un petit signe de tête à la femme au fond du lit.

– Sortons un instant, docteur, je n'en ai pas pour longtemps.

Elle posa les documents sur le chariot d'examen et referma la porte derrière elle.

– Ne faites plus jamais ça, monsieur Karst, vous m'entendez ? dit-elle, glaciale. Tout flic que vous êtes, je vous fais virer par la sécurité. Vous vous croyez où ?

Vincent lui tendit un papier.

– Ça vous dit quelque chose ?

Le médecin déchiffra avec peine les deux noms griffonnés à la hâte sur la page d'un magazine. Vincent l'aida.

– Florine Montiel et Bénédicte Miler. Toutes deux enceintes.

– Je ne les connais pas.

– Il y a d'autres médecins dans ce département ?

– Je ne m'occupe pas des trois unités de soixante lits chacune, effectivement. Pourquoi vous intéressez-vous à ces femmes ? Quel est le lien entre elles et nous ? Je vous signale qu'on n'est pas la seule maternité parisienne.

– Elles sont mortes.

Ina ferma les yeux.

– Elles font aussi partie de votre famille ?

– Non. Mais elles sont décédées au cours des douze dernières heures dans des conditions aussi dramatiques que Stella. Et elles étaient suivies dans cet hôpital. Je suppose qu'il n'y a pas cinquante services de gynécologie.

Ina se saisit du papier et intercepta une infirmière.

– Marthe, vérifiez si ces deux femmes ont été suivies en consultation.

– Quel médecin ?

Ina interrogea Vincent du regard.

– Je ne sais pas, dit-il.

– Demandez aux filles de la polyclinique de chercher dans le fichier informatique, conclut le médecin. On vous attend en salle de soins.

Vincent la suivit. Elle s'assura qu'aucun patient ne traînait dans les couloirs et alluma une cigarette près de la fenêtre.

– Vous êtes flic ou vous tenez une revue nécrologique ?

– Je m'en passerais. J'ai eu un appel de Gallet. Un des médecins de l'Institut médico-légal de l'hôpital.

– Connais pas. Enfin, de nom, vaguement. Dieu merci, ici, on fournit assez rarement l'Institut. On vient plutôt chez nous pour mettre au monde.

Elle se rendit compte de sa maladresse, écrasa sa cigarette à peine consumée.

– Excusez-moi. Je manque de tact quand je suis fatiguée. Comment avez-vous su qu'elles étaient suivies ici ?

– La famille. Elles avaient rendez-vous dans moins d'un mois, d'après Gallet.

– Qu'est-ce qui leur est arrivé ?

Le téléphone l'empêcha de répondre. Ina Klein décrocha. Elle reposa le combiné sans un mot et alluma une autre cigarette.

– Je ne sais pas pourquoi je les allume, dit-elle en la déposant aussitôt dans un cendrier improvisé. Je n'avale même pas la fumée, je ne supporte pas ça.

– Alors ? coupa Vincent.

– Les deux ont été hospitalisées chez nous. Enfin, dans une autre unité. Mais la première il y a quinze jours, la deuxième il y a plus d'un mois. Il est impossible qu'une infection fulgurante contractée ici puisse se révéler un mois plus tard. Encore moins une allergie.

– Il ne m'a pas parlé de ça, dit Vincent. L'une est morte d'une chute vertigineuse de la température corporelle, comme si on l'avait enfermée dans un congélateur. Il a suffi d'une minute. Je n'ai pas bien saisi pour l'autre fille, mais c'est tout aussi incompréhensible pour les médecins.

– Impossible, affirma Ina. En tout cas, je ne vois aucun rapport avec la grossesse.

Elle se leva brusquement et perdit son sang-froid.

– Vous n'y connaissez rien, mes confrères eux-mêmes sont dépassés, et vous déboulez ici. Pourquoi vous venez m'emmerder avec ça ?

– Trois femmes en deux jours, docteur Klein. Trois femmes jeunes, enceintes, en pleine forme, vous l'avez dit vous-même. Elles ont un point commun en dehors de leur grossesse : ce service et les médecins qui y bossent. Vous, en l'occurrence. Alors qui voulez-vous que j'aille emmerder ? Leur teinturier ?

Elle lissa ses cheveux vers l'arrière, lasse.

– Je ne cherche pas particulièrement à vous créer des ennuis, docteur Klein. Mais je ne vais pas m'arrêter là, je veux comprendre. Aidez-moi. C'est mieux pour vous et c'est mieux pour moi.

– D'accord. Laissez-moi vos coordonnées.

Elle était déjà loin. Elle se retourna.

– N'espérez pas de miracle.

– Ina, on vous demande.

Elle jeta son stylo d'un geste rageur. L'après-midi avait été infernal. Elle avait fini sa visite sur les chapeaux de roues et les internes en avaient pris pour leur grade. Sans remords : elle avait tenu le rôle de bouc émissaire pendant six ans, elle avait bien le droit de se défouler maintenant qu'elle était chef. Ça n'avait pas été très efficace ; elle se sentait rongée de l'intérieur, les nerfs à fleur de peau. Il y avait la fatigue, bien sûr, mais surtout ce type, ce flic. Il avait planté une graine empoisonnée dans son esprit, et elle avait gentiment germé, obscurci son horizon. Cette histoire sentait mauvais, les choses n'allaient pas s'arranger comme par enchantement. Il faut dire qu'il avait le profil de l'emploi : l'acharné, le pitbull qui s'agrippe et ne lâche plus. Le pire était qu'elle l'approuvait ; à sa place elle aurait fait la même chose, elle n'aurait pas lâché un pouce de terrain. Elle dévala les escaliers en priant pour que ce ne soit pas lui. Elle n'aurait pas la résistance dont elle avait fait preuve ce matin.

Un homme d'une cinquantaine d'années arpentait le hall, visiblement détendu. Rien dans son attitude ne trahissait le parent anxieux, le mari inquiet, ou même le confrère curieux. Il l'aperçut, sourit et passa la main dans ses cheveux grisonnants.

– Docteur Klein ?

Ina se contenta d'acquiescer. Il n'était même plus l'heure d'être courtoise.

– Hervé Lamoureux. Pouvez-vous m'accorder quelques instants ?

– Pas plus.

– Je ne serai pas long. J'aimerais vous parler d'une de vos patientes. Elle se nomme Bénédicte Miler.

Une plaisanterie. Tout ceci n'était qu'une plaisanterie, un de ses collègues lui jouait un tour, et elle allait le voir surgir d'un instant à l'autre, plié de rire. Ina serra les dents, regarda autour d'elle et ne vit personne. Elle observa le type. Il s'en dégageait une certaine sympathie, mais elle l'imaginait mal se prêter à ce genre d'ânerie.

– Vous êtes de la famille ? finit-elle par demander.

– Non, une connaissance. Récente. Je devine à votre réaction que vous savez ce qui lui est arrivé. Je me trompe ?

– Où voulez-vous en venir ?

Lamoureux hésita. Quelque chose de sombre passa dans ses yeux et Ina fut immédiatement mal à l'aise. Il fit un pas vers elle.

– Elle est morte sous mes yeux. Gelée, glacée. C'était terrifiant, docteur Klein. Elle s'est cassée en deux comme on brise un roseau. D'un coup sec.

Il sortit un mouchoir et s'épongea le front. Le geste semblait peu à peu balayer son anxiété. Il souriait à nouveau.

– Pourquoi êtes-vous venu me voir ? dit-elle. Vous n'êtes ni son médecin ni un parent. Je n'ai rien à vous dire.

Du monde venait d'entrer. Deux enfants se mirent à hurler et à gesticuler dans le hall. Les cris résonnèrent et Lamoureux entraîna Ina à l'écart. Elle se dégagea d'un geste brusque. Le sourire du journaliste disparut.

– Rassurez-vous. Je n'écris pas de papier à sensation et je ne suis pas venu vous arracher un secret médical. Je travaille pour *Science du devenir*. Vous connaissez certainement notre mission, vous savez que c'est une revue sérieuse. Je suis venu discuter avec vous de ces phénomènes parce qu'ils sont étranges, inconnus et a priori incompréhensibles pour des hommes de science. Je voudrais comprendre, rien de plus.

Ina explosa.

– Vous êtes journaliste ? Vous vous foutez de moi !

– Je fais de l'information scientifique, pas de la révélation *people*, se défendit Lamoureux. Nous n'avons pas pour vocation d'affoler le public, croyez-moi.

– Vous m'avez fait perdre un temps précieux. Restons-en là.

– Vous vous méprenez. Renseignez-vous, je suis loyal. Et réfléchissez : vous risquez de vous retrouver bientôt en première page d'un canard à sensation. Et là on ne vous demandera pas votre avis, on ne vous préviendra pas. Tout se sait, docteur, et très vite. C'était très spectaculaire, je vous assure, on ne va pas croire à un malaise au supermarché. Vous n'échapperez pas à la dérive médiatique. (Il lui tendit une carte.) Si vous changez d'avis...

Ina s'en empara et remonta les escaliers, furieuse.

Elle se précipita dans son bureau et se connecta au réseau informatique de l'hôpital. Stella Fazzini. Bénédicte Miler. Et bientôt, on viendrait la voir pour la troisième, pour Florine Montiel. Ce type avait raison. Elle entra le nom des deux dernières dans le registre des hospitalisations : l'ordinateur confirma ses informations.

Miler avait séjourné du 15 au 16 novembre en unité 1, chez Keller. Le compte rendu du séjour n'avait pas été dicté : ses collègues aussi croulaient sous le travail, et les dossiers en retard s'accumulaient sur leurs bureaux respectifs. Ina ouvrit néanmoins le dossier de la jeune femme et sélectionna le fichier de la dernière hospitalisation, elle y trouverait certainement des informations. Elle reconnut – une fois n'était pas coutume – le bien-fondé des récentes exigences de l'administration. La démarche d'accréditation – ce remaniement de fond auquel étaient soumis tous les hôpitaux pour justifier du budget alloué par l'État – imposait un certain nombre de mesures, et notamment une organisation et une logistique rigoureuses dans chaque service. Chaque médecin se devait d'entrer dans le fichier informatique un commentaire quotidien concernant tous les patients qu'il suivait. Il était ainsi possible, rétrospectivement, de connaître l'ensemble des décisions cliniques et thérapeutiques en consultant le dossier à partir de n'importe quel poste de l'hôpital. Un médecin extérieur au service pouvait également prendre connaissance du dossier et intervenir, notamment en urgence, et laisser lui-même la trace de son passage. Rien de ce qui figurait dans ce fichier ne pouvait être effacé par la suite. Ce qui assurait à la fois une communication entre les praticiens et une base de données fiable. Cela ne s'était pas fait sans peine : la mise en place avait nécessité des moyens techniques et logistiques impressionnants, des sommes à leur mesure et surtout des efforts considérables pour bousculer les habitudes et les réticences du corps soignant. C'était le prix de la transparence et de la sécurité dans une société médicale où la justification et la législation dominaient dorénavant les rapports médecins-patients. Quelques scandales retentissants et la folie procédurière héritée des États-Unis avaient conforté les pouvoirs publics dans leurs résolutions.

Ina parcourut les commentaires émaillant les vingt-quatre heures d'hospitalisation de Bénédicte Miler. Elle nota sur une feuille le nom du confrère qui l'avait suivie et jeta un œil sur les examens et les prescriptions dictés au cours du séjour. Biologie classique, dosage de l'alpha-fœtoprotéine, bêta-HCG et deux autres paramètres d'évolution du fœtus ; les valeurs étaient satisfaisantes. La recherche d'agglutinines irrégulières était négative : Miler n'avait pas développé d'immunité contre certaines caractéristiques sanguines de son propre enfant. Les résultats de l'échographie, du frottis et de la mise en culture s'affichaient sur l'écran et ne révélaient aucune anomalie de croissance, aucune infection. Elle passa rapidement sur les prescriptions pharmaceutiques – inexistantes, au demeurant – et les transmissions infirmières, puis consulta le dossier de la seconde patiente.

Florine Montiel avait séjourné vingt-quatre heures en unité 1, plus d'un mois auparavant, et passé la nuit du 23 au 24 octobre en chambre 105. Les transmissions étaient plus fournies : la femme avait subi une amniocentèse pour détecter une éventuelle trisomie fœtale. Elle n'avait que trente-quatre ans, mais les critères d'amniocentèse avaient changé. Jusqu'à il y a peu, l'âge maternel suffisait pour poser l'indication de l'examen : au-delà de trente-huit ans, toutes les femmes s'y prêtaient mais s'exposaient au risque de fausse couche non négligeable de un pour cent. Au bout du compte, deux embryons normaux mouraient des suites de l'amniocentèse pour un cas de mongolisme identifié, et pour un résultat très décevant : seuls vingt-cinq pour cent des trisomies 21 étaient détectés. En effet, soixante-quinze pour cent des enfants atteints naissaient de mères de moins de trente-huit ans et échappaient ainsi au dépistage. Il fallait établir d'autres critères, tels que les antécédents familiaux, l'échographie du premier trimestre et les dosages hormonaux. On définit alors un risque global évalué à partir de l'ensemble de ces critères, bien plus fiable que le seul âge maternel. Pour Florine Montiel, ce risque était estimé à 1 sur 165, alors que la limite acceptable était de 1 sur 250. Elle avait hésité à pratiquer l'examen, puis s'était rangée à l'avis médical, probablement. Elle était arrivée à l'hôpital à sept heures trente, et à neuf heures l'amniocentèse était pratiquée. Ina afficha les résultats : les cellules fœtales prélevées dans le liquide amniotique n'avaient montré aucune anomalie chromosomique, et le reste du bilan avait permis au médecin de rassurer sa patiente. Elle avait quitté le service le lendemain dans la matinée. Aucun médicament n'avait été administré pendant son séjour. Là encore, Ina nota le nom de la patiente et du médecin, puis referma le dossier.

Elle se cala dans son fauteuil et ferma les yeux. Elle songeait aux trois femmes, à Karst, au journaliste, et une angoisse diffuse l'envahit. Elle n'avait qu'une certitude : les ennuis avaient commencé à huit heures ce matin et ce n'était qu'un début.

7

VINCENT ÉTAIT TOUJOURS SURPRIS par l'effervescence de la préfecture alors que Paris était encore plongé dans la nuit la plus noire. Il lui semblait vivre dans un univers décalé, une machine éternellement remontée.

Un vacarme éclata dans le couloir. Il se pencha avec curiosité : un groupe de policiers escortaient deux filles qui vociféraient comme si on les égorgeait. L'une d'elles hurlait plus fort que tout le monde. Elle connaissait quelqu'un de haut placé qui lui rendait visite fréquemment, elle ne voulait pas le balancer, mais si on l'y obligeait, elle le ferait. Peut-être bien qu'elle y perdrait des plumes, mais une chose était sûre, tous ces fils de pute de la préfecture qui l'empêchaient de vivre sa vie, une fille cool comme elle, tous, oui, tous finiraient à la circulation ! Elle pouvait le jurer ! et là ils feraient moins les cons !

Vincent sourit ; ces scènes l'amusaient chaque fois. Sorties de leur contexte, elles perdaient leur dimension dramatique, n'en restait que le côté théâtral, une sorte de tragi-comédie de boulevard.

Picard prit l'amusement de son inspecteur pour un défi.

– D'accord, vous plaisantez. Ça me rassure. Je ne suis pas certain que vous soyez en mesure de le faire, mais je préfère ça. Parce que sinon j'aurais pensé que vous vous foutiez de moi, avec votre requête. Que vous tentiez de bafouer mon autorité. Des choses désagréables, vous voyez ?

Vincent abandonna les filles à leur sort.

– La situation n'est plus la même. Vous devez revenir sur votre décision.

– Je sais ce que vous endurez, Karst, et croyez que personne ici n'y est indifférent. J'en éprouve même de la sympathie pour vous, mais je m'en voudrais de vous traiter avec compassion. Or ce serait de la compassion que d'accepter.

– Il ne s'agit plus seulement de Stella. Deux autres femmes sont mortes dans cette affaire. Mortes. Et je me fous de votre compassion.

Picard se redressa.

– Calmez-vous. Vous n'êtes pas en position d'exiger quoi que ce soit.

Flieg, immobile sur sa chaise, soupira profondément, puis sembla replonger dans l'absence.

– Avez-vous conscience des dégâts que j'essaie de réparer ? dit Picard. Est-ce que vous vous en souvenez ou je vous rafraîchis la mémoire ?

Flieg soupira de plus belle. Picard le fusilla du regard, et le policier leva la main en signe de soumission.

– Soyez patient, Karst. Vous n'êtes pas en mesure de diriger cette enquête et je ne veux pas vous la confier, un point c'est tout. D'ailleurs quelle enquête ? Quoi ? Qu'est-ce qui vous prend avec cette histoire !

Picard frappa sur le bureau avec une rage inhabituelle. Pendant un court instant, même les filles s'arrêtèrent de brailler derrière la porte.

– Des femmes meurent, je constate avec tristesse que votre amie en fait partie, mais je constate aussi que cela vous aveugle. Pourquoi voulez-vous absolument qu'il y ait un lien entre elles ? Pour quel motif voulez-vous lancer une investigation policière ? Il n'y a pas eu crime, pas eu agression, elles ne se sont pas évaporées dans la nature, elles sont mortes, Karst ! Voilà, il faut dire les choses crûment, elles sont mortes d'une façon dégueulasse et c'est aux toubibs de se pencher là-dessus, pas aux flics. Alors quoi ? Qu'est-ce qui vous permet de réclamer une enquête ?

– Très bien, répondit Vincent en se levant. Je porte plainte pour homicide involontaire. Contre X, ou contre l'hôpital s'il le faut, contre n'importe qui, et je réclame une enquête auprès du tribunal.

Picard se leva à son tour et fit le tour du bureau.

– Non, dit-il en posant une main sur son épaule. Ne me faites pas ce genre de plan, Karst, parce que ça finira mal et forcément pour vous.

– Donnez-lui l'enquête.

Vincent dévisagea Flieg, qui venait d'ouvrir la bouche pour la première fois depuis dix minutes. Picard sourit, sans se retourner. Il avait certainement rêvé.

– Donnez-lui cette enquête et qu'on en finisse.

Vincent profita du flottement.

– Je mènerai les choses sans vagues. Je ne veux même pas d'enquête officielle, j'ai seulement besoin de notre structure pour avancer. Il faut que je puisse fouiller dans notre fichier, que je puisse demander l'aide des autres services s'il le faut. Elles sont mortes de façon suspecte et ça ne se résume pas à une simple énigme médicale.

Picard ne répondit pas. Son visage n'exprimait rien ; ni refus ni doute , peut-être un peu de plaisir. Il aimait voir son entourage se débattre. Karst ne lâcherait pas.

– Flieg m'assistera, ce sera votre gage de sécurité. N'oubliez pas : il est marié et il a des gosses, lui. Il sait se tenir.

– Mettez-le sur le coup, chef.

Flieg semblait ne pas savoir dire autre chose.

– Vous m'emmerdez, vous ! Qu'est-ce qui vous prend de jouer les bons samaritains ? Vous devenez tendre avec l'âge.

Flieg se décida enfin à se lever. Il s'interposa entre les deux hommes.

– On va juste modifier le contrat, précisa-t-il, comme s'il considérait la chose acquise. *Je* serai officiellement responsable et *il* m'assistera dans ma tâche. Pour tous, il reste hors jeu. Pas vrai, Karst ?

La décision semblait maintenant se jouer entre les deux coéquipiers. Picard se mit en retrait, amusé.

– Moi seul, un point c'est tout, reprit Flieg. Et il n'y aura pas de négociation possible. Au moindre écart, au plus petit geste en solo, tu sais, ta spécialité, tes coups de sang, on coupe le jus sur-le-champ, terminé. On est d'accord ?

Il affrontait Vincent sans ciller. Picard leva le doigt.

– Votre éloquence m'impressionne, Flieg. Vous aurez sans doute un bon argument pour me le faire accepter, à moi ?

– Juste un peu de reconnaissance pour ce qu'il a déjà fait ici, quelque chose comme service rendu à la nation, retour d'ascenseur. Vous avez le choix.

Vincent était stupéfait. Encore un Flieg qui lui était inconnu. Picard céda.

– Je suis plus exigeant, moi, Karst. Je vous veux transparent, absent, invisible, même au cœur de l'action. Personne ne devra retenir une seule lettre de votre nom.

Flieg était déjà dehors.

Vincent mit la main dans sa poche et étreignit son insigne. Picard le retint par le bras.

– Une dernière chose : ces femmes, et rien de plus. Vous vous cantonnez à cette affaire puisque vous tenez à en voir une là-dedans. Rien d'autre. Compris ? *Rien.*

Vincent descendit les premières marches.

– Merci.

– Où tu vas ? dit Flieg du haut de l'escalier. On a du boulot. Tu as pris de mauvaises habitudes : c'est fini, les vacances, Karst.

Les deux hommes suivirent un long couloir, traversèrent une salle bondée où s'entassaient flics et personnes interpellées dans un brouhaha monstrueux. Les deux filles étaient toujours là, mais elles avaient changé de tactique : l'une pleurait sur une chaise, l'autre prenait à partie chaque personne qui passait. Quand Vincent fut près d'elle, elle agrippa la manche de son blouson.

– Toi aussi, tu fais semblant de ne pas me reconnaître, hein ?

Vincent lui sourit et l'obligea à lâcher prise.

– Va te faire foutre, sale Black ! T'es pas plus blond que moi, ouais !

Vincent et Flieg étaient déjà à l'autre extrémité de la salle.

– En plus, tu baises mal, t'as rien dans le froc ! hurla la fille. J'aurais dû te faire payer le double !

Flieg se retourna, ravi.

– Rien dans le froc ? Alors finalement c'était vrai !

– Avance.

Ils empruntèrent un escalier qui grinça dangereusement sous leurs pas, et débouchèrent sur un espace assez vaste, juste sous les toits. La température était polaire.

Pauline Verhoover était à son bureau. Emmitouflée dans un anorak, elle buvait un café brûlant.

– Tiens, l'inspecteur Karst a été libéré ?

– Conditionnelle, répondit Vincent.

– Qui a payé la caution ?

Flieg se laissa tomber sur le tissu élimé du fauteuil.

– Mes gosses. Tiens, Karst, jette un œil là-dessus.

Vincent prit une pochette sur le dessus d'une pile. La chemise en carton comportait deux initiales : KL.

– Karine Liegey, précisa Flieg. Tu t'en souviens ?

Vincent chercha en vain, et secoua la tête.

– Une des filles de notre dernière affaire. Une des seules à avoir osé parler de viol et de prostitution.

Vincent acquiesça, mal à l'aise. Il réalisa combien les événements récents l'avaient éloigné de son métier. Et si Picard avait raison ? S'il n'était pas, n'était *plus* en mesure de mener une enquête ? Il feuilleta nerveusement le dossier. Les éléments prirent place dans son esprit comme les pièces d'un puzzle qu'on reconstitue.

– On a passé l'entourage au peigne fin, dit Flieg : les amis, la famille, les collègues de boulot.

Pauline accepta de lever le nez de sa tasse fumante.

– C'est allé assez vite, question collègues : elles étaient presque toutes au chômage ou terrées dans leur famille quand elles ont plongé.

– Merci, je sais, coupa Vincent. Je te rappelle que j'étais sur le coup il y a peu de temps. On voulait remonter la filière, savoir qui elles fréquentaient, où, comment elles s'étaient fait piéger, à quel niveau de la chaîne on avait une chance d'intervenir. Rassurée ?

Il avait parlé comme on récite un texte.

– D'accord, ne te vexe pas.

– Résultat des courses ?

Flieg lui reprit le dossier des mains.

– Karine ne bossait pas, elle avait peu d'amis, elle ne sortait presque jamais, excepté une virée palpitante à la supérette de temps à autre.

– Et elle a fini sur le trottoir. Curieux, comme parcours, non ?

– Ancienne toxico, tout de même, précisa Pauline. Elle a bien dû sortir un peu, avant son ascèse. Mais c'était une repentie, comme ils disent. (L'inspectrice hésita et croisa le regard de Flieg.) Elle aussi, elle avait arrêté.

– Si ce n'est que, d'après l'entourage, dit Flieg, elle avait probablement replongé, et peu de temps avant de se mettre à faire le tapin.

– C'était leur méthode, à ces types, non ? Baratin, viol et drogue pour les rendre accros, puis le macadam...

– Oui, et plutôt efficace : en les interrogeant, on s'est rendu compte que la méthode fonctionnait en trois semaines, un mois à tout casser, dit Pauline. Mais elle, elle avait repris plusieurs mois avant, indépendamment du réseau.

– En creusant un peu, on a découvert qu'elle avait retrouvé une copine, une vieille connaissance. Elles se voyaient depuis quelques mois, aussi. La fille venait assez souvent : le voisinage l'a vite remarquée, elle n'était pas du coin. On a réussi à établir un petit calendrier : la copine est apparue dans le décor pratiquement en même temps que les sachets d'héroïne, ou juste après.

– C'est qui ? On l'a identifiée ? Interrogée ?

– Non, et il y a peu de chances pour qu'on le fasse maintenant, avoua Pauline. C'était Stella, Vincent.

Flieg cessa de martyriser la gomme. Vincent n'était pas du genre à tout accepter.

– Elles se connaissaient depuis longtemps, on en a eu confirmation, dit Flieg. La même cité, puis Kaysersberg, à la Fondation : même combat pour émerger. Elles se sont perdues de vue et se sont retrouvées des années plus tard, dans des circonstances qu'on ignore encore. C'était il y a deux ans environ, mais les témoignages ne sont pas très clairs sur ce point. En tout cas, on ne connaît pas exactement leur lien. Je suppose que la Fondation est un lieu de souffrance et de lutte. Dans ce contexte, des amitiés très fortes doivent se tisser et on en saisit mal la nature quand on n'a pas partagé les mêmes épreuves.

– T'as raison, tu ne sais rien, répondit Vincent.

– C'est le propre d'une enquête, ce genre d'info, dit la

jeune femme. Si tu ne te sens pas capable de l'accepter, il vaut mieux que tu en restes là.

Pauline s'était levée, très près de Vincent, et d'une main lui indiquait la sortie.

Vincent se tut. Son regard glissa d'un visage à l'autre. Il fit le tour du bureau et se réfugia dans le fauteuil de sa collègue.

– Elle ne m'en avait jamais parlé, dit-il.

– C'est le moment de comprendre pourquoi.

Flieg prit le relais. Pauline avait su désamorcer la bombe comme il n'aurait jamais osé le faire, c'était à lui de poursuivre.

– On a échafaudé quelques hypothèses – deux, en fait. Ce ne sont que des hypothèses, mais il faut les envisager.

– Ne tournez pas autour du pot.

– D'accord. La première : Stella avait replongé, elle aussi.

Vincent voulut parler, Flieg l'interrompit d'un geste.

– *Rien* n'est impossible, Karst.

– Ça ne m'aurait pas échappé.

– Ne dis pas d'âneries. Peut-être que tu n'as pas remarqué non plus qu'elle était malade depuis longtemps, c'est peut-être ce que les toubibs t'apprendront lorsque les résultats définitifs de l'autopsie tomberont. Je répète : elle replonge en même temps que Karine qui lui fournit la poudre, elle s'infecte avec un matériel septique et tu connais la suite.

– Deuxième possibilité, enchaîna la jeune femme : il existe un lien entre elles, une amitié qui renaît de ses cendres. La concordance des dates n'est qu'une coïncidence, rien ne nous oblige à penser que Stella est retombée dans la marmite. Entre-temps, tu joues les Rambo aux abattoirs, et les types du réseau sont rancuniers. Ils connaissent l'existence de Stella, remontent la filière, découvrent votre liaison. Par un moyen qui nous échappe et qui échappe encore à la science, ils se vengent sur elle.

– À peine plus plausible, comme hypothèse, dit Vincent.

– Elle mérite au moins qu'on s'y intéresse, trancha Pauline. Au même titre que la première.

– Je ne suis plus sur cette affaire, je vous le rappelle, dit Vincent. Et je ne vois pas le lien avec les deux autres filles.

– Picard a peut-être raison : qui te dit qu'il en existe un ? Les deux pistes débouchent sur Stella et peut-être sa mort. Et *ça*, c'est ton affaire. Et c'est aussi l'occasion de prendre le large vis-à-vis de ton hypothèse.

– Elle vaut bien les vôtres.

Flieg semblait à nouveau sceptique.

– Ces histoires de grossesse et d'hospitalisation douteuse, ça ne tient pas la route. Les médecins que tu as vus ne sont peut-être pas bavards, mais ça se conçoit. En revanche, la thèse de l'accident infectieux ou de la vengeance, ça sonne moins faux.

– Bon, ben moi, j'irai, dit Pauline.

– Où ?

– À Kaysersberg. On va se partager les tâches. C'est là-bas qu'on apprendra quelque chose sur Karine et Stella, et s'il faut y aller, il vaut mieux que ce soit moi : Vincent n'aura pas le recul nécessaire, et puis le côté jeune voyou au féminin, ça m'amuse déjà, je me sentirai probablement en famille. Rendez-vous dans quarante-huit heures pour un compte rendu, les garçons.

Vincent profita du départ de sa collègue pour réquisitionner son ordinateur.

– Je propose que vous vous concentriez sur vos pistes, et moi, je creuse la mienne.

– Karst, je crois que tu n'as pas bien compris les termes de notre accord. Tu assistes gentiment à notre enquête et tu ne joues pas en solitaire.

– Garde tes leçons.

– Insubordination ? Déjà ?

– Tu n'as pas entendu ta coéquipière officielle ? Répartition du boulot.

– Exact : elle et moi, on partage, toi, tu nous aides.

– D'accord. Je t'aide à chercher dans le fichier central tous les renseignements concernant Montiel et Miler : famille, travail, adresses privées et professionnelles, tout. Je prends la première, tu t'occupes de Miler.

– Le reste de ton programme d'aide ?

– Sage, très sage, Flieg. T'inquiète. Petites promenades et autres visites.

– Formidable. Tu es vraiment un type serviable. Je vais utiliser le poste de Gersanne, il est en vacances.

– Flieg ?

Le policier revint sur ses pas.

– Une autre suggestion d'aide ?

– Pour l'anniversaire de ta fille, ça tient toujours ?

– Non. Jamais de subalternes à la maison.

Vincent se concentra sur l'écran. Flieg sortit et sa voix résonna dans le couloir.

– C'était hier, couillon.

La moto descendit la rue Basse-de-la-Terrasse au ralenti. Vincent avait sillonné la ville comme on vient au zoo. Dans son esprit, Meudon était aussi éloigné de Paris et de son propre univers qu'une ville de province. Il n'y avait jamais mis les pieds et n'avait jamais songé à le faire. Plus précisément, il n'aurait jamais imaginé le faire un jour. Meudon incarnait un monde qui ne le concernait pas, tout simplement ; une bulle de l'Ouest où tout était protégé et aseptisé. C'était surtout un endroit que les jeunes des cités évoquaient telle une tirelire. On y passait éventuellement pour un cambriolage, pas plus longtemps que nécessaire, presque dans l'indifférence. Et même pour y vider une maison, on enlevait ses chaussures, histoire de ne pas abîmer le parquet et l'image qu'on se faisait du lieu. Casser la tirelire proprement.

Vincent coupa le moteur et observa les maisons alentour. Il lui semblait qu'il allait y découvrir des gens, des décors et des couleurs étranges. Au lieu de cela, une banlieue bourgeoise étalait ses constructions récentes ou réhabilitées en quelques quartiers résidentiels, les rues dormaient tôt le soir et s'animaient tôt le matin, vivotant des hommes et des femmes qui partaient travailler à Paris.

Le numéro 101 était porté par une des rares maisons anciennes. Elle avait été joliment restaurée, puis découpée en maisons jumelles. La demeure des Montiel – c'est certainement ainsi qu'ils devaient appeler leur baraque – s'étirait sur trois étages, grande façade blanche sur le fond sombre des troncs dénudés. Vincent leva les yeux sur la tourelle qui surplombait la villa.

À l'étage, un rideau retomba aussitôt.

Le policier sonna et attendit. La maison était plongée dans un silence parfait, qu'une sorte de gémissement troubla soudainement.

Il enjamba le portillon fraîchement repeint et traversa le jardin. Les plates-bandes étaient entretenues à la perfection, les gravillons semblaient disposés un par un. Rien ne trahissait l'absence, quelle qu'elle soit. Encore moins une disparition récente. Vincent songea à son appartement.

Un cri, plus aigu cette fois, se fit entendre. Il provenait bien de chez les Montiel, d'une pièce à l'arrière, en rez-de-jardin.

Vincent retourna sur ses pas et sonna avec plus d'insistance.

– Qui est-ce ?

Il hésita, puis balaya d'une même pensée consignes et scrupules.

– Inspecteur Karst, de la police criminelle, madame.

Il approcha son insigne du judas. La porte s'entrouvrit et une femme apparut. Elle plissait les yeux comme si elle émergeait de la pénombre.

– Il n'y a personne, monsieur.

– Vous travaillez ici ?

– Oui. Il n'y a personne.

Un gargouillis résonna derrière elle. Une jeune femme blonde, d'une trentaine d'années, les cheveux mal retenus par un bandeau, surgit dans le hall d'entrée et tira sur la porte.

– Annick, retourne dans ta chambre, tu vas prendre froid !

Annick n'était pas couverte, mais s'en moquait autant que des recommandations qu'on lui prodiguait. Elle déambulait à pas désordonnés. Vincent remarqua que son pyjama était maculé de toutes parts. Une succession de grimaces déformèrent son visage rond. Elle adressa enfin un sourire à Vincent. Quand il le lui rendit, Annick ne le regardait déjà plus. Elle s'était concentrée sur le détail d'un masque africain, suspendu à l'un des murs de l'entrée. La dame s'impatienta.

– Que puis-je faire pour vous, inspecteur ?

– M. Montiel est-il chez lui ? J'aimerais lui parler.

Elle secoua la tête dès les premiers mots.

– Je n'en aurai pas pour longtemps, juste quelques questions.

– Non, je vous l'ai dit, répéta la femme en réduisant l'entrebâillement de la porte. Il n'y a personne.

– Il y a Annick, corrigea Vincent.

– Oui, mais je ne crois pas qu'elle puisse répondre à vos questions.

Annick s'était mise à rire à gorge déployée : elle avait entrepris de se cacher derrière le masque.

– J'attendrai le retour de son père, alors, tenta Vincent.

– Son beau-frère. Annick est la sœur de Mme Montiel.

La gouvernante s'était retournée, inquiète de laisser la

jeune femme sans surveillance. Vincent en profita pour pousser la porte et avancer d'un pas. L'intérieur des Montiel était cossu, propre et classique à mourir. À un détail près, cependant : le masque de l'entrée faisait partie d'un ensemble d'œuvres d'art africaines qui ornaient les murs, curieusement en harmonie avec le mobilier. Vincent reconnut des poids Baoulé encadrés et des têtes en ivoire d'une grande beauté.

– Mme Florine Montiel est-elle disponible, elle ?

La femme ne se fit pas piéger une seconde fois.

– Non plus.

Elle ne put en dire davantage. Une minute plus tôt, la jeune handicapée avait sombré brutalement dans une léthargie profonde, contre toute attente, au milieu d'un rire. L'évocation du nom de sa sœur l'en extirpa comme si elle avait subi une décharge électrique. Elle se jeta sur Vincent, les yeux exorbités, en poussant une série de cris plaintifs. Ses traits exprimaient une douleur profonde. Elle s'agrippa aux épaules du policier qui ploya sous l'effet de la surprise et d'une force phénoménale. Ils durent s'y prendre à deux pour desserrer l'étreinte. La fille était en larmes, des spasmes secouaient son corps tout entier. La gouvernante la prit dans ses bras et tenta de la calmer. Elle repoussa Vincent vers le seuil.

– Appelez cet après-midi, M. Montiel sera là. Il vous donnera rendez-vous, ce sera mieux.

Vincent fit quelques pas dans la rue. La maison avait retrouvé son calme.

Annick comprenait-elle la mort, ou avait-elle simplement senti le manque les aspirer comme un gouffre ? Vincent suivrait le conseil de la femme : il appellerait, avant de rencontrer Montiel.

Il mit plus de quarante-cinq minutes pour traverser Paris vers le nord. Les embouteillages étaient si denses que la moto elle-même se frayait un passage avec difficulté. Il se souvint des informations de Flieg : l'immeuble ne payait pas de mine, il n'y avait pas de numéro sur la façade, mais il faisait presque face à la sortie du métro des Abbesses. Les terrasses étaient pleines, les gens s'agglutinaient sous les champignons chauffants sans réussir à s'imaginer en été. Les visages, grisâtres, restaient de saison. Mais c'était le 18e arrondissement, Amélie Poulain avait fait croire au monde entier que c'était la France, alors il fallait que cela soit joyeux, authentique, la rue grouillait d'enfants rentrés de l'école, et malgré l'artifice, Vincent se sentit mieux.

L'entrée de l'immeuble était protégée par un digicode. Le policier pressa sur le symbole d'une clef sans produire le déclic caractéristique. La porte s'ouvrit pourtant. À côté de lui, un enfant, un petit garçon à la peau très sombre – presque noire –, avait poussé la porte.

– Ça marche pas, dit-il, mais la porte est pas fermée.

Vincent pénétra dans la cage d'escalier. Les parties communes étaient à l'image de l'extérieur. Il eut un mouvement de recul, surpris par l'odeur. C'était un mélange de chien mouillé et de moisi ; le résultat était suffocant. Il s'approcha des boîtes aux lettres : une étiquette à moitié arrachée laissait encore lire MILER ... Au marqueur, sur le rabat de la boîte, on avait écrit deux mots, dont le second avait ensuite été barbouillé : « *SALE...* »

Il s'engagea dans l'escalier et s'arrêta au premier étage : les portes n'indiquaient aucun nom. Vincent se retourna brusquement, une main sur son arme : deux yeux brillaient dans la pénombre. La lumière apparut au même instant. Le garçon avait pressé l'interrupteur sans cesser de fixer Vincent.

– Il n'y a personne.

Vincent s'appuya à la rampe. Décidément, ce n'était pas son jour.

– Où sont-ils ?

Le gosse ne répondit pas.

– Tu les connais ? Tu habites ici ? J'aimerais bien parler à tes parents.

– Elle est morte, Bénédicte.

– Comment tu le sais ?

– Tout le monde le sait. Et elle allait avoir un bébé.

Vincent désigna l'une des portes.

– Elle habitait ici ?

– Oui, avec son mari. Des fois, la Vieille venait aussi.

Le qualificatif, dans la bouche du petit, n'avait pas de connotation péjorative. Il avait parlé avec une certaine déférence, au contraire. Vincent se souvint des mots de sa mère : en Afrique, l'âge était un gage de sagesse. Le signe d'un pouvoir, aussi : les maladies ou les accidents étaient fréquents, la vieillesse un privilège, rares étaient ceux qui y parvenaient. On soupçonnait les personnes âgées de s'adonner à la magie noire pour se protéger d'une mort précoce. On les respectait autant qu'on les craignait.

– Qui est la Vieille, pour Bénédicte ?

– Ben... la Vieille, répéta le gosse, surpris ; sa mère. En été, la sœur de Bénédicte est venue. La sœur-même-mère.

Vincent sourit. Dans certains pays d'Afrique de l'Ouest, la polygamie justifie qu'on définisse le lien de parenté entre les enfants d'un même foyer. Sa mère n'utilisait pas ce terme, mais il était très employé par les Ivoiriens ; Mme Karst était sénégalaise.

– Et toi, reprit le garçon, curieux, tu es son frère-même-mère ? Mais pas même père : tes cheveux sont jaunes !

Il éclata de rire et se ressaisit. L'homme pouvait se vexer.

– Excusez-moi. J'aimerais rentrer chez moi.

Vincent et le gosse se retournèrent vivement. Derrière eux

se tenait un homme plutôt grand, ses cheveux sombres et en bataille étaient collés au crâne par endroits. Il ne portait qu'un pull à col roulé, et paraissait transi. Il passa devant Vincent, posa ses paquets, et ses chaussures laissèrent des empreintes boueuses sur le sol. Le petit Ivoirien l'observa avec inquiétude, fit un signe entendu à Vincent et dévala l'escalier.

L'homme mit un temps infini à trouver ses clefs. À ce moment seulement, le policier s'approcha de lui.

– Monsieur Miler ?

L'homme leva des yeux morts.

– Oui, dit-il avec hésitation, c'est moi.

– Je peux vous parler quelques instants ?

Stéphane Miler referma instinctivement la porte sans entrer.

– À quel sujet ? Qui êtes-vous ?

Vincent songea à Picard et son sourire à claquer, ensuite à ce qu'il voulait être dans cette enquête, au rôle qu'il comptait tenir. Flieg, lui, ne fit que traverser son esprit, tout comme ses mises en garde. De toute manière, son nom n'était certainement pas passé inaperçu ce matin. Le « mal » était fait.

· Inspecteur Karst, de la police criminelle.

– Vous avez le droit de me poser des questions, comme ça ? dit Miler.

Il n'y avait pas d'agressivité dans ces mots, juste de la lassitude. Depuis quarante-huit heures, son existence ne s'embarrassait plus vraiment de questions.

– Et vous, vous avez le droit de refuser.

Miler s'adossa à la porte. Il sembla penser à tout autre chose. Après quelques secondes, il ouvrit et voulut refermer derrière lui. Vincent bloqua la porte.

– C'est au sujet de votre femme. Je voudrais vous parler de Bénédicte.

– Vous venez de me dire que je pouvais refuser.

– S'il vous plaît.

Miler disparut dans un couloir sombre. Vincent referma sans bruit et le suivit.

Il passa devant un séjour où une infinité de meubles s'entassaient, puis devant une pièce minuscule. Le lit n'était pas fait, le linge traînait. Il régnait dans l'appartement une odeur de renfermé et d'absence. Vincent pensa au loft de Montrouge, livré lui aussi à l'abandon. Ce type l'émouvait. La solitude rapprochait-elle les hommes ?

Au bout du corridor, ils poussèrent la porte de la cuisine, étroite et tout en angles. Une pile de vaisselle sale s'effondra avec fracas dans l'évier et Miler eut un geste de fatalité. Il désigna une chaise d'un signe de la tête, Vincent s'assit.

– Vous voyez, elle n'est plus là. Ici, tout est... paralysé. (Il sourit.) Qu'y a-t-il d'autre à dire sur elle ?

Tout était dit, en effet. L'absence avait figé son monde.

– Quelle était sa profession ?

– « Je socialise ». C'est comme ça qu'elle parlait de son boulot.

– En pratique, ça se traduisait comment ?

– Ma femme était éducatrice. Ses collègues l'appelaient Mère Bénédicta. Toujours là, quelle que soit l'heure, quel que soit le jour.

– Elle n'a jamais reçu de menaces ?

– Des menaces ?

– Vous pensez que votre femme n'avait que des amis ? Des gens qui lui voulaient du bien ?

Une sorte de rage sortit l'homme de sa torpeur.

– Qu'est-ce que vous cherchez à me dire, hein ? Ma femme est morte d'une maladie. Personne ne lui a fait de mal.

– Elle était suivie à l'hôpital. Vous le saviez ?

– Évidemment ! Elle était enceinte, elle y avait son gynécologue.

– Votre femme y a séjourné du 13 au 14 novembre. Et elle est morte peu de temps après.

– Son médecin m'a dit qu'il n'y avait pas de rapport entre la grossesse et ce qui lui était arrivé. Bénédicte avait confiance en lui, dit-il avec une conviction forcée. Moi aussi.

– Et ça vous suffit.

Miler perdit son sang-froid.

– Où voulez-vous en venir ? Vous ne parlez pas comme un enquêteur, comme un flic. Vous ne cherchez pas à savoir, vous cherchez à m'imposer quelque chose.

Vincent ne répondit pas. Miler s'assit en face de lui.

– À vous, ça ne vous suffit pas, n'est-ce pas ? Pourquoi ?

– Deux autres femmes sont mortes. De façon aussi étrange que la vôtre. On peut concevoir qu'il s'agit d'un phénomène scientifique inexplicable à ce jour, c'est vrai. On peut s'en contenter. Mais ça peut être autre chose. Une malveillance, même si votre femme était une sainte. Ou encore une erreur médicale pendant l'hospitalisation.

– Personne ne lui voulait de mal et elle avait confiance en son médecin, je vous le répète ! (Miler regarda autour de lui, perdu.) Qui vous a mandaté ? dit-il avec agressivité. Qui a réclamé cette enquête ?

– L'une d'elles était ma femme, finit par répondre Vincent.

Miler balaya du revers du bras tout ce qui était posé sur la table.

– Vous n'êtes pas de la police. Qu'est-ce que vous êtes venu faire, espèce de salaud ? Laisser le doute ronger ce qui reste de moi ?

Le policier sentit une haleine chargée, celle du jeûne prolongé et de l'alcool.

– Ton chagrin est trop lourd ? Tu es venu le partager, te

décharger sur moi ? Mais moi, j'en crève déjà, ça se voit pas ? (Miler retomba lourdement sur sa chaise.) Désolé, j'ai ma dose. Il va falloir vous trouver un autre exutoire.

Le policier se leva. La culpabilité pesait sur lui comme une chape de plomb.

La rue était calme, à présent. Le gosse avait disparu.

L'air vif lui fit du bien. Il était flic et convaincu d'agir comme tel, et Miler l'avait mal jugé.

Il composa un numéro sur son téléphone portable.

– Flieg ?

– Commence par me dire que tout s'est bien passé. Ou que tu n'as trouvé personne. Je crois que c'est ce qui me rassurerait le plus.

– Bénédicte Miler semble irréprochable, Florine Montiel une bourgeoise sans histoire. Son mari se retrouve avec une belle-sœur handicapée. Je risque d'avoir du mal à le rencontrer.

– Une belle-sœur handicapée ? C'est probablement pour ça que sa femme a eu droit à une amniocentèse, non ? Les antécédents familiaux...

– Je poserai la question à Klein. Quoi de neuf de ton côté ?

– Ça colle assez bien avec ce que tu décris. Casier vierge pour les deux. Et j'ai fait appel aux types du fichier central : aucune plainte contre elles n'a été enregistrée et elles n'ont pas porté plainte contre qui que ce soit au cours des deux dernières années. Tu as pu sonder les familles ?

– Miler est plutôt... résigné.

– C'est quoi, pour toi, la résignation, Karst ? Un deuil digne, sans révolte ?

– Nouvelle suggestion du subalterne au chef, proposa Vincent en guise de diversion. On pourrait fouiller ailleurs, élargir le rayon d'exploration. Dénicher d'autres cas en

France, et même à l'étranger. Stella, Miler et Montiel pourraient être trois cas parmi beaucoup d'autres.

– Tu en as déjà parlé autour de toi ?

– Non. On a dit : pas d'action en solo, tu te souviens ? c'est toi le chef, je ne fais rien sans ta permission !

– J'ai cru que tu avais déjà placé tes pions... Mais si ce n'est pas toi, sache que nous ne sommes plus les seuls à nous intéresser à cette affaire. La presse s'y colle.

– Quoi, déjà ?

– On a eu un appel.

– Une feuille à scandale ?

– Non, une revue scientifique, si j'ai bien compris ce que m'a dit Pelletier. C'est lui qui l'a eu au téléphone. Il n'a rien dit, heureusement, il ne savait pas qu'on était sur le coup. Mais il connaît le type : un journaliste sérieux.

– Comment ce type est-il au courant ?

– Les toubibs de l'hôpital ?

– Ça m'étonnerait. Ce n'est pas la meilleure publicité dont ils puissent rêver.

– Ce gars a eu vent de quelque chose d'autre ?

– Le journaliste a posé exactement la même question. Tu pourrais bosser pour un tabloïd.

– On n'est pas les seuls à douter d'une origine pathologique pure : même le milieu médical s'interroge.

– C'est la presse, Vincent. Scientifique, d'accord, mais la presse quand même. Pas l'Académie de médecine.

– Ce n'est pas anodin pour autant. C'est casse-pieds, surtout si on commence à les avoir dans les pattes, mais ça me conforte dans mon hypothèse.

– En tout cas, on a mis deux types dessus, dit Flieg. Ils reniflent ailleurs, notamment à l'international. Satisfait ?

– Plutôt.

– Pas chef pour rien.

Vincent raccrocha. Ce n'était pas vraiment le temps idéal

pour une balade, mais il éprouva le besoin de marcher avant de reprendre la moto. Il remonta la rue Tardieu jusqu'aux abords du Sacré-Cœur et s'arrêta à distance d'une limousine. La voiture croulait sous les fleurs et les rubans. Un couple asiatique en descendit sous le feu des appareils photo et des caméras. La femme était minuscule et disparaissait sous un amoncellement de dentelles et de voiles, et son époux souriait, tout en s'inclinant devant les quelques amis présents. Ce n'était pas la première fois qu'il voyait ça : au Japon, à Singapour ou à Hong Kong, on économisait durant des années pour s'offrir le mariage et la lune de miel à Paris, au pied de la basilique. Il sourit et s'en voulut de ne pas être agent de voyages. Il se souvint de l'unique fois où Stella avait évoqué le mariage sans que la discussion ne tourne au vinaigre. Elle avait rêvé d'une robe rouge et fendue, pour que le serpent soit de la fête. Vincent pensa à Stéphane Miler, qui avait enterré sa femme la veille, et rebroussa chemin en se promettant de chercher le mot *deuil* dans le dictionnaire.

8

– Les filles ne viennent pas ici d'elles-mêmes, pas plus que les garçons pensionnaires d'Ammerschwihr ; c'est une décision de justice. Et elles n'y sont pas placées parce qu'elles ont eu une mauvaise note en couture, voyez-vous, inspecteur Verhoover. Je sais que ce ne sont pas des anges.

– Je le sais aussi, dit Pauline. Ce n'était pas ce que je vous demandais.

Françoise Wurtz présentait le syndrome parfait du témoin réticent : réponses évasives, refuge dans les phrases toutes faites, accumulation de lieux communs. Elle dirigeait la fondation Mertz depuis trente ans, clouée au cœur du vignoble, et n'avait pas dû s'éloigner de Kaysersberg plus de dix jours consécutifs. Elle connaissait à n'en pas douter la date des premières règles de chacune de ses pensionnaires passées et actuelles, mais deux d'entre elles faisaient l'objet d'une enquête policière, et subitement elle éprouvait des difficultés à se souvenir de leurs noms. Cinq années de sa vie disparaissaient dans un étrange brouillard amnésique.

Pauline serra les accoudoirs de son fauteuil et inspira profondément. Il allait lui falloir puiser dans ses réserves de calme.

– Est-ce qu'au prix d'un effort surhumain vous pourriez

évoquer le contexte dans lequel elles sont arrivées chez vous ? Sur quel délit portait la décision de justice ?

– La Fondation est souvent l'aboutissement d'une chaîne d'événements stéréotypée, avec de façon non exhaustive la violence, la drogue, la délinquance qui ne justifie pas la prison.

– Rien de plus précis vraiment ? Une affaire plus... conséquente ?

– J'oubliais, poursuivit la femme avec sang-froid : famille absente, démissionnaire. Enfin, je suppose que la police connaît tout ça.

– Oui, tout le monde connaît *tout ça*.

Françoise Wurtz sourit.

– Je m'en voudrais de me tromper ou d'inventer. Vous vous engageriez sur une fausse piste.

– Rassurez-vous : pour l'instant, j'en suis toujours au point de départ. Sauriez-vous me décrire le lien qui unissait ces deux femmes ? tenta Pauline sans beaucoup d'espoir. Appartenaient-elles à un même clan ? Étaient-elles amies ? Ennemies ? Ou tout simplement indifférentes à l'égard l'une de l'autre ? Je suppose qu'il existe entre toutes ces filles une organisation sociale bien réglementée, avec ses codes, ses groupes et ses rapports de force.

– Je vois que vous savez déjà beaucoup de choses. En ce qui concerne ces deux personnes, je ne m'en souviens plus, je suis désolée. De toute manière, l'instabilité de ces filles se manifeste aussi en amitié, un jour avec l'une, un jour avec une autre contre la précédente. C'est le gage de l'indépendance, à leurs yeux : ne pas s'attacher. Je ne crois pas avoir connu plus méfiantes que mes pensionnaires.

Pauline se leva et s'approcha de l'une des fenêtres. Elle songea à sa matinée perdue au volant, aux quatre cent cinquante bornes avalées sur l'autoroute de l'Est – la plus sinistre de France –, et à la perspective du retour vers Paris. Sans oublier la gadoue, sa voiture embourbée jusqu'aux portières pour accéder à cette baraque paumée. Pour rien. Du moins jusqu'à présent.

À travers les vitres biseautées, le jardin intérieur du cloître se découpait en mille facettes. Elle se tut un long moment pour admirer le paysage.

– Si vous n'avez pas d'autres questions..., dit la directrice en se levant.

– Non, en effet. Mais j'ai des informations, en revanche. J'espérais l'inverse, mais je vais sans doute vous en apprendre plus sur elles que vous ne l'avez fait avec moi.

La femme s'immobilisa.

– Je vous écoute.

– C'est ça, écoutez-moi bien, dit Pauline en jetant une enveloppe sur le bureau. Mais regardez d'abord.

Françoise Wurtz sortit quelques clichés en noir et blanc. Ils avaient été pris à la morgue, juste avant l'autopsie. Elle pâlit.

– Qu'est-ce que c'est ?

– Vos pensionnaires sont mortes. Toutes les deux. Et on aimerait savoir pourquoi.

– Mortes ? Mais vous m'avez dit qu'elles étaient simplement mêlées à...

– Elles ne sont plus mêlées à quoi que ce soit. Peut-être accepterez-vous de coopérer, maintenant.

– Que voulez-vous que je vous dise ? Je ne sais plus rien d'elles, c'est trop ancien.

Wurtz remit les photos dans l'enveloppe et ferma les yeux.

Pauline s'était trompée : la femme semblait bouleversée mais ne livrerait rien, même sous le choc de la révélation. Au contraire.

Cette fois elle s'était refermée comme on scelle un tombeau. Elle fixa le bureau, le corps raide et le front obstiné. Pauline songea que le bâtiment avait dû abriter des jésuites.

– Me permettez-vous de consulter vos archives ?

– Les archives ?

– Vous avez bien des dossiers concernant vos pensionnaires, non ?

Wurtz soupira.

– Suivez-moi.

Elle écarta un lourd rideau au fond de la pièce et révéla une porte qu'elle ouvrit. Pauline la suivit dans l'escalier de pierre. Les deux étages en colimaçon lui firent perdre un peu ses repères.

– Où sommes-nous ?

Françoise Wurtz accéléra le pas. Pauline la rejoignit et elles longèrent en silence un couloir voûté où la respiration elle-même semblait résonner. Un dédale acheva d'égarer le policier. Lorsqu'elles s'arrêtèrent devant une porte en chêne massif, elle n'avait plus la moindre idée de l'aile du cloître dans laquelle elle se trouvait. La directrice s'en rendait compte – et s'en amusait.

– Le bâtiment est construit comme un carré centré sur un jardin, vous l'avez remarqué, précisa enfin la femme. Nous sommes dans l'aile ouest de la Fondation, au sous-sol, dans les anciens chais du cloître. Au-dessus, ce sont les salles de thérapie, et au premier étage, l'administration.

– Les filles ne dorment pas ici ?

– Elles occupent l'étage de l'aile est, au-dessus du réfectoire. Au nord, ce sont les salles de cours. Elles sont toutes scolarisées.

La directrice sortit un trousseau de clefs qui semblait dater de l'époque des moines. Elle dut pousser le battant avec effort et Pauline pénétra dans une immense salle qui s'étirait dans des profondeurs sombres et froides. La première partie était occupée par deux tables et des armoires métalliques. Pauline frissonna.

– Ce n'est pas chauffé, on y entreposait le vin, dans le passé.

Pauline contempla les dizaines de fûts alignés en rangs serrés sur toute la longeur de la cave, et ferma le zip de son blouson en cuir.

– Mais vous êtes bien couverte, ça devrait aller, dit la directrice.

– Je ne suis pas frileuse. Si vous m'indiquez ce que je cherche, je ne devrais pas y passer des heures.

Françoise Wurtz alluma une lampe de bureau. Une lumière jaune auréola la table poussiéreuse. Elle fit coulisser le volet métallique de la première armoire et découvrit un nombre incalculable de boîtes en carton étiquetées.

– Tout est là. Vous avez carte blanche. Je ne peux pas mieux faire, n'est-ce pas ?

Pauline inspecta les recoins éclairés de la salle.

– Ce serait plus simple si... Attendez, ne me dites pas que ce n'est pas informatisé !

La femme sourit et s'approcha des étagères.

– Vous avez beaucoup d'humour, inspecteur. À moins que vous vous proposiez pour saisir toutes ces écritures. Gagnons du temps : je vais vous expliquer le principe de classement. Ces armoires de droite contiennent les copies des bulletins scolaires et des évaluations en entretien individuel des élèves.

Elle pointa du doigt deux placards cadenassés, légèrement en recul.

– Ne vous préoccupez pas de ceux-là. Ce sont les livres comptables de la Fondation, je ne pense pas qu'ils vous soient d'une quelconque utilité.

Pauline acquiesça, absorbée déjà par la tâche qui l'attendait.

– Ici, face à vous, ce sont les suivis psychologiques et les comptes rendus des travaux de groupe. À gauche, les dossiers médicaux et les registres de surveillances diurne et nocturne. Une année par rayon, une boîte par promotion.

Pauline longea les armoires en effleurant la tranche jaunie des cartons. Sur certains, l'inscription était à peine lisible.

– Vous pensez en avoir pour longtemps ?

– Je retrouverai le chemin de votre bureau, ne vous inquiétez pas.

Françoise Wurtz hésita une seconde, puis sortit en refermant la porte derrière elle.

Pauline remonta le col de son blouson et orienta la lampe vers les rayonnages. Stella et Karine avaient passé cinq ans dans ce trou. Elle fit un rapide calcul et se prit la tête à deux mains.

Quelques instants plus tard, elle avait aligné vingt-cinq boîtes sur les tables.

Lorsqu'elle ouvrit la première, une odeur de moisi vint se mêler à celle, plus oppressante, de bois humide, qui envahissait la voûte minérale. Elle consulta sa montre : il était quatorze heures et elle espérait reprendre la route dans trois heures au plus tard. Les piètres conditions climatiques n'étaient pas un mythe en Alsace, et Pauline n'avait pas l'intention d'en faire les frais.

Elle éplucha cinq années de résultats scolaires. Stella était une fille intelligente, brillante, mais irrégulière. Karine, elle, avait fait preuve de constance en peinant chaque année pour passer en classe supérieure. Aucun entretien individuel ne mentionnait une quelconque complicité entre elles, ou même de similitude : Stella avait été impulsive, battante et solitaire d'un bout à l'autre de son séjour, alors que les observations décrivaient Karine comme une fille sociable, fragile et séductrice. Mêmes profils dans les comptes rendus de psychothérapie de groupe.

Les suivis médicaux, quant à eux, ne mentionnaient aucune trace de toxicomanie durant les cinq années. Pauline s'attarda sur les commentaires du personnel soignant. Ces gens étaient rompus à ce genre de problèmes et aucune gamine ne les aurait trompés.

Une heure et demie plus tard, Pauline attaquait les cinq dernières boîtes – peut-être les plus révélatrices : les registres de surveillance quotidienne de la vie des filles à la Fondation. Les cinq surveillants à demeure avaient l'obligation de consigner tous les événements de la journée : sorties, absences, retards, conflits, vols. Tout, jusqu'aux « regroupements inhabituels » en passant par les anniversaires. Pauline se redressa. Un voile de lassitude embrumait sa vision. Elle leva les yeux vers les fûts, puis son regard courut sur la voûte et le sol. Une mousse vert sombre envahissait les interstices entre les dalles.

Elle éprouva soudain le besoin d'une bouffée d'air pur.

Elle se dirigea vers la porte. Sans savoir pourquoi, elle s'imagina enfermée. Elle appuya sur la poignée avec une nervosité inhabituelle. Claustrophobie tardive ou manque de sang-froid ? Elle se mit à rire d'elle-même, risqua quelques pas dans le couloir – tout aussi sinistre – et revint à ses papiers. Le visage de Karst lui apparut alors comme un flash. Elle se savait en train de disséquer sa fiancée comme un animal de laboratoire. En toute impudeur. Et comprit enfin la raison de son malaise. Elle voulut s'asseoir. Tout à coup la lampe se mit à grésiller et la salle fut plongée dans l'obscurité. Quelque part, elle crut entendre des éclats de voix. Elle se dirigea à tâtons vers la porte : le couloir aussi était sombre, seul un rai de clarté, celle d'une fin d'après-midi d'hiver, filtrait à travers un soupirail. Elle se retourna brusquement : un bruit sourd, comme une lourde chute, venait de se produire derrière elle. Elle sortit son arme du fourreau de cuir qu'elle portait en bandoulière et longea le mur du couloir jusqu'à la porte des archives. Lorsque ses yeux se furent habitués à l'obscurité, elle se glissa dans la salle. Au même instant, la lumière réapparut : au pied d'une table, une dizaine de boîtes jonchaient le sol. Le contenu s'était répandu en un large éventail et recouvrait les dalles. Pauline fourra les dossiers à la va-vite dans les cartons sans se soucier d'un éventuel classement.

Elle parcourut rapidement les derniers registres de surveillance ; mais elle fatiguait, sa concentration faiblissait. Elle sélectionna alors les registres les plus denses, s'assura que le couloir était vide et rangea les documents dans la poche arrière de sa sacoche. Elle remit toutes les boîtes en place et ferma la porte de la salle. Quelques instants plus tard, elle retrouvait l'air frais du rez-de-chaussée de l'aile ouest. Il était seize heures.

Le bureau de Françoise Wurtz se trouvait au premier étage. Au lieu d'emprunter les escaliers, Pauline se laissa guider par les voix. Elle emprunta deux couloirs en angle droit et se trouva devant une double-porte vitrée mal fermée. Des chaises étaient disposées en rond au fond d'une salle en L. La jeune femme s'approcha, à l'abri des regards.

Onze filles étaient assises en cercle. Au centre, trois autres focalisaient l'attention.

L'une d'elles gesticulait de façon frénétique. Son bras droit était agité de petits sursauts spasmodiques qu'elle semblait contenir au prix d'un effort surhumain. Une autre fille, longue et pâle, paniquait devant elle. Elle jetait sans cesse des regards inquiets en direction d'une troisième, plus âgée, qui s'interposait et semblait arbitrer le combat. Toutes les autres, tendues, se taisaient.

Pauline entrouvrit un battant.

– Écoute-moi, Laurence, écoute-moi bien, disait la plus âgée. Vanessa a été agressive, elle t'a blessée, elle t'a même insultée, d'accord ?

Laurence n'avait pas besoin d'acquiescer. Son gros corps tremblait de fureur, son visage avait viré au pourpre, et sa respiration était saccadée. Vanessa, la blonde, fixait son jeu de jambes, guettant le moment où elle bondirait.

– Ce ne sont que des mots, n'est-ce pas ? poursuivait l'arbitre sur un ton qui se voulait apaisant. N'est-ce pas, Laurence ? Réponds-moi, et dis-nous ce que tu ressens. Contrôle tes gestes, *contrôle* tout, Laurence. Voilà, c'est ça, c'est mieux, regarde, tu es mieux, plus calme, parce que tu sais que ce ne sont que des mots.

L'éducatrice s'éloigna des deux filles avec précaution. Plus rien ne les séparait, maintenant. Vanessa recula d'un pas, moins confiante.

Pauline observait la scène avec attention. Elle connaissait bien les techniques policières d'investigation qui s'apparentaient au principe de la thérapie par immersion. Au départ, la psychiatrie y avait fait appel pour traiter les névroses phobiques, caractérisées par des angoisses incontrôlables en présence d'une situation bien identifiée, parfois anodine. Certains sujets perdaient par exemple tous leurs moyens à la seule vue d'un insecte dans une pièce. La technique d'immersion consistait alors à reproduire la situation angoissante mais en présence du thérapeute, à accoutumer progressivement le patient aux éléments phobiques et à juguler ainsi l'angoisse en situation réelle. La police avait emprunté la technique d'immersion à la psychiatrie. Pauline l'avait aussi pratiquée pour déclencher des réactions révélatrices chez certains suspects. D'autres policiers, rompus à la technique, l'employaient pour aider des témoins choqués à reconstituer une scène qu'ils avaient inconsciemment gommée de leurs souvenirs. Le résultat était très impressionnant. Pauline en connaissait aussi les dangers. Les réactions des sujets pouvaient se révéler d'une grande violence.

Captivée par la séance, elle réalisa qu'elle avait fini par ouvrir la porte. Elle voulut rebrousser chemin mais une main se posa sur son épaule.

– Valérie n'aime pas qu'on espionne ses groupes de travail.

Une fille au visage carré, large d'épaules, les cheveux tressés à l'africaine, lui barrait le chemin.

– Je sais. Je suis une ancienne de la maison.

La fille se détendit et sourit vaguement.

– Okay. Moi, c'est Stéphanie. Ça fait trois ans que je moisis ici. J'ai pas envie d'y aller. Toutes ces connes y croient encore. (Elle haussa les épaules.) T'es restée longtemps dans ce cimetière ?

– Cinq ans.

Stéphanie observa le groupe.

– Remarque, elle est bien, Valérie. Elle fait ça bien. Et puis elle y croit tellement, à ses techniques de je ne sais quoi, qu'on finit par rentrer dans le jeu.

– Pas toi ?

– Plus maintenant. Mais ça m'impressionne quand même encore. Alors je viens et je reste derrière la porte, un peu comme au spectacle. Faut dire qu'il y en a pas beaucoup, du spectacle, ici. Tiens, tu l'as vue, cette grosse vache ? Elle est à deux doigts de bouffer l'autre. Elle y va fort, Valérie, aujourd'hui.

Elle se mit à rire.

– Qu'est-ce qui te fait dire ça ?

– Fais pas l'idiote. Tu sais bien qu'au bout d'une année, on se connaît toutes. Et je te dis qu'elle va la bouffer, la Vanessa, crois-moi. Remarque, ce serait pas une perte. C'est ce qui peut lui arriver de mieux. Dans son crâne, tu pourrais y mettre un fût de la cave, tellement y'a de vide. Conne comme une chaise, la pauvre.

Pauline ne répondit pas et se demanda si des établissements comme la Fondation fabriquaient autre chose que des filles cyniques et désabusées.

Valérie était maintenant à deux mètres des deux filles, les

bras tendus, prête à intervenir. Elle fit un signe de tête, et Vanessa obtempéra à contrecœur.

– Espèce... espèce de grosse truie, tu finiras comme ta mère, sur le trottoir.

Terrifiée, elle avait prononcé ces mots d'une voix quasi inaudible. Elle guettait le moindre signal d'alarme, le tressaillement dans les traits de Laurence, le regard...

– C'est bien, Laurence, dit Valérie, super, tu te contrôles.

La fille obèse dansait d'un pied sur l'autre, ses yeux roulaient et son bras balançait plus franchement.

– Allez, ma grosse, vas-y, lâche-toi, te laisse pas faire, dit Stéphanie en roulant une cigarette. Mets-nous un peu d'animation.

Elle remarqua l'étonnement de Pauline et haussa les épaules.

– Elle a jamais réussi à tenir. Elle craque à chaque fois. Et là, ça va faire mal, je le sens, dit-elle avec une pointe d'excitation.

Elle avait haussé la voix. Quelques filles, plus proches de l'entrée, tournèrent la tête. Pauline referma la porte avec précaution. Avant de l'entrebâiller à nouveau.

– Elle ne se comporte pas comme d'habitude ?

– Regarde sa main droite. Tu vois rien ?

Pauline se concentra sur le bras en perpétuel mouvement. Elle crut discerner un petit objet blanc qui dépassait de son poing.

– Qu'est-ce que c'est ?

Stéphanie ne répondit pas. Elle plissa les yeux.

– Maintenant, cria-t-elle soudain en poussant Pauline vers la vitre.

Le geste avait été d'une rapidité extrême. La fille avait profité d'une seconde d'inattention, d'un regard échangé entre son adversaire et l'éducatrice. C'était ce qu'elle attendait. Cigarette aux lèvres, Stéphanie secoua la tête :

– *Tu te contrôles, Laurence, tu te contrôles.* Tu parles...

La main était passée à un cheveu du visage de Vanessa et semblait l'avoir manqué.

– Elle l'a échappé belle, dit Pauline.

Sa voisine la dévisagea, amusée.

– Regarde.

Sur le visage de la blonde apparurent alors plusieurs lignes rouges, parfaitement parallèles, depuis le menton jusqu'au front.

Vanessa porta la main à sa joue et hurla. Le sang coula entre ses doigts, le long du poignet, pendant que des filles bondissaient de leurs chaises pour ceinturer Laurence. La grosse se débattit comme une furie et Vanessa hurla de plus belle, les mains ensanglantées.

L'éducatrice resta immobile, les poings sur les hanches, incrédule.

Laurence semblait difficile à maîtriser. Pauline écarta vivement le battant et glissa la main sous son blouson. Stéphanie la bloqua.

– Hé, t'en mêles pas. Pour Valérie aussi, vaut mieux que tu restes ici.

Pauline referma le zip. La fille n'avait pas vu l'arme. Elle noua ses dreadlocks et entraîna Pauline par le bras.

– Viens, je te paie un café. Y'a plus rien à voir pour aujourd'hui.

Pauline glissa deux pièces dans la machine et la pensionnaire emporta les gobelets vers une table. La cafétéria était vide.

– Merci pour le café, dit la fille. Désolée, j'étais sûre d'avoir du fric sur moi.

Pauline sourit et se brûla en avalant la première gorgée. Elle prit un sucre du bout des doigts.

– C'est avec ça qu'elle l'a balafrée ?

Stéphanie confirma d'un signe de tête.

– Un carré de sucre, dit Pauline. Bien sûr. Efficace, et ça cicatrise très mal. Je n'y avais pas pensé en voyant sa main, tout à l'heure.

– Non ? Mais dis donc, toi, t'étais où pendant cinq ans ? À la bibliothèque ?

Pauline fouilla dans sa sacoche et tendit les photos de Karine et Stella.

– Tu les connais ?

La fille loucha vers elle.

– Pourquoi ?

Pauline comprit qu'elle venait de transgresser une autre loi. Elle changea de tactique.

– Deux copines. On s'est perdues de vue, c'est un peu con, on s'entendait bien, et Wurtz fait celle qui ne sait rien. Ça lui plaît pas qu'on soit copines, tu sais bien.

La fille fit glisser les photos vers elle.

– Des vieilles.

– Merci.

Stéphanie sourit et aspira bruyamment son café.

– Je les ai vues l'année dernière.

– Ici ?

– Six mois, quelque chose comme ça.

Pauline joua négligemment avec son gobelet, rêveuse.

– Elles animaient un groupe, précisa la pensionnaire. C'est leur nouveau truc, dans la maison. Montrer qu'on peut s'en sortir en faisant venir des anciennes qui ne sont pas retournées à l'état de poubelle. Tu vois le genre. Le zoo, quoi.

– Je devais être trop mauvaise en thérapie. On ne m'a jamais demandé de venir. Et elles, elles le faisaient ensemble ?

– Oui. Avec une éducatrice. Elles se connaissaient depuis

pas mal de temps, ces deux-là, d'après les filles. Elles se sont pas perdues de vue, elles. T'étais vraiment une bonne copine ?

– Pour les règlements de comptes, je demande l'aide de personne, si c'est à ça que tu penses.

Stéphanie roula une quatrième cigarette. Cette fois, elle y ajouta quelques fragments d'une barrette de shit qu'elle avait tendue à Pauline. Celle-ci l'avait consciencieusement ramollie à la flamme du briquet. Très pro. Elle aurait adoré que Picard soit présent.

– Mais ça n'a pas duré.

– Qu'est-ce qui s'est passé ?

– La blonde, dit Stéphanie entre deux bouffées. Karine. Elle a déconné, je crois.

Elle souffla ostensiblement la fumée vers Pauline. L'inspectrice s'approcha de la fenêtre.

– Quoi ? Juste pour du shit ?

– Tu déconnes ? On serait toutes virées... Non, elle se shootait, et méchamment si j'ai bien compris. Les filles du groupe s'en sont rendu compte, tu penses. Ça n'a pas traîné : elles ont lâché le morceau et tes copines se sont fait virer.

– Les deux ?

– Le groupe a sauté, les deux sont parties, en tout cas. L'autre, la brune avec le tatouage, elle devait pas être claire non plus, j'imagine. Pourtant les filles l'aimaient bien. Je sais pas.

Elle entendit du bruit et se précipita pour ouvrir la fenêtre et poser le joint sur le rebord. Les pas s'éloignèrent.

– L'éducatrice aussi s'est tirée. Wurtz l'a démontée, à ce qu'il paraît. Elle n'a pas supporté. Les trois étaient comme cul et chemise, de toute façon. Fallait tout balayer.

Stéphanie tira une dernière bouffée du mégot et le jeta au loin, dans les gravillons. Pauline se pencha.

– T'inquiète, dit la fille, il y en a tous les cinquante centimètres. Si ça repoussait, il y aurait une forêt de cannabis dans le jardin.

Il s'était mis à pleuvoir sur le sol glacé. Pauline pensait déjà au chemin du retour avec sa Fiesta de location sur le verglas.

– Dommage, elle était bien aussi, Béné.

– Béné ?

– L'éducatrice qui bossait avec tes copines. Bénédicte.

Pauline ferma la fenêtre.

– Tu sais ce qu'elle est devenue ?

– Il paraît qu'elle est sur le terrain, en cité. Elle anime toujours des groupes, elle essaie de rattraper les jeunes qui glissent. Une bonne sœur, quoi !

– Où ça ? demanda Pauline le plus naturellement possible.

– Hé ! t'es de la police ou quoi ? J'aime pas qu'on me bouscule.

Pauline lui proposa une Marlboro.

– Excuse. Ça me rappelle plein de choses, ce que tu me racontes, le fait d'être ici...

– Je t'en prends quelques-unes, ça t'embête pas ?

Stéphanie saisit le paquet.

– Je sais plus où elle est partie, dit-elle. Je crois que c'est Argenteuil.

Elle hésita, fit un clin d'œil et fourra le paquet dans sa poche.

– ... ou Arcueil. Ouais, Arcueil. Tu sais, Chanteclair et ces tours pourries. Moche, non ? Elle a du cran cette nana. Même moi, j'irais pas.

– Vous vous ennuyiez au sous-sol ?

Françoise Wurtz venait d'entrer. Pauline essaya de sourire.

– Je vous attendais dans mon bureau, inspecteur Verhoover. C'est bien ce dont nous étions convenues ?

Stéphanie ne se retourna que sur le seuil de la porte. Pauline évita son regard.

– Vous m'avez parlé de consulter les archives, pas d'interroger mes pensionnaires, dit la directrice.

– J'avais soif. Les fûts étaient vides.

Françoise Wurtz jeta un œil au-dehors.

– Ça se gâte. Avec la nuit qui tombe et le gel, le vignoble devient un enfer pour ceux qui ne le connaissent pas. Vous devriez rentrer.

– C'est ça, je crois que je vais rentrer.

Pauline sortit dans un froid mordant. La pellicule glacée qui recouvrait déjà les flaques d'eau craquait sous ses bottes. Elle oublia le temps et songea à ces filles assez traumatisées pour défigurer une copine en séance de psychothérapie. Elle songea aussi à sa propre violence, celle dont elle avait fait preuve dans le passé et qu'elle avait appris à ravaler. Dans quel état serait-elle sortie d'un établissement comme la fondation Mertz ? Elle sentait cette agressivité toujours présente à l'intérieur d'elle-même, et en eut honte. Elle finit par se dire que c'était probablement la raison pour laquelle elle était encore célibataire, désespérément célibataire, et qu'il valait mieux qu'elle le reste pour l'instant.

Elle s'installa au volant et mit le chauffage au maximum. Elle enclencha la marche arrière et la voiture cahota comme si elle roulait sur des galets. Elle descendit et fit le tour du véhicule : le pneu arrière droit était à plat. Elle leva les yeux vers la cafétéria, puis vers l'étage des chambres : une silhouette se découpait dans l'encadrement d'une fenêtre. Une fille, accoudée au rebord, l'observait en fumant. Pauline reconnut les tresses africaines. La fille lui fit un geste obscène et Pauline sourit devant son pneu crevé. C'était mieux qu'une balafre.

9

LA PORTE DU SAS SE REFERMA et Ina se défit de sa blouse. Elle déplia un sarrau propre et l'enfila avec dextérité. Ça, elle savait faire ; et même à la perfection. Elle passait le plus clair de son temps au bloc opératoire, comme beaucoup de gynécologues-obstétriciens hospitaliers. À tel point que son mari avait fini par juger sa propre présence au foyer superflue. Quand Franck l'avait quittée, elle n'était pas rentrée de la nuit. Dossiers, puis quelques heures d'errance dans les couloirs qui sentaient le désinfectant. Pourquoi rentrer ? Pour trier les affaires respectives ? Déterminer qui garderait la télé et le lecteur DVD ? Ou pire, dévoiler les motifs – les vrais – de leur divorce, au-delà de l'absence chronique ? Depuis, elle ne se posait plus de questions : elle passait au service autant d'heures en une semaine que d'autres en un mois, et au fond, rien ne justifiait qu'elle ne le fasse pas. C'était son raisonnement et il lui convenait. Elle vivait à l'hôpital, entre ces murs pourris et nus, dans son pyjama bleu informe et en sabots orthopédiques, parce que rien ni personne ne l'attendait ailleurs, excepté son professeur de tai-chi – meilleur en cours qu'au lit.

En revanche, depuis ce matin, elle avait recommencé à s'interroger : pourquoi avait-elle accepté de venir ? Elle avait en horreur l'Institut médico-légal, depuis le temps de ses études, déjà. Même de loin et tout en reconnaissant l'intérêt diagnostique d'une autopsie. Elle détestait la mort, elle était faite pour la vie, c'est dans cet état d'esprit qu'elle avait abordé sa médecine. L'hôpital rendait à la vie, tous les jours, la Maternité la faisait naître, Ina y avait donc élu domicile. Alors quoi ? Ce type, l'étrange métis à la fausse carapace de dur, c'était lui qui l'avait déstabilisée. Lui qui avait distillé son venin : l'incertitude s'était insinuée en elle comme un lent poison. En bon flic il avait soulevé les pierres, cherché la faille, et au bout du compte elle l'avait suivi dans cette voie.

Elle noua le sarrau avec vigueur. L'hôpital était blanc comme neige. Il fallait juste en convaincre tout le monde – elle la première.

– *Bonjour, docteur Klein.*

Ina sursauta. La voix sortait d'un petit haut-parleur situé à gauche de la porte.

– *Je m'appelle Bruno Gallet et, rassurez-vous, je ne vous vois pas. Il n'y a qu'un micro, pas de caméra. La secrétaire nous a prévenus de votre arrivée. Quand vous serez prête, appuyez sur la touche tactile.*

Ina ajusta son masque et pressa sur le bouton. Le panneau coulissa sur son rail.

– *Face à vous, ce sont les salles d'autopsie. Traversez le couloir, passez la première porte et rejoignez-nous en salle 1, sur votre gauche.*

Ina pénétra dans la salle centrale, et patienta devant la double-porte, face au panneau numéroté. Le voyant lumineux passa du rouge au vert, un battant s'ouvrit et elle entra dans la pièce. Un homme de petite taille, les manches retroussées, vint à sa rencontre. Derrière les lunettes, les yeux souriaient.

– Bruno, dit-il. Désolé, vous devez avoir l'impression d'être à Fort Knox. C'est simplement un système de dépressurisation de la pièce : on y crée une pression négative pour qu'il y ait aspiration lorsque la porte s'ouvre. Ça empêche la dissémination de germes vers l'extérieur.

Elle sourit.

– On utilise le même procédé au bloc opératoire, mais dans l'autre sens. On maintient les bestioles dehors.

– Bien sûr, je suis idiot. Je ne sors pas beaucoup de ma tanière. C'est la première fois qu'on se rencontre, n'est-ce pas ?

– Oui, et probablement la dernière dans cet endroit charmant. Venez plutôt prendre un café en Maternité, c'est plus animé.

Au fond de la pièce, elle reconnut soudain la silhouette et les étranges yeux bleus. Vincent lui adressa un petit geste.

– Monsieur vous guidera, dit-elle, il connaît le chemin.

– Merci d'être venue, dit Gallet. Vous suiviez ces femmes, vous nous aiderez certainement à y voir clair.

Vincent s'avança.

– L'hôpital vous remerciera également si vous l'innocentez.

– Je ne sais même pas pourquoi je suis ici. Personne ne l'accuse sauf vous.

– C'est faux, et vous le savez bien : la presse a déjà commencé à creuser. Et vous êtes ici pour vous tirer d'affaire.

– Je me fous...

Vincent posa la main sur son bras. Le geste était d'une douceur inattendue.

– ... Et vous êtes aussi venue pour comprendre. Et m'aider. Merci. Vous n'étiez pas obligée de le faire.

Les yeux de Vincent se plissèrent. Elle eut la conviction que ce type n'avait pas souri depuis très longtemps.

– Venez. Nous avons du travail, dit Gallet en les entraînant.

Les corps de Bénédicte Miler et Florine Montiel étaient nus, étendus sur deux tables, au centre de la salle. Une première entaille horizontale d'une dizaine de centimètres avait été pratiquée juste au-dessus de la ligne pileuse du pubis. Une seconde, plus longue et en Y, partait du nombril, remontait jusqu'à la pointe du sternum et se séparait en deux lignes qui couraient sous la dernière côte, à droite comme à gauche, vers le dos. Elles avaient été recousues sans précaution à l'aide d'un gros fil chirurgical. Un drap plastifié était rabattu de part et d'autre de chaque cadavre. Aucun instrument n'était visible, à part une pince sur un chariot métallique, à proximité des tables d'examen. L'aspiration ronronnait dans un silence glacé. Ina lutta pour ne pas reculer. Vincent était resté légèrement en retrait, derrière elle. Le légiste lui avait épargné l'insoutenable vision de l'autopsie de Stella : les plateaux, au fond de la salle, n'exposaient pas les organes en tranches comme dans une vitrine de boucherie.

Gallet s'approcha du premier corps.

– J'ai pratiqué l'autopsie de Bénédicte Miler trente-quatre minutes après l'arrivée des secours sur les lieux, soit peu de temps après son décès.

Vincent contempla le visage de cire.

– Son expression n'est pas celle d'un cadavre. Elle semble dormir.

– C'est le froid qui a figé ses traits de la sorte. Ou plutôt la réaction de sa peau au froid.

– Tous les corps ne sont-ils pas conservés au froid à la morgue ? demanda Ina.

– Ce n'est pas de cela dont je parle, mais du froid *qui l'a tuée*. Elle a succombé à une hypothermie profonde, selon toute vraisemblance.

– Spontanée ?

– Oui, a priori. Elle faisait ses courses au supermarché, rien de plus. La température n'y était pas polaire. À la caisse, elle s'est plainte d'une sensation de froid intense avant de plonger dans l'inconscience. Quand le SAMU est arrivé, elle était morte, friable comme de la neige. Regardez.

Ina et Vincent suivirent l'extrémité de la pince que Gallet faisait courir le long des crevasses.

– On dirait des engelures, dit Vincent.

– C'est presque ça. La peau a gelé, fissuré puis cassé comme du verre. À une différence près : au microscope, les cellules cutanées sont pratiquement intactes. Mais la première énigme réside là-dedans, dit-il en pointant la pince sur une feuille. C'est le compte rendu des constantes corporelles à l'arrivée. La valeur de la température interne est intéressante.

Ina se pencha sur les documents.

– 3 °Celsius ? Comment est-ce possible ?

– On a vérifié avec deux thermomètres électroniques différents. Et la température était similaire à l'intérieur de l'abdomen.

– Un dérèglement des centres cérébraux de régulation thermique ? suggéra la jeune femme.

– Sans doute. Pourquoi ? voilà toute la question. Non, rectifia Gallet, une autre question se pose. Regardez les écrans de droite.

Il saisit une télécommande et fit défiler des images colorées de pourpre, jaune, bleu.

– Voici les coupes histologiques des organes après découpage au laser et préparation cellulaire. Foie, reins, et surtout la peau. Les cellules sont quasiment intactes. On dirait qu'elles ont parfaitement bien toléré la chute de température. Elles semblent s'être mises au repos, comme si elles avaient hiberné.

– Alors pourquoi la peau a-t-elle fissuré comme ça ? demanda Vincent.

– La couche épidermique a craqué sous l'effet du froid,

de la violente différence de température avec l'atmosphère ambiante et des contorsions de la fille. Comme une fine couche de glace à la surface d'une flaque d'eau, en hiver.

– Je vous suis mal, dit Ina. Pourquoi Miler est-elle morte, si les cellules de son organisme ont tenu le choc ?

– La réponse est peut-être sur cette lame, dit Gallet en passant à l'image suivante : les cellules cérébrales aussi ont fini par se mettre au repos. Les centres respiratoires sont atteints, c'est la détresse respiratoire, le coma et la mort.

Vincent s'approcha du corps. L'exposé médical l'avait éloigné de la réalité comme de l'enquête.

– Bruno, y avait-il des marques d'intervention extérieure ?

Ina secoua la tête.

– Mais c'est une obsession, chez vous !

– Je suis flic, vous êtes médecin. Trouvez une réponse scientifique, et j'abandonnerai la piste criminelle.

– Ni blessure, ni plaie, ni trace d'injection. Peut-être quelque chose sur le dos, hésita le médecin légiste. Vincent, enfile une paire de gants et aide-moi à la retourner.

Gallet se plaça sur un côté de la table et tira le corps vers lui pendant que Vincent, face à lui, poussait sur l'épaule et la hanche. Le jeune homme eut la sensation détestable de froisser un papier de soie. Sous sa pigmentation, Ina distingua une certaine pâleur.

– Ces deux traces parallèles, brunâtres, le long de la colonne, indiqua Gallet. Peut-être d'anciennes brûlures. En tout cas, rien de récent.

Les deux hommes réinstallèrent le corps sur le dos. Vincent se débarrassa des gants. Le légiste parcourut son rapport.

– Au niveau biologique, aucune trace de médicament psychotrope n'a été détectée. De toute manière, je ne connais pas de substance qui induise de tels effets secondaires sur la température corporelle. Le sang présente tout de même une particularité : il a coagulé dans les vaisseaux, un peu partout. Peut-être le froid, ou un phénomène immunitaire, allergique.

– Les caillots sont peut-être à l'origine du phénomène et non sa conséquence, rétorqua Ina. C'est peut-être même la clef de l'énigme. Admettons qu'un caillot ait gentiment obstrué un vaisseau cérébral : une partie du cortex n'est plus irriguée, il s'ensuit un dérèglement thermique.

– Je résume, dit Vincent : Miler est morte de froid, alors que ses cellules sont intactes. De plus, il y avait des caillots partout et on ne sait pas si la chute de température en est la cause ou la conséquence. Vous vous trouvez convaincants, pour l'instant ?

Les médecins se turent. Vincent s'approcha du corps de Florine Montiel. La peau était ocre et violette. Des tuméfactions bourgeonnaient en plusieurs endroits et venaient s'ouvrir à la surface en cratères nécrotiques. Le policier éprouva une sensation pénible, qui tenait plus de la pitié que du dégoût.

– Bruno, parle-nous d'elle. On pourra peut-être faire un rapprochement entre les deux morts et conforter une hypothèse.

– Le mode de décès est radicalement différent, a priori.

Ina examina une masse noire, légèrement bleutée, qui surélevait la peau.

– Ces tumeurs, là : on dirait un Kaposi.

– Vous n'êtes pas loin du diagnostic. Ce sont des lésions cancéreuses. Tous les types cellulaires sont présents, pratiquement. C'est la première curiosité de notre cas : des mélanomes, des épithéliomas... Bref, tout ce qui peut tourner au vinaigre à partir des différentes cellules de la peau a réussi à pousser sur cette pauvre fille.

Vincent contempla le visage abîmé de la femme et songea à Annick, dans la demeure vide de Meudon.

– Je crois que vous manquez à la maison, Florine Montiel. C'était pas une bonne idée de pourrir comme ça.

Les deux médecins l'observèrent sans comprendre.

– Sa sœur est handicapée. Elle vivait avec eux. Quand j'ai prononcé le nom de la maîtresse de maison, elle s'est mise à hurler. Elle savait, j'en suis convaincu.

Il leva la tête. Comprenaient-ils l'absence ? Gallet jouait distraitement avec sa pince. C'était une forme de distanciation. Il était un microscope, un diagnostic. Il avait laissé son âme au vestiaire, dans le sas, et le faisait tous les jours pour se protéger. C'était un automatisme, chez lui, qui ne demandait plus aucun effort. Vincent observa Ina. Elle aussi ressemblait à son métier et à rien d'autre. À cette différence près qu'elle semblait fournir un effort pour entretenir cette apparence. Pas d'expression, une attitude. Exclusivement. Elle luttait pour n'être qu'un médecin, pour enfouir ses émotions, il le sentait.

– Oui, je sais, dit-elle. Elle est trisomique. C'est pour cette raison qu'on a pratiqué une amniocentèse. On la préconise lorsqu'il existe un antécédent familial chez l'un des deux géniteurs.

Elle avait parlé comme un manuel de gynécologie pratique. Vincent croisa son regard et y lut une inquiétude : Ina ne supportait pas qu'on déshabille le Dr Klein. Et Vincent faisait bien plus que la dépouiller de sa blouse, le seul vêtement qu'elle acceptait de porter. Il déchirait son image. Il fouillait sous le déguisement. Elle rougit, mal à l'aise. Le policier trouva quelque chose de touchant, de décalé à cette pudeur psychologique, et sourit vaguement.

– Ça consiste en quoi ?

– De quoi parlez-vous ? dit-elle, agressive.

Vincent détourna le regard.

– L'amniocentèse.

Elle hésita. Il avait retrouvé le ton inquisiteur dont il avait usé à leur première rencontre. La trêve était terminée : l'homme s'était retiré et le flic était de retour.

– C'est un geste invasif, tout de même, puisqu'on pique dans l'abdomen sous contrôle échographique pour prélever du liquide dans la poche. Mais on la pratique de mieux en mieux, et le risque de fausse couche est réduit à 1 %. On peut aussi déclencher accidentellement une infection, mais elle se déclare très vite. Or Florine Montiel a été hospitalisée il y a un mois. Et le cancer n'est pas une affection contagieuse, que je sache.

– Elle n'est tout de même pas morte d'un cancer foudroyant de la peau ?

– Non, répondit Bruno, mais le cancer s'intègre dans un phénomène global à l'origine du décès. Et ce fut effectivement fulgurant : Florine Montiel se promenait en montagne, en altitude. Elle ressent brutalement des nausées, puis des vomissements, une immense fatigue. Ses membres enflent, elle respire de plus en plus mal. Quelques instants plus tard, elle s'effondre, à peine consciente. Les tumeurs bourgeonnent à vue d'œil, au milieu de ces gigantesques hématomes, dit-il en indiquant les plaques violacées qui maculaient le corps. Cette fois encore, le microscope est déroutant. Regardez.

L'intensité lumineuse des spots diminua et les images défilèrent sur les écrans.

– Les cellules du foie, du rein et de certaines zones de la moelle osseuse sont épuisées : sans connaître l'identité du sujet, je dirais qu'il s'agit d'un vieillard. Ailleurs, elles sont en pleine activité. On a l'impression que tous les phénomènes se sont emballés, usant les réserves puis, au bout du compte, les cellules elles-mêmes.

Ina s'approcha des écrans, fascinée.

– Dans ce cas, il y a forcément des répercussions biologiques sur le bilan sanguin.

– En effet. Il confirme les résultats anatomiques : le surrégime puis l'épuisement cellulaire. Et tout ça en quelques heures, puisque cette femme était en pleine forme le matin même.

– Je n'y comprends rien, avoua-t-elle. Je n'ai jamais rencontré une chose pareille. Pour la peau, je suppose qu'il s'agit du même mécanisme ?

– C'est probable, dit le légiste. Les cellules se sont affolées, et divisées de façon anarchique : la définition du cancer. Je suppose qu'en prélevant et en analysant d'autres organes, on trouverait une multitude de foyers cancéreux.

– Si j'ai bien suivi, dit Vincent, l'organisme de Florine Montiel s'est emballé, ses cellules ont fonctionné à plein régime jusqu'à ne plus se contrôler et devenir cancéreuses, ou jusqu'à ce que la mécanique cède.

– C'est à peu près ça. La cellule avait le choix entre le cancer et l'apoptose, qu'on appelle aussi « la mort programmée de la cellule », mais déclenchée prématurément. Ina s'approcha des corps. Les mots de Gallet dépassaient l'entendement. Elle songea enfin aux deux femmes, aux bébés qui devaient venir, à leur souffrance. Elle se réfugia à nouveau dans la science et fit apparaître d'autres images sur les écrans.

– Autre chose : on a détecté un taux d'hormones hypophysaires et thyroïdiennes très important, ajouta Gallet. Il peut être à l'origine d'une hyperactivité cellulaire, mais n'explique pas que l'organisme tout entier se soit transformé en centrale nucléaire.

Ina passa un doigt sur la cicatrice pubienne du cadavre.

– Le fœtus ?

– Si celui de Miler semblait préservé, on ne peut pas en dire autant de celui-ci. Il a subi les mêmes dégâts que la mère.

Vincent s'était reculé. Gallet mit un terme à l'épreuve.

– Et si nous allions dans mon bureau de ministre ? proposa-t-il. On y sera mieux pour faire le point et tenter d'élucider tous ces mystères.

Ina et Vincent le suivirent en silence, après s'être soigneusement lavé les mains et débarrassés des masques et des chaussons.

Il les fit entrer dans une pièce minuscule où régnaient l'ordre et l'austérité. Les murs blancs étaient nus. La table, une plaque de verre reposant sur deux tréteaux métalliques, supportait un ordinateur portable, une lampe et une pile de documents dont pas un feuillet ne dépassait. Ina songea au capharnaüm de son propre bureau, dans lequel Gallet n'aurait pas supporté de mettre un pied !

Le légiste alluma la lampe et une lumière très blanche tomba sur le bureau.

– Asseyez-vous, je vais chercher trois cafés.

Vincent s'assit avec précaution sur un tabouret inconfortable et Ina prit la chaise en tube et plastique. Gallet revint avec les gobelets fumants.

– Vous penchez plutôt vers ce phénomène d'allergie qui aurait provoqué la coagulation du sang dans les vaisseaux ? demanda Vincent.

– Une hypothèse seulement, admit Gallet. Et moins satisfaisante pour Montiel : dans son cas, je creuserais plutôt la piste hormonale.

– Vous avez peut-être un argument hautement scientifique à nous opposer ? dit Ina en souriant à Vincent.

– Vous n'êtes pas plus convaincus l'un que l'autre.

– On ne peut rien affirmer, concéda Gallet. On a deux cas troublants et une explication plausible, c'est tout.

– Et je dis, moi, en simple flic loin de ton abattoir, que trois femmes enceintes, suivies et hospitalisées au même endroit, sont mortes dans des circonstances aussi floues qu'horribles. Scientifiquement, les choses ne sont pas concluantes, reconnais-le. Je suis convaincu qu'un point commun nous échappe. En dehors du phénomène biologique, qu'est-ce qui relie médicalement trois femmes enceintes, bon sang ?

Ina reposa son gobelet avec humeur. Quelques gouttes tachèrent le verre poli et Gallet fronça les sourcils. Elle s'empressa de faire le ménage à l'aide d'un Kleenex.

– Attends, dit soudain Gallet. Tu as certainement raison de souligner le fait. Si la maladie qui les a tuées est liée à la grossesse, il faut aller voir Alexandre Germon.

Ina faillit cette fois renverser son café.

– Germon ? Le professeur Germon, à Lyon ?

– Vous le connaissez ? demanda Vincent.

– Un gynécologue de haut niveau, c'est indiscutable, dit-elle, visiblement troublée. C'est aussi l'une des dernières figures du mandarinat hospitalier. Un despote qui a fini par se disputer avec l'ensemble de l'intelligentsia médicale parisienne et se réfugier en province. Mais il garde un pied ici.

– C'est surtout un spécialiste hors pair des pathologies de la grossesse, précisa Gallet. Et un homme brillant : ethnologue à ses heures et grand amateur d'art africain, je crois.

Ina s'adossa, songeuse.

– J'ai fait un semestre d'internat dans son service. Et j'y ai plus appris que nulle part ailleurs. Il est capable de vous détailler, en obstétrique, des maladies rarissimes dont les livres ne parlent même plus. Il est impressionnant, reconnut-elle.

– Vous pouvez m'obtenir un rendez-vous ? demanda Vincent.

– Peut-être. À condition qu'il ne se souvienne pas de moi : il a fait pleurer une infirmière pendant une visite, on a failli en venir aux mains. Il aurait pu mettre un terme à ma carrière, j'ai eu de la chance, il était bien luné, ce jour-là. Oui, je devrais pouvoir vous obtenir ça.

Ina consulta sa montre et se leva.

– J'ai adoré ce petit moment entre amis, mais je dois vous laisser. Bruno, c'était aussi passionnant que déroutant.

Vincent se leva en même temps qu'elle. Elle le jaugea un instant avant de saisir la main qu'il lui tendait.

– D'accord, Karst. « Passionnant » et « déroutant » n'étaient peut-être pas les adjectifs appropriés. Je vous aiderai. Mais pas parce que vous me faites peur ; ne vous bercez pas d'illusions machistes. Disons que je vais le faire parce que je me sens responsable : la médecine vous doit une réponse. Elle se la doit à elle-même, d'ailleurs. Et on va vous la trouver.

– Merci à vous et à votre vocation, alors.

Son sourire conforta Ina dans sa résolution de collaborer.

– Je vous raccompagne, proposa Gallet.

Ina hésita un instant sur le seuil, puis se tourna vers Vincent.

– Inspecteur ?

– Oui ?

Elle dissimulait mal un certain malaise.

– Germon ne s'est pas intéressé à la pathologie obstétricale pour rien.

– Que voulez-vous dire ?

– Germon n'a eu qu'un enfant, si mes souvenirs sont bons. Un Enfant de la Lune. Vous savez ce que sont les Enfants de la Lune ?

– Pas du tout.

– Ils souffrent de xeroderma pigmentosum. Une maladie qui se caractérise par l'incapacité des cellules de la peau et des yeux à se défendre contre les rayonnements solaires : elles ne savent pas réparer les dégâts chromosomiques que la lumière leur inflige. Pour ces gosses, le moindre rayon se traduit par une brûlure au troisième degré, puis des cancers de la peau à répétition. Un véritable cauchemar.

– Je crois me souvenir d'un documentaire sur ces petits, dit Vincent. Ils vivent enfermés et sont obligés de se couvrir d'écran total et de dissimuler le moindre centimètre carré de peau dès qu'ils sont exposés.

– Ils ne peuvent sortir que lorsque la nuit est tombée, la seule lumière qui leur est permise est celle de la lune.

– Quel est le rapport avec les compétences de Germon ? demanda Gallet, intrigué.

Ina revint sur ses pas.

– Il y a trente ans, on ne connaissait pas bien la maladie, on prenait moins de précautions et les moyens de prévention à la disposition des familles n'étaient pas les mêmes. Aujourd'hui, par exemple, on colle des filtres sur les vitres qui ne contraignent plus la famille et l'enfant à vivre à la lumière artificielle. Le fils de Germon est mort à quinze ans dans des conditions épouvantables, et il semblerait qu'à partir de ce jour il ait changé du tout au tout dans l'exercice de sa profession. C'était dans les années 90, je crois. On raconte dans son service qu'il s'est alors consacré corps et âme à ces pathologies génétiques transmises par les parents lors de la conception. Il a ensuite fait de la pathologie de la grossesse sa spécialité, par extension.

– Je ne lui parlerai pas de cette maladie, si c'est le conseil que vous vouliez me donner.

– Vous avez peur du noir ?

– Je préfère la lumière.

– Alors j'essaierai de vous prendre rendez-vous lorsqu'il est en consultation à l'hôpital. Évitez de le rencontrer dans son bureau ou chez lui. C'était ça, mon conseil.

Bruno Gallet s'approcha de la fenêtre. Il venait d'éteindre la lumière, la pénombre le mettait à l'abri des regards. Il écarta avec précaution les lamelles métalliques du store : en bas, Vincent marchait, les épaules rentrées pour se protéger de la pluie fine qui s'était remise à tomber. L'image d'Ina lui apparut, avec ses gestes brusques, son visage sans fards et son acharnement. L'échange avait été tendu entre le policier et la femme, mais ils avaient fini par trouver un terrain d'entente. Comme prévu. Encore un peu de patience. Le Temps approchait ; celui qu'ils avaient échafaudé durant toutes ces années dans l'ombre, pierre par pierre. L'édifice s'élevait, le sien, le leur. Il éprouva une émotion intense, et cette émotion était d'autant plus intense qu'il la partageait avec tous les autres, en communion d'esprit et de cœur. C'était une forme de volupté, un plaisir presque mystique. Il sourit, transporté. Il entendit des pas dans l'escalier. Les signes de satisfaction se dissipèrent sur son visage et il quitta son bureau.

10

– C'EST À L'ÉTAGE qu'il fallait poster nos gars, Flieg, près de son bureau, pas autour de la baraque !

Vincent frappa du poing contre la paroi métallique. Le bruit résonna dans la camionnette. Flamand fit glisser la vitre teintée qui séparait son siège de conducteur de l'arrière du van, véritable plate-forme d'écoute.

– Vas-y, Karst, dit-il, te gêne pas, tire un coup de flingue tant que tu y es, comme ça on est sûrs de se faire repérer.

Le Master était garé à vingt mètres du bâtiment, dans une cour grillagée. Trois autres voitures stationnaient là, dont l'une reposait sur ses essieux. Les deux autres, des épaves, ne méritaient même pas qu'on les vandalise. Derrière les deux carcasses, une bande de jeunes en scooter s'était réunie. Deux gosses d'une quinzaine d'années avaient déjà tourné autour du van. Flamand avait baissé la vitre et son faciès de boxeur les avait vite découragés.

– Je te rappelle que c'est le foyer social du quartier, on n'est pas aux anciens abattoirs et il est quatorze heures, précisa Flieg. Qu'est-ce qui te prend de te mettre dans cet état ?

– Si ces mecs se rendent compte que Pauline n'est pas assistante sociale et qu'elle sert d'appât, si quoi que ce soit cloche, ils vont lui tomber dessus avant que nos gars aient bougé le petit doigt, répondit Vincent, et là c'est toi qui seras dans tous tes états, crois-moi.

– C'est une tireuse d'élite et un sacré flic, et elle est sur ses gardes, je ne me fais pas de souci.

Vincent s'adossa à la paroi, soucieux. Il aurait dû s'opposer plus énergiquement à cette opération. La veille au soir, très tard, ils s'étaient réunis dans un bureau pour faire le point, mais tous sentaient peser la fatigue. Seul Fréchart, qui s'était joint à eux, faisait preuve d'une énergie étonnante. Vincent s'était évertué à décourager ses collègues, mais les deux autres avaient tenu le cap. Et l'indulgence de Flieg avait des limites : c'était son enquête, après tout. Le chef, c'était lui, et pour la première fois depuis qu'ils travaillaient ensemble, il l'avait fait valoir.

– Tu as exprimé ton opinion et tu n'as pas d'autre plan à proposer, Karst. Alors maintenant ça suffit. C'est moi qui décide. Cette piste tient aussi bien la route que ton hypothèse médicale, peut-être mieux.

– Vous n'y connaissez rien, ce n'est pas votre monde et encore moins votre façon de réfléchir, leur avait-il répondu.

Pauline s'était mise à rire.

– D'accord, Grand Maître de Chanteclair, raconte-nous la cité.

– Impossible : il faut être né là-bas. C'est le seul moyen de devenir aussi tordu qu'eux et de se glisser dans leurs petites têtes de cinglés. Il faut ou bien sortir l'artillerie lourde, ou bien prendre son temps et réunir le plus d'informations possible pour s'immiscer dans leur univers. Mais si vous croyez pouvoir anticiper leurs réactions après deux interrogatoires, vous vous plantez.

– On n'anticipe rien, dit Flieg. C'est de la déduction pure, on relie les faits et les témoignages dans une enquête qui a duré deux ans, je te le rappelle. Les trois filles se connaissaient, elles ont quitté la Fondation dans des circonstances louches, sur fond de drogue dure.

– Et hier j'ai revu le mari de Miler, avait renchéri Pauline : sa femme était aussi une ancienne toxico, Vincent. L'info est précieuse. Deux repenties et une toxico virées de la Fondation pour des questions de poudre blanche, tu penses à quoi, a priori ? À une terrible injustice ?

– Et en te faisant passer pour la remplaçante de Miler, tu espères quoi ? Laisser traîner un petit sachet au bord de la table pour étudier la réaction des paumés qui viennent te parler ? Tu comptes l'attirer comment, ton gibier ? On n'en sait pas assez pour décider d'une opération en cité. Votre hypothèse ne tient pas debout, pour l'instant.

– Fréchart, dit Flieg, donne à Karst les dernières nouvelles du front.

Le policier referma avec précaution son ordinateur portable et se lança dans le nettoyage minutieux de ses verres de lunettes. Il lui était impossible de fixer qui que ce soit lorsqu'il rendait compte de ses investigations.

– Après les événements survenus aux anciens abattoirs où cinq personnes ont été tuées dans des circonstances...

– Ça va, coupa Flieg avec impatience, on y était !

Fréchart rougit et concentra son regard sur un pot à crayons.

– On a interrogé en vain les proches des victimes. C'est finalement Stéphanie Liegey qui nous a appris que sa sœur Karine avait été la petite amie d'un des gars pendant plusieurs mois. C'est à ce moment qu'elle a replongé dans la drogue. C'est aussi à cette période qu'elle a commencé à animer le groupe de travail avec Stella Fazzini à la fondation Mertz.

Flieg se tourna vers Vincent.

– On est donc en droit de penser que Karine avait

replongé au contact d'un des types du réseau et qu'elle appâtait des filles avec la came.

– Et la directrice de la Fondation a finalement montré les dents, ajouta Pauline. Des filles sont venues la voir et ont dénoncé Karine. Le rôle de Miler est moins net, tout comme les conditions dans lesquelles elle a quitté la Fondation. On peut supposer qu'elle la couvrait, ou même qu'elle était son alibi pour entrer en contact avec les paumées de la Fondation. Toujours est-il qu'elles se sont retrouvées toutes les trois à la cité, peu de temps après.

Vincent nota les précautions de ses collègues à son égard : personne n'avait encore évoqué le rôle de Stella. Cette fuite l'oppressa.

– J'irai, Vincent, dit-elle. Si Miler était le trait d'union, continua Pauline, si elle couvrait Karine ou collaborait avec ces types et que ça leur a valu de mourir, je le saurai. Ils viendront me voir pour tenter le coup. Et toi aussi, tu seras fixé. Tu as besoin de comprendre, non ?

– Alors, je viens aussi. Tu ne sais pas à quoi tu t'exposes.

– Toi, tu restes ici, avait tranché Flieg.

Aujourd'hui, ils y étaient et Vincent restait convaincu que c'était une erreur.

Laurent ôta ses écouteurs.

– Vous arrêtez, vous deux ? Je n'entends pas ce qui se passe dans son bureau.

Vincent appuya sur un bouton et parla au micro sur pied.

– Pauline, tu m'entends ?

– Beaucoup trop souvent, répondit la jeune femme. J'ai l'impression d'avoir ma mère scotchée à mes basques pour ma première boum.

– On récapitule, dit Vincent. Devant toi, au fond de la pièce...

– ... la porte de service du local social. Elle donne sur l'escalier de secours, derrière l'immeuble du Centre social, où vous planquez. Côté pile, sur un banc devant l'entrée, le clodo qui somnole, c'est Vivier, et trois autres gars en civil sont attablés au boui-boui à l'angle. Par pitié, Karst, lâche-moi ! Je sais tout ça par cœur. Et ne t'inquiète pas : j'ai connu plus rude aux États-Unis. Ça va être une promenade de santé !

– Pas de consultation intéressante pour l'instant ? demanda Flieg.

– Rien qui soit en rapport avec notre affaire, mais je m'amuse comme une petite folle : j'en ai envoyé deux au Planning familial, l'une pour la pilule, l'autre parce qu'elle se trouve « ballonnée » depuis six mois environ. J'ai l'impression de rêver... Ah, trois minots de dix à treize ans m'ont expliqué en détail comment voler une Clio, une Golf et une Audi. Le plus jeune m'a même donné un truc pour que les keufs ne puissent plus identifier la voiture. Si vous êtes gentils, je vous tuyauterai.

Flieg sourit.

– Tu les laisses venir, Pauline. Ils vont venir, c'est certain : s'ils ont cherché à obtenir les services de Miler, ils le feront avec toi. Ils vont essayer de t'intimider ou de te convaincre, tu auras peut-être droit à des propositions ou des menaces.

Vincent bouscula son collègue pour prendre le micro.

– S'ils se présentent, tu ne tentes rien toute seule.

– C'est préférable, j'ai un gamin de dix ans au fond de la pièce, qui fait sagement ses devoirs.

– Qu'est ce que c'est que cette histoire ? Un gosse de dix ans ? Pourquoi tu l'as accepté ? Imagine que ça tourne mal...

– Le local du soutien scolaire a pris feu il y a deux jours et le gosse ne savait pas où aller. T'es jaloux, Karst ? Tu as raison, il me drague : il me jette des regards enflammés toutes les cinq minutes.

– Si des mecs te paraissent suspects, tu les laisses partir et on les cueille à la sortie.

– Je sais me contrôler, tu es mon modèle ! Bon, coupez la réception du son dans l'oreillette : j'ai du monde qui attend sur le palier.

Pauline se leva, adressa un clin d'œil au gamin et ouvrit la porte.

Deux hommes d'une trentaine d'années entrèrent, suivis d'une fille magnifique, malgré une coupe à l'iroquoise pas convaincante. Elle semblait beaucoup plus jeune – pas plus de dix-huit ans. Elle sourit et une pierre sombre scintilla au milieu d'une incisive. Pauline remarqua ses jambes interminables sous sa minijupe écossaise de gamine ; avec le crâne rasé et la brute aux cheveux longs qui l'accompagnaient, elle aurait pu faire la couverture d'un disque de rock alternatif anglais des années 80. La fille se colla à la porte en suçant bruyamment une Lolly Pop. Crâne rasé s'approcha, s'assit face au bureau et se tut. Il sortit un paquet de cigarettes et interrogea Pauline du regard. Elle poussa un gobelet en plastique vide vers lui.

– Pas de cendres par terre, dit-elle.

Le Rambo de service s'approcha à son tour et s'assit au bord du bureau. Pauline aurait bien tiré la table d'un coup sec, mais ce n'était probablement pas de cette manière qu'une assistante sociale établissait un contact en cité. Au lieu de cela, elle se décida à engager la conversation aussi aimablement que possible.

– Qu'est-ce qui me vaut le plaisir ?

– On voulait rencontrer la nouvelle. Faire connaissance.

Crâne rasé parlait avec un accent très prononcé – un pays d'Europe de l'Est.

– Je viens de Pologne. Mes parents sont encore là-bas, mais moi, j'aime la France, alors...

Le type tira sur sa cigarette avec force. Pauline comprit enfin en quoi ce visage l'intriguait : il était totalement dépourvu de sourcils et de cils. La dépilation lui donnait un air lunaire, extraterrestre. Ses traits étaient aussi froids que sa voix. Pauline jeta instinctivement un regard vers Maxime, qui faisait tout sauf ses devoirs. Flieg avait raison : il aurait été plus sage de l'éloigner de la pièce. Elle tenta de chasser le pressentiment.

– On a eu des problèmes, au début, reprit le gars. Comme beaucoup de jeunes d'ici. Mais elle nous a aidés, celle d'avant. Bénédicte.

– Tant mieux, les gars. Super.

– On s'organise pour bosser, maintenant. Pour plus traîner comme des larves, tu vois ? Même Nadia. Elle vend des bijoux.

Nadia montra son saphir avec générosité. Cette gamine était vraiment trop belle et trop jeune pour traîner avec ces types.

– On fait d'autres choses, aussi. On aide les jeunes à pas faire les mêmes conneries que nous, tu vois ?

– Pas bien, mais vous allez m'expliquer.

– On se réunit, on les prend en charge, on leur propose des activités, quoi. Ce serait bien qu'on travaille ensemble, non ? On fait un peu la même chose, finalement.

– Vous avez travaillé avec Bénédicte ?

– Un peu, un peu. Mais elle était... un peu froide, quoi, prétentieuse. Elle avait pas trop confiance, en général, avec les jeunes de la cité. Mais toi, t'as l'air d'avoir confiance, non ?

Pauline observa la position des trois. La merdeuse avec sa sucette près de la porte, le Polonais assis devant elle et l'armoire à glace à côté. Et le gosse, au fond de la salle. Maxime ne faisait même plus semblant : pour un peu il aurait presque rapproché sa chaise du bureau pour mieux suivre la conversation. Il n'était qu'à un mètre de la porte de secours. S'il fallait sortir pour une raison imprévue, ce serait forcément par là – à condition de passer le barrage des trois.

Pauline fit le tour de la table et vint se planter entre les deux types, du même côté du bureau. Toujours ça de gagné, en cas de repli.

– Tu m'as pas répondu : t'as pas confiance en moi ? répéta le chauve en se redressant.

– Toi, t'as confiance en toi, en tout cas, puisque tu me tutoies déjà.

Il sourit, se leva de sa chaise et tendit la main à Pauline. Elle était calleuse et forte.

– Je m'appelle Wojtek. Elle, c'est Nadia, et lui, c'est Ronan, mais à cause des cheveux on l'appelle Conan. Comme le Barbare, tu vois ?

Le type émit un grognement pour confirmer la similitude.

– Ouais, je vois bien.

Le Polonais attendit en vain qu'on lui retourne la politesse.

– Et toi, c'est quoi, ton nom ? finit-il par demander.

– Pauline.

– Regarde, Pauline, nous, on s'en est sortis, et les filles qui sont dans la merde et qui vont venir te voir, tu nous les envoies, comme ça on peut les aider aussi.

Son visage commença à s'animer de tics divers. Il perdait patience. L'autre sauvage tritura nerveusement un trombone sur le bureau. De son côté, l'Iroquoise ne trouva rien d'autre à faire que rire. Elle était visiblement fière de sa dent. Le Polonais fit craquer sa nuque bruyamment et retrouva son calme. Il s'assit de nouveau.

– Faut que tu sois plus intelligente que l'autre, celle d'avant, tu vois ? Elle avait pas compris qu'il fallait bosser tous ensemble. Faut fonctionner avec les lois de la cité, Pauline.

– J'ai les miennes, mais je retiens le conseil et la proposition, dit-elle, conciliante.

Elle aurait bien dérouillé ces deux tordus et filé une bonne raclée à la gamine, mais au même moment elle croisa le regard du petit Maxime, qui répondit par un sourire enjôleur. Elle songea aux flics qui allaient intercepter le trio dans quelques minutes, à la sortie du bâtiment, et modéra ses ardeurs.

– Faudra revenir pour parler de tout ça, les gars. C'est vraiment une bonne idée, j'y suis pas opposée. Au contraire.

Le chauve tourna la tête vers ses copains. La fille se redressa comme un chiot qu'on siffle, et Conan ramassa sa tonne de muscles. Pauline ouvrit la porte et Nadia ferma la marche.

– Madame, c'est pour la télé, tout ça ?

La question venait du fond de la pièce. L'Iroquoise remarqua pour la première fois le gosse. Pauline le fixa avec autorité, sans effet.

– Avec ton micro, là, quand tu parles dans la lampe, et ton truc dans l'oreille, c'est comme à la télé ?

Nadia mit une main sur l'épaule du Barbare et tourna la tête vers Pauline, très lentement, comme si elle saisissait les mots à la même vitesse. Le Polonais retint le colosse.

– Reste devant la porte et surveille. Tu rentres si on t'appelle.

Pauline sourit à Maxime et sut immédiatement que son expérience américaine allait lui être très précieuse.

Vincent cessa de faire les cent pas.

– Pourquoi on n'entend plus rien ?

– Je n'en sais rien, dit Laurent.

– Peut-être que les jeunes ont quitté le bureau, suggéra Flieg.

– Non, répondit le technicien, j'ai choisi un matériel extrêmement sensible, le micro est fixé à la lampe, pas sur Pauline, pour être sûr de bien enregistrer ses interlocuteurs.

On entendrait des bruits de chaise, les mouvements du gosse, voire des parasites, des artéfacts sonores. Le micro ne fonctionne plus, j'en suis certain.

– Cette tête de mule l'a débranché pour que je ne lui parle plus, dit Vincent.

– Elle ne peut rien débrancher. C'est moi qui l'active d'ici.

Flieg et Vincent échangèrent une fraction de regard et se précipitèrent hors du van. Ils grimpèrent l'escalier de secours quatre à quatre et Vincent tourna la poignée : elle était verrouillée. La porte coupe-feu ne s'ouvrait que de l'intérieur.

Pauline eut le temps de s'écarter avant que le casque du Polonais ne s'abatte sur la lampe. Elle eut une pensée compatissante pour Laurent, dans le van, dont les tympans se souviendraient longtemps du choc. Elle sortit son arme du holster et la braqua contre la tempe chauve. Aussitôt une violente douleur l'obligea à lâcher le Magnum. De la main gauche, elle arracha une petite étoile métallique à trois branches plantée dans l'un des métacarpiens. Nadia lui sourit et tira la langue : une autre étoile sortit d'entre ses lèvres parfaites. La fille la saisit et la projeta vers Pauline avec une rapidité diabolique. Elle esquiva le projectile, cette fois, et l'étoile s'enfonça d'un bon centimètre dans le mur. Dans son champ de vision le Polonais se baissait pour ramasser le Magnum. Pauline shoota dedans et l'arme glissa jusqu'aux pieds du gamin. Maxime ne riait plus du tout, il avait changé de couleur. Pauline prit appui sur la table et son pied vint fracasser l'oreille du Polonais qui s'écroula en hurlant, le pavillon en sang.

– Pauline ! Ouvre cette porte, nom de Dieu !

Elle reconnut la voix de Vincent. Le petit Maxime, tétanisé, ne bougeait plus. Elle se précipita vers la porte de secours en renversant les chaises sur son passage. À un mètre du battant, un étau se referma autour de ses cuisses et un poids énorme s'abattit sur son dos pour la plaquer au sol. Le Polonais venait de plonger par-dessus une chaise qui vola en éclats. Un goût de poussière et de sang envahit la bouche de Pauline. Le type passa un bras sous sa gorge et lui écrasa le larynx. En suffoquant, elle donna un violent cou de coude dans les côtes du Polonais. Il relâcha son étreinte et elle en profita aussitôt : son poing partit en arrière de toutes ses forces. L'arête nasale se brisa net et le type se redressa en poussant un cri de bête. Elle en profita pour prendre appui sur son bras et se retourner, dos au sol. L'homme la chevauchait toujours, elle lui faisait face maintenant et ne parvenait pas à se dégager. Elle le vit plonger sur elle à nouveau. De l'avant-bras, le Polonais l'immobilisa contre le carrelage glacé tandis qu'il sortait un cutter de sa poche arrière. De la main gauche, Pauline bloqua le poignet du type et tendit le bras droit au-dessus de sa tête, tâtant le sol désespérément. Elle sentit sous sa paume un objet cylindrique qu'elle saisit. L'homme fit jaillir la lame. Son nez était en sang, il ouvrit la bouche pour respirer. Juste assez pour que Pauline y plante le barreau de chaise ébréché d'un geste violent et précis. Le Polonais lâcha le cutter et se cambra, les yeux exorbités. Elle se dressa en même temps que lui, le saisit par la nuque et bascula vers l'arrière de toute ses forces en entraînant la tête du type. L'extrémité du barreau heurta le sol avec force et le bois et s'enfonça dans l'arrière-gorge avec un craquement effrayant. Pauline sentit un bouillonnement de sang jaillir des narines et poisser son cou. Le Polonais se tordit de douleur dans un bain pourpre. Elle le repoussa, se releva en haletant et se jeta sur la barre horizontale de la porte coupe-feu.

Vincent se précipita dans la pièce, l'arme au poing, mais il se figea. Pauline comprit aussitôt. Elle s'essuya les yeux, et derrière un voile rouge, elle distingua la fille, qui souriait encore, mais bizarrement. Dans sa main droite, le canon du Magnum caressait la tempe de Maxime. Le gosse sanglotait, plaqué contre elle, et tentait d'apercevoir Pauline.

– Pardon, Madame, c'était pas la télévision, c'était pas la télévision...

Une détonation sèche déchira le silence à peine retrouvé. Du sourire de Nadia, il ne resta qu'une expression de surprise. Un petit trou apparut au milieu de son front et un filet rouge sombre s'en échappa, courut le long du nez et goutta sur le crâne de Maxime. La fille sembla se désarticuler. Elle s'écroula contre le mur et glissa lentement, entraînant le gosse dans sa chute. Maxime se mit à hurler, fou de panique.

Flieg, en appui sur l'épaule de Vincent, releva son arme et sortit de l'ombre de son collègue.

Pauline se précipitait pour rassurer le gamin, quand Conan fit irruption dans la pièce. Flieg braqua son arme sur le type.

– Ne bouge pas. Fais un pas en avant et garde les bras loin du corps, bien écartés si tu ne veux pas rejoindre tes copains.

Conan jeta un regard fou sur les deux corps et fit un geste brusque vers son blouson.

Pauline repoussa Maxime contre le mur et faucha les jambes du gars d'un coup de pied circulaire. À peine atterrissait-il face contre terre, que Vincent posait un genou sur sa tête.

– Bouge plus, on t'a dit.

Des pas précipités résonnèrent dans l'escalier.

– Merde, les copains rappliquent, dit Pauline. Ils vont l'embarquer et on ne pourra pas l'interroger en privé.

– Retiens-les, souffla Vincent.

Elle le dévisagea sans comprendre.

– Une minute, deux, ce que tu pourras. Ne les laisse pas entrer, dis-leur n'importe quoi, qu'on maîtrise la situation.

Pauline sortit précipitamment.

Vincent se pencha sur le colosse qui prenait une teinte doucement violacée.

Flieg lui tourna le dos et sortit à son tour. Il préférait ne pas savoir.

– Ça te plairait de respirer ?

Il pesa un peu plus sur sa cuisse et le type émit un borborygme.

– Je suppose que ça veut dire oui. Mais fais gaffe, Rahan, ne pense même pas à faire une bêtise.

Il relâcha la pression et l'autre prit une inspiration avant de cracher un peu de sang.

– Tu te souviens de l'ancienne assistante sociale ? Elle s'appelait Miler, Bénédicte Miler.

Le type articula quelque chose qui ressemblait à une réponse négative. Vincent se pencha et lui arracha un nouveau gémissement.

– Tu en es certain ? Parce que elle, elle s'est drôlement souvenue de vous tous avant de mourir. Elle a parlé, mon vieux, elle en a balancé pas mal. Paraît que vous lui vouliez du mal, alors qu'elle bossait gentiment pour vous. Karine et elle, elles vous les apportaient sur un plateau, les filles, hein ?

Le type fit un effort surhumain pour articuler.

– On... Rien à voir avec ces deux gonzesses...

– Tu as tort de me mentir. Tu les entends, dehors ? Ma collègue essaie de nous laisser un peu de temps, c'est pour t'aider qu'on fait ça. Eux, ils vont pas te faire de cadeau. Si tu me mens, ça se passera encore plus mal pour toi.

– Karine, elle était complètement camée, c'était à cause de Jerry, son mec, il la piquait comme un moustique. Elle est allée raconter des saloperies aux flics, et Jerry, il voulait lui faire sa fête, mais nous on lui a rien fait, putain, rien, et à l'assistante non plus. On pouvait pas, de toute façon, y avait l'autre...

– Qui ?

– La troisième, la rousse. La tatouée. Elle a essayé de la sortir de la dope, elles étaient copines, elle l'avait même emmenée faire la mariole en province pour la remettre sur les rails, grâce à l'assistante, et puis elles sont revenues. Karine, c'est les deux autres qui ont continué à la protéger.

Le ton montait derrière la porte. Pauline semblait avoir du mal à contenir les types de la brigade.

Vincent colla le canon contre la tempe du gars.

– Si elles bossaient pas pour vous et que vous leur avez rien fait, tu vas peut-être m'expliquer pourquoi elles sont mortes ?

– J'en sais rien, je le jure ! La tatouée, c'était une dure et elle était maquée avec un flic, valait mieux pas faire les cons avec elle. On a laissé tomber, même si Karine avait déconné avec la police.

La porte s'ouvrit et les autres policiers se précipitèrent dans la pièce, interdits devant le carnage. Pauline tapa sur l'épaule de l'un d'eux.

– Je te l'ai dit, Gonzales : y a eu un peu de casse, mais on contrôle. Bon, faudrait peut-être appeler le SAMU quand même. Mais on contrôle.

Un homme tira sur le zip qui fermait la housse. Pauline jeta un dernier coup d'œil sur le beau visage de Nadia. Les secours venaient de transférer le Polonais dans un service de chirurgie, et le troisième avait été embarqué. Elle songea au gamin. Maxime en serait quitte pour quelques séances chez un pédopsychiatre. Plusieurs types s'affairaient autour des empreintes des corps tracées sur le sol, tandis que l'odeur de sang et de violence flottait encore dans la pièce.

– Bon Dieu, une boucherie pour rien, pour une fausse piste !

Flieg donna un coup de pied rageur dans la seule chaise intacte.

– J'en connais un qui ne va pas être content du chef, hein, chef ? dit Vincent.

– Non, confirma Pauline, il ne va pas être content du tout. Karst, tu es contagieux : il suffit que tu sois dans les parages pour que ça dérape. Ça te fait rire ?

– Au contraire, je me fais du souci pour vous. Je ne suis qu'un simple observateur dans cette affaire, et moi je n'y ai jamais cru à votre histoire de drogue et de règlement de comptes. Tout le monde s'en souvient ?

– Ça va, n'en rajoute pas.

Vincent se mit à jouer avec un barreau de chaise. Les aveux du type l'avaient à peine soulagé. Il n'avait jamais eu de doute sur l'intégrité de Stella. Mais Flieg avait raison : un cauchemar au bout d'une fausse piste. Le mystère enveloppait toujours la mort de sa fiancée et des autres femmes.

Le coup de fil de la gynécologue, quelques heures plus tôt, lui revint à l'esprit, sa seule lueur d'espoir. Elle avait tenu parole : Germon le recevrait. Certes, elle n'avait pas agi de gaieté de cœur, il s'en doutait ; elle en avait plutôt fait une question d'honneur ou de conscience. Mais elle serait de son côté pour les temps à venir, et il pourrait compter sur elle, il le sentait. Il en éprouva une certaine satisfaction, sans vraiment définir la nature de ce plaisir.

– Tiens, dit-il en lançant le barreau à Pauline, garde ça en souvenir.

– Où tu vas, lâcheur ?

Vincent poussa sur la porte coupe-feu.

– Désolé de vous abandonner, mais vous irez vous faire fouetter sans moi. J'ai un rendez-vous important : la partie sérieuse de l'enquête.

11

– J'AI PASSÉ L'ÂGE, nom de Dieu, j'ai passé l'âge.

Lamoureux glissa dans la pente boueuse et se rattrapa sur la dernière marche en contrebas du pont de Bercy. Il souffla, reboutonna sa veste et son regard se perdit de l'autre côté de la Seine. La Grande Bibliothèque s'élevait, imposante et froide. Ses quatre bâtiments s'affrontaient tels quatre livres ouverts sur lesquels il ne déchiffra qu'une crainte indéfinie, la sienne. Il se retourna et fit quelques pas à l'ombre du pont, en direction du chantier perpétuel qui s'étendait sur le quai.

Un vent froid s'engouffra dans son col, qu'il tenta en vain de relever. Ses yeux s'étaient habitués à la pénombre. Des lueurs s'allumaient près des tôles, disparaissaient dans la nuit comme les visages et les silhouettes qu'elles dévoilaient. Il distingua enfin des groupes, dissimulés derrière des arbres décharnés. Le journaliste se courba un instant : les crampes nouaient à nouveau ses tripes. Il leva les yeux vers les ombres mouvantes. Une détresse l'envahit, un sentiment de vide et d'inexistence, la vanité de toutes choses, et surtout de son ardeur professionnelle. C'était le temps d'une autre vie, l'énergie pure l'avait déserté. Que faisait-il dans cet endroit sordide ? Dans quelle galère se fourrait-il ? Qu'y trouverait-il d'autre que les débris de son passé ? Il sortit une cigarette et les vieux réflexes resurgirent. Il s'approcha du chêne séculaire, celui des contacts. Le protocole renaissait de ses cendres. Il en eut la nausée.

– Tu as du feu ?

La femme était trop blonde, comme toujours. Un blouson en sky boudinait ses bras. Sans répondre, elle s'écarta nonchalamment du tronc. Derrière l'arbre, un homme grognait en donnant des coups de reins entre les cuisses d'une fille patiente. Le journaliste s'éloigna en direction de la blonde. Il tendit une cigarette. Les lumières des quais se reflétèrent un instant sur le fleuve et Lamoureux distingua les traits de la prostituée. Des traits affaissés, ravagés par le maquillage et la fatigue – par la coke aussi, sans doute. Ses seins tremblèrent, mal pris dans un sous-vêtement en stretch. Il esquissa un sourire. Lui aussi, il avait sacrément vieilli. Elle ne l'avait même pas reconnu. Le ventre, les cheveux gris, le pas mal assuré.

– Mina.

Elle jeta un regard autour d'elle et le dévisagea avec plus de soin.

– Je rêve ! Hervé !

Elle retint un geste affectueux.

– T'es quand même pas là pour de la poudre ?

– Non.

– Si c'est pour moi, tu me fais plaisir.

Elle lui prit la cigarette de la bouche pour allumer la sienne.

– Mais je ne te ferai pas de prix. Les affaires sont dures, en ce moment.

Il la toisa sans retenue. Elle lui rendit la Marlboro avec un sourire.

– D'accord, la marchandise n'est plus la même. T'es pas venu pour être grossier avec une ancienne copine, hein, Hervé ?

Des éclats de voix montèrent d'un groupe tout proche.

Elle écrasa rapidement l'extrémité incandescente contre la tôle, inquiète.

– Fish n'aime pas qu'on fume. Ça plaît pas aux clients. L'haleine.

Elle leva les yeux au ciel et rangea la cigarette dans son sac.

– Comme s'ils avaient envie qu'on les embrasse...

– Fish ?

– T'as décroché, Lamoureux. Les choses ont changé.

– Il faut que je voie Goran.

– Le Yougo ? Il est fini. Y'a plein de choses finies, mon grand.

Elle avait baissé la voix, faussement détendue.

– T'écris toujours des saloperies sur les gens dans ton canard ?

Lamoureux songea à Marouans. Le rédacteur aurait adoré entendre ça.

– Je me suis rangé, dit-il. Je parle de science, maintenant.

– T'écris des saloperies sur la science ? C'est pas pire ?

Le chantier avait retrouvé son calme inquiétant. Le vent ramenait des effluves de shit, de béton et de déchets.

– Moi aussi je devrais me ranger, dit Mina avec un long soupir.

– Où est Goran ? Il ne s'occupe plus de toi ?

Les yeux de la femme s'agrandirent d'une étrange façon.

Au même instant, il se sentit happé vers l'arrière et entendit Mina hurler.

– C'est un client, putain, un habitué, un ancien, je te jure, Fish.

– Ferme-la, dit un homme à la voix rauque. Emmenez-le.

Il bascula sur le dos et deux hommes le traînèrent sur le sol. Son col l'étranglait, les gravats déchirèrent le tissu de son pantalon et la peau de ses mollets. Sur le pont, un lampadaire jeta une lumière blafarde sur les traînées rouges que laissaient ses jambes. L'étau autour de son cou ne se desserrait pas, sa tête allait exploser. La voix de Mina se perdit au loin.

Lamoureux roula enfin sur le ventre, suffoqué. Il recracha la terre humide et la pourriture végétale qui l'empêchaient de respirer. Il voulut se redresser mais un coup de botte coquée dans les côtes le fit s'effondrer sur le béton, tordu de douleur. Son instinct reprit le dessus, il tenta de répérer les lieux : probablement un des hangars désaffectés au fond du chantier. Loin des abords du quai. Quelques années plus tôt, on retrouvait là les cadavres de types massacrés par plus pourris qu'eux. Il leva les yeux : deux hommes lui faisaient face dans la pénombre. Le plus grand le saisit par le col et le plaqua contre la tôle. Il eut le sentiment que ses vertèbres volaient en éclats. Un rai de lumière balaya le visage : la peau était ravagée par les cicatrices d'une folliculite très active. Drogué jusqu'au fond des yeux. Lamoureux détourna le regard des conjonctives sanguinolentes.

– Faut pas emmerder les filles.

– Je paie.

– Qu'est-ce que tu veux ? T'es pas venu pour baiser.

– Je veux la blonde. Je paie, j'ai dit.

– Tu vas payer, ça, c'est sûr.

Le journaliste sentit le contact froid du métal contre sa joue. Le type lui vrilla la peau de son poing américain, et une douleur aiguë irradia vers la tempe et l'orbite en lui arrachant un cri. Mais le mouvement de l'homme se figea. Lamoureux, tel un animal traqué, jeta un regard vers le visage vérolé. Il vit alors la main, surgie de l'ombre, couvrir le crâne et deux doigts s'enfoncer dans les yeux de son agresseur. Le type poussa un hurlement de bête et le journaliste se dégagea de l'étreinte. La tête de l'homme partit en arrière, crochetée par les ongles qui fouillaient dans ses globes en sang. L'éclat d'une lame caressa la gorge du toxico et la trachée s'ouvrit dans un jaillissement sombre. Il s'effondra sur le sol. Lamoureux se sentit aussitôt saisi par le bras et entraîné vers le fond du hangar.

Les deux hommes coururent derrière les bosquets en direction d'un bassin désaffecté. Lamoureux dut prendre appui contre un arbre, à bout de souffle. Il sortit un mouchoir et s'épongea. Le sang séchait déjà.

Une voiture alluma ses phares et roula silencieusement vers eux.

– La prochaine fois je ne pourrai rien pour toi, Lamoureux. On est quittes.

Le journaliste reconnut la voix – il l'aurait reconnue entre toutes, comme une saveur jamais oubliée. Petit goût de mort et de passé malsain. L'homme se mit à marcher en direction du véhicule. Une portière s'ouvrit côté passager.

– Il n'y aura pas de prochaine fois, Goran.

Il se redressa et observa Milevic. Il n'avait pas changé. Long et maigre, absent dans ses vêtements de sport noirs. Mais puissance et nervosité émanaient toujours de son physique sec. Seul le bouc, dans la pénombre, semblait teinté de gris.

Le Yougo, comme on l'appelait ici. Celui par qui tout passait, la poudre, les filles, l'argent sale, le fric que lui seul pouvait toucher et transformer. Les armes, aussi. Les cargaisons de médicaments volés dans les stocks de récupération pharmaceutique, périmés et revendus en Afrique. Tout passait par Goran, personne n'aurait pu le contourner – ni songé à le faire. Tout, même les informations. Sur les transactions financières véreuses, sur les hommes politiques qui œuvraient dans l'ombre, tout ce qui, de près ou de loin, pouvait faire naître un trafic, une menace, un enjeu. Goran était un dieu et son territoire un enfer incontournable. Y compris pour les journalistes ambitieux. Y compris pour Lamoureux, jusqu'à ce qu'il n'ait plus rien à apprendre de ses indics des zones pourries de la capitale. Goran prit place dans la voiture.

– J'ai encore besoin de toi, le Yougo.

Milevic revint vers lui, l'attrapa par le col et le plaqua contre un tronc. Du revers de son gant, il frotta violemment la plaie jugale et le sang coula à nouveau. Mais Lamoureux sourit : il n'avait pas trouvé d'autre moyen pour le retenir et ça avait marché. Le surnom honni.

– N'abuse pas, Hervé. J'ai dit : on est quittes. Tu pourras remercier Mina. C'est elle qui m'a fait prévenir.

– Tu peux encore m'aider.

– Qu'est-ce que tu veux ?

– Trois femmes, jeunes, enceintes.

Milevic le dévisagea.

– Tu veux des filles ? Toi ? Je fais pas ces trucs-là, Lamoureux. Ça me fait gerber.

– Elles sont mortes. Dans des conditions étranges.

L'homme relâcha son étreinte.

– Droit au but. On m'attend.

– Qu'est-ce que tu sais d'elles ?

– On a parlé de l'une des trois, ici. Elle s'appelait Stella.

– Tu la connaissais ?

– Non, mais on connaît tous son mec : un flic.

– Son nom ?

– Karst. Mauvais. La haine aux tripes.

– Et elle ?

– Une ancienne de Chanteclair, comme lui. La mère du flic y est encore, d'ailleurs. Ce type a foutu les abattoirs à l'envers. Plusieurs gars y sont passés.

Tu connais le nom de la fille ?

– Stella, je te dis. Le nom, je sais plus. Des origines italiennes. Quand elle est morte, les flics ont cru qu'elle était mêlée au réseau, avec une copine et une assistante sociale. Ils ont même placé une fille à eux, une flic, au centre social.

– Ils ont trouvé quelque chose ?

– Rien, ils en ont juste allongé trois de plus. Le flic est mis à pied, je crois.

Des éclats de voix retentirent à proximité. Milevic s'éloigna vers la voiture et s'y engouffra. Lamoureux bloqua la vitre de la main.

– Karst, tu m'as dit ?

– À la Criminelle. Un Black, mélangé. Lamoureux ?

– Quoi ?

– Maintenant, on est *vraiment* quittes. Ne reviens plus.

La voiture s'éloigna dans la nuit.

Lamoureux releva le col sur sa joue et traversa le chantier vers les escaliers. Il était presque sur le pont quand Mina sortit de l'ombre, le regard perdu dans l'eau noire. Il redescendit dans sa direction.

– Va-t'en. Faut que je bosse.

Un reflet éclaira son visage. La lèvre inférieure, tuméfiée, déformait son sourire.

Lamoureux fit un geste vers son visage.

– Casse-toi. Il va te voir. Casse-toi, je te dis, c'est l'heure de pointe pour moi.

Elle cacha sa bouche en aspirant une bouffée de cigarette et passa la main sur le bras d'un client potentiel. Le type, un quinquagénaire anxieux, se dégagea et disparut derrière les arbres.

Le journaliste hésita avant de s'éloigner.

– Tu te souviens de moi, à l'époque ? dit-elle. Non, te retourne pas, y en a toujours un qui nous surveille. Tu te souviens de moi, dis ? J'étais bien. J'étais vraiment pas mal. J'avais pas besoin de les retenir par le bras.

Lamoureux fit quelques pas.

– Je me souviens.

Il monta quelques marches et se pencha.

– Mina.

La femme s'adossa à la rambarde et souffla la fumée vers le ciel chargé.

– T'es toujours bien, Mina.

12

La secrétaire referma la porte et Vincent eut le sentiment d'avoir pénétré un autre monde, à l'écart de l'hôpital. Un univers silencieux, tiède et pesant à la fois.

Et obscur.

Il fit un pas et son pied s'enfonça dans l'épaisseur du tapis. Face à lui, deux fenêtres laissaient à peine filtrer la lumière au travers des volets clos. Des rideaux de velours amenuisaient encore le rai qui venait mourir dans la pièce. Dans un renfoncement, sur le bureau Napoléon III, une lampe et son abat-jour ocre diffusaient une faible lueur.

Pourtant, la maternité Ménard était simplement sinistre, comme les autres établissements de l'Assistance publique. Vincent s'était garé rue de l'Isle-Adam et avait marché jusqu'à la façade, typique des années 70. Il était neuf heures du matin, un matin clair, légèrement voilé, un beau matin d'hiver. Depuis la mort de Stella, les jours étaient passés sans qu'il s'en rende compte, d'une traite, sans distinguer le soleil de la lune. Un crépuscule sans fin. Il baissa le regard sur l'entrée de l'hôpital. Il se foutait éperdument de la météo, des nuages et des saisons. L'obscurité qui l'habitait ne le quitterait que lorsqu'il aurait fait la lumière sur la disparition de sa femme.

Ce n'est qu'en poussant les portes du service de Pathologie obstétricale et materno-fœtale, au troisième étage, qu'il eut l'étrange sentiment d'entrer dans un sanctuaire. Le linoléum brillait dans les effluves acides de désinfectant, comme partout ailleurs ; mais il était noir. Les infirmières silencieuses s'y reflétaient comme les négatifs d'une pellicule. Les murs étaient nus, les sons lointains et les familles chuchotantes comme lors d'une messe dont on attendait le prêtre.

Le policier avait fini par dénicher le secrétariat où une femme, aussi livide que sa blouse, se leva sans un mot. Elle parcourut le couloir jusqu'au bureau et ouvrit la porte avec précaution.

– S'il n'y est pas, attendez-le. Il sait que vous venez le voir, ce matin.

Elle avait murmuré. Vincent l'observa, intrigué : elle n'avait pas regardé à l'intérieur de la pièce avant de refermer la porte.

Vincent s'approcha du canapé. Ses yeux s'accoutumèrent à la pénombre et le décor lui apparut progressivement. À sa gauche, des étagères croulaient sous les livres. Dans cette nuit artificielle, elles formaient des vagues claires et striées. Il tendit la jambe et son pied heurta une table basse. Il se redressa et distingua le dossier d'un fauteuil ministre tourné vers les fenêtres. À droite, sur le bureau, l'écran de veille d'un ordinateur représentait l'espace traversé d'étoiles filantes.

– Asseyez-vous.

Les mots semblèrent surgir de nulle part. Instinctivement, Vincent chercha le contact rassurant de son arme à travers l'étui. La voix était rocailleuse, accidentée. Elle paraissait naître au prix d'un effort surhumain, sortir d'une bouche qui n'aurait pas prononcé une syllabe depuis des siècles. Pourtant elle était forte, elle emplissait la pièce et ajoutait au confinement. Le fauteuil pivota sur son axe.

– J'aime m'asseoir face aux fenêtres. Je devine le paysage changeant.

Vincent se pencha pour mieux distinguer le visage. Alexandre Germon était pachydermique. Grand, obèse, il débordait les contours du fauteuil et coulait sur le cuir qui gémissait au moindre mouvement. Le professeur exposa ses traits au halo de la lampe : ils étaient curieusement creusés pour sa corpulence et mangés par des tics de la paupière et de la commissure des lèvres. Son expression changeait à chaque instant et donnait le sentiment que la tête était indépendante du corps. La main droite bougea enfin. Il lissa une barbe courte et grisonnante. Le geste était sans doute thérapeutique : les muscles du visage cessèrent leur danse folle pendant quelques secondes.

– Ces vieux professeurs sont des fous excentriques. C'est ce que vous pensez, n'est-ce pas ?

La gorge s'était éclaircie. Le policier aurait été incapable de donner un âge au médecin, mais les inflexions vocales étaient brusquement celles d'un adolescent.

– Je n'ai pas d'a priori, répondit Vincent. Un policier s'intéresse à ce qui ne se voit pas.

– Vous avez tort. La vie est clinique, une enquête aussi. L'apparence, les signes extérieurs sont un point de départ capital. Nul ne vous empêche de réfléchir ensuite.

Germon ébaucha un sourire, qui se transforma en grimace au milieu des autres rictus.

– Non, vous ne m'avez pas pris pour un fou, je vous crois. Vous avez attribué l'obscurité de cette pièce à un deuil inachevé. *Il vit dans le noir comme son fils l'aurait fait.*

Vincent se tut. Les sons avaient un poids, ils s'ajoutaient à la nuit et à l'odeur de tabac froid. Germon eut un rire court et grave.

– C'est ce qu'on vous a dit, n'est-ce pas ? C'est faux, je vous rassure. Certains allument une lumière en souvenir d'un disparu, moi, je l'éteins. Une obscurité commémorative, en somme. Pourquoi pas ? Et puis, les mots ont plus de sens à l'abri de la lumière, ils ont une épaisseur, on pourrait presque les toucher. Vous ne trouvez pas ?

Vincent fit l'inventaire des tableaux qui maculaient les murs de taches brunes et bordeaux, les rideaux et les tapis qui se chevauchaient ; les mots étaient fortement pris au piège, surtout. Germon se redressa, comme si son corps venait de prendre vie.

– J'ai peu de temps. Je vous écoute.

– Je suis venu vous parler de trois femmes. Jeunes, enceintes. Elles sont mortes toutes les trois dans des conditions inexplicables.

– Je sais tout cela, coupa Germon. Vous les connaissiez ?

Même dans la pénombre, Vincent devina le regard pénétrant du médecin. Germon le fixait, et ses yeux semblaient violer l'intimité. Le poids de ce regard se mêla au souvenir écrasant de Stella. Il répondit avec difficulté :

– L'une d'elles, oui.

Vincent se leva.

– Si elle vous a parlé de ces femmes, dit-il, le Dr Klein vous a probablement expliqué l'impasse scientifique dans laquelle la médecine se trouve.

– Qui est le Dr Klein ?

– Elle ne vous a pas appelé ?

– Vous n'avez pas répondu à ma question.

– Le gynécologue qui les suivait à l'hôpital. Ina Klein.

Germon ferma les yeux et inclina la tête sur son immense torse. Vincent remarqua un catogan poivre et sel. Le médecin n'avait pas tort : les vieux professeurs sont excentriques.

– Non, elle ne m'a pas appelé. Elle a préféré envoyer son chef de service au casse-pipe, je suppose. Elle avait plus de cran quand je l'ai connue.

Vincent songea à Ina et tenta d'imaginer ce qu'elle avait pu faire pour que Germon se souvienne d'elle. S'il était le mandarin dont on parlait, il n'était pas homme à mémoriser le nom de tous les internes qu'il avait martyrisés ; elle avait probablement minimisé son coup d'éclat.

– De Manzini m'a présenté le tableau médical. Ils sont coincés. Mais rien ne semblait troubler la grossesse de ces femmes, alors pourquoi vouliez-vous me voir ? Je m'occupe exclusivement des pathologies de la femme enceinte. C'est marqué sur le panneau, à l'entrée.

Vincent se planta devant le fauteuil.

– Vous parlez comme eux. Moi, je suis flic, je vous le répète. Je ne me contente pas d'un diagnostic, encore moins d'une simple hypothèse. Je ne discute pas vos pratiques, ne me les imposez pas, professeur.

Le visage de Germon ne tremblait plus.

– Elles étaient enceintes, justement, reprit Vincent. Que pensez-vous des hypothèses du docteur Klein ?

– Vous n'y croyez pas ?

Vincent recula sans répondre. Ce type vivait dans le noir et voyait tout.

– Vous avez raison, reprit le médecin. La biologie et les données anatomiques permettent d'écarter ces théories fantasques. D'ailleurs, je vous rassure : personne n'y croit. Pas même eux.

– Aucune substance sanguine propre à la grossesse ne pourrait expliquer ces phénomènes ? insista Vincent.

– Des hormones apparaissent durant la grossesse, mais elles ne peuvent pas modifier le fonctionnement des organes au point d'épuiser l'ensemble d'un organisme ou de le congeler.

Karst s'adossa à l'une des fenêtres et sentit le froid irradier à travers ses vêtements. Cette fraîcheur lui rappela le monde extérieur et ses espaces. Il étouffait dans ce bureau.

– Savez-vous ce que j'appréciais chez Ina Klein ? demanda Germon. Sa persévérance. Sa satisfaction elle-même était un moteur pour aller plus loin, pour creuser. Rien n'était suffisant, elle ne se contentait jamais d'une hypothèse, aussi fondée fût-elle. Pas cette fois. Je suis surpris.

– Disons qu'elle défend sa maison. C'est ma faute : je l'ai poussée dans ses retranchements.

– Le confort n'a jamais été son refuge et le danger ne l'effrayait pas. Ina Klein redoutait d'autres choses, plus intérieures, ça oui...

Germon se tut. Il semblait être allé plus loin qu'il ne le désirait. Vincent éprouva le besoin de la défendre.

– Elle se sentait en danger. C'est sa responsabilité de médecin qui est en jeu.

– On défend ses convictions avant tout ! s'emporta le professeur. Et elle n'est pas convaincue de ses hypothèses.

Les tics mangèrent à nouveau son visage. Germon caressa frénétiquement ses joues hérissées, perdu dans une réflexion.

– Pour comprendre un tel bouleversement dans un corps, il faut aller au fond, il faut remonter aux origines de l'évolution cellulaire, appréhender son déterminisme.

Germon se balançait lentement dans son fauteuil, ailleurs.

Vincent s'assit au bord du canapé, sur le qui-vive. Il l'avait su dès son entrée dans ce bureau, en s'enfonçant dans cet univers feutré et dense : Germon bouleverserait la vision bloquée des choses. Il serait le regard différent, il capterait l'angle que personne n'avait saisi jusqu'ici. L'excitation se mêlait en lui à une curieuse appréhension. Pourquoi ? Qu'avait-il à redouter ? Une bouffée d'angoisse le submergea. Germon s'apprêtait à toucher à quelque chose de violent, une complexité qui nécessiterait autre chose que du temps ou un effort de compréhension. Ça aussi, il le pressentait.

– Il ne peut pas s'agir de l'exacerbation d'une maladie ou d'un phénomène connu. L'atteinte des corps est trop violente, trop globale, quelques anticorps ou un taux d'hormone plus élevé que la normale ne peuvent pas l'expliquer. En tout cas, pas directement...

– *Pas directement* ? Que voulez-vous dire ?

– Je veux dire que ces substances ne peuvent pas toucher directement *tous* les organes et intervenir dans le fonctionnement de *toutes* les cellules. Non, il faut envisager une modification profonde, au cœur de ces cellules, qui touche l'élément fondamental, essentiel et décisif qu'elles ont toutes en commun. Il faut imaginer une intervention au niveau de leur cerveau : les chromosomes, Karst. L'ADN, le génome, l'ordinateur central, si vous voulez, celui qui contrôle leurs fonctions comme leur devenir. J'en suis convaincu : seule une modification génétique des cellules peut provoquer un tel chaos.

Vincent se sentit entraîné dans un vertige. On n'était plus dans la logique de la malveillance, de la faute professionnelle, un mauvais médicament au mauvais moment ou un appareil mal désinfecté. C'était plus abstrait et plus effrayant. Il songea à Ina, à Gallet. Il songea à ses collègues, embarqués dans sa galère. Il leur faudrait tous entrer dans une mécanique de réflexion différente. Ils allaient devoir affronter une problématique dont l'envergure le dépassait, lui, simple flic et amant assoiffé de sens.

– Une modification pendant la grossesse ?

– On a décrit des cas sans en avoir clairement identifié les mécanismes : les sécrétions de la grossesse ne déclenchent pas directement les lésions constatées, mais en revanche, elles peuvent modifier l'ADN, qui contrôle tout, et réveiller des gènes endormis par des processus complexes. C'est alors tout le fonctionnement des cellules qui est perturbé.

Un silence les sépara. Germon semblait laisser le temps au policier de concevoir cette nouvelle approche.

– Mais une grossesse n'implique pas un seul être, reprit-il. Il y a la mère... et il y a l'enfant.

– Le fœtus ? Le fœtus pourrait agir sur le patrimoine génétique de la mère ?

– On le pense. La communication entre la mère et l'enfant est un pôle de recherche très important en obstétrique depuis plus de vingt ans ; c'est fascinant. Un fœtus réagit physiquement lorsque sa mère est sous l'effet d'un stress, d'une angoisse, d'une joie, d'une maladie. Une femme enceinte n'a pas besoin de la science pour le savoir : elle sent le fœtus modifier son comportement dans le ventre. Elle connaît mieux que n'importe quel gynécologue les *attitudes* du fœtus. Alors pourquoi une mère ne serait-elle pas elle aussi sous l'influence d'un « message » de son enfant ? Il émet des substances qui lui servent, entre autres, de moyen de communication. On ne connaît pas toutes ces substances, mais surtout, on sait très peu de chose de leur effet. On peut tout imaginer, même un effet sur l'ADN maternel.

Germon se pencha et sourit. Il semblait se satisfaire du désarroi du policier.

– Vous êtes perdu ?

– Un peu.

– Je ne me fais pas de souci pour vous. Vous êtes aussi tenace qu'elle.

– Elle ?

– À une différence près, inspecteur : Ina Klein use positivement de sa ténacité. Dans mon service, elle s'acharnait à comprendre pour construire. Vous, vous procédez de façon opposée : vous mettez votre énergie au service de la démolition.

– Je ne vous comprends pas.

– C'est votre autre point commun : vous êtes intelligents. Par conséquent vous me comprenez parfaitement. Vous voulez mettre au jour les limites de la science. Vous cherchez la faille, Karst, vous poussez le raisonnement jusqu'à l'extrême pour en démontrer l'insuffisance. Klein était une interne curieuse et passionnée ; et vous, quel sentiment vous habite ?

Germon se leva avec une aisance déconcertante. Sa haute stature ajouta une ombre dans cette cellule close. Vincent se redressa sans se lever. Debout, la domination aurait été flagrante.

– Vous cherchez autre chose, n'est-ce pas, en déboutant mes confrères ? Quelque chose qui échappe au champ de la science. Permettez-moi de vous poser une question et de jouer l'inspecteur à mon tour.

Vincent le dévisagea. Germon n'était pas homme à demander la permission pour quoi que ce soit.

– Allez-y. De toute manière, je suis dans une impasse, ça m'arrange que vous portiez les deux casquettes.

– Vous avez certainement une idée derrière la tête. Selon vous, quel est l'élément non scientifique, commun à ces grossesses, qui puisse expliquer ce drame – ou au moins y participer ?

– Si je le savais, je ne serais pas là. Je sens simplement qu'on n'expliquera pas tout avec la science. Tout le monde semble d'accord mais s'acharne à s'en contenter.

Germon parcourut du doigt les rayonnages. Il se déplaçait à nouveau comme un ours, mais semblait faire preuve d'une acuité visuelle parfaite dans la pénombre, comme les prédateurs nocturnes. Sans hésiter, il sortit un livre dont Vincent aurait à peine distingué la tranche.

– Peut-être n'avez-vous pas tort. Mais si un élément extérieur a joué, c'est au policier de l'identifier et de découvrir s'il est en rapport ou non avec les grossesses, puisque cela vous obsède. L'obsession est une forme de conviction, dit-il, c'est toujours un bon point de départ.

– Je ne suis pas allé beaucoup plus loin.

– Vous avez raison de vous accrocher à votre conviction, mais vous ne pourrez pas contourner le phénomène scientifique, Karst. Il s'est produit quelque chose au niveau génétique, j'en suis convaincu. L'intervention extérieure que vous traquez est peut-être à l'origine de ce phénomène, mais ils sont au moins associés. Les deux coexistent.

– Il faut que j'en sache plus sur votre supposition.

Germon feuilleta le livre et le tendit au policier.

– La science l'a fait pour vous. Il y a un moyen de savoir si le capital génétique de ces femmes a été modifié.

– Une méthode reconnue ?

Le professeur sourit.

– Réflexe de policier, je suppose. Plus que reconnu : nobélisé. Chercheur français, d'origine irlandaise ou anglaise, je crois. Le professeur Roy.

Germon progressa entre les meubles et s'installa devant l'ordinateur.

– Voilà :

Roy M. – France – Génétique.

Nobel en 91 pour ses travaux sur la protéomique.

– Qu'est-ce que c'est ?

– Le pendant de la génomique. La génomique est l'étude des gènes portés par les chromosomes, ou par l'ADN, si vous préférez. On en a beaucoup parlé quand on a réussi à en établir la cartographie. La protéomique, elle, s'intéresse aux protéines qui sont fabriquées à partir de ces « recettes », de ces gènes : elle s'attache à définir quel gène produit quelles protéines. C'est infiniment plus vaste, car un même gène peut fabriquer plusieurs protéines différentes selon le moment, ou s'associer à un autre pour en produire de nouvelles. Il s'agit d'un travail immense, inconcevable jusqu'à il y a peu.

Vincent écoutait avec avidité. Les éléments prenaient place dans son esprit, par touches successives.

– En quoi ont consisté les travaux de Roy ?

– Roy a mis au point une remarquable technique de détection et de différenciation des protéines. À partir de ses travaux, on pouvait espérer identifier l'ensemble des protéines produites par le génome humain. Révolutionnaire.

– Que vient faire la protéomique dans mon enquête ?

– Réfléchissez, inspecteur. Grâce au lien établi entre les gènes et les protéines correspondantes, il suffirait d'identifier les protéines d'un individu pour déterminer ses gènes. C'est un peu comme si vous parveniez à retrouver la recette en examinant simplement un gâteau, ou à découvrir l'identité d'un homme d'un simple regard. C'est un atout considérable et une avancée majeure en génétique. Les protéines sont accessibles, elles circulent dans le sang, alors que les gènes sont difficiles à examiner, ils nécessitent une préparation lourde.

– Je crois comprendre. Si on détecte dans le sang d'un individu des protéines inconnues, qui ne sont pas répertoriées par la protéomique dans le tableau de correspondance, cela signifie forcément qu'un gène a été modifié.

– On aurait pu procéder de cette façon à partir d'un simple échantillon de sang, effectivement.

– *On aurait pu* ? Où en sont les travaux du professeur Roy ?

– Au point mort.

C'était trop beau, trop facile.

– Pourquoi ?

Germon éteignit l'ordinateur. La lueur blême disparut. Vincent serra l'accoudoir du canapé.

– Roy s'est vu attribuer le prix Nobel après les premières conclusions de ses recherches. Les étapes suivantes n'auraient dû offrir aucune difficulté : les éléments les plus complexes étaient acquis.

– Que s'est-il passé ?

– Roy a démissionné et s'est retiré de la partie. Lorsque son équipe a voulu reprendre le flambeau, la quasi-totalité des travaux était introuvable. Roy a affirmé que ses recherches n'étaient pas allées plus loin que les éléments embryonnaires retrouvés dans son laboratoire.

– Ce chercheur ne travaillait pas seul, j'imagine.

– Évidemment. Mais aucun de ses collaborateurs n'a réussi à convaincre le Nobel. Roy avait décidé de tout gommer, d'effacer des années de labeur.

– L'aurait-on acheté ?

– On a émis cette hypothèse, mais personne n'y a cru, c'était un exemple d'intégrité. Et aucun laboratoire n'a fait état d'avancée particulière dans ce domaine. En revanche, je doute que Roy ait vraiment détruit ses travaux : un scientifique trop brillant, trop passionné. Trop, en tout cas, pour tout anéantir.

Vincent eut un geste de lassitude. Ainsi s'envolait le premier espoir de sortir du labyrinthe. Au-delà de la déception personnelle, pourtant, les questions s'emmêlaient : pourquoi un chercheur décidait-il d'interrompre ses travaux au moment même où on les consacrait ? Qu'est-ce qui pouvait être plus fort que la gloire et la reconnaissance ?

Germon sourit.

– La question que vous vous posez certainement est légitime. Elle nous a tous harcelés. Plusieurs hypothèses ont été émises, aussi peu crédibles les unes que les autres.

– Laquelle avez-vous retenue ?

– Aucune. Mais je suis très impliqué dans le milieu de la génétique et je me tenais au courant de ses travaux. Roy avait testé sa technique sur des femmes enceintes américaines dont la grossesse s'était déroulée dans des situations particulières : au pôle Nord, dans des conditions climatiques extrêmes. Sa méthode avait ainsi détecté la présence de protéines inconnues et démontré la modification de certains gènes chez ces femmes.

– En quoi cette découverte aurait-elle pu contraindre Roy à démissionner ?

– Cette découverte, comme vous dites, n'était pas anodine : elle laissait penser que l'environnement pouvait influer sur le capital génétique d'un individu, voire celui d'un fœtus. Le scandale est venu d'ailleurs, peu de temps après : des expériences auraient été menées sur des femmes enceintes. Et selon une logique peu discutable, on a soupçonné Roy d'y avoir été mêlé.

– Vous étiez de ceux-là ?

– Non. Mais il n'y a rien de pire pour briser une carrière et enterrer un chercheur, inspecteur. Et rien de plus efficace pour le convaincre de ne plus jamais toucher à ce qui a causé sa chute. Ne plus y penser, l'enterrer au plus profond de sa mémoire.

Vincent se leva.

– Et parler ? Peut-on au moins lui parler ?

– Roy vit à la campagne et se consacre à d'autres passions. C'était un personnage secret mais éclectique.

– Vous savez où je peux le trouver ?

– C'est vous le détective.

Germon regarda l'heure et s'effondra dans son fauteuil, comme si le temps de vie imparti à son énorme corps et celui qu'il avait accordé à l'entretien s'étaient écoulés. Il fit pivoter le fauteuil avec lenteur, et s'immobilisa de nouveau face aux fenêtres. Vincent ouvrit la porte avec le sentiment d'avoir vécu un songe au terme duquel tout reprenait sa place, jusqu'à l'obscurité du bureau et la lumière aveuglante du couloir.

– Karst ?

Vincent fit un pas en arrière. Les néons extérieurs l'avaient ébloui, il ne distinguait plus rien dans la pénombre de la pièce.

– Elle était enceinte, elle est morte, et vous vous sentez coupable au titre de père, n'est-ce pas ?

Vincent ne répondit pas.

– On peut passer des années, une vie à ruminer un tel sentiment. Ne tombez pas dans le piège. Les gènes sont plus forts que nous, nous ne contrôlons pas tout. Se sentir coupable en génétique est un acte de vanité.

Le policier allait refermer la porte sans bruit quand le fauteuil pivota légèrement.

– Je vous aiderai. Tenez-moi au courant.

– Je travaille dans un service de soins, inspecteur ! Je ne peux pas perdre mon temps à écouter les élucubrations d'un chercheur.

– Vous pouvez bien prendre une demi-journée de temps en temps ! Personne ne va en mourir, ajouta le policier.

– Ne faites pas d'humour noir.

Ina tendit le dossier à l'infirmière et se dirigea vers son bureau. Vincent la suivit. Il se pencha sur une pile de revues médicales encore sous film plastique.

– Vous n'avez pas envie d'en savoir plus ?

– J'aurais voulu ne *rien* savoir de toute cette histoire, si vous voulez mon sentiment. Vous m'empoisonnez la vie, vous comprenez ?

– D'après Germon, vous étiez plus enthousiaste pour les choses de la médecine, par le passé.

Ina lui jeta un regard noir.

– Je veux au moins connaître votre opinion concernant sa théorie.

– Oui, bien sûr, ça se tient, dit-elle, exaspérée.

Elle se laissa aller à la renverse dans son fauteuil.

– Bon, laissez-moi deux heures, je vais essayer de me faire remplacer. La matinée, pas davantage, on est d'accord ?

– On partira tôt. Mais j'ai un petit travail pour vous, avant.

– Ben voyons, j'ai tout mon temps !

– Vous pourrez le faire ce soir, si vous préférez. Ce n'est pas urgent à ce point.

– Merci. Qu'est-ce que c'est ?

– J'ai réfléchi aux propos de Germon : si la grossesse est une clef, l'énigme n'est peut-être pas exclusivement médicale, Ina. Il a raison, et vous aussi : on ne se passera pas de la science, dans cette affaire. Mais il y a probablement eu autre chose, et les deux sont liées.

– Autre chose ? Mais quoi ?

– Une personne, ou un événement. La grossesse les a forcément exposées à des circonstances similaires : l'hôpital, par exemple. Des examens, des analyses, des gestes...

– Vous n'allez pas recommencer !

– Non, et vous non plus : il faut qu'on prenne du recul. Ne vous cantonnez pas à ce qu'on *devait* leur faire. N'y a-t-il pas une intervention à laquelle elles auraient pu être soumises sans que ce soit de votre ressort ? Sans que vous le sachiez ?

– Seuls les médecins sont autorisés à prescrire, dans ce service, vous allez le comprendre une bonne fois pour toutes ?

– Ina, soyez un bon flic. Chaque cas se présente de la même manière : une femme enceinte, un capital génétique probablement modifié et une circonstance commune. Germon l'a dit : la grossesse et ses substances sont peut-être responsables de cette mutation génétique, mais il ne faut pas occulter un facteur extérieur commun. Il faut le trouver, et pour cela, il faut commencer par creuser le terrain commun : le suivi de leur grossesse.

Vincent se leva.

– Fouillez, Ina. Reprenez les dossiers, les traces écrites, les analyses, tout. Reconstituez leur parcours à chaque instant. *Mais en vérifiant tout.*

– À la clef, il y a quoi ? Un diplôme du parfait enquêteur ?

– Non, dit-il en jouant avec son casque : une balade en moto. À demain.

13

RIEN. Absolument rien d'anormal, pas le moindre geste inhabituel, pas l'ombre d'un événement inattendu ou d'un résultat atypique. Les dossiers semblaient limpides, lisses. Ina avait tout lu, et à trois reprises. Cette fois, elle avait passé les dossiers informatiques au peigne fin, sans s'épargner une seule rubrique : examen clinique d'admission, suivi clinique médical, suivi paramédical, épluchant la moindre note des infirmières et des aides-soignantes. Elle avait ensuite imprimé la page administrative et vérifié la concordance des références attribuées aux trois patientes sur toutes les prescriptions afin d'éliminer une éventuelle erreur de retranscription. Elle avait passé au crible tous les résultats biologiques et radiologiques, sans omettre une ligne.

Elle leva des yeux rougis sur l'horloge murale : vingt-trois heures. Elle griffonna sur une feuille le nom de toutes les personnes qui avaient participé aux soins dispensés aux trois femmes pendant leur court séjour.

– Insomniaque ?

Ina sursauta. L'homme, penché par-dessus son épaule, se redressa. Elle mit une fraction de seconde à reconnaître son confrère : le rayonnement de l'écran avait accentué les ombres du visage émacié et se reflétait dans les verres de lunettes. Philippe Holstadt glissa un regard clair sur les lignes et déchiffra son nom devant celui de Florine Montiel et Bénédicte Miler. Elle ferma les fichiers informatiques et plia la feuille.

– Quelques notes avant de dicter le compte rendu de sortie. J'ai un retard épouvantable.

– Tu vas pouvoir conclure aisément.

Elle éteignit l'ordinateur, et la pièce fut plongée dans la pénombre. Un réverbère, sur le trottoir, projetait des ombres curieuses sur le mur. Aucun des deux ne prit la peine d'allumer.

– Le directeur de l'hôpital nous a transmis les courriers des familles, dit-il. Ces filles sont mortes et leurs proches veulent établir le degré de responsabilité de l'hôpital. On aurait fait la même chose, non ?

Ainsi, la machine était enclenchée ; ses confrères eux aussi étaient sur le qui-vive. À la lueur du lampadaire, la silhouette décharnée du radiologue se détacha. Son crâne chauve luisait.

– Tu as réfléchi à ce qui a pu se passer ? demanda Ina.

Le radiologue sourit en regardant la feuille pliée devant la jeune femme.

– Comme toi, comme nous tous. Et on a tous procédé de la même manière. Heureusement, un fichier informatique, ça ne s'use pas.

– Tu n'as pas de souci à te faire, tu n'as pratiqué que l'échographie.

– Tu oublies à quelles poursuites les radiologues sont exposés en gynécologie ? C'est avant tout le diagnostic d'imagerie qui est mis en cause. On n'a pas vu, on a laissé passer quelque chose, un détail nous a échappé. Tu connais la rengaine.

– Ça n'avait rien à voir avec la grossesse.

– Ça me rassure aussi de le penser. Il ne nous reste plus qu'à le prouver.

Holstadt se leva.

– Rentre, Ina. Pour une fois que tu n'es pas de garde. J'allume ?

– Non, je m'en vais. Et je déteste ces néons, surtout en pleine nuit.

Il sourit et ferma la porte. Ina se renversa dans le fauteuil. L'inquiétude de son confrère l'avait ébranlée. Jamais Philippe Holstadt n'avait eu de raison de douter de ses actes ou de ses compétences. Leurs parcours avaient suivi les mêmes étapes, à peu de chose près. Il avait réussi l'internat un an avant elle, ils s'étaient rencontrés à la maternité de Port-Royal où elle effectuait son premier stage. Holstadt pratiquait l'échographie depuis quelques mois et rivalisait déjà avec les routards. On le disait né avec une sonde ultrasonique en main. Ils avaient sympathisé, assez pour qu'elle lui présente sa meilleure amie, qu'il épousait puis quittait deux ans plus tard. Sur le plan professionnel, elle avait appris à se fier à ses diagnostics d'imagerie. Dans cette affaire, Holstadt se sentait impliqué et en un sens c'était le seul élément rassurant de son enquête : il n'avait rien décelé d'inquiétant. Vérifier les images d'échographie semblait superflu.

Alors où était la faille ? Elle entreprit une dernière tâche : explorer chaque séjour, décomposer et analyser le déroulement de toutes les étapes. Le temps : c'était la seule dimension qu'elle n'avait pas abordée. Peut-être y trouverait-elle l'indice que lui avait refusé la batterie irréprochable du déroulement médical.

Le premier dossier, celui de Stella, fit fondre ses espoirs : la succession des examens témoignait d'une organisation parfaite. Elle sourit : c'eût été une ironie du sort que ce dossier, précisément, fasse avancer les investigations de Karst. Son visage lui apparut, et aussi sa détermination, mélange confus de chagrin et de rage, l'obligeant à reprendre les deux autres dossiers.

L'admission de Florine Montiel avait été enregistrée le 23 octobre à 7 h 10. L'horaire d'admission était classique : il permettait aux infirmières d'effectuer les prises de sang assez tôt pour ne pas interférer avec la visite matinale des médecins et obtenir l'après-midi même les résultats. À 9 h 01, le dossier infirmier enregistrait le départ pour le bloc opératoire de gynécologie, où Philippe Holstadt pratiquerait une amniocentèse sous contrôle échographique. Ina passa à la note suivante : la patiente était remontée du bloc à 10 h 57. La chronologie semblait cohérente.

Ina quitta le dossier et fit apparaître celui de Bénédicte Miler, hospitalisée le 15 novembre à 11 h 30. Prélèvements sanguins effectués à 11 h 47. Conduite en salle d'échographie à 13 h 10. La ligne suivante mentionnait son retour en chambre : 17 h 40. Ina fit un calcul rapide : aucun retard, aucune difficulté d'examen ne pouvait justifier qu'une échographie se prolonge pendant quatre heures trente. Que s'était-il passé ? Pourquoi le dossier ne comportait-il aucun commentaire médical ? Les transcriptions infirmières ne relataient qu'une chose : la tension avait été surveillée à trois reprises de façon rapprochée, et les valeurs étaient satisfaisantes. En début de soirée, le médecin de l'unité avait fait une rapide visite : à 18 h 10, il avait signé une ligne laconique sur l'état tout à fait satisfaisant de la patiente.

Ina se leva et quitta le bureau. Elle emprunta les escaliers et traversa le couloir du premier étage jusqu'aux salles d'accouchement. La plate-forme, qui réunissait les salles de travail, d'accouchement proprement dit et d'échographie, jouxtait le bloc opératoire. Elle était étonnamment calme, dans la lumière tamisée des rares nuits hospitalières paisibles. À l'accueil, une femme d'une cinquantaine d'années leva la tête de son magazine.

– De garde ? Encore ?

– Non, Solange. Pire : je me suis attaquée à la pile de courrier. J'ai besoin de consulter les feuilles de surveillance infirmières du bloc et des salles. Il manque des petites choses dans les dossiers informatiques.

– Tu sais bien qu'on n'a pas le temps de les saisir à l'écran, les examens et les urgences s'enchaînent à une vitesse folle.

– Ce n'était pas un reproche. Plutôt un appel au secours : ce sont mes dossiers qui sont incomplets.

L'infirmière-chef fouilla dans un tiroir et tendit une clef à Ina.

– Les armoires du fond, dans le bureau de dictée, derrière la salle 3. On a décidé d'y regrouper les cahiers de surveillance de toutes les salles.

– J'y trouverai des informations datant d'octobre ?

– On les conserve huit semaines avant l'archivage. Avec un peu de chance, c'est encore là.

Solange l'observa avec compassion.

– Ça ne peut pas attendre, ce boulot ? Tu as l'air crevée, ma grande. Garnier aussi vient de quitter le service. Il y est depuis l'aube. À force de bosser, vous allez vous bousiller la santé ou faire une grosse bêtise qui vous coûtera cher.

– Bousillée, c'est fait depuis longtemps. À tout de suite.

Ina passa les premières portes et aperçut furtivement son reflet dans les vitres. Des épaules larges, une blouse informe et un pyjama vert qui tombait sur ses seins presque inexistants. Elle détourna le regard et se coiffa à la va-vite d'un geste qu'elle jugea dérisoire. L'urgence, ce n'était pas une meilleure mine ou le sommeil, mais de ressembler enfin à une femme. Comme lorsqu'elle dormait encore à côté de celui qui avait été son mari. Ce n'était pas pour tout de suite.

Elle poussa les deuxièmes portes battantes et traversa le bureau. Dans les armoires métalliques, les classeurs étaient rangés par ordre chronologique, un par semaine pour chaque salle. Ina trouva sans difficulté les deux qui l'intéressaient. Au même instant, le néon grésilla et rendit l'âme. Elle quitta la pièce avec humeur et improvisa un bureau sur une table roulante de la deuxième salle d'accouchement.

Elle ouvrit le premier classeur et feuilleta nerveusement le registre pour remonter jusqu'au 23 octobre. Une angoisse indéfinie l'habitait. Elle s'en voulut de perdre son sang-froid, de manquer du détachement propre à l'innocence. Qu'avait-elle à craindre, elle n'avait rien à se reprocher. Elle se remit à lire, faussement apaisée. Florine Montiel avait bien subi une amniocentèse à 9 h 30, pratiquée par Philippe Holstadt. L'examen s'était déroulé sans problème. À 10 h 15, l'infirmière avait noté la « réalisation d'un pansement en regard de la suture ». Intriguée, Ina relut le commentaire. Pendant l'amniocentèse, le médecin manipulait une seringue et une sonde d'échographie, et aucun geste ne nécessitait de suture. Elle se pencha sur l'inventaire systématiquement effectué au bloc à la fin d'une intervention : un fil Crinercé 5/3 et deux pinces avaient été utilisées et remplacées dans la boîte de suture 21.

Ina consulta le second classeur. À 13 h 25, Holstadt réalisait l'échographie de Bénédicte Miler. À 13 h 45, l'infirmière de salle appelait l'anesthésiste-réanimateur : la patiente avait souffert d'un malaise lipothymique suivi d'une perte de connaissance. Le taux de sucre dans le sang était abaissé, la tension un peu faible et la température corporelle mesurée à 35°7. Une demi-heure plus tard, nouveau commentaire, mais de Holstadt, cette fois, dans le registre a priori réservé aux commentaires infirmiers : tension à 12/8, évolution favorable d'un probable malaise vagal. Bénin, en somme. Il préconisait une surveillance de la tension en chambre, rien de plus. Pourquoi Holstadt s'était-il substitué à l'infirmière et à l'anesthésiste sans pour autant mentionner quoi que ce soit dans le dossier médical informatique ?

Ina consulta cette fois l'inventaire des injectables utilisés l'après-midi du 15 novembre. Douze flacons de 125 ml de sérum physiologique pour entretenir les perfusions, puis son doigt glissa sur les produits d'anesthésie, les calmants. La dernière ligne était écrite sur la page suivante : cinq unités d'insuline rapide, vers 13 heures. Ina reprit la liste des patientes admises ce matin-là : aucune n'était diabétique ; l'insuline, dont l'effet était de diminuer le taux de sucre dans le sang, n'était indiquée pour aucune de ces femmes. Elle se replongea dans la lecture du suivi infirmier : une simple vérification de la tension et Miler quittait la plate-forme. Deux heures plus tard. En somme, elle avait passé deux heures ici pour un « malaise bénin » qui n'aurait justifié qu'une surveillance sans prise médicamenteuse. Cinq unités d'insuline avaient été utilisées pendant la même période dans cette même salle.

Lorsqu'un bruit métallique résonna, elle était trop concentrée pour réagir comme elle aurait dû le faire. Elle se leva précipitamment, mais trop tard : le voyant rouge venait de s'allumer sur le boîtier mural, près de la porte. Elle poussa les battants qui venaient de se verrouiller automatiquement. Un sifflement lui vrilla les oreilles et une soufflerie intense se mit en marche. Un effluve acide irrita immédiatement ses muqueuses nasales et ses bronches. Elle fit le tour de la table en couvrant sa bouche et ses narines. À dix centimètres du sol, des clapets intégrés dans le mur crachaient une vapeur brûlante qui se répandit dans la pièce. Des robinets microperforés diffusèrent la même fumée âcre depuis le plafond. Ina sentit la pluie antibactérienne retomber sur ses cheveux et sa blouse. Elle se précipita contre la porte hermétiquement close et se mit à tambouriner sur le triple-vitrage. En quelques secondes, la désinfection automatique avait noyé la salle dans une brume suffocante. Ina se jeta de toutes ses forces contre les portes qu'elle martela à nouveau des pieds et des poings. Dans le brouillard corrosif, elle saisit un tabouret métallique qu'elle projeta contre les vitres sans même parvenir à les fissurer. Elle longea les murs comme une démente dans une cellule à la recherche d'une fenêtre inexistante. Elle s'agrippa à l'interstice de l'autre porte, celle qui donnait sur le sas qui distribuait le bureau et l'autre salle. Elle entrouvrit les paupières : là aussi, un halo rouge entourait le voyant. Tout était verrouillé. Elle était coincée dans cette boîte, piégée comme un animal. Le liquide vaporisé poissait ses vêtements et brûlait maintenant la peau : il l'asphyxierait dans moins d'une minute. Les yeux en feu, la gorge en proie à un spasme, Ina se défit de sa blouse, la noua tant bien que mal autour de son visage et s'accroupit sous la table d'examen. Elle se mit à tâtonner de façon désespérée et heurta enfin le récipient métallique qu'elle cherchait : la bouteille d'oxygène de secours, sous le brancard. Elle lâcha la blouse et s'acharna sur la molette d'ouverture de la vanne, qui résista. Elle s'y reprit de toutes ses forces et ne parvint qu'à mettre ses paumes en sang. Une bouffée de terreur la submergea. Elle s'essuya les mains sur son pantalon et saisit la bouteille à bout de bras. Galvanisée par la douleur et l'angoisse, elle se redressa et la projeta contre la porte dans un fracas monstrueux. Sa vue s'obscurcit, ses poumons lui semblèrent le siège d'une hémorragie tant elle suffoquait et elle se laissa glisser sur le sol. Elle entendit un bruit lointain de décompression et eut le temps d'apercevoir deux ombres avant de basculer dans le néant.

Ina voulut ouvrir les yeux. Ses paupières gonflées par l'œdème réduisaient considérablement son champ de vision. Elle retira d'un geste brutal le masque plaqué sur son visage et s'assit sur le rebord de la table d'examen.

– Reste allongée quelques minutes, bon sang, et remets ça sur ton nez tout de suite.

Elle reconnut l'anesthésiste de garde et refusa le masque. Solange vint s'asseoir près d'elle.

– Si Philippe Holstadt n'était pas passé par le bloc, tu y restais, annonça-t-elle.

– Philippe ?

Ina le chercha du regard.

– Il est remonté au service, il a été bipé. C'est lui qui a entendu le choc depuis la salle 2.

Ina se leva et frissonna. Elle était trempée.

– Tu es sûre que ça va aller ? tu as inhalé le Sept-Air pendant presque deux minutes, Ina, tu devrais rester ici encore un peu. Je vais te piquer des gaz du sang pour voir comment fonctionnent tes poumons après ce traitement de choc. Ils n'ont pas dû apprécier.

– Ne t'inquiète pas, Serge : mes poumons fonctionnent, tout le reste aussi, je le sens. S'il y a quoi que ce soit, je t'appelle.

L'anesthésiste abdiqua.

– Prends au moins un antibiotique à large spectre pendant une semaine. Tes muqueuses sont à vif, un vrai bonheur pour les germes respiratoires.

– D'accord.

Serge hésita.

– Tu peux y aller, je t'assure, insista Ina, tout va bien. Toi aussi, Solange.

– Je ne comprends pas ce qui s'est passé, dit l'infirmière. La désinfection ne se met en route qu'à partir de deux heures du matin et quand la salle n'est pas occupée. Des capteurs kinesthésiques interrompent le processus dès qu'ils détectent le moindre mouvement. J'appellerai le technicien demain matin.

– Je monte me changer, dit Ina en décollant le tissu de la peau. Ça commence à m'irriter sauvagement, cette eau de toilette.

Dans l'ascenseur, Ina se laissa glisser contre la paroi et s'accroupit au sol. Elle était plus ébranlée qu'elle ne l'aurait cru. Somme toute, elle avait seulement failli mourir asphyxiée par un traitement chimique. Pas de quoi animer une soirée entre amis. Elle songea à ce qu'elle avait lu dans les registres – probablement irrécupérables sous la mousse toxique. Le matériel de petite chirurgie pour l'amniocentèse de Montiel, le malaise de Bénédicte Miler et la surveillance prolongée en salle de réveil post-opératoire. Holstadt s'était chargé de tout, il s'était même substitué à l'anesthésiste. Pourquoi n'avait-il rien mentionné alors que l'évolution avait été favorable et que rien ne laissait présager les événements dramatiques à venir ? Pourquoi les médecins qui suivaient les deux jeunes femmes dans les unités de soins ne s'étaient-ils pas inquiétés ?

Les portes de l'ascenseur s'ouvrirent sur le troisième palier. Ina hésita, appuya sur la touche du bas et, quelques instants plus tard, elle sortait dans le hall du bâtiment.

Elle s'enveloppa dans sa blouse humide et traversa l'hôpital au pas de course. Sous la lumière des lampadaires, son visage prenait un aspect spectral. Le froid la harcelait. Le surveillant de l'Institut médico-légal la dévisagea avant de débloquer le système d'ouverture automatique. Les panneaux de verre glissèrent et Ina apparut, livide et échevelée.

– Tout va bien, madame ?

– Je voudrais examiner deux corps. Deux de mes patientes, autopsiées par Bruno Gallet.

– Ils sont probablement à la morgue. Le Dr Gallet ne m'a pas laissé d'instructions particulières.

– C'est récent. Les corps sont sûrement ici. J'étais présente lors de l'examen, Gallet n'y verra pas d'inconvénient. Je l'appellerai demain.

– Vous signerez le registre, là, dit le gardien avec réticence. Suivez-moi, il faut qu'on s'habille.

Ina quitta sa blouse pour revêtir un sarrau propre – et sec. Ils s'équipèrent de masques, chaussons et bonnets après s'être acquittés du protocole d'hygiène préventif. Ina réalisa avec cynisme que les lieux commençaient à lui être familiers.

Ils grimpèrent l'escalier et traversèrent un long couloir où seules luisaient les veilleuses de secours. L'homme jeta un ultime regard à la tenue d'Ina et ouvrit le sas de la chambre froide.

Ils pénétrèrent dans une pièce exiguë. Ina leva les yeux : la hauteur de plafond était impressionnante. Deux murs face à face étaient couverts de tiroirs métalliques, telle une mosaïque uniforme et mate.

– Les noms ?

– Montiel et Miler.

– Date de l'autopsie ?

– Le 1er décembre.

– Trois jours. Je ne suis pas convaincu qu'elles soient encore ici, bougonna le type.

– Cherchez. Vous voulez que je vous aide ?

L'homme ne répondit pas à la provocation. Il s'assit face à l'ordinateur.

– Épelez-moi les noms.

Il pianota avec dextérité sur le clavier.

– F12 et F13. C'est en haut, par là. Écartez-vous, madame, je dois utiliser le rail électrique à crémaillère.

Ina sourit. L'attitude machiste qui consistait à lui refuser le titre de docteur tenait sans doute lieu de revanche. Elle fit un pas en arrière, docile. L'homme frappa la touche *Enter* et le premier tiroir s'ouvrit automatiquement sur toute sa longueur. Le corps de Florine Montiel reposait sur un plateau à trois mètres du sol, au-dessus de leur tête. Le plateau coulissa lentement à l'horizontale vers la droite, s'immobilisa puis descendit le long d'une colonne crantée. Une minute plus tard, le cadavre de Miler parvenait au même niveau sur un rail vertical parallèle. Ina esquissa un mouvement vers la housse.

– Ne touchez à rien. Demandez-moi, plutôt.

Ina refréna son humeur.

– Ouvrez la housse jusqu'au bassin. S'il vous plaît.

L'homme s'exécuta avec des précautions excessives et des faux airs d'expert. Ina s'approcha du corps. Elle posa ses mains gantées sur la peau blême et examina avec attention les zones qui entouraient le nombril et le dessus du pubis. Elle distingua nettement une entaille d'un demi-centimètre légèrement à gauche et en bas de l'ombilic. Deux traits pâles de part et d'autre de la cicatrice marquaient l'empreinte récente d'un fil de suture. La cicatrice avait échappé au médecin légiste. Elle passa en revue toute la surface cutanée : pas d'autre marque suspecte.

Ina se détourna vers Miler.

– Aidez-moi à la retourner.

L'homme saisit le corps sans broncher. Le médecin inspecta les deux traces brunâtres sur la peau mate, le long de la colonne. Elle ôta ses gants, les jeta dans une fente murale et sortit sans un mot.

Le froid extérieur revigora ses sens. Montiel portait bien la trace d'une suture inhabituelle au-dessus du pubis. Miler, elle, avait passé plusieurs heures en salle d'accouchement après son échographie. « Malaise avec chute de la tension et de la température » : c'était le motif invoqué dans le registre. Chute de la température. Ina se figea dans la nuit un court instant puis se mit à courir. Elle traversa le hall de la Maternité et grimpa les escaliers quatre à quatre jusqu'à la plateforme de soins.

– Encore ? s'écria Solange.

– Je n'en ai que pour une minute.

Elle parcourut les salles d'accouchement, le bureau et la première salle d'échographie. Elle rebroussa chemin et poussa la porte de l'une des unités de petite chirurgie, attenante à la salle d'échographie. Une petite porte enchâssée jouxtait l'entrée.

Ina appuya sur l'interrupteur et s'approcha de l'appareil.

Dans l'élément supérieur elle découvrit à travers le verre les deux tubes thermiques de la couveuse. Deux minutes d'exposition suffisaient à faire grimper d'un degré Celsius la température corporelle de trois nouveau-nés en hypothermie.

– J'allais partir à ta recherche, dit Solange. Tu as trouvé ce que tu cherchais ?

– Oui, je crois bien, murmura Ina en refermant la porte.

Solange frissonna en l'effleurant.

– Mais tu es glacée !

Glacée. Elle songeait aux traces sur le corps de Bénédicte Miler. Les traces de brûlure aux infrarouges, l'empreinte de deux tubes thermiques, alors qu'elle était inconsciente, probablement.

– Oui. Je vais rentrer.

Philippe Holstadt claqua la portière et posa ses mains moites sur le volant.

Il attendit quelques instants avant de démarrer, en inspirant profondément.

Aussi forte soit-elle, elle avait failli mourir. Était-elle psychologiquement plus fragile qu'ils ne l'avaient imaginé ? Heureusement, une Sœur veillait. Peut-être allait-il falloir la protéger à l'avenir. Être vigilant, aussi : elle cherchait, fouillait. Ce n'était pas rassurant.

Mais il ne lui appartenait pas de décider. Le Guide avait choisi.

14

PAULINE FIT GLISSER LA FEUILLE VERS ELLE et lut les noms à haute voix.

– Philippe Holstadt, radiologue ; Nathan Keller, Bernard Bruhel et Laure Verrier, gynécologues.

– Il est vrai que je n'ai pas une écriture de médecin, mais vous lisez très bien.

Pauline dévisagea cette fille qui venait de plomber sa première soirée de paix en deux semaines et se permettait en prime de se moquer d'elle. Son portable avait sonné au moment précis où elle entrait dans un bain chaud. Une femme s'était présentée rapidement et lui avait fixé rendez-vous dans la demi-heure qui suivait à la préfecture. Étrangement, Pauline n'avait pas relevé le ton impérieux. D'habitude, il en fallait moins que cela pour qu'elle remette les gens à leur place, surtout un médecin autoritaire. Ce n'était pas parce qu'elle appelait de la part de cet emmerdeur de Karst. Non. En réalité, son culot ne lui déplaisait pas, et même quelque chose dans sa voix l'avait convaincue de l'écouter et de se plier à ses exigences.

Elle ne s'était pas trompée : lorsque Ina Klein avait poussé la porte de son bureau, son visage avait un teint de mort. Elle s'était probablement recoiffée et changée quelques instants plus tôt, et le contraste n'en était que plus saisissant : un cadavre dans un linge frais.

Pauline joua avec la feuille. L'agressivité ne lui était pas étrangère, à cette différence près : elle la pratiquait en arme offensive, alors que le médecin semblait sur la défensive.

Elle s'attarda sur les traits tirés d'Ina, sur son regard brillant, ses mains nerveuses. Au-delà d'un événement récent, cette femme semblait pleine d'une rancœur tassée au fond d'elle-même, prête à la vomir à la première occasion. En tout cas ce ne serait pas avec elle.

– Karst est épatant, dit-elle. Il vit dans l'urgence, il travaille dans l'urgence et il y soumet à peu près tout le monde. Ce que je ne savais pas, c'est qu'il était contagieux.

– Je n'arrive pas à le joindre. Il m'a donné vos coordonnées, je vous l'ai dit.

Ina leva les yeux vers l'horloge murale. 22 h 45. Elle n'avait pas mis quinze minutes pour arriver – un miracle – mais la conversation s'éternisait, et elle n'était pas en état de se mesurer à qui que ce soit.

– Il vous a aussi dit que vous pouviez avoir totalement confiance en moi, dit le policier, que j'étais formidable et que vous pouviez faire appel à moi comme vous l'auriez fait avec lui.

– Au mot près.

– Le salaud, dit Pauline en manipulant son arme. Je vais me le faire.

Ina l'observa sans parvenir à distinguer la dérision du mécontentement réel.

– On a trois morts sur les bras et j'ai du neuf. Ce n'est pas de l'ordre de l'urgence, ça ?

– *On* a trois morts sur les bras ? (Pauline se mit à rire.) Docteur Klein, il a même réussi à vous culpabiliser !

Pauline reprit la feuille avec plus d'attention.

– Qui sont ces quatre personnes ?

– Des confrères.

– Que voulez-vous qu'on fasse ?

– Vous renseigner sur eux. Et vite. Je ne peux pas m'en charger : tout se sait à l'hôpital.

– Qu'avez-vous découvert pour en arriver à les suspecter ?

– Pas grand-chose : Holstadt en a mis une dans un toaster pendant deux heures et ouvert l'autre sans raison évidente. Ne me demandez pas d'établir un lien avec leur décès, j'en suis incapable.

– Et les trois autres ?

– Laure Verrier est interne, Bruhel est chef de clinique. Ils s'occupent de l'unité 1, celle où Miler et Montiel ont été hospitalisées. Keller en est le responsable. Aucun d'eux ne s'est inquiété du sort des deux patientes pendant qu'on s'amusait avec elles.

– Ça vous paraît plausible ?

– Troublant. Et aucun dossier informatique ne mentionne quoi que ce soit. J'ai dû fouiller dans les registres infirmiers pour en savoir plus. Mais j'ai plutôt confiance en Verrier et Bruhel. On les a peut-être rassurés, et ils n'auront pas jugé nécessaire de noter quelque chose.

– D'accord, dit Pauline, je m'y mets tout de suite. Vous avez quelques éléments sur eux ou leurs conjoints ?

– Pas grand-chose, mais je peux glaner des informations dans les services.

Pauline se leva.

– J'aurai sans doute besoin de mes collègues des Renseignements. Ça prendra quelques jours. Appelez-moi dès que vous avez quelque chose. Ces registres, on peut les voir ?

– Ça va être difficile.

– Des copies, au moins ?

– Impossible.

– C'est une question de secret médical ? Tout reste ultraconfidentiel, vous pouvez être tranquille.

– Les registres ne sont plus en état de renseigner qui que ce soit. Je les ai lus sous la douche par inadvertance.

– Vous vous foutez de moi ?

– Non.

– Vous êtes encore plus inquiétante que Karst. Rentrez dormir.

Ina se leva.

– On tient quelque chose, je le sens. Il faut s'y accrocher.

– Les convictions de Karst sont contagieuses, elles aussi.

– Je n'ai pas intérêt à y croire, pourtant : le bateau prend l'eau, et la différence entre votre collègue et moi, c'est que j'y suis, moi, sur le bateau.

Pauline lui tendit la main.

– Il est très impliqué, mais il a du flair. C'est un bon flic. Et on y croit aussi, à votre histoire. Je ne sais pas où elle nous embarque, mais on y croit de plus en plus. Rentrez, je m'y attaque dès maintenant.

Ina descendit les premières marches.

– Docteur Klein ?

Pauline s'avança dans la lumière jaune du couloir.

– Il ne coulera pas, votre bateau. Si c'est votre préoccupation.

Ina l'observa pour la première fois. Sèche, petite, très droite. L'étui en bandoulière.

– À mon avis, on se préoccupe des mêmes choses. Je vous appelle demain sans faute.

15

CHAQUE MUSCLE LA FAISAIT SOUFFRIR.

Elle avait contracté les cuisses pendant plus d'une heure, serrant la moto de toutes ses forces, ses doigts s'étaient crispés sur les poignées métalliques de part et d'autre de la selle et son dos lui paraissait transformé en deux plaques de béton le long de la colonne vertébrale. Elle avait cru tomber à chaque virage, perdre l'équilibre à chaque coup de frein.

Ce flic était une boule de nerfs, un feu intérieur le dévorait et chacun de ses mouvements s'en ressentait. Elle était en train de se demander ce qu'il adviendrait d'elle si elle lâchait tout quand Vincent ralentit et quitta la nationale. Il s'engagea sur une route mal goudronnée, et finit par emprunter un sentier à travers champs à une vitesse folle. Ils stoppèrent enfin devant une palissade en bois, bordant une chênaie dénudée.

Ina ôta son casque et mit pied à terre, les jambes tremblantes.

– Où sommes-nous ?

Vincent releva sa visière et indiqua de grandes grilles en fer forgé, en contrebas.

– Saint-Jean-de-Beauregard. Le château.

– C'est ici que vit Roy ?

– Non, vous pouvez remettre votre casque, on repart. C'était une petite pause, je vous sentais un peu tendue, derrière.

– Attendez, vous ne m'aviez pas dit qu'il fallait traverser la France et risquer sa vie pour rencontrer ce type !

– On y est presque, il faut longer le parc vers le nord.

Ina enfouit sa queue-de-cheval sous le rebord-mousse. Le calvaire reprenait. Elle grimpa sur la moto et le couple s'engagea dans un sentier qui sinuait dans la forêt. Le chemin décrivait des boucles, la limite du parc disparut à travers les troncs et Ina ne sut bientôt plus dans quelle direction ils allaient. Le soleil s'était voilé et le froid commençait à l'engourdir malgré les pulls superposés et l'anorak en Gore-Tex. Elle se pencha pour interroger Vincent.

Il anticipa la question en pointant le doigt devant lui. La forêt venait de s'ouvrir sur une clairière. Une maison en pierre de taille grège fin XIXe s'élevait, adossée au domaine du château.

Il coupa le moteur devant le perron et ils montèrent trois marches sous un auvent de verre travaillé en demi-cercle. Ina sonna puis frappa à l'aide d'un heurtoir en bronze. Vincent redescendit et inspecta la façade. Les volets étaient ouverts. Rideaux, pierre entretenue, et quelque chose dans l'air, en définitive, trahissaient une présence derrière le silence. Ina s'éloigna et disparut derrière la bâtisse.

– Vincent !

Le policier la rejoignit. Derrière la demeure, trois serres parallèles s'étiraient le long de la muraille de pierre. Celle du milieu s'abouchait à la maison et communiquait avec les deux autres par les côtés. Ina repéra une porte vitrée et entra dans la première. Vincent la suivit.

Une chaleur moite les enveloppa en quelques secondes. Le médecin enleva son anorak et fit quelques pas. Sous le verre, une végétation luxuriante et étrange envahissait l'espace. Des plantes vertes se ramifiaient jusqu'à l'armature métallique du toit, des fleurs gigantesques s'élevaient dans les airs, au-dessus de leurs têtes, et déployaient des couleurs et des formes inconnues. Le policier ouvrit lui aussi son blouson : l'étau de verdure l'oppressait. Un bruit assourdissant de chute d'eau annonça une nouvelle bouffée humide et presque brûlante, cette fois. Vincent fit un pas de côté : des bouches exhalaient la vapeur depuis le sol. Ina l'entraîna par le bras. Ils traversèrent un chenal de communication et entrèrent dans la serre centrale, qui semblait plus vaste encore que la précédente. Leurs vêtements leur collaient à la peau, l'humidité pesait sur le corps. Vincent indiqua une direction : l'extrémité de la serre semblait déboucher près de la maison. Ils longèrent le chemin de gravillons à travers les branchages d'arbres noueux, et traversèrent un sas. Ina mit de l'ordre dans ses cheveux poissés. Vincent inspecta le lieu : des blouses de petite taille y étaient suspendues. Ils montèrent un escalier et pénétrèrent dans une grande pièce rectangulaire.

– Bonjour, tenta Ina.

– Personne, a priori, répondit Vincent depuis le hall d'entrée.

Ses pas résonnèrent sur le marbre. Deux escaliers circulaires encadraient l'entrée et montaient, de façon symétrique, vers l'unique étage. Il rejoignit Ina dans le séjour. Le fond de la pièce faisait office de bureau : derrière une table marquetée, le mur était recouvert d'une bibliothèque et d'une mosaïque de tableaux. Toutes les peintures représentaient des natures mortes, et certains cadres enfermaient des herbiers jaunis aux dénominations latines.

Ils contournèrent les tapis et les meubles anciens, et s'immobilisèrent devant un amoncellement de sculptures, à l'autre bout du salon. L'ensemble, résolument contemporain, contrastait avec les tentures fleuries et le mobilier victorien.

Vincent s'approcha d'une sellette qui supportait un poisson en bronze écartelé. En arrière-plan, un assemblage de boules et de rectangles de métal s'élevait de façon hélicoïdale sur près de deux mètres. Un deuxième le croisait.

– Deux molécules d'ADN déployées, précisa Ina.

Il recula d'un pas et remarqua que les deux chaînes avaient été façonnées : l'une représentait un marteau, l'autre une faucille. Il déchiffra péniblement le titre sur le socle : « Gènes rouges ». Ina reconnut la même signature sur toutes les œuvres.

– Vos collègues ne se sont pas trompés, on y est. Ils vous avaient parlé de cette fibre artistique ?

– Non. Il a bien fait de se consacrer à la génétique.

Ina se retourna vivement et se précipita vers l'entrée de la serre. Des bruits de pas sur le gravier se firent entendre à nouveau. Ils descendirent les marches et s'approchèrent d'une petite femme inclinée sur un buisson écarlate. Les cheveux blancs impeccablement coiffés tranchaient avec la blouse sombre. La vieille dame tourna la tête, leur adressa un sourire et poursuivit son travail minutieux. Ina prit les devants.

– Bonjour, madame. Nous cherchons...

– N'y touchez pas.

La femme s'était redressée, très droite. D'une extrême maigreur, elle flottait dans sa blouse. Ina suivit son regard. Vincent interrompit son mouvement vers le sol.

– Désolé, dit-il en repoussant du bout de la botte le plant qu'il venait de piétiner.

– Vous le seriez bien plus si vous l'aviez touché. La sève de ce crocus est toxique : elle entraîne un urticaire et une dermabrasion ; vos doigts auraient été à vif.

La femme s'approcha de Vincent.

– La fleur est intelligente, elle connaît déjà la vengeance :

elle blesse en mourant. Bientôt, elle le fera pour sauver sa vie. Elle apprend. À son rythme.

Vincent scruta le fond de la serre, agacé par la leçon.

– Vous êtes seule à travailler ici ?

Elle se contenta de ramasser les fleurs avec un gant.

– Savez-vous où nous pouvons trouver le professeur Roy ? dit Ina avec plus de douceur.

– Dans une des serres, le plus clair de son temps. C'est si beau, n'est-ce pas ?

– Nous aimerions lui parler.

– Le professeur n'attend pas de visite.

– C'est une surprise, dit Vincent.

– Il faut absolument que nous parlions à Georges Roy, insista le médecin.

– J'aimerais vous aider, mais ce serait une surprise pour tous.

Elle coupa une rose et l'offrit à Ina.

– Georges Roy est mort, dit-elle simplement.

– Quand ?

Une ombre passa sur le sourire de la dame.

– Il y a une éternité, ce me semble.

Vincent fit quelques pas dans la serre. Ses pieds s'enfonçaient dans le gravier, à l'image de son enquête qui sombrait désespérément. Pourquoi Pauline n'avait-elle pas eu vent de la mort du scientifique ? Ina évita le regard du policier. La femme coupa une seconde rose et en huma le parfum.

– Elle porte son prénom : la rose Georgia. C'est tout ce que vous emporterez de mon époux, je le crains.

Au même instant, la serre s'obscurcit. Un vent chaud souffla, et le couple leva les yeux à la recherche d'une explication. Des stores opaques électriques descendaient progressivement sur les parois du toit. De gigantesques ventilateurs s'étaient mis en route depuis le fond de la serre.

– La nuit tombe tôt et vite dans certaines régions du

monde, et le vent peut être humide, brûlant parfois. Certaines de ces plantes ne connaissent rien de tout cela. (Elle caressa les bourgeons d'un lilas.) La fleur est une espèce, et chaque espèce est dotée d'une forme d'intelligence. Elle peut, elle *doit* apprendre.

Une horloge sonna quatre heures.

– Prendrez-vous un thé ?

Vincent piétinait déjà.

– On ne voudrait pas vous déranger plus longtemps.

– Vous n'avez pas le choix, si vous tenez effectivement à parler au professeur Roy.

Vincent croisa son regard et comprit enfin.

– Madeleine Roy, *professeur* Madeleine Roy. Et voici mon extravagant et défunt époux : Georges, dit-elle en fixant un portrait à l'entrée de la serre. Il n'aimait pas les fleurs, il n'en a jamais peint une seule. D'ailleurs, je ne sais pas vraiment ce qu'il aimait. Il n'aurait pu vous parler que d'art – et peut-être d'alcool. Ainsi vous ne le regretterez pas. Mais de quoi voulez-vous m'entretenir ? Il ne s'agit pas d'art, n'est-ce pas ?

– Ni d'alcool. C'est de vos travaux dont nous sommes venus parler.

Madeleine Roy posa le sécateur.

– Le thé va refroidir.

– Nous savons que la grossesse peut entraîner des modifications génétiques, dit Vincent.

Le policier s'éloigna du bouquet posé sur la table basse. Les tiges de genêt, d'une taille stupéfiante, accablaient le salon de leur parfum ; il en avait la nausée. Il trempa les lèvres avec réticence dans le liquide amer et reposa la tasse. Quelques gouttes tombèrent sur le tapis fané. Madeleine Roy sourit. Elle s'était débarrassée de sa blouse et de l'air rustique qu'elle lui prêtait. Elle s'exprimait dans un français impeccable, mais persistait en bout de phrase une intonation probablement britannique. Ina lui trouva l'allure respectable et faussement austère d'une aristocrate anglaise au fond de son manoir, coupable de tous les écarts dont sa naissance la privait. Elle se souvint du récit de Vincent et des révélations à peine voilées de Germon. Elle observa le professeur dans son tailleur, curieuse de savoir quelle forme terrible pouvait prendre un « écart » en génétique.

– J'admire la police, répondit la vieille dame. Pour ce qu'elle fait, mais aussi pour ce qu'elle sait.

– Je ne fais que répéter une théorie.

– Elle est juste, en l'occurrence, monsieur Karst. Certaines substances produites pendant la grossesse sont susceptibles de modifier l'ADN.

– Les modifications génétiques peuvent-elles expliquer la mort de ces femmes ?

– C'est précisément le point faible de votre hypothèse : les lésions sur les chromosomes sont minimes, le plus souvent sans conséquence.

– Pourtant, répliqua Ina, l'ADN contrôle le fonctionnement cellulaire.

– C'est exact, mais il existe des mécanismes de réparation de l'ADN dans toutes les cellules : c'est remarquable et surtout indispensable. Vous savez, nous sommes exposés en permanence à des agressions qui induisent des modifications génétiques de nos cellules : les rayons ultraviolets, les rayonnements ionisants et même certaines chimiothérapies. La réparation est essentielle, elle nous met à l'abri de lésions génétiques fâcheuses, en quelque sorte.

Vincent observa une statuette tourmentée sur une sellette : elle semblait hurler, bouche grande ouverte. Il se représenta Georges Roy : un fou, un excentrique, l'artiste maudit, loin de tout. Un alcoolique. Un homme en fuite, qui s'échappe d'une femme au raisonnement implacable, au flegme à toute épreuve. Elle aurait tué n'importe quel homme sain de corps et d'esprit.

– Supposons que des modifications génétiques soient survenues chez ces femmes et que les mécanismes de réparation aient été inefficaces. De quel moyen scientifique disposons-nous pour mettre en évidence ces lésions et leur origine ?

Le professeur dispersa un nuage de lait dans sa tasse.

– Prouver leur existence n'est pas une mince affaire. Il faudrait procéder à un prélèvement de chaque organe et en examiner l'ADN. Autant dire que c'est inconcevable ; un travail de bénédictin. Quant à en déterminer la cause, c'est encore plus illusoire : les lésions sur l'ADN ne sont pas spécifiques.

Ina croisa le regard de Vincent et comprit le message.

– Professeur, dit-elle, vos travaux sur la protéomique...

– ... appartiennent au passé. Une époque révolue.

Madeleine Roy avait tranché, courtoise et définitive. Ina se tut. Vincent ne lui avait pas beaucoup parlé du professeur : Roy s'était volatilisée après le scandale qui l'avait – injustement ? – éclaboussée. Seul Germon avait évoqué des origines anglaises. Cette fille, Pauline, avait déniché l'adresse au prix d'efforts d'investigation très louables. Personne n'avait soupçonné que la sommité scientifique ressemblait plus à Thatcher qu'à Einstein. Ina félicita intérieurement les flics.

Roy se leva.

– Vous connaissez l'une de mes passions, permettez que je vous fasse partager la seconde. Avant que vous ne partiez.

Le fond de la salle s'illumina. Une lumière très blanche projeta l'ombre déformée des sculptures sur la tapisserie. Elle provenait d'un immense aquarium le long du mur. La vieille femme se perdit dans la contemplation d'un poisson obèse. Vincent s'approcha de la paroi vitrée et se mit à jouer avec une boîte d'aliments déshydratés.

– Vos efforts ont été couronnés de succès, professeur. Et cette époque n'est pas révolue. C'était il y a dix ans. Votre contribution à la protéomique permettait de déceler des anomalies génétiques avec une simple prise de sang.

– Ce dont vous parlez est si loin de moi, aujourd'hui. Je n'éprouve plus le besoin de l'évoquer.

– Nous avons besoin de votre aide, en revanche.

Madeleine Roy se pencha. Le poisson semblait l'observer.

– Regardez, monsieur Karst. La science est une contemplation, la nature livre ses secrets si on la préserve, vous comprenez ? Ce poisson était agnathe : il était dépourvu de mâchoires il y a peu de temps. Quelques années, quelques décennies tout au plus. Son squelette apparaît dans la transparence de sa chair ; c'est nouveau, cela aussi. Il était paré de couleurs vives auparavant. Il a changé, inspecteur. Il s'est adapté ; c'est le secret de l'évolution. Pour vous permettre de survivre, votre code génétique s'adapte aux conditions qui risquent d'éteindre votre race. Il est maintenant pourvu de dents qui lui permettent de se défendre, voire d'attaquer. Il a perdu les couleurs que ses prédateurs reconnaissaient.

Elle s'éloigna de l'aquarium et prit le bras d'Ina. Les teintes et les fragrances de la serre semblaient l'appeler.

– Les modifications génétiques parlent d'elles-mêmes, mademoiselle. Pourquoi violer avec la science une nature qui se dévoile sans résistance ?

– Parce que ces femmes sont mortes et qu'on les a peut-être tuées, répondit Vincent. Il faut nous aider.

– Je ne peux rien pour vous ni pour elles, hélas.

Il s'interposa sur les marches qui les séparaient de la serre.

– Et pour ces femmes américaines dont la grossesse s'est déroulée au pôle Nord ? Qu'est-ce que vous pouviez faire ? Et pour les autres, celles qui ont fait l'objet d'expériences ?

Roy se départit de son sourire, un court instant.

– J'aurais voulu prolonger cet entretien, mais...

– Non, vous ne voulez pas qu'il se poursuive.

– Vous avez la délicatesse de le remarquer. Allez jusqu'au bout de votre impression. J'ai beaucoup à faire.

Ina intervint.

– Professeur, vous avez prouvé que l'environnement influait sur le capital génétique.

– On le savait déjà.

– Sur plusieurs générations, certes : c'est la définition de l'évolution. Mais pas sur neuf mois de grossesse. Je suppose que vous avez réfléchi aux autres causes. Ce n'est qu'avec vos travaux que nous pourrions remonter la piste.

Madeleine Roy s'éloignait déjà, comme si elle était soumise à l'attraction de la végétation. Elle enveloppa avec précaution la bouture malmenée par Vincent.

– Je ne suis pas en mesure de vous aider. Ou plutôt je ne le suis plus. Les fleurs, les poissons, oui, de tout cela je peux vous parler. J'ai certaines connaissances en la matière.

Vincent torturait ses gants. Cette indifférence légère l'excédait.

Roy coupa quelques jacinthes noires et pourpres et tendit le bouquet à Ina.

– Nous sommes en moto, dit Vincent en repoussant les fleurs.

– En moto. Bien sûr, ce serait encombrant.

Le professeur posa les étranges bulbeuses sur la table.

– En moto. Je ne suis plus de ce monde. (Elle sourit.) Le mien m'appelle. Je suis heureuse d'avoir fait votre connaissance.

La vieille femme sentit un air froid s'infiltrer dans la maison : la porte d'entrée de la demeure était grande ouverte et la moto démarrait déjà. Ina était seule dans le salon et devina un rire imperceptible.

– Désolée, dit-elle. Il est impulsif.

– Il semble blessé, plutôt, profondément blessé. Mais tout passe.

– Sa compagne est morte, il tourne en rond. Ça ne passera pas aussi aisément que vous l'imaginez. Et vous n'avez rien fait pour y contribuer.

La vieille femme se redressa. Ses traits se durcirent – à moins que ce ne fût l'âge révélé par la lumière, ou le remords.

– Le combat est inégal : il s'attaque au génome, et peut-être à sa forme la plus terrible.

Madeleine Roy se tut. Elle regrettait déjà ses mots.

– Il a frappé à la mauvaise porte, dit-elle. Ne me tenez pas pour responsable du choix de l'adversaire.

Ina grimpa sur la moto et Vincent démarra en trombe. Devant elle, l'homme avait à nouveau endossé son armure, il était redevenu la machine froide qu'elle croyait connaître. Insensible à tout, à la pluie qui s'était mise à tomber, à cette femme qui fermait une ultime porte. À sa passagère.

II.

QUITTER L'ENFER

1

– NOUS EN SOMMES AU STADE CLINIQUE : nous constatons, rien de plus.

Herbert Toulet croisa le regard de l'attaché de communication de l'hôpital de Louvain, à la recherche d'un assentiment qui ne vint jamais. Comment lui en vouloir ? La conférence de presse venait à peine de démarrer et il était exécrable. Déjà. Le directeur sentit la sueur perler sur sa lèvre supérieure. Elle coulait le long de sa colonne, plaquait sa chemise contre la peau. Le tweed de sa veste lui paraissait de plomb. Les roux transpirent moins, lui disait-on en guise de consolation lorsqu'il était adolescent. C'était faux, il l'avait su dès sa première intervention en public. Une simple allocution devant un groupe restreint d'étudiants. L'inauguration d'une longue série de ruissellements. Toulet ne s'était jamais vraiment rattrapé : il haïssait les micros, qui le lui rendaient bien. Lucide, il les avait fuis depuis le début de sa carrière, qu'il avait judicieusement choisie dans l'administration. Il espérait alors être à l'abri d'un calvaire répété. Excellent administrateur, gestionnaire hospitalier hors pair, il avait attendu des années avant d'accepter de diriger l'établissement. À vrai dire, le conseil d'administration avait hésité avant de lui proposer cette fonction, et pour la même raison. Son poste exigeait une présence publique, même épisodique, qui le tétanisait comme aux premiers jours. À cinquante-deux ans comme à vingt. Comme aujourd'hui devant dix-huit journalistes dans cet amphithéâtre. Il saisit son verre comme on s'agrippe à une bouée et s'accorda le répit d'une gorgée d'eau.

– Vous voulez dire qu'en quarante-huit heures, aucun diagnostic n'a été établi ?

Le fonctionnaire jeta un regard derrière son épaule : un homme longiligne en blouse blanche secoua la tête discrètement.

– Pas encore. Les autopsies sont en cours.

Une femme d'âge mûr se leva et pointa un stylo vers le directeur.

– L'examen des corps a bien fourni des indications sur les circonstances de la mort, tout de même ?

Elle parlait avec un accent très marqué. Toulet tenta de l'identifier. Roumaine, ou Polonaise, peut-être, cette emmerdeuse. L'homme en blouse prit son silence pour ce qu'il était : un appel à la rescousse, et finit par s'approcher des micros. Le directeur fit un pas en arrière avec un peu trop d'empressement.

– Nous avons bien sûr constaté des lésions mais c'est trop précoce pour les associer à une maladie précise, dit le légiste. Il faut attendre les résultats des examens microscopiques effectués sur les prélèvements.

– On privilégie une piste ? L'infection ? L'intoxication ? Autre chose ?

– Trop tôt, insista le médecin.

Un journaliste s'avança vers l'estrade pour rajuster un micro et vola la parole.

– Les quatre patientes étaient-elles malades ?

– Non. Elles n'avaient pas d'antécédent pathologique particulier.

– Y avait-il un lien entre elles ? Se connaissaient-elles, fréquentaient-elles les mêmes endroits ?

– Deux étaient bruxelloises, les deux autres, de Bruges. A priori, il n'y avait aucun lien entre elles. Mais je suis légiste, pas policier.

– Il y en avait un, pourtant, coupa la Roumaine : ces quatre femmes étaient régulièrement suivies à l'hôpital Saint-Luc, à Kraaïnen, pour leur grossesse, professeur. Elles ont même séjourné dans le même service très peu de temps. Faut-il y voir le début d'une piste ?

Toulet, toujours en retrait, invita avec beaucoup de naturel un homme rougeaud à monter sur l'estrade. Le visage portait encore les marques d'un masque chirurgical.

– Je dirige le département de gynécologie de cet hôpital. Ces femmes ont été suivies dans mon service de façon rigoureuse et leurs grossesses évoluaient de façon satisfaisante.

– Alors pourquoi ont-elles été hospitalisées ?

– Pour y pratiquer des examens anodins dans le cadre de leur suivi, et tout s'est parfaitement déroulé.

– L'une d'elles est morte asphyxiée en pleine séance de cinéma...

– L'hospitalisation a eu lieu quinze jours plus tôt. Il est inconcevable de relier les deux événements.

Un homme l'interrompit.

– Docteur, trois cas similaires se sont produits à Paris et deux autres à Berlin : des femmes enceintes qui décèdent dans des conditions inexplicables. Si vous estimez qu'il n'y a pas de lien entre leur mort et l'hospitalisation, est-ce la grossesse qui est en cause ? Peut-on parler d'une épidémie qui toucherait les femmes enceintes un peu partout en Europe ?

– Vous affoleriez la population alors qu'aucun diagnostic n'a été posé.

Deux journalistes se battirent pour prendre la parole.

– L'opinion est déjà inquiète : les femmes enceintes affluent aux urgences. Elles ont peur, certaines ont même demandé à avorter. Comment les rassurer si vous ne nous dites rien ?

Un brouhaha monta des rangs des reporters. La femme se leva, théâtrale :

– La science est dépassée, en somme ?

– Elle a besoin de temps, trancha le gynécologue. Merci.

Axel Wajntraub s'échappa avant que les médecins ne quittent l'amphithéâtre.

Son scooter se faufila dans les embouteillages de la capitale belge en pleine session européenne et s'arrêta devant un immeuble en pierre de taille de la rue de l'Hippodrome.

Il traversa un *open space* en effervescence et s'assit à son bureau, indifférent au vacarme de la rédaction. Trente minutes plus tard, trois feuillets serrés sortaient de l'imprimante. Il se pencha par-dessus la plaque de verre qui le séparait du bureau voisin.

– Monique ?

Une jeune fille émergea péniblement d'un monceau de magazines.

– Nouvelle facette de ton stage : l'utilisation du fax.

La fille fit la grimace. Wajntraub l'ignora.

– Trois pages à adresser à Hervé Lamoureux, à la rédac de *Science du devenir*, voilà le numéro, c'est à Paris. Fais gaffe aux préfixes.

La fille replongea dans sa revue de presse.

– C'est urgent, ma grande. Maintenant. Tout de suite.

2

– JE NE LIS PAS L'ALLEMAND.

Vincent repoussa *Die Welt* d'un geste. Flieg lança une série d'autres coupures sur le bureau de son collègue et bascula dans son fauteuil.

– Regarde les photos, au moins : la tête des médecins en couverture est déjà évocatrice.

Pauline ouvrit la fenêtre. La nuit tombait, épaisse, la température venait de chuter en dessous de zéro, mais Karst était arrivé dix minutes plus tôt à la préfecture et l'atmosphère sous les toits était devenue oppressante. Elle l'observa : ses jeans bleu brut, ses muscles qui couraient sous le tissu du tee-shirt toute-saison, les yeux clairs, froids, toujours, et surtout impatients. Elle l'aurait comparé à une centrale électrique, un accumulateur de force et de violence. Il n'avait pas dû dormir dix heures en trois jours. Il ruminait, fouillait, les choses n'avançaient pas, pas assez vite en tout cas. Karst était un feu, de ceux qui durent et embrasent les gens et les événements. Il l'avait déjà payé cher, cette capacité à faire flamber tout ce qui l'approchait, pourtant rien ne l'arrêtait. Elle s'écarta de lui, instinctivement, et finit par rire de son geste comme de son analyse.

Vincent se pencha sur la table : deux quotidiens germaniques, un autrichien, trois belges. Le policier prit les articles francophones.

– À Bruxelles, la panique est à son zénith, commenta Flieg. Conférence de presse à l'hôpital, tout est étalé en place publique. On y va dans les détails : une fille en décomposition devant le comptoir d'une fleuriste, une autre retrouvée en anasarque deux minutes après qu'elle se fut allongée sur son lit.

– Anasarque ?

– Œdèmes généralisés, *Elephant man*, si tu veux, répondit Pauline. De l'eau un peu partout dans le corps : les jambes, mais aussi les poumons, autour du cœur et même au niveau cérébral. C'est beaucoup plus gênant que dans les mollets, si j'ai bien compris.

Vincent l'interrogea du regard.

– Ina Klein. Elle m'a tout expliqué. On est copines, maintenant. Il faut dire que ça rapproche, toutes ces belles choses que ton guêpier nous fait découvrir.

– Partout les femmes enceintes accourent à l'hôpital, affolées, reprit Flieg. Elles n'ont fait qu'un lien : grossesse et mort inexplicable. Et ça se propage.

– Et toi, tu ferais quoi, si ta femme était enceinte ?

Vincent éparpilla les articles de journaux.

– Rien de similaire en France, si c'est ce que tu cherches, dit Flieg. Ou presque : un entrefilet dans un ou deux canards médicaux. Je ne m'explique pas bien ce silence ; l'hôpital et ses patrons ont peut-être un pouvoir insoupçonné sur la presse.

– Tu m'avais parlé d'un journaliste.

– Il ne s'est plus manifesté.

– L'un d'eux a tout de même fourré son nez à l'hôpital jusque dans les quartiers de Klein, précisa Pauline. Le même type, ou un autre. Il voulait l'interroger. J'imagine qu'elle lui a vite réglé son compte, mais d'après elle il n'en restera pas là.

Vincent se mit à arpenter le bureau. Flieg croisa les bras, prêt à affronter la salve de questions.

– Pas d'autres cas répertoriés en France ?

– Pas depuis Miler et Montiel. À moins que le phénomène soit dissimulé ou maquillé en morts accidentelles par les services hospitaliers. Mais jusqu'à quand ?

Curieusement, Vincent se tut, s'enfonça dans un fauteuil et décortiqua les articles belges. Pauline croisa le regard de son collègue. Qu'est-ce que Karst pouvait lire entre les lignes ? Elle l'observa attentivement : son visage était étrangement calme, ses mâchoires ne se crispaient plus de façon spastique. Ce type était une énigme – ou c'était là, avec sa rage de comprendre, une autre façon de cicatriser. Elle tourna la tête vers le ciel chargé et finit par se demander pourquoi elle s'acharnait à donner un sens à la conduite de Vincent. Les nuages la renvoyèrent à l'opacité de son existence. Et elle ? Et Flieg ? Pourquoi s'investissaient-ils dans cette affaire au-delà de la vocation policière ? – car c'était au-delà de tout. Flieg quittait le bureau tard dans la nuit, elle venait d'y faire un deuxième tour de cadran, et ils arrivaient tous les deux aux aurores pour une enquête bâtarde qui pouvait n'être, au fond, qu'une énième énigme scientifique. Flieg, et sa vie pleine et plate en même temps, sa vie paisible, à l'abri du drame. Elle refusa d'envisager sa propre existence, murée dans une solitude glacée, étourdie par sa profession. Elle ne mourrait pas d'avoir eu un enfant. Elle mourrait seule. Sur le terrain, dans une ville lointaine ou à Paris, mais seule. Flieg aussi était un homme seul, au fond, protégé des autres par ses choix. Elle songea à Ina Klein, agressive, enfermée dans sa blouse. Seule ? Encore une ? La solitude rend la mort insupportable – a fortiori celle d'une femme enceinte. Pauline dévisagea Flieg puis Vincent, et sourit comme une autre aurait pleuré. On déteste la mort et la vie interrompue pour se persuader qu'on est soi-même vivant. Elle tourna la tête une ultime fois vers le ciel déprimant et referma la fenêtre. Il ne faisait plus chaud du tout dans ce bureau.

– On fonctionne en réseau avec les autres polices européennes, dit-elle, soucieuse de revenir dans la discussion.

– On ne s'intéresse pas à l'Amérique, à l'Asie ?

– Aucun cas répertorié – pour l'instant. En revanche, j'ai sollicité nos collègues africains.

Vincent se redressa.

– Une piste ?

– Peut-être. Plus qu'une intuition, en tout cas : on est partis des dernières découvertes d'Ina Klein. Elle a fouillé dans les dossiers médicaux, comme tu le lui as conseillé.

Vincent froissa les coupures de journaux.

– Elle pense à une erreur médicale ?

– Non, a priori, personne n'a péché – plutôt une série d'événements atypiques, de timings qui ne collaient pas. Et tout a été soigneusement dissimulé. Ina s'est mise à enquêter. Elle est bien, cette petite. Elle a abouti à des hypothèses intéressantes. Elle te les expliquera.

– C'est sur les médecins qu'il faut enquêter. Je m'en charge.

– Karst, tu es un génie, vraiment.

– Klein nous a fourni quatre noms, dit Flieg. Philippe Holstadt, Nathan Keller, Bernard Bruhel et Laure Verrier.

– ... Et un point commun, forcément ?

– En trois lettres, dit Pauline : FIV.

Karst hésita.

– Fécondation *in vitro* ?

– Exact. Les deux premiers noms y sont fortement associés.

– Et la fille ?

– Interne. A priori en dehors du coup, comme Bruhel, selon Ina. Keller s'occupe de l'unité où Miler et Montiel ont séjourné, Laure Verrier et Bruhel travaillent sous les ordres de Keller. Holstadt est radiologue, grand spécialiste de l'échographie prénatale et tout ce qui va avec : amniocentèse et tout le tintouin. Il a démarré à la maternité de Port-Royal, chez le professeur Fargeau, précurseur et véritable gourou de la FIV.

– Et Keller ?

– Celui-là, il est à moi, dit Flieg. Plus âgé. Internat de gynécologie à Lyon, dans la même promotion que Fargeau, dont il est proche. Keller enchaîne avec une thèse de recherche sur la FIV, et finit par codiriger avec son confrère l'Institut de thérapeutique de la stérilité à Lyon. Les deux hommes ont l'opportunité de migrer à Paris. On est en 86. Keller rejoint le service de De Manzini, et Fargeau va prendre le poste d'adjoint puis de chef de la maternité de Port-Royal.

Vincent se leva pour s'approcher de la fenêtre. Une pluie fine venait de tomber sur le sol gelé. Les voitures entamaient leurs premières valses. Les idées se bousculaient dans sa tête sur le même rythme de ballet fou.

– On ballotte deux filles, peut-être trois, pendant vingt-quatre heures à l'hôpital. On ne sait pas ce qu'on leur a fait, et leurs médecins ne tiennent pas à ce qu'on le sache. Un détail marquant : ces toubibs sont liés par leur passé scientifique ; ils ont tous touché à la FIV. Quelques jours après l'hospitalisation, ces femmes meurent, probablement d'un bouleversement génétique profond. J'établis mal le lien entre la mort et la FIV. Encore moins avec l'Afrique.

– Une partie de la réponse est peut-être ici, dit Flieg en tapotant sur un dossier informatique de trois centimètres d'épaisseur. Fargeau et Keller ont planché sur les premiers programmes de FIV à Paris. Ces fécondations assistées ont la particularité d'avoir été pratiquées sur des couples dont l'un des conjoints était africain.

– Vous avez réussi à en savoir plus sur ce programme ?

– Interrompu il y a dix ans, dans un parfum de scandale.

Vincent se remémora la rencontre avec Germon. Ses mots lui revinrent à l'esprit. Les expériences sur des femmes enceintes dans certains services de gynécologie de la capitale.

– On a soupçonné Roy d'y avoir été mêlée.

– De loin, en tout cas.

– Suffisamment pour qu'elle démissionne et se retire, dit Vincent, une ombre dans la voix. Je ne vois toujours pas le lien.

– On a épluché les archives des programmes de fécondation *in vitro*, dit Pauline. C'était il y a trente ans, ces femmes n'étaient pas légion.

Elle sortit une feuille de la pochette et la lut à Vincent.

– En 1971, Gisèle Zinsou a bénéficié d'une fécondation *in vitro* à partir d'un ovule prélevé dans son système génital le 23 mai et fécondé dans une petite éprouvette par le sperme recueilli le même jour chez Aristide Zinsou, son époux.

– Formidable.

– Ce qui l'est vraiment, c'est ça, dit-elle en désignant la ligne suivante : le nom du charmant bambin.

– Bénédicte Zinsou, déchiffra Vincent.

– Épouse Miler, vingt-huit ans plus tard.

Les mots de Pauline lui firent l'effet d'une douche glacée. Il dévisagea ses collègues comme s'il sortait d'un tunnel interminable : les éléments de leur réunion allaient enfin prendre place dans le puzzle.

– Keller a pratiqué une FIV chez Gisèle Zinsou et a suivi la grossesse de sa fille Bénédicte, trente-deux ans plus tard, dit Pauline. Juste avant qu'elle meure.

Vincent feuilleta le dossier fébrilement. Flieg anticipa.

– Le nom de jeune fille de Montiel n'y figure pas, en revanche. On a cherché, bien sûr. Quant à Stella...

– ... pupille de l'État, répondit Vincent. Parents inconnus. Pour Montiel, on en est sûrs ? Ces vieux fichiers sont fiables ?

Pauline referma le dossier.

– Tout à fait. À toi de jouer, mon vieux ! Mais si tu estimes qu'on n'a pas bien bossé... !

Vincent était déjà sur le pas de la porte, casque sous le bras. Il sourit à la jeune femme.

– Excuse-moi, j'ai juste besoin que ça aille vite, que tout aille vite. J'ai besoin de respirer un peu mieux.

– Où tu vas ? demanda Flieg.

– Faire ma part de boulot.

En s'arrêtant devant la maison de Meudon, Vincent prit conscience de la spirale malsaine dans laquelle l'avait aspiré ce drame. Il avait roulé comme un fou, glissé à plusieurs reprises, failli y passer près de la porte de la Plaine avant de traverser Issy-les-Moulineaux. L'enfer dans lequel il vivait jour et nuit l'avait éloigné de toute conscience du danger, de toute raison de vivre en somme.

Il ôta son casque et eut le sentiment que Florine Montiel avait dû vivre quelques années paisibles ici, à l'écart de la folie. Goûter un peu de paix, au moins de paix intérieure.

Il grimpa les marches et sonna.

Personne ne répondit. Vincent songea à sa dernière visite. Annick ne criait plus, le pavillon semblait désert. C'était peut-être mieux ainsi. Il sortit son téléphone portable et composa un numéro gribouillé sur le coin d'un bloc-notes de la police.

– Monsieur Montiel ?

– Oui.

– Vincent Karst. De la Criminelle.

– C'est vous qui êtes venu l'autre jour ?

– Oui. Je voulais vous parler. Au sujet de votre épouse.

– Je suis en voiture.

– Quelques mots seulement.

– Par téléphone ?

– Vous préférez me rappeler à la préfecture ?

L'homme hésita.

– Allez-y.

– Savez-vous si votre femme est née d'une fécondation *in vitro* ?

Montiel ne répondit pas. Le bruit du moteur s'estompa. Il s'était arrêté le long d'un trottoir.

– Qu'est-ce que c'est que cette question ?

– Je voudrais savoir si votre belle-mère avait subi un traitement de ce type. Votre épouse vous en avait-elle jamais parlé ?

– Non, pas que je sache. (L'homme marqua une pause.) Pas elle.

– Comment ça ?

– Pas elle, mais moi. Ma mère a fait appel à cette technique pour me concevoir.

Vincent verrouilla le portillon derrière lui. *Pas elle, mais lui.* Et c'était la femme qui était morte. Il ferma les yeux et inspira profondément. Tout aboutissait à la même conclusion : raisonner scientifiquement les égarait dans un écheveau inextricable.

– Merci, monsieur.

– C'est tout ?

– Je vous contacterai dès que nous en saurons plus.

Vincent enfourcha sa moto et le téléphone sonna à nouveau.

– Désolé, je te dérange pendant ton « boulot », dit Flieg.

– Je t'écoute.

– L'Afrique parle déjà : on a reçu un fax de Bouaké. C'est en Côte-d'Ivoire. Une jeune fille a été retrouvée inconsciente près de son village après deux mois d'absence.

– Ils ont bien compris ce qu'on cherchait, les collègues ivoiriens ?

– Ils ont très bien compris : elle était enceinte. Depuis son retour, les langues se délient : ce n'est pas la première à disparaître dans la région. Toutes enceintes, en début de grossesse. Notre enquête leur a mis la puce à l'oreille, sans vraiment faire le lien. Moi non plus, d'ailleurs, mais je sens qu'il faut en tenir compte. Reviens dès que tu peux.

– Appelle Klein, explique-lui. On va avoir besoin d'aide. On va avoir besoin de tout le monde.

Le break Volvo s'arrêta sans bruit devant le portail en fer forgé. Un homme de couleur en descendit, poussa les deux battants, reprit le volant et la voiture glissa. L'homme coupa le moteur et se dirigea vers le seuil de la demeure sans refermer le portail. Au moment de mettre la clef dans la serrure, un crissement – un bruit de pas sur le gravier – lui fit tourner la tête. Un homme blond métissé le fixait de ses yeux étrangement bleus en brandissant une carte tricolore.

– Pardonnez-moi, monsieur Montiel, j'ai encore une question.

Montiel se redressa sans un mot.

– De quelle origine êtes-vous ?

L'homme se remémora leur curieuse conversation téléphonique. Décidément, ce type était aussi troublant que son physique.

– Afrique de l'Ouest. Je suis d'origine ivoirienne.

Il rangea son trousseau de clefs dans la poche et ramassa sa sacoche, par précaution.

Lorsqu'il releva les yeux, le policier démarrait déjà.

3

VINCENT REFERMA LA PORTE, envahi par l'odeur capiteuse d'un désodorisant. L'obscurité et le confinement l'écrasèrent.

– Je vous avais dit de m'appeler avant de venir.

– C'était urgent.

– Je n'ai pas le temps.

Le policier s'approcha du fauteuil. Germon y gisait comme une masse morte, informe, les deux avant-bras sur les accoudoirs, le menton sur la poitrine. Seuls les tics du visage trahissaient la conscience.

– Je suis désolé, dit le jeune homme, je ne pouvais pas attendre.

– Vous apprendrez. Sortez, maintenant.

Karst s'approcha des fenêtres et écarta les rideaux.

– Qu'est-ce que vous faites ? s'écria Germon.

– Tout le monde doit apprendre.

Il replia les persiennes d'un geste rapide. La lumière d'hiver tomba sur le sol et les meubles comme une eau claire. Le professeur se leva, son corps projeta une ombre crue sur les murs.

– Voilà, dit Vincent. Dehors, il y a une forme de vie et aussi la mort, comme dans ce bureau. Et un tas d'autres choses. Vous avez une place dans cet univers, alors vous allez m'aider.

– Il y a surtout vous et vos petits soucis dans tout ça, n'est-ce pas ? C'est à moi de choisir, Karst. Pour la place comme pour l'aide. Refermez ces rideaux.

Vincent ouvrit la porte à la volée.

– Appelez les zombies de votre service pour les refermer.

– Karst !

Germon avait élevé la voix, pour la première fois. Le policier s'arrêta sur le seuil.

– Finissez votre crise d'adolescence tardive, dit-il sur un ton plus doux, revenez et fermez la porte. Et les fenêtres, dans votre élan.

Le professeur se tut jusqu'au moment où la pénombre retrouvée sembla le rassurer.

– Qu'est-ce que vous voulez ?

– Parler de la Côte-d'Ivoire, dit le métis.

– C'est pour ça que vous êtes venu faire votre numéro ? Il y a une encyclopédie sur les étagères.

– Les femmes mortes dont nous avons parlé avaient toutes des origines africaines. Elles ou leurs époux.

– Ça n'explique pas leurs décès, j'imagine.

Vincent s'assit dans le canapé. Il s'habituait déjà à la pénombre.

– Non. Mais il y a une nouvelle donne : des femmes ivoiriennes disparaissent de leur tribu depuis des années alors qu'elles sont enceintes, elles aussi. On l'a découvert récemment, quand l'une d'elles est réapparue comme si elle émergeait de l'enfer, traumatisée.

– Où voulez-vous en venir ?

– Enceintes et africaines : on peut difficilement s'empêcher de faire le lien avec les patientes européennes. J'ai besoin de vous pour confirmer ce lien. C'est l'ethnologue que je viens voir, l'ethnologue et le généticien.

– Je vous écoute.

– Ces femmes ivoiriennes appartenaient à une tribu particulière : les Whities, des Africains à la peau claire et aux yeux bleus. Pouvez-vous m'en dire plus ?

Germon s'enfonça dans son fauteuil, songeur. Vincent l'observa. Quels chemins empruntait sa pensée ? Il rassemblait déjà les éléments dispersés que lui, flic, avait confrontés sans succès.

– Avez-vous entendu parler des Baoulés, inspecteur ?

– Les Africains les connaissent au moins pour leur art.

– C'est aussi une branche des Achantis. Les Achantis, avec les Mandingues, sont les deux principales ethnies fondatrices de la population ivoirienne. Au début du XVIIIe siècle, l'expansion colonialiste britannique au Ghana poussa une partie des Achantis à migrer vers l'ouest, guidés par leur reine, Abla Pokou, et à s'installer en Côte-d'Ivoire. C'est à partir de cette époque qu'apparurent les premiers Whities : des Baoulés à la peau claire, presque blanche, et aux cheveux fins et souples. Ce sont ces caractéristiques, propres à la race blanche, qui leur vaudront leur nom plus tard.

Vincent l'écoutait, fasciné, avec un mélange de distance et d'admiration.

– A-t-on élucidé leurs origines ?

– Pour les ethnologues, leur morphologie reste africaine tout en évoquant un mélange. Avant l'exode, certaines femmes baoulés n'avaient peut-être pas repoussé l'Anglais colonisateur. D'autres estiment que c'est au-delà du simple métissage. Peut-être une mutation des gènes qui déterminent la pigmentation de la peau. Ai-je répondu à votre question ?

– Vous me confortez en tout cas dans mon sentiment : les Whities sont aussi une « curiosité » génétique. Leur capital génétique a changé, un jour. Comme on a peut-être touché à celui de Montiel, Miler et les autres. Encore un point commun entre ces femmes, en somme.

– Où en est votre enquête ?

Vincent se leva.

– Elle tournait en rond, jusqu'à hier. Elle peut enfin redémarrer.

– Une dernière question, inspecteur.

Vincent repoussa la porte.

– Je suis médecin, vous êtes policier, nous ne connaissons rien de nos mondes respectifs.

Germon tourna la tête, ses traits disparurent dans l'ombre.

– Le scientifique dont je vous avais parlé...

– Roy.

Germon acquiesça.

– Je l'ai rencontrée, dit Karst.

Le professeur sourit.

– Vous n'abandonnez jamais, alors.

– Pour quelle raison ?

– Non, bien sûr, vous n'abandonnez jamais, pour la bonne raison que vous ne supporteriez pas d'affronter le vide, l'absence irrésolue.

Vincent sortit dans le couloir. La voix de Germon s'éleva :

– La génétique et l'homme n'ont pas toujours fait bon ménage. Un enfer, parfois. Dans le meilleur des cas, vous vous y égareriez.

– Vous m'avez donné la direction à suivre.

– Je ne vous ai rien dit.

– Si : j'irai vers le sud. Vers l'Afrique.

4

LA NUIT L'AVAIT SURPRISE.

Ina fit le tour de la maison et s'approcha de la porte. Elle l'ouvrit avec précaution et se glissa sous la verrière. La moiteur ambiante lui parut familière, cette fois. Elle referma la porte et s'enfonça dans ce monde végétal.

Il lui sembla qu'en quelques jours tout avait poussé, changé de forme, de couleur. Des caoutchoucs gigantesques envahissaient maintenant un pan de la serre, là où elle avait remarqué de simples boutures. Des rhododendrons donnaient des fleurs pourpres, fuchsia et blanches sur une même branche, des lierres couraient sur les gravillons qu'elle avait foulés sans difficulté avec Vincent, et nouaient leurs racines-crampons autour des poutrelles métalliques et des branches voisines. Les fragrances étaient différentes – était-ce la surprise qui l'avait quittée, aujourd'hui ? Elle marcha d'un pas sûr vers le milieu de la serre, où elle trouverait, elle le savait, le chenal qui la séparait de la serre centrale. Elle le traversa et s'immobilisa sous l'auvent que formait un laurier-tin chargé de baies. Elle se retourna : la porte s'était refermée dans un bruit sourd d'aspiration d'air qu'elle n'avait pas remarqué la première fois.

Puis ce fut un grondement – un roulis, plutôt. Des pierres qui s'entrechoquent, le cahot du gravier contre le verre, le cri des feuilles qui bruissent et se déchirent, un mouvement désordonné de l'air.

Ina se hâta vers la porte qui communiquait avec la maison et le sas se referma derrière elle. Elle se retourna pour scruter le fond de la serre. De la bouche émeraude jaillissait un torrent, une déferlante qui s'élevait sur plus de six mètres, tel un mur gris et spumeux. L'eau frappait les branchages torturés, se fracassait contre les parois de verre, ricochait et entraînait avec elle tout ce qu'elle rencontrait dans sa fureur : végétal et minéral. Elle s'abattit avec une force inouïe contre le panneau de verre. Ina recula instinctivement.

– Vous n'avez jamais songé à emprunter la porte d'entrée ?

Ina reconnut le visage souriant et froissé. Elle monta quelques marches, pénétra dans le salon et s'installa dans un fauteuil.

– Il est tard, finit par dire Ina. Je n'ai pas osé sonner. J'ai pensé que si vous étiez éveillée, je vous trouverais dans la serre.

Elle se tourna vers la verrière. L'eau s'était retirée et les arbres dégoulinaient, épuisés par les assauts. Des fragments de lilas et d'hortensias collaient aux parois vitrées. Le professeur contempla le saccage, satisfaite.

– Et ça, c'est pour quoi ? demanda la jeune femme. Pour leur apprendre à se noyer ?

– Pour que la végétation connaisse la catastrophe naturelle. Le raz-de-marée, par exemple, répondit Roy. Certaines plantes poussent sur des côtes balayées par des typhons bien plus redoutables. Elles s'en relèvent toujours, ne vous en faites pas. Le système de pression d'eau, les voies d'écoulement et les volumes de la serre ne permettent pas de mimer une véritable tempête, mais c'est déjà bien.

Elle tendit une tasse à la jeune femme.

– Non merci. J'ai plutôt besoin de votre aide.

– J'ai déjà répondu à cette requête, je crois, docteur.

– Bénédicte Miler n'était pas une femme enceinte comme une autre, et Florine Montiel non plus.

– Je n'en doute pas. Toutes les femmes sont uniques lorsqu'elles s'apprêtent à être mères.

Ina posa la tasse.

– Vous n'êtes pas dans un jardin anglais, mais ici, avec moi, et je vous parle d'un drame. Un danger. Est-ce que vous en êtes consciente, professeur ? Vous êtes-vous tant éloignée de l'humanité que le monde et ses conséquences ne vous atteignent plus ?

– Vous faites d'une zone d'ombre scientifique un drame, ma chère, répondit la vieille femme. Et si ce n'était qu'une impasse transitoire ? Laissez aux chercheurs le temps de progresser.

– Vous n'avez pas d'enfant, je crois, dit Ina.

Le sourire s'estompa un court instant. Roy se rapprocha du médecin.

– Pour vous, c'est un drame, n'est-ce pas ? *Votre* drame ?

Elle avait parlé d'une voix posée, presque avec légèreté. Ina détourna le regard. La généticienne se leva. La luminosité avait baissé dans la serre – une nuit sous les nuages, ou une éclipse de lune, pour le monde végétal sous verre. La dame effleura un bronze.

– J'ai choisi de ne pas en avoir.

Ina releva la tête. Le professeur semblait porter un poids infini sur les épaules. Elle s'approcha des œuvres de Georges Roy.

– Pourquoi ?

– Au cours de mes longues années de recherche, j'ai découvert beaucoup de choses, et me suis aussi égarée dans des voies insondables sans succès mais sans regret. En revanche, je n'ai jamais réussi à prouver que la folie n'était pas héréditaire. (Roy sourit en contemplant les œuvres de son époux.) Mon mari n'a pas toujours été heureux dans son univers clos et inaccessible. Et ce n'était pas seulement ma faute. J'ai pensé que c'était plus prudent pour l'enfant, pour la société.

Elle observa les traits du médecin sous la lumière.

– Votre chagrin est gravé sur votre visage. Tout à l'heure, vous sembliez plus âgée que moi.

– Je suis inquiète.

– Je sais.

– Pas pour moi, rectifia Ina. Lorsque nous sommes venus vous voir, nous ignorions certaines choses. Notre enquête a progressé.

Roy hésita, puis céda.

– Je vous écoute.

– Elles avaient toutes des origines africaines. On leur a également découvert des antécédents familiaux de FIV. Et ce qui est étrange, c'est que les médecins qui s'en sont occupés à l'hôpital ont été liés à ces FIV trente ans plus tôt.

– Je ne vois rien de criminel à cela.

– Professeur, mes collègues ne se sont pas contentés de les suivre ou de réaliser une échographie. L'une de ces femmes a subi une petite intervention chirurgicale, l'autre un choc thermique sous lampes chauffantes.

– Elles ne se sont rendu compte de rien ?

– L'une ne connaissait rien des pratiques de l'amniocentèse, et je sais qu'une rachianesthésie a été pratiquée sur elle, parce qu'elle l'avait réclamée. Elle n'a rien senti, et surtout, elle a fait confiance au médecin. Quant à l'autre, je me suis posé la même question que vous.

– Je suis curieuse d'entendre votre réponse.

– L'inventaire des injectables m'a donné la solution : on a injecté à Bénédicte Miler une dose importante d'insuline.

– Elle était diabétique ?

– Absolument pas. L'insuline a fait chuter le taux de sucre

dans le sang, on a ainsi provoqué un coma hypoglycémique pour la rendre inconsciente le temps de la passer sous les lampes.

– Mais pourquoi tout cela ? Où voulez-vous en venir ?

Ina se tut. Jusqu'où pouvait-elle s'engager dans le bras de fer avec la vieille dame ? Quel était le terrain où nul ne devait s'aventurer dans son passé ? Elle tenta le tout pour le tout.

– Je suis convaincue que ces femmes enceintes ont fait l'objet d'expériences. (Elle hésita.) Vous savez que c'est possible, n'est-ce pas, professeur ? *Vous savez* que de telles choses se sont déjà produites.

– Et c'est pour cette raison que j'ai tiré ma révérence, vous le savez aussi.

Roy s'était levée. Elle avait perdu son flegme, elle arpentait le séjour. Elle s'approcha de la serre et contempla le monde sans humains dans lequel elle avait tenté de se réfugier avant que cette femme et ce policier métis viennent remuer la vase, avant que ressurgissent les démons enfouis avec tant de précautions.

– Qui sont ces médecins ? finit-elle par demander d'une voix sourde.

– Holstadt, un radiologue spécialisé. Émule du professeur Fargeau. Et le professeur Keller, qui dirige l'unité de gynécologie parallèle à la mienne.

Roy arrangea mécaniquement un bouquet de fleurs rebelles. Ina sentait qu'elle pouvait réussir.

– En Afrique, des femmes ont disparu d'un village, pendant des années. Elles étaient enceintes, elles aussi. On vient de l'apprendre.

Roy appuya sur sa télécommande et l'aquarium s'illumina tel un ultime rituel protecteur. La vieille dame se pencha vers la paroi de verre. Son visage prit des accents de sévérité inhabituelle. À la surface de l'eau, un poisson translucide flottait, immobile, ventre vers le ciel. Ina la rejoignit.

– Peut-être la science ne parle-t-elle pas toujours d'elle-même, en définitive, madame. Elle a parfois besoin de la main de l'homme.

Roy se redressa, glacée.

– Où ?

Ina l'interrogea du regard.

– Où ? répéta la généticienne. Où, en Afrique ?

– En Côte-d'Ivoire.

Roy se retourna.

– Ainsi, ils n'ont pas cessé.

Elle éteignit la rangée de néons blafards. Dans la serre, les filtres s'étaient rétractés, la lune baignait les plantes d'une pâleur paisible. Les deux femmes se firent face.

– Vous vous êtes engagée dans un monde qui m'a obligée à fuir. Le génome est plus fort que nous, docteur Klein, il parlera en dernier. Me comprenez-vous ?

Ina acquiesça. Le danger, elle l'avait flairé depuis que ce type avait mis le pied dans son service, depuis le moment où, pour la première fois depuis longtemps – des années –, elle avait réellement cessé de penser à la stérilité qui la rongeait pour envisager le malheur des autres. Et le drame qui s'annonçait. Roy confirmait son sentiment. Une détresse semblait l'animer, alors qu'Ina lisait en elle une forme nouvelle de détermination, une puissance exhumée, qui renaissait de ses cendres. Un goût d'inachevé inacceptable, l'honneur bafoué, un relent de revanche, peut-être ? Qui pouvait lire en cette femme ? Le médecin n'était convaincu que d'une chose : elle assistait à une résurrection.

Roy retrouva son sang-froid.

– Votre ami et vous êtes en train de jouer avec un feu que vous n'avez pas allumé. Nous ne saurons pas forcément l'éteindre, dit-elle en laissant tomber le poisson raide dans un sachet plastique. Mais il faut essayer. Et vite.

III.

CHOPHERIEL

1

– MONSIEUR, TOUT VA BIEN ?

Lamoureux s'éveilla en sursaut. On avait posé la main sur la sienne et le contact était apaisant.

– Oui, tout va bien. J'ai le sommeil un peu agité, en ce moment. On est encore loin ?

– On atteindra l'aéroport d'Abidjan dans moins de dix minutes, dit l'hôtesse.

Lamoureux crut qu'elle allait répéter son texte en anglais dans la foulée.

– Je dois redresser le dossier de mon siège, c'est ça ?

La jeune femme ramassa les journaux épars sur le sol et s'éloigna avec un sourire. Le journaliste ouvrit une pochette rafraîchissante. La tension retombait peu à peu, son cœur retrouva un rythme acceptable. Il jeta un regard à travers le hublot : l'atmosphère était d'une transparence totale. Des vagues désertiques s'étendaient à l'infini pour déchirer le bleu du ciel. Le paysage gomma progressivement la vision qui avait hanté son sommeil. Il ferma les yeux. Ainsi, l'image de Bénédicte Miler désarticulée sur le sol et bleuie par le froid ne l'abandonnerait pas. Elle s'était imposée à lui dès la première nuit, puis l'avait curieusement épargné. Pour revenir, là, en plein vol, loin de Paris, du monde que Miler avait quitté, loin des hôpitaux et d'une science étroite. Pourquoi ? Était-ce prémonitoire ? Avec le temps, il était devenu – ou plutôt il avait *appris* à être superstitieux. Comprendre la signification des événements les plus anodins et de la rencontre des faits, le sens caché des mots et des gestes – même involontaires. Il avait découvert au contact de ses indics africains la valeur de ce qui l'agaçait ou – au mieux – le faisait rire dans sa jeunesse. « Cinq sur toi » : il se souvint des mots marmonnés par la vieille voisine juive nord-africaine, quarante ans plus tôt, lorsqu'on le complimentait sur son physique, ses vêtements, n'importe quoi. « Le compliment cache la jalousie, mon fils, et la jalousie cause du tort », disait-elle en appliquant la main à plat sur le front du gamin. Les cinq doigts protecteurs de la main de Fatma. Les Juifs eux-mêmes avaient adopté la superstition arabe. Le corps disloqué lui apparut une ultime fois, tel un flash saisissant. Quel compliment avait-on pu faire à ces filles ? Il avait suffi de quelques minutes pour les ravager, et Fatma n'avait pas été présente. L'Afrique est sage, cependant ; infiniment. L'Afrique parlerait, Lamoureux en était convaincu. Bénédicte Miler était revenue pour être près de lui, avec les autres femmes, lorsque ce pays brûlant lui révélerait une clef de l'énigme.

Cette pensée le réconforta, et il en avait besoin. Lorsqu'il avait pris son billet pour la Côte-d'Ivoire, vingt-quatre heures plus tôt, il s'était retrouvé sur le trottoir, son coupon en main, sans comprendre le sens de son geste. Il se sentait en dehors de lui-même, pris dans un tourbillon qu'il ne contrôlait pas. Il s'était approché de l'œil du cyclone et le gouffre l'avait aspiré. Il savait qu'il ne reculerait plus, que dans cet élan il retrouvait une forme de dignité de journaliste, celle qui l'avait fait vivre pendant des années et qui l'avait quitté au détour de l'ennui, de la facilité – et de l'alcool. Mais en contemplant ce billet comme un demeuré, au beau milieu de l'avenue, il sut que c'était insuffisant pour accepter d'aller plus loin. Il s'était alors attablé à un bar et avait commandé un martini à onze heures du matin. L'alcool l'aiderait, cette fois, au lieu de l'éloigner de la vérité. Pas question de renoncer, mais pourquoi chercher un autre sens à sa démarche ? Deux gorgées l'apaisèrent, et il comprit qu'une forme de peur s'était emparée de lui. Il en conçut presque du plaisir. Elle lui avait manqué, au fond, cette satanée trouille. Elle augurait les grandes révélations. Il songea aux trois femmes enceintes, mortes. L'une d'elles, une certaine Stella, que les flics avaient crue impliquée dans un réseau de drogue de banlieue. Son compagnon, Karst, un flic incontrôlable éloigné de l'enquête pour écarts de conduite, mais tout de même sur le terrain : lorsqu'il avait tenté de rencontrer le mari de Miler, puis celui de Montiel, la réponse avait été brutale et identique : « *Adressez-vous à l'inspecteur Karst, de la Criminelle.* » Son contact à l'hôpital ne lui avait pas appris grand-chose sur le quotidien d'Ina Klein, si ce n'était qu'elle s'absenterait quelques jours. Elle partait en Afrique de l'Ouest – un safari, peut-être. Quand Wajntraub, son confrère bruxellois, l'avait rappelé pour lui parler de cette Ivoirienne surgie de nulle part et des disparitions dans la même tribu, il s'était contenté d'établir le lien entre le départ de la gynécologue et ce scoop, de flairer la piste et de s'y engouffrer, en bon journaleux. Il n'avait pas réfléchi plus longtemps.

Aujourd'hui, il était là, dans cet avion, à se dire qu'il aurait dû réfléchir un peu plus, justement. Au fond, qu'est-ce qui le conduisait dans cette fournaise ? La revanche sur un rédacteur en chef minable ? La perspective d'une notoriété retrouvée ? Le gros titre lui apparut : « Grossesses mortelles : la solution africaine » ; un malaise l'envahit. Et si ce n'était que la saine curiosité du journaliste, une vitalité ressuscitée ? La voix de l'hôtesse retentit, mélodieuse et irritante. L'atterrissage était imminent. Il finit par se convaincre qu'il s'agissait de tout cela à la fois.

La côte se découpa enfin à travers le hublot. Et la réponse

à son questionnement intérieur s'imposa : il était ici, dans cet avion, parce que enfin il se sentait vivant. Il ne s'était pas épargné, surtout ces dernières années. Il n'était qu'un reporter mal vieilli, imbibé et plus proche de la mort que d'autre chose, il le savait. La mort ne l'effrayait pas, mais autant vivre encore un peu avant le plongeon, garnir l'antichambre, combattre l'ennui de l'attente. Il se promit de rappeler cette femme souriante croisée mille fois dans les locaux de *Science du devenir*, à condition qu'il retrouve son nom. Et peut-être même irait-il chercher Mina sur son quai sordide, il l'emmènerait au restaurant pour lui dire une fois encore qu'elle était « toujours bien », et s'il se sentait toujours aussi vivant, peut-être lui proposerait-il de passer la nuit ensemble.

Quand l'avion toucha le sol, Lamoureux crut toucher enfin à la réalité de son enquête.

L'appareil s'immobilisa sur une piste approximative. La végétation desséchée lui apparut derrière un voile tremblant : elle semblait posée sur une plaque incandescente. Il vérifia une ultime fois son matériel photographique. Le Konica Reflex avec téléobjectif manuel lui apparut enfin tel qu'il était : ancestral, témoin d'une vitalité révolue. Le poids des années le fit fléchir un court instant.

La porte avant de l'appareil glissa et une lumière aveuglante illumina le visage de l'hôtesse. C'était une lumière sauvage, comme l'Europe n'en connaît pas. Lamoureux mit sa sacoche en bandoulière et saisit un sac de voyage qu'il n'avait pas enregistré en soute : il contenait une quantité impressionnante de pellicules et un ordinateur portable assez récent. La Côte-d'Ivoire n'avait pas vieilli autant que lui, elle surfait probablement sur le Net et une connexion pourrait lui être utile. Le journaliste sourit : son raisonnement et la modernité de son équipement informatique sauvaient – transitoirement – son moral.

Il longea les rangées de sièges jusqu'à la porte, fit un pas sur la passerelle et les derniers mots de l'hôtesse prirent enfin sens.

« 99 % d'humidité, 37°C » – et sans doute plus sur la piste.

Lamoureux venait d'entrer dans la bouche de l'enfer. Il s'accrocha à la rambarde et descendit les marches. Une chape de plomb semblait l'écraser. Des langues de chaleur le brûlaient au moindre souffle de vent. Il traversa les quelques mètres qui le séparaient de la navette et se précipita sur une banquette. Il observa les passagers : tous goûtaient à la climatisation du car comme à un miracle de l'existence, les yeux fermés. Le véhicule chemina sur la piste selon une trajectoire très aléatoire et s'arrêta devant deux portes en verre où le personnel au sol l'attendait. Une femme marmonna dans un talkie-walkie grésillant, ouvrit les portes et engagea d'un geste les passagers à la suivre.

Après trente minutes de fouille et d'explications, Lamoureux glissa quelques billets dans son passeport, le tendit pour une dernière « vérification » de nationalité et récupéra enfin son matériel photo. Il abandonna sagement l'idée de réclamer les pellicules manquantes et se dirigea vers le tapis à bagages pour récupérer sa valise.

La salle était bondée. Les cris des enfants résonnaient, les boubous et les coiffes imposaient une débauche de jaunes, verts, ocre, rouges. Lamoureux plissa les yeux comme en plein soleil. Au-delà des vêtements et des langages, il remarqua ce à quoi un Caucasien n'est jamais attentif : la peau noire a autant de nuances qu'il y a d'individus. Le brassage ethnique avait coloré l'Afrique de mille teintes. Il prêta attention à des détails insignifiants qu'il savait propres à chaque ethnie : la taille qui signe le sang voltaïque, la finesse des articulations lorsque les Sénégalais s'étaient unis aux Ivoiriens, le nez droit, les pommettes saillantes et les lèvres fines des Maliens, les gencives sombres des Béninois. Après une heure d'attente, les premiers bagages apparurent dans le capharnaüm. Les hommes se ruèrent vers le tapis, guidés par leurs épouses en retrait, et le journaliste fut pris dans le mouvement de foule. Dans l'entrelacs de bras et de visages, il crut reconnaître sa valise et tendit le bras.

– Je crois que c'est la mienne.

Une femme âgée s'approcha de la chenille circulaire. Lamoureux voulut l'aider, mais elle saisit la valise d'une main de fer et la souleva comme s'il s'était agi d'une plume.

– Merci, vous êtes aimable mais je préfère m'en occuper, dit-elle. Elle est lourde, vous pourriez vous blesser.

Lamoureux reconnut l'accent : seule une vieille dame britannique savait railler un homme de la sorte. Elle devait avoir près de soixante-quinze ans et portait un tailleur d'été encore trop épais pour la touffeur abidjanaise, mais le climat ne l'incommodait nullement. Coiffure impeccable, tissu sans un pli, elle semblait sortir de chez elle plutôt que d'un avion. Le journaliste sentit aussitôt sa propre sueur couler le long de sa colonne et la fatigue l'accabla. Il fouilla dans son sac à la recherche d'un tee-shirt propre qui pourrait remplacer sa chemise trempée. Lorsqu'il se redressa, la femme n'était plus seule. Elle parlait à un homme d'une trentaine d'années. Au milieu de cette foule africaine, son physique se démarquait comme celui d'un extraterrestre égaré sur Terre ; un physique qu'on reconnaîtrait n'importe où à partir d'une simple photographie. Lamoureux se souvint de l'image volée par un reporter devant le centre social de Chanteclair, un après-midi sanglant. Ce cliché, il ne l'avait vu qu'une fois, un court instant. Il n'y en avait eu qu'un, d'ailleurs. L'homme, un flic, avait fixé l'objectif indésirable, et toute la fureur des traits avait impressionné la pellicule. Cet homme se trouvait là, maintenant, et la rage ne l'avait pas quitté ; c'était elle qu'il reconnaissait au-delà des traits africains, des cheveux curieusement clairs et du regard acier. À ses côtés, une femme blonde, les cheveux noués à la va-vite, l'écoutait, préoccupée. Lamoureux se réfugia derrière une colonne et l'observa. Elle était comme il l'avait laissée, ce jour de pluie, dans le hall de la Maternité. Ina Klein était-elle autre chose qu'un médecin soucieux et fort ? Qui était cette vieille dame sortie d'un bouquin d'Agatha Christie ? Pourquoi les trouvait-il ici, en même temps que lui, alors qu'il avait pris soin de passer par Francfort et de voler sur Lufthansa ? Sa source hospitalière s'était renseignée : la secrétaire de gynécologie avait réservé une place sur un vol Air France dont l'arrivée était programmée deux heures après celle de son propre vol. Il leva les yeux sur le tableau d'arrivée : l'avion de la Lufthansa avait atterri avec une heure et demie de retard. Il s'était endormi dès son entrée dans l'appareil sans prendre conscience du décollage tardif.

Il contourna le trio et se précipita vers le tapis. Sa valise disparaissait derrière les languettes de caoutchouc avant d'entamer un troisième tour. Il jeta un regard derrière lui : la foule s'était resserrée, et le trio avait disparu. Il attrapa *in extremis* son bagage et se précipita vers la sortie. Par miracle, il n'eut pas à subir un deuxième contrôle douanier.

Quand il parvint à se frayer un chemin jusqu'à la station de taxi, il distingua la veste vert d'eau de la femme âgée. Elle entrait dans un 4 × 4 poussiéreux de la police locale ; on les attendait, manifestement. Lamoureux s'engouffra dans le premier taxi. Une odeur rance le fit suffoquer.

– Il n'y a pas de clim dans votre voiture ?

Le chauffeur répondit par un éclat de rire et leva le son de la radio. Alpha Blondy se mit à vociférer *Jérusalem*.

– Il faut fermer la fenêtre, monsieur, tu auras moins chaud. Où on va ?

Le journaliste renonça à tourner la manivelle grippée et s'épongea le front. La chaleur entrait par bouffées et brûlait son visage écarlate.

– On suit la voiture, la grosse, devant.

– La police ? Regarde, monsieur, dit le type en brandissant une carte professionnelle qui devait dater de l'Indépendance, je suis chauffeur de taxi, pas détective, moi.

Lamoureux lui tendit deux billets.

– Suis-les. Il y en aura deux autres à l'arrivée, en plus de la course.

– Je m'appelle Dramane, monsieur, et toi ?

– Hervé.

Dramane partit d'un nouveau rire.

– On les suit jusqu'où, monsieur ? Jusqu'ààà...

Lamoureux interrompit le geste qui accompagnait les mots.

– C'est ça, Dramane : loin. Jusqu'en enfer s'il le faut. D'ailleurs, dit-il en risquant un regard sur l'asphalte fumant, on y est déjà.

– Aspirant Djibril, inspecteur. Bienvenue dans notre belle nation de Côte-d'Ivoire.

Djibril fit un salut militaire et se mit au garde-à-vous, la mitraillette en bandoulière. Il devait avoir dix-sept ans, peut-être dix-huit. Vincent ne sourit qu'à moitié.

– Rompez, aspirant Djibril. À quel régiment appartenez-vous ?

– Je fais partie de la police, inspecteur, pas de l'armée. C'est le capitaine Diabiaté qui m'envoie vous chercher, vous et les deux dames.

Ce gosse était dans la police, en uniforme kaki et droit comme un légionnaire. Ça en disait long sur la situation politique de la Côte-d'Ivoire. Ina et Vincent échangèrent un regard. Madeleine Roy s'était abîmée, elle, dans la contemplation d'une fleur.

– Où nous conduisez-vous ?

Le gamin se remit au garde-à-vous.

– À la préfecture de police, monsieur.

Djibril prit le volant et les autres montèrent à l'arrière. Le 4 × 4 traversa Port-Bouet et s'engagea sur la presqu'île enclavée dans la lagune Ébrié. La route bordée de palmiers longeait les quartiers de Koumassi puis celui de Treichville. Le professeur s'aspergea de répulsif et le tendit à ses compagnons.

– Pour quoi faire ? Vous nous avez fait avaler des comprimés, dit Vincent.

– Le traitement préventif contre le paludisme ne sera efficace qu'à partir de demain, répondit la gynécologue. On aurait dû commencer la veille du départ, mais c'était un peu précipité. Alors ne faites pas le difficile, dit-elle en se frictionnant, sauf si vous voulez connaître les joies de la malaria.

Vincent se tourna vers le chauffeur.

– Vous croyez que ce gosse prend cette saloperie de cachets ? J'ai du sang africain. Je ne risque rien non plus.

Roy vaporisa malgré lui le liquide vers le policier.

– Ne soyez pas capricieux, inspecteur : ce gosse, comme vous dites, est en contact avec le parasite depuis la naissance. Vous avez peut-être du sang africain dans les veines, mais il contient plus de polluants parisiens que d'anticorps.

Le jeune policier jeta un œil dans le rétroviseur et sourit à ses passagers.

– Ici, il n'y a pas de Blancs, madame. Pas de blondes, dit-il avec dépit. Des Africains, des Libanais vivent dans ce quartier, mais pas les Blancs. Le soir, c'est la vie à Treichville : on danse, on mange dans les maquis, on s'amuse beaucoup – même les Blancs ! Vous allez sortir vous amuser, ce soir ?

– Non, je ne crois pas, répondit Ina en ramassant ses cheveux en un chignon serré.

Quelques minutes plus tard, ils traversèrent le pont qui les menait vers le Plateau.

– Le pont du général de Gaulle ! précisa leur chauffeur avec satisfaction.

La route cheminait à travers un quartier résidentiel. Sans avoir jamais mis le pied en Afrique, Vincent fouilla dans ses souvenirs, ceux qu'avaient nourris par procuration les récits de sa mère. Ils étaient colorés, insouciants, ils parlaient de rires, de lumière et de plaisir. Plus tard, lorsqu'il serait en âge de comprendre, elle lui conterait le « miracle ivoirien » accompli sous l'œil bienveillant de la France. Et lorsqu'elle avait quitté Dakar pour Paris, Mme Karst avait cru quitter le « petit frère » pour la « grande sœur ». On restait en famille.

Vincent jeta enfin un regard à travers la vitre. Cocody alignait des villas somptueuses surveillées par des hommes armés jusqu'aux dents. Certains habitants – européens, essentiellement – s'étaient regroupés pour financer des milices privées. Vincent tourna la tête. Aujourd'hui, trente ans plus tard, il découvrait le paradis abandonné : l'Afrique malade et exsangue, l'Afrique qui dévorait ses derniers carrés préservés sous le regard de la « grande sœur » passive et hypocrite. Il sentit un mal-être profond le gagner et se souvint d'autres mots, ceux d'une chanteuse africaine dont le nom lui échappait – Myriam Makeba, peut-être : « *Les racines parlent, un jour ou l'autre ! pour te réjouir ou te faire souffrir.* » Sans la connaître, l'Afrique avait vécu en lui, il s'en rendait compte maintenant, ici, face à la dérive et sa propre douleur.

– On est aux Deux-Plateaux, la préfecture est devant vous, annonça Djibril.

La voiture s'arrêta devant un bloc de béton cerné d'hommes en armes. Le bâtiment ressemblait à un QG de guerre. Deux militaires s'approchèrent et passèrent de part et d'autre de la voiture en dévisageant les occupants avec méfiance.

Djibril tendit une pièce d'identité et prononça quelques mots dans un dialecte.

– Est-ce du dyalou ? demanda Ina.

Le garçon lui lança un regard noir dans le rétroviseur. Ses traits, sa voix, rien n'était plus juvénile en lui.

– Je suis baoulé, moi. Baoulé. Un vrai Ivoirien.

Ina se tut et la voiture passa sous un porche pour s'immobiliser dans la cour.

C'était un grand patio, ombragé par endroits, où les uniformes grouillaient, telle une fourmilière dans laquelle on aurait donné un coup de pied. Ina compta cinq décorations sur la poitrine et les épaules de leur chauffeur et songea aux caricatures de despotes dans les bandes dessinées de son enfance. Les deux femmes échangèrent un sourire.

Vincent se pencha vers elles.

– Votre tête lui vaudra une nouvelle décoration si vous n'êtes pas un peu plus discrètes. Je vous rappelle qu'on est dans une république bananière, à peu de chose près.

– La modération vous va comme un gant, dit la vieille dame. Heureusement, je ne crains rien, ici. Je suis trop âgée.

– Vous ne craignez jamais rien, en somme : ni les raz-de-marée, ni les tempêtes – pas même la guerre ou la mort.

– Si. Je redoute la science et ses hommes. Vous aussi, vous apprendrez à les craindre. Prions pour que vous soyez plus humble, alors.

Djibril les guida dans un dédale de couloirs bondés, jusqu'à une pièce rectangulaire bordée de bancs d'école en bois. Une vingtaine de personnes s'agglutinaient au centre de la pièce, tentant vainement de former une file d'attente digne de ce nom devant un bureau installé au fond de la pièce. Dix autres personnes se disputaient sur les bancs. La chaleur résistait à un gigantesque ventilateur fixé au plafond. Ina défit les boutons de sa veste à manches courtes. Quatre hommes tournèrent la tête et lui sourirent.

Djibril bouscula tout le monde et se planta devant la secrétaire.

– Bonjour Aïssata.

Vincent comprit son empressement et la docilité des hommes devant ce bureau. Les cheveux tressés dessinaient des arabesques, les yeux étaient d'un noir d'encre, les lèvres s'entrouvrirent pour laisser apparaître la blancheur des dents. Aïssata était somptueuse, elle avait le port de tête d'une reine. Elle leva à peine les yeux de ses papiers : tout semblait l'ennuyer au plus haut point. Djibril dansait sur ses pieds, béat.

– Le capitaine Diabiaté les attend, Aïssata, finit-il par dire.

La fille lutta contre les lettres enchevêtrées de sa machine avant de consentir à se lever. La population, exclusivement africaine, fusilla du regard les trois étrangers.

Aïssata avait disparu depuis dix bonnes minutes.

Karst s'approcha d'un mur recouvert d'affiches. Une carte du pays laissait apparaître en son centre le portrait de Laurent Gbagbo : « La Côte-d'Ivoire : une seule nation, autour d'un seul homme. » Les Dix Commandements de Bonne Conduite du Citoyen tapissaient l'espace restant.

– « *L'Afrique est vivante* », lut Ina au-dessus de la photo d'une maman entourée de ses enfants.

Le professeur s'approcha d'elle.

– Je connais cette affiche, dit-elle : une campagne de dépistage des femmes séropositives avant la grossesse, menée en Afrique de l'Ouest par l'Unicef et l'Organisation mondiale de la santé. Elle a plus de vingt ans.

La partie inférieure de l'affiche était recouverte par un dépliant. Madeleine Roy le décolla avec précaution et s'écarta du texte dévoilé :

L'Afrique est vivante
ne la tuez pas :
faites une prise de sang avant de faire un bébé.

– Le message complet est mal passé, admit Roy : huit cent mille personnes sont porteuses du virus du sida dans ce seul pays. Ils cachent la deuxième partie du texte et s'en servent comme d'une affiche touristique. C'est très révélateur de ce qu'un pays peut accepter de lui-même.

– On leur parle mal, supposa Vincent. La plupart d'entre eux ne savent pas lire dans les villages.

– Une mère comprend ce genre de choses, dit Ina.

Le policier haussa les épaules.

– Pour les Africains, la maternité n'a pas la même valeur que pour nous : elle est fréquente, logique, évidente. Pour vous, femmes européennes, la maternité est un choix. Ici, c'est un passage obligatoire et répété. La moitié du pays a moins de quinze ans, Ina.

La jeune femme se tut. Elle se souvint du *choix* qu'on lui avait laissé : celui d'accepter sa stérilité ou de s'enliser dans la négation d'elle-même, de la femme qu'elle aurait voulu être. Elle avait préféré la troisième option : la chirurgie à temps plein. Elle se surprit à haïr ces femmes insouciantes, entourées d'une ribambelle de gamins dont certains naissaient avec le tampon de la mort imprimé sur le front. Qu'est-ce qui aveuglait donc les Africaines ? Tuer ses propres gosses et se contenter d'en refaire... Le comble de l'impuissance ou de l'inconscience. C'était aux autres femmes de rendre justice, de faire tourner le monde dans le bon sens. Elle était coupable, au fond, de ne pas pouvoir rétablir l'ordre des choses.

Aïssata ouvrit enfin la porte et la sauva de ses pensées.

– Le capitaine Diabiaté va vous recevoir, dit-elle au prix d'un immense effort.

Elle les fit entrer dans une grande pièce rectangulaire, cernée par des murs dont la peinture partait en lambeaux. Les stores laissaient à peine passer la lumière, le sol était couvert de tapis qui puaient l'humidité et deux ventilateurs brassaient péniblement un air plus que tiède.

Madeleine Roy finit par dénouer son foulard de soie.

Les trois compagnons s'approchèrent d'un bureau victorien, probable vestige colonial. Simplice Diabiaté était obèse et jovial. Son visage rond le rendait immédiatement sympathique. Il écarta les bras dans un geste hospitalier.

– Inspecteur, mesdames, bienvenue à Abidjan !

Il fit le tour du bureau et vint leur serrer la main. Les deux femmes échangèrent un sourire. Ina eut le sentiment de débarquer sur le plateau d'une émission de variétés.

– Quand on m'a annoncé votre arrivée, je me suis dit : Simplice, c'est l'occasion de perpétuer les liens étroits qui unissent nos deux pays. Notre collaboration sera fructueuse : la meilleure police d'Afrique ne peut que s'entendre avec celle de la France. Jetons le pont de la fraternité entre nos nations, chers amis !

– Capitaine, dit Madeleine Roy, la poésie et la police font bon ménage en Côte-d'Ivoire.

Le rire de Diabiaté emplit la pièce. Il s'inclina devant la vieille dame.

– Notre pays recèle d'autres trésors que vous devriez découvrir, professeur.

Ina s'éventa avec nervosité. L'emphase du policier l'agaçait déjà. Dans ce bureau clinquant, l'absurdité de sa propre présence lui apparut crûment. Qu'est-ce qu'elle fichait dans cet enfer tropical, au fin fond du continent, à transpirer devant un clown mégalo au lieu d'être à sa place, au chevet de ses patientes ? Pourquoi ou plutôt pour *qui* était-elle là ? Elle se tourna vers Vincent. Ce type l'avait convaincue, mais comment ? Le drame qu'avaient vécu les victimes aurait dû être le seul motif de son voyage. Ce n'était pas le cas, elle le savait et s'en voulut. Il était temps de lui redonner un sens avouable.

– Merci, répondit-elle. Nous ne sommes pas en voyage d'agrément, hélas. Le travail m'attend à Paris. Si vous le voulez bien, parlons de cette fille.

Le capitaine soupira.

– Aujourd'hui, les femmes sont médecins, les femmes donnent des ordres.

– Il vous reste encore quelques « ponts à jeter », capitaine, répondit la gynécologue.

Vincent la rappela à l'ordre d'un regard. La diplomatie n'était pas le point fort de Klein, de toute évidence. Cette fille pourrait lui plaire, un jour. L'image de Stella vint chasser cette pensée.

L'Africain toisait Ina, visiblement irrité. Vincent chercha de l'aide auprès de Madeleine Roy, qui resta en retrait et se contenta d'afficher un sourire de salon. Il l'aurait étranglée.

– Capitaine, dit-elle enfin, si vous nous parliez de cette affaire que vous avez menée avec brio ? Cette jeune femme que vous avez sauvée, en somme. On en parle beaucoup à Paris.

Diabiaté s'enfonça dans son fauteuil de ministre et proposa un siège à la généticienne. Ina et Vincent restèrent debout.

– Dès que nous avons su que vous aviez de gros soucis avec ces morts inexpliquées, insista l'officier, nous nous sommes empressés de faire la lumière sur cette histoire et de voler au secours de nos amis français.

– Merci, dit Vincent au prix d'un effort surhumain.

– Je vous serais reconnaissante de nous conter vos exploits, cher monsieur, ajouta la vieille dame.

Diabiaté sortit une pochette cartonnée et fronça les sourcils : la calligraphie d'Aïssata était moins réussie que son physique. Il rabattit la couverture et sortit une photo en noir et blanc de mauvaise qualité.

– Elle s'appelle Awa, elle fait partie des Whities, une tribu qui vit au bord des lagunes, au centre du pays. C'est à la lisière de la forêt.

Le capitaine fit pivoter son siège et dirigea le faisceau de la lampe de bureau sur une gigantesque carte géographique fixée au mur. Le plan ressemblait à celui d'un état-major en guerre, piqueté d'aiguilles à têtes de couleur. L'officier fit glisser l'extrémité d'une baguette sur la toile.

– Une frontière ? demanda Ina.

L'Africain frappa du plat de la main sur la table.

– Une séparation tout à fait provisoire et scandaleuse du pays, rectifia Diabiaté : les loyalistes au sud et les rebelles illégitimes au nord. Les troupes françaises sont déployées le long de cette ligne.

Ina pointa du doigt une tête d'épingle rouge.

– Bouaké, deuxième ville du pays, précisa l'officier.

– C'est ici que vivent les Whities, n'est-ce pas ?

– À proximité, effectivement.

– Et c'est au-dessus de la ligne de démarcation, en territoire provisoirement rebelle, dit le médecin avec précaution. Comment se fait-il que ce soit l'armée loyaliste qui ait retrouvé Awa ?

– La fille a été découverte à Tiébissou, à cinquante kilomètres au sud de chez elle, en territoire sécurisé par notre armée. Elle a traversé la ligne au nez des Français, ajouta Diabiaté à l'intention de Vincent.

– On vous avait signalé sa disparition ?

L'Africain se renversa dans le fauteuil. Le rire animait son ventre de secousses régulières.

– Vous avez un tas de choses à apprendre de l'Afrique, inspecteur. Les tribus ont leurs lois, leurs codes, leur justice et leur façon de les faire respecter. La cité et la tribu sont deux mondes différents qui interfèrent rarement.

– Quand a-t-elle disparu ? demanda Ina.

– Trois mois plus tôt, d'après le médecin de Tiébissou.

Des habitants l'ont trouvée inconsciente à proximité des premières habitations. Ils l'ont crue morte, puis ils l'ont conduite au dispensaire. Après les premiers soins, elle a repris connaissance, mais elle était confuse. Sous le choc, en somme. Le médecin a reconstitué les événements à partir de l'examen et de son récit.

– On vous a transmis un compte rendu médical ?

– Non. La communication est aléatoire entre le Nord et le Sud, depuis la mutinerie.

Vincent étudia la carte.

– À quelle distance sommes-nous de Tiébissou ?

Diabiaté joua à nouveau de sa baguette et traça une route à travers la forêt.

– Il faut suivre deux cents kilomètres de piste vers l'ouest puis le nord. La ville est au bord des lagunes, au-dessus de Yamoussoukro, la capitale.

– Pouvez-vous nous prêter un véhicule ? demanda Vincent. Il faut qu'on rencontre cette fille.

– J'aimerais beaucoup parler au médecin qui s'est occupé d'elle, renchérit Ina.

– Et si c'est à l'intérieur de votre territoire, nous serions en parfaite sécurité, ajouta Roy.

Vincent l'observa, installée comme la reine mère dans son fauteuil. Ses compétences en génétique n'étaient pas encore entrées en scène, mais le savoir-faire britannique faisait mouche. Diabiaté capitula en s'offrant une ultime tirade politique pleine de fraternité.

– Au nom des liens qui unissent nos pays et malgré les temps difficiles que traverse la Côte-d'Ivoire, je suis heureux de mettre une voiture à votre disposition ainsi qu'un chauffeur. L'aspirant Djibril vous conduira. Mais je vais vous décevoir : vous ne verrez pas la fille.

– Pourquoi ?

– Son état s'est amélioré et elle est retournée dans sa

tribu. Le climat actuel est trop agité pour qu'on ne ménage pas les tribus du Centre et du Nord. Les rebelles s'emparent de tous les prétextes pour les rallier à leur cause. Évitons le casus belli, inspecteur, évitons le casus belli, répéta Diabiaté avec délectation. N'est-ce pas, professeur ?

– Vous avez le mot juste, capitaine.

– Voyons au moins le médecin, proposa Ina. L'état clinique de la fille nous apprendra certainement pas mal de choses.

Vincent écarta les lamelles d'un store : une brume de chaleur voilait le soleil. Les Ivoiriens eux-mêmes se protégeaient, accablés par la touffeur de la fin du jour. Il retourna à la pénombre de la pièce. Ce pays cachait un secret, quelque part en brousse, dans l'épaisseur de sa forêt ou au fond de ses lagunes, et il fallait qu'il parle, coûte que coûte.

– Partons. Partons maintenant.

Madeleine Roy se leva, curieusement déterminée. Diabiaté retint ses hôtes.

– Il est tard pour prendre la route. Dînons ensemble et dormez à Abidjan. La nuit sur les pistes n'est pas idéale pour ces dames.

– J'en ai vu d'autres, répondit Ina. Et c'est sûrement plus confortable qu'une moto sous la pluie francilienne. Qu'en pensez-vous, professeur ?

La voix de Madeleine Roy fut couverte par une clameur qui fit vibrer les murs. Diabiaté se précipita vers la porte et Vincent se retourna vers les deux femmes.

– Ne bougez pas d'ici.

Les deux policiers dévalèrent les escaliers et traversèrent la cour de la préfecture.

Une cinquantaine d'hommes en treillis brandissaient victorieusement leurs armes vers le ciel. Vincent et Diabiaté fendirent le groupe. Au centre, quatre hommes portaient un cinquième à bout de bras. Vincent distingua le corps meurtri dans son uniforme en lambeaux. Écartelé, ensanglanté, le type se contorsionnait comme un serpent. Les militaires ressemblaient à des bêtes que le sang rendait fous. Certains riaient de façon frénétique, hurlaient, d'autres tiraient en l'air.

Vincent sentit la haine couler entre ces hommes et l'envelopper. Les images des abattoirs et du Centre social de Chanteclair lui apparurent, effrayantes. Instinctivement, Diabiaté s'interposa entre la foule et le Français.

– Un traître. Un Libérien. Ils l'ont capturé. Je dois les laisser faire leur propre justice. Venez, dit-il, vos amies nous attendent.

– Et votre justice à vous, Diabiaté, c'est quoi ? Une distinction supplémentaire pour féliciter ces gosses d'être des criminels ?

Le capitaine s'approcha de lui. Le visage avait perdu toute sa bonhomie.

– Hypocrite et arrogant, comme tous les Français ! Toujours prêts à donner des leçons d'humanité et de démocratie, après avoir torturé le continent pendant des siècles. C'est vous qui êtes responsables de la situation actuelle et de chaque exaction dans ce pays. Les Africains ne sont plus dupes, vous avez compris ?

Madeleine Roy apparut sur le seuil. Diabiaté suait, immobile dans la poussière éclaboussée de sang tiède. Le masque était tombé. Il leva les yeux vers le soleil.

– Préparez-vous, nous partons. On a deux bonnes heures avant la nuit noire.

Il se tourna vers Vincent.

– Oui, c'est moi qui vous accompagne. Je vais vous aider. C'est ça, ma justice. J'ai mes valeurs, vous avez les vôtres, parfois elles se rencontrent. Mais ne faites pas semblant de comprendre un monde que vous ne connaissez pas, inspecteur Karst. Ni vos origines africaines ni votre nationalité française ne vous y autorisent.

2

DEUX HEURES.

Deux heures de secousses, de cahotements, de chocs. Le 4 × 4 s'enfonçait sans fin dans l'immensité verte.

– C'était beaucoup plus vaste, avant, regretta Diabiaté. En un peu plus de vingt ans, le commerce du bois a englouti quatre-vingts pour cent de la forêt.

La nuit s'installa et la pénombre troubla distances et proportions. Les arbres s'étirèrent en ombres interminables, les reliefs s'animèrent, les sons emplirent l'espace et les sens. Vincent fixait la piste, insensible aux ballottements du véhicule, tandis que Roy parvenait même à somnoler. Ina s'agrippa à la poignée de suspension. Le voyage lui réussissait assez peu. Une nausée vague la taraudait depuis le départ d'Abidjan. De temps à autre, Diabiaté lui adressait un regard amusé. Elle actionna la manivelle afin d'abaisser la vitre. Le capitaine augmenta l'intensité d'une ventilation désespérément tiède.

– Profitez plutôt de la climatisation, dit-il, même si elle n'est pas très efficace.

Ina s'épongea le front.

– Juste une bouffée d'air un peu plus frais, dit-elle péniblement.

– Frais ? (Diabiaté se mit à rire.) Ne vous fiez ni à la nuit ni à la forêt, dehors, c'est bien plus étouffant. Vous aurez surtout droit à un escadron de moustiques ; ce sera vous la source de sang frais. Pour vous aider à trouver du courage, j'ai quelque chose pour vous. Regardez.

Ina ne put répondre. Le spectacle qui s'offrit à elle lui coupa le souffle. Une plaine venait de s'ouvrir devant la voiture. Sur l'horizon rouge sombre se découpait un monument somptueux où colonnes, dômes et statues venaient briser l'anarchie d'une végétation sauvage. Diabiaté s'arrêta et coupa le moteur pour permettre à ses hôtes de contempler l'édifice.

– La cathédrale de Yamoussoukro, dit le capitaine.

Madeleine Roy se redressa, stupéfaite, et plissa les yeux.

– Extraordinaire. Comment croire qu'on est en pleine nature africaine ? Pourtant, cette architecture m'est familière, c'est...

– ... la réplique de Saint-Pierre de Rome, oui.

Vincent détourna le regard, partagé entre l'admiration et le scandale. Décidément, Houphouët-Boigny avait mal vieilli : le syndicaliste avait cédé à la folie des grandeurs propre aux monarques africains.

– Je sais ce que vous pensez – comme beaucoup de vos compatriotes, une fois de plus. Pourtant, ce monument n'est ni un caprice ni une folie mégalomaniaque, mais un rempart.

– Un rempart ? Contre quoi ? Contre la misère, en engloutissant les revenus d'un pays dans une cathédrale en pleine brousse ?

– Un rempart contre un danger peut-être pire que la misère dans un pays africain : le fanatisme. Le monde entier en a pesé les conséquences, sauf peut-être la France. Vous êtes trop individualistes pour ça ; la tour Eiffel ne s'est pas effondrée sur des milliers de personnes.

Madeleine Roy sortit de sa réserve.

– Est-ce moi qui vis recluse dans mon univers scientifique et végétal, ou vous, inspecteur, qui arrivez tout droit d'une autre planète ? Votre candeur me surprend. Le capitaine a raison : l'Afrique doit faire face à un problème auquel l'Amérique a payé le prix fort et que l'Europe tente désespérément d'occulter.

– Aujourd'hui, reprit l'Ivoirien, le continent africain tout entier a les yeux tournés vers le Maghreb et le Moyen-Orient rongés par la dérive islamiste. Houphouët était chrétien. Il a fait ici ce que Hassan II a fait à Casablanca en édifiant sa mosquée : élever des pôles religieux fervents et modérés pour freiner la progression extrémiste.

Vincent fit quelques pas. Le monument de marbre et d'or flamboyait dans la ligne rouge du jour finissant.

– Qu'en dit le peuple ivoirien ?

– Sommes-nous autorisés à poser la question ? demanda Madeleine Roy. Ouvrez les yeux, monsieur Karst. Aujourd'hui encore, nous nous prosternons devant des tyrans, nous les accueillons à bras ouverts sur notre territoire pour qu'ils y dépensent l'argent de leurs comptes suisses lorsque le peuple dont vous parlez ne veut plus d'eux, et nous envoyons nos ministres caresser les chefs d'État qui soutiennent le terrorisme.

Roy s'approcha de Vincent et contempla elle aussi l'invraisemblable splendeur du lieu.

– Giscard a croqué les diamants de Bokassa, inspecteur, et on a hurlé au scandale. Aujourd'hui, nos dirigeants tapent affectueusement sur l'épaule d'un Omar Bongo mais poussent des cris d'orfraie lorsque la plus grande démocratie du monde s'attaque à un despote sanguinaire. Nous jouons les colombes au Moyen-Orient pour préserver nos intérêts économiques, nous le savons tous. Là où l'influence des autres puissances met en évidence notre absence.

– Reconnaissez que ce n'est pas avec une guerre qu'on va

enseigner la démocratie aux peuples libérés de leurs despotes.

– *La paix n'est pas qu'un mot*, récita Diabiaté : *elle est un comportement.* Houphouët nous a aussi laissé ces mots en héritage. Par comportement, le Vieux entendait qu'on fasse tout pour construire une paix durable – au prix d'une guerre, parfois, ici comme ailleurs.

Ils s'offrirent une ultime vision de l'église. L'horizon venait de s'assombrir.

– En route. Tiébissou n'est plus loin.

3

– Je suis très honoré de partager mon diagnostic avec une consœur française, très honoré, vraiment.

Désiré Touré était ému. Il inclina la tête à plusieurs reprises et serra la main d'Ina avec une vigueur embarrassante. Elle regarda autour d'elle : le hall du dispensaire débordait de monde gémissant. Des pans de murs s'effritaient, les fissures du carrelage couraient sur le sol, le bâtiment tout entier semblait prêt à s'effondrer.

Ina songea à l'hôpital parisien et aux récriminations incessantes du corps médical français qui jugeait déplorables les moyens dont il disposait. Des scènes lui revinrent à l'esprit : les malades outrés par la qualité des repas, les familles qui criaient au scandale pour une ligne téléphonique qu'on n'installait pas assez vite. Elle en eut honte, soudain, et leva les yeux sur son confrère. Il était long et maigre, il semblait aussi jeune qu'elle mais ses tempes grisonnaient déjà. La sueur perlait sur son large front. Elle le trouva admirable.

– Pour moi aussi, c'est un honneur. Appelez-moi Ina.

– Peut-être pourrions-nous parler de cette jeune femme ? suggéra Madeleine Roy.

Elle excusa d'un sourire son impatience, vestige d'une nuit épouvantable. Dès leur arrivée, Diabiaté les avait conduits dans les quartiers réservés au personnel expatrié d'une entreprise française qui n'avait jamais vu le jour et qu'aucun expatrié n'avait rallié. L'aménagement ne dépassait pas l'état embryonnaire. Pour l'occasion, on avait installé dans trois chambres un ventilateur nonchalant qui avait vaguement brassé l'air humide et chaud. Des cafards longs de cinq centimètres traçaient des trajectoires aléatoires sur les murs quand ils ne volaient pas au-dessus de la tête dans un vrombissement détestable. À trois heures du matin, l'essaim de moustiques qui la dévoraient avait convaincu la généticienne que les répulsifs n'auraient jamais raison de la malaria et, d'une façon générale, qu'une expédition en brousse africaine n'était pas le voyage rêvé pour une septuagénaire. Ina et Vincent semblaient à peine en meilleur état. Roy observa ses compagnons : les cheveux de la gynécologue étaient désordonnés malgré la queue-de-cheval et les cernes rendaient plus froid le regard du policier dans cette étuve. Les visages épuisés contrastaient avec la joie rayonnante du médecin africain.

– Bien sûr. J'ai préparé le dossier, dit-il avec enthousiasme.

Désiré Touré les entraîna à travers la salle d'attente et poussa la porte d'un cabinet de consultation ancestral.

Vincent s'assit avec précaution sur le bord du lit d'examen bancal et Ina se cala entre une colonne de mercure rafistolée et la fenêtre pour céder au professeur l'unique siège.

– Awa a vingt ans. On l'a retrouvée dans un champ aux abords de la ville. Elle était inconsciente, les enfants qui l'ont découverte ont même pensé qu'elle était morte : ils se sont amusés à diriger des colonies de fourmis rouges vers le corps. Une mère a fini par s'approcher et se rendre compte qu'Awa respirait. Ils l'ont amenée ici.

– C'est vous qui l'avez accueillie ?

– Oui, répondit-il avec fierté. L'état général était critique.

– Pourriez-vous nous décrire ce que vous avez diagnostiqué à l'examen, Désiré ? demanda Ina.

Le médecin sortit une photo couleur 9 x 13 assez floue et la tendit religieusement à sa consœur.

– Pour vous faire une idée. Je ne l'ai pas communiquée à la préfecture d'Abidjan : je n'ai pas de copie.

Roy et Vincent l'examinèrent fébrilement par-dessus l'épaule de la jeune femme, comme si le cliché renfermait la clef qui leur manquait. Au premier coup d'œil, la déception prima. Le corps était de biais, mal cadré ; la photo semblait prise à bout de bras, un peu au hasard. La fille était allongée sur le côté, en position fœtale, les mains ramenées au visage dans un geste primitif de protection.

– Auriez-vous d'autres clichés que vous n'avez pas transmis ?

Le médecin tortilla un stylo, gêné.

– Je suis désolé, nous n'avons pas de matériel ici. C'est un touriste en transit qui l'a prise sur le coup. Il était là pour soigner une blessure. Il nous l'a envoyée quelques jours plus tard d'Abidjan. En souvenir.

Les trois Français se penchèrent à nouveau sur la photo.

– Qu'est-ce que c'est, ces taches plus claires sur le dos ? demanda Vincent.

– Des brûlures au second degré. C'est le phénomène de macération qui les fait apparaître claires. Elles sont infectées. Il y a aussi ces encoches sombres sur les tibias. On les voit bien parce que les Whities ont la peau très peu pigmentée.

– Avez-vous une idée de ce qui a pu provoquer ces brûlures ?

– Probablement l'apposition de plaques métalliques portées à haute température : les contours des lésions sont très nets, ils dessinent des rectangles qui reproduisent la forme du matériel utilisé. Cette fille a été torturée, vous savez, et de plusieurs façons : brûlures, asphyxie, injections de produits...

Torturée. Ina se souvint des marques sur le dos de Bénédicte Miler et de l'injection d'insuline à l'origine du coma de Florine Montiel. Elle jeta un regard en direction de Vincent. Comme elle, il cherchait à deviner quelles horreurs on avait infligées à Stella.

– Désiré, vous l'avez interrogée. Qu'a-t-elle dit ?

– Elle était choquée et inhibée, vous pouvez l'imaginer. Awa vient d'une tribu dont les coutumes et les pratiques de vie quotidienne sont très primitives. Ils sont animistes, tout a une signification mystique insondable. Ses descriptions n'étaient pas très claires. J'ai réussi à reconstituer les événements en faisant le lien entre son témoignage et l'examen.

L'Africain se tut. Diabiaté l'avait prévenu : les Français venaient enquêter. Des Blanches mouraient en France, l'une d'elles était la fiancée du métis, un type compliqué, pas commode, violent, même. Il fallait prendre son temps et laisser à ses hôtes le temps d'intégrer et d'accepter les éléments qu'il leur révélait. Il sortit quatre radiographies, alluma le négatoscope et disposa les clichés sur la plaque lumineuse.

– Quand elle est arrivée, sa température dépassait 39°. Elle toussait, ses expectorations étaient sales et au stéthoscope j'entendais nettement un foyer infectieux à la base du poumon droit. Ici, dit-il en désignant une zone floconneuse sur le cliché du thorax.

– Séropositive ? hasarda Madeleine Roy.

– Non. Une pneumopathie plus banale. En fait, elle a inhalé du liquide – de l'eau, en l'occurrence, et son poumon s'est infecté.

– Je ne comprends pas, dit Vincent. Pourquoi avait-elle de l'eau dans les bronches ?

Touré hésita.

– Si j'ai bien compris ce qu'elle m'a expliqué, on l'a immergée dans l'eau à plusieurs reprises.

– Vous voulez dire qu'on s'est amusé à la noyer ?

– Puis à la retirer de l'eau *in extremis*, à chaque fois.

Le médecin fouilla dans le dossier de la fille et en sortit plusieurs feuilles qu'il étala devant les deux femmes. Vincent se rapprocha ostensiblement. Touré hasarda un regard vers lui : les traits du policier étaient contractés, le visage durci.

– Continuez, dit le professeur.

– Je vous l'ai dit : elle a subi d'autres sévices. Awa souffre aussi de lésions de la rétine avec amputation partielle du champ de vision binoculaire. « J'étais sous le soleil très puissant et dans la nuit très noire », m'a-t-elle expliqué. Là encore, il faut interpréter ses mots : elle a probablement été exposée à un rayonnement lumineux intense après des plages d'obscurité dans une fosse profonde de plusieurs mètres creusée dans la terre.

– C'est odieux, dit Roy d'une voix blanche.

– Elle était déshydratée aux niveaux intra et extra-cellulaires. Sa tension était très basse, on a dû poser des perfusions en urgence. Elle aurait passé des heures en atmosphère sèche et brûlante. Des mycoses témoignent, à l'inverse, qu'elle a aussi séjourné en ambiance très humide. Elle parle de pluies violentes qui ne tombaient que sur elle ; peut-être l'aspergeait-on depuis le haut de sa fosse. Et aussi de froids intenses, comme elle n'en a jamais connu. Ses membres engourdis ne bougeaient plus, elle était convaincue d'un châtiment divin.

– Cette fille a servi de cobaye, une sorte d'animal de laboratoire, conclut Ina, c'est monstrueux.

Touré lui tendit une feuille.

– Le dosage de sa glycémie, commenta le médecin. Le taux de sucre dans le sang était très élevé. On lui a injecté des produits, peut-être du glucagon.

– Pour créer un diabète artificiel ? Pourquoi ? Qui a pu faire ça ?

– « Le dieu des Blancs » : c'est la seule réponse qu'Awa

m'ait fournie. Elle était terrorisée, elle se prosternait en l'évoquant.

– Et le bébé ?

C'était le premier mot de Vincent depuis que le médecin avait entamé la description sordide. Le policier avait semblé s'exclure de lui-même de cette descente aux Enfers dont l'écho était sans doute trop douloureux. En réalité, il n'avait rien perdu du discours ; il en redemandait.

– Nous n'avons pas d'appareil d'échographie ici, finit-il par répondre, mais cliniquement, la grossesse semblait toujours en cours. Rien de ce qu'elle a décrit n'évoque une fausse couche et elle n'a subi aucune violence sexuelle.

Vincent détourna le regard. L'Ivoirien crut déceler un soulagement à peine perceptible, une lueur éclaira ses traits un instant, comme si l'intégrité d'Awa témoignait de celle de toutes ces femmes mortes trop tôt.

– La voir, dit simplement le policier. Lui parler.

Il releva la tête. Les deux femmes le regardèrent, cherchant dans les yeux clairs ce qui pourrait les rapprocher de lui dans cet instant.

– Je dois y aller.

– Où ? demanda Touré. Chez les Whities ? Vous n'y pensez pas !

– Je vous accompagne, dit la jeune femme.

Madeleine Roy se leva.

– Vous avez raison, Ina. Ce ne sont pas des sévices, mais bien de l'expérimentation, et ce ne sont pas des psychopathes : ils agissent froidement au nom d'une idée folle. La même idée qui les a conduits à manipuler les corps de vos patientes.

– De quoi parlez-vous ? À qui faites-vous allusion ?

Vincent lui fit face.

– Vous en savez plus que vous ne voulez bien le dire, et

depuis le début. Qu'est-ce que vous nous cachez, professeur ?

– Il faut partir, répéta Roy sans autre explication.

Le médecin ivoirien s'était mis en retrait : la discussion ne le concernait plus. Il finit pourtant par intervenir.

– La tribu est en pleine forêt, proche des lagunes. Le territoire n'est pas sûr, ce serait une folie.

Madeleine Roy le fixa. Son visage trahissait l'angoisse qui avait crû en elle, lentement, depuis leur arrivée. Elle n'était plus britannique et ce n'était plus l'heure du thé. Mais celle d'un combat à mener avec ardeur et contre le temps.

– Le territoire n'est pas sûr, c'est vrai, et il est bien plus vaste, plus secret que vous ne l'imaginez, docteur Touré. Tous trois, nous le savons depuis longtemps, dit-elle en se tournant vers Ina et Vincent, et je l'ai su dès le premier instant, lorsque vous êtes entrés dans ma serre pour bousculer mon univers et exhumer les pires moments de mon existence. Laissez-moi les retenir en moi, tant que je le peux et tant que vous n'en avez pas besoin. Vous n'en serez que plus libres pour poursuivre votre mission insensée, monsieur Karst. Ce sont les zones d'ombre et une certaine forme d'inconscience qui nous sauvent dans les épreuves.

Vincent s'éloigna d'elle, Ina mordilla le filtre d'une cigarette. Elle avait raison : ils avaient déterré la noirceur de son passé sans se soucier de ce que cela remuerait en elle, exigé d'elle son engagement et son soutien, alors qu'étaient-ils en droit d'exiger encore ? Ina la dévisagea avec méfiance, pour la première fois. N'avaient-ils pas du même coup réveillé en elle un monstre inconnu, une part inavouée et folle de la femme de science qu'elle était ? Au fond, pourquoi Madeleine Roy avait-elle accepté tout cela et même plus ? La vieille dame semblait lire dans ses pensées.

– Certaines traces du passé sont indélébiles ; mieux vaut les affronter plutôt que s'acharner à les gommer. Mon mari l'avait compris : il sculptait toute forme d'angoisse, jusqu'à la moindre inquiétude, et lui faisait face sous quelque forme qu'elle prît. Il lui offrait une dimension et une limite. Oui, c'est vrai : Georges Roy était fou mais sa démence devenait une chose concrète, un poison extirpé de lui-même qu'il finissait par maîtriser à sa façon. C'était un fou admirable et j'en étais fière. De moi, que reste-t-il dont il fut fier ?

Madeleine Roy s'assit comme si le poids des années l'accablait.

– Je ne sais pas. J'ai cru qu'il y avait une forme d'art dans ce que je faisais, et des hommes m'ont prouvé le contraire. Il faut que je les retrouve et c'est avec vous que je le ferai. Peut-être mon mari serait-il fier de savoir que je les affronte, comme il a affronté son extravagance.

Elle releva la tête. Son visage exprimait à nouveau de la distance, une forme d'indifférence.

– Vous avez raison, monsieur Karst, dit-elle. Partons dès demain.

4

VINCENT PASSA SUR SON VISAGE un drap déjà trempé. Il tâtonna sur le sol pour trouver sa montre : 23 h 44. Ils s'étaient couchés tôt, épuisés par la chaleur et la tension. Ina avait compulsé le dossier médical et discuté avec Touré des heures durant. Le professeur Roy s'était éclipsée dès qu'ils eurent quitté le dispensaire en prétextant le besoin de s'isoler et de réfléchir à la problématique scientifique qui se dessinait. Peut-être voulait-elle se soustraire aux questions de ses compagnons. De son côté, Vincent avait harcelé Diabiaté.

– Il me faut une voiture.

– Encore ? Vous êtes fou. La région n'est pas sûre et vous voulez vous y rendre avec deux femmes – blanches de surcroît.

– Je croyais que vous vous réjouissiez de la collaboration entre nos deux pays.

– Je ne veux plus collaborer. Ce n'est plus de la collaboration, c'est de l'incitation au suicide.

– Je ne vous demande pas d'hommes, une voiture, rien de plus.

Diabiaté frappa sur la table. Il ne riait plus.

– Qu'est-ce que vous croyez, inspecteur Karst ? Qu'il pousse des véhicules comme des bananes, ici ? Allez vous jeter dans la gueule du loup si ça vous chante, mais sans mon aide. Je n'ai pas de 4 × 4 à perdre.

Vincent avait sillonné la ville à la recherche d'une voiture à louer. Diabiaté n'était pas le seul à renier la coopération franco-ivoirienne ; les portes s'étaient fermées dans un climat de méfiance et d'agressivité. Il avait raison : les Africains ne seraient plus dupes, à l'avenir.

Vincent attacha son bracelet-montre autour du poignet et enfila un short et un tee-shirt. Les gouttes de sueur qui parsemaient son torse confluèrent sur le tissu. Il descendit les escaliers avec précaution et quitta le bâtiment.

– Le capitaine abandonne le navire avec deux femmes sans défense à bord. Bravo.

Ina sortit de l'ombre, une cigarette à la main.

– Qu'est-ce que vous faites ici ? dit-il.

– Les moustiques aiment les blondes dans ce pays. Et vous ?

– Même les moustiques sont racistes. J'ai dû céder un litre de sang. Je vais faire quelques pas.

– Je peux vous accompagner ?

Vincent ne répondit pas.

– C'est éloquent.

– Je vais au dispensaire, dit-il. Je n'en ai pas pour longtemps.

– J'ai le droit de vous poser une question, malgré tout ?

– Allez-y.

Ina tira sur sa cigarette et l'écrasa contre un arbre.

– Ne faites pas ça devant un Africain, dit Vincent, ça porte malheur à la maison devant laquelle l'arbre est planté.

– Mais vous, vous n'êtes pas africain.

– C'était votre question ?

– Non.

Elle s'accroupit au pied du palmier pour s'y adosser. Elle

releva ses cheveux qu'elle n'avait pas attachés et Vincent remarqua la moiteur de son cou à la lueur de la lune.

– Vincent, je pense souvent à Montiel, à Miler...

Elle s'arrêta, cherchant les mots.

– Moi aussi.

– Je sais.

Elle releva la tête, déterminée.

– Elles ou leurs conjoints avaient tous un ascendant africain, et dans les deux couples, l'un des époux était concerné par cette histoire de fécondation *in vitro.* Et Stella ?

– Vous le savez : on ne connaît rien de sa famille ni de son histoire. Pupille de l'État.

Ina ralluma une cigarette qu'elle laissa se consumer. Comment faisait-elle pour simplement imaginer fumer avec une telle chaleur ?

– Je pensais à son conjoint, pas à elle.

– Vous prenez beaucoup de précautions pour rien. Vous croyez que je n'y ai pas songé ?

Il vint s'asseoir près d'elle. Le ciel étoilé, une nuit tiède, et s'asseoir près d'une femme qu'il craignait de trouver attirante. Ça non plus, ça ne ressemblait pas à l'Afrique que lui contait sa mère. Ou peut-être n'était-ce pas encore le moment. Il tourna la tête vers Ina. Elle semblait soucieuse, absorbée dans une réflexion qui ne laissait aucune place au sentiment ou au désir. Ce n'était le moment pour personne.

– Ma mère n'a pas subi de FIV, dit-il. C'était plutôt l'inverse, en fait : mon père était parti, elle voulait avorter.

– Vous êtes quand même là.

– L'intervention s'est soldée par un double échec : je suis né huit mois plus tard et elle n'a pas pu avoir d'autre enfant. Est-ce un mal ? Je n'en suis pas sûr.

Elle lui posa la main sur le bras et la retira sans précipitation. Un geste simple, sans arrière-pensée, songea-t-il.

– Vous savez de vous des choses qu'un enfant ne devrait pas savoir, dit Ina.

– Je n'ai jamais été protégé de la réalité, et aujourd'hui je ne parviens pas à découvrir ce qu'elle me cache. Curieux, non ?

– On va trouver, j'en suis certaine.

Vincent se frappa la nuque.

– Les trêves sont courtes, ici. Rentrez vous mettre sous la moustiquaire.

Elle sourit et se leva. Vincent la regarda s'éloigner puis disparaître derrière la porte. La savoir à l'intérieur, protégée, l'apaisait.

Il se redressa péniblement : la nuit paraissait à nouveau écrasante. Il longea la route bordée de palmiers qui semblaient retenir la touffeur du jour. Il croisa deux voitures militaires qui ralentirent à sa hauteur.

– Africain ?

– Ça ne se voit pas ?

Il fit un mouvement pour sortir sa carte professionnelle puis se ravisa. Le soldat plissa les yeux. Dans la lueur faible d'un lampadaire, une branche jetait une ombre sur le visage de Vincent. L'Ivoirien fit un signe au chauffeur et la voiture accéléra en trombe pour disparaître dans la poussière du virage.

Quelques minutes plus tard, il poussait la porte du dispensaire. Le médecin leva la tête, surpris.

– Un problème ?

– Non. J'aimerais téléphoner en France. C'est possible ?

– Bien sûr.

Désiré Touré lui tendit un trousseau de clefs.

– Je ne peux pas quitter l'accueil, je suis seul, ce soir. Mon bureau est à votre disposition. La ligne est capricieuse, je vous préviens.

Vincent prit place dans le fauteuil en sky fissuré et vit le bureau sous un autre jour. Le médecin lui apparut comme un semi-héros, un de ces hommes qu'on oublie au fond d'un monde hostile et qui se désagrège par abnégation. Pourquoi Touré s'était-il enterré dans cette forêt ? Qu'est-ce qui avait bien pu le pousser à risquer sa vie ici ? Un médecin trouverait du boulot n'importe où ailleurs, probablement. Vincent regarda à travers la moustiquaire éventrée : le ciel était dégagé, la nuit entière résonnait des souffles et des cris de la forêt. Un couple passa, lui en pantalon de toile, elle en boubou éclatant. Ils avaient l'air heureux.

Il décrocha le téléphone.

– *Bonjour, vous n'avez pas besoin de laisser un message : je ne sais pas les écouter. Je n'ai branché ce répondeur que pour rassurer celui qui me l'a offert. Il est toujours inquiet. Alors voilà : je vais bien.*

Vincent attendit le bip.

– Menteuse. Je suis sûr que tu sais écouter les messages.

On décrocha.

– Vincent.

Le jeune homme sourit. La voix le libérait de la sensation écrasante qui l'habitait depuis que Tiébissou s'était refermé sur eux.

– Je vais bien aussi.

– Tu mens aussi, tu veux dire, répondit sa mère. Pourquoi ne me dis-tu jamais : aujourd'hui, ce soir, là, maintenant, je ne vais *pas* bien, non ? Je peux l'entendre, tu sais.

– Non, tu ne peux pas. Et je vais assez bien, disons.

– Où es-tu ? Je t'entends mal.

Vincent tourna la tête. Un ululement étrange venait de fendre l'obscurité. Il hésita.

– Je suis chez nous, et rien n'a changé.

– Où ?

– En Afrique.

Mme Karst eut un rire doux, celui qu'elle n'avait que pour

lui depuis toujours. Elle riait ainsi, il y a longtemps, lorsqu'il inventait des histoires improbables.

– Comment peux-tu savoir ? Tu n'y as jamais été.

– Tu m'en as tout dit.

– Non, pas tout. Je ne t'ai parlé que d'hier. Tout a changé, Vincent. Mais c'est gentil de dire ça.

Un pick-up passa en trombe, un soldat qui n'avait même pas l'âge de Djibril tira une rafale en l'air en hurlant. Vincent se tut. Sa propre mère avait cessé de rêver du passé et elle avait eu raison. Au fond, la France ne l'avait jamais vraiment déçue : Chanteclair n'avait rien promis.

– Je dois raccrocher.

– Fais attention, Vincent.

– Oui, ne t'inquiète pas.

– Si, je m'inquiète pour ce que tu es, pas pour ce que tu pourrais faire. Nous ne sommes plus des Africains. Plus pour eux, en tout cas, et nous le sommes à peine pour nous-mêmes.

– D'accord.

– Tu rentres quand ?

– Je passerai te voir à mon retour.

Il raccrocha et la porte s'ouvrit à la volée. Touré apparut dans l'encadrement, affolé.

– Un incendie ! Vos amis...

Les deux hommes se précipitèrent hors du dispensaire. Touré lui lança une clef et Vincent s'engouffra dans le véhicule.

Ses tempes battaient à tout rompre. Les pneus de la Peugeot hurlèrent sur le macadam abîmé et la voiture s'élança sur la route. Cinq cents mètres plus loin, une gerbe rouge léchait les plus hautes feuilles des palmiers. Le visage d'Ina lui apparut dans l'incandescence du ciel, puis celui de Madeleine Roy et de Stella. Leurs corps brûlaient déjà dans son esprit déchiré. Il accéléra et sentit le volant vibrer dangereusement : le moteur fut pris de spasmes avant de caler. Vincent bondit hors du véhicule et se mit à courir. Une violente détonation lui serra le cœur. Un gémissement monta dans sa gorge et tout son corps se contracta en un seul effort. Il sauta par-dessus la grille et découvrit la façade de l'immeuble mangée par les flammes. La voiture de Diabiaté rougeoyait dans un brasier. Des hommes en armes criblaient d'impacts les bâtiments, et les vitres volaient en éclats. Un militaire apparut à une fenêtre du troisième étage et exhiba un tissu fleuri. Sa voix couvrit le crépitement assourdissant du feu.

– À mort les Français !

Vincent reconnut la robe d'Ina. Il arracha une barre de fer à un tas de gravats et se précipita vers la porte d'entrée, noyée dans un écran de fumée noire. Il ressemblait à un animal en fureur qui pénétrait en enfer. Un Ivoirien, petit et musculeux, s'interposa. La barre fendit l'air vicié et faucha l'oreille et la moitié du scalp, laissant à vif l'os raviné de vaisseaux. Un second homme le mit en joue à bout portant. Vincent se baissa en pivotant sur ses pieds et le métal fracassa d'un seul impact les deux tibias. L'Africain tomba à genoux, le visage convulsé. La barre brisa ensuite le poignet droit et s'éleva une ultime fois pour s'abattre sur le crâne selon une ligne médiane. La boîte osseuse s'ouvrit telle une noix qu'on fend. L'homme écarquilla les yeux démesurément, comme si la mort se résumait à une stupéfaction.

– Vincent !

Le policier tourna la tête. Ina était à quelques mètres. Vivante et le doigt pointé dans sa direction. Sur son visage, il lut l'effroi et le danger imminent. Sans un regard derrière lui, il prit appui des deux mains sur le crâne sanguinolent, se pencha et tendit de toutes ses forces la jambe droite vers l'arrière. Son talon s'enfonça dans une trachée et le cartilage craqua. Un bouillonnement pourpre jaillit et l'homme s'effondra dans un gargouillis. Vincent contempla l'agonie avec délectation. Il réalisait avec surprise que le spectacle ne déclenchait en lui ni honte ni remords. Seule une haine vaguement assouvie l'habitait.

Alors, avant même de se retourner, il sut que cette volupté morbide serait fatale.

Les cheveux blonds étaient entortillés autour de la main souillée de poussière et de sang. Vincent vit l'arme braquée sur la tempe. La tête bascula en arrière et dans les yeux il lut une peur terrible qui coulait en larmes sur le visage, mais aussi le châtiment annoncé de sa faiblesse meurtrière. Le policier tendit le bras en sachant qu'il était trop tard et qu'il n'empêcherait pas les cauchemars d'envahir – et pour toujours, cette fois – ses nuits comme ses jours. Il ne s'entendit pas hurler. Le monde se figea. Seuls les traits d'Ina se décomposèrent sous l'effet de la peur et du sentiment, peut-être, d'une fin imminente.

– Métis, bâtard, regarde ce que les Africains font à ta Blanche !

Vincent plongea vers la femme qu'il ne sauverait pas et la détonation le fit basculer dans l'horreur.

5

La seule image qui s'imposait à lui était celle de l'Africain victorieux.

Un gémissement obligea Vincent à lever les yeux. Il tenait les corps dans ses bras, tous trois entrelacés sur le sol.

Il la sentit bouger, lentement, puis se dégager de l'étreinte. Ina roula dans la poussière, le visage strié de noir et de mèches collées. Elle se redressa sur les avant-bras, suffoquée. Vincent l'observa, incrédule, et tourna la tête. Le coup de feu avait déchiré l'air derrière lui. La balle était passée tout près de son oreille. Elle avait ensuite ouvert la lèvre supérieure de l'Ivoirien, pulvérisé les deux incisives et traversé le fond de la gorge pour se loger dans la vertèbre cervicale. La deuxième balle s'était glissée entre les sourcils pour broyer le cerveau.

Madeleine Roy sortit de l'ombre et baissa le fusil qu'elle jeta devant elle.

– Avant de savoir cultiver des fleurs exotiques, j'ai appris à tirer, dit-elle. Ma chère, ce type vous a décoiffée. Il faut absolument faire quelque chose.

Ina s'adossa contre un palmier, à bout de forces. Vincent la soutint. Elle ouvrit les yeux, enfin : le visage du métis était maculé de sang séché et de brûlures. Il passa maladroitement la main dans les cheveux de la jeune femme, puis sur son visage.

– Le professeur se trompe : vous n'êtes jamais vraiment coiffée.

– Profitez-en, je ne suis pas en état de répondre.

– Vous n'aurez pas le temps. On part tout de suite.

Ina se tourna vers le bâtiment. Les flammes ravageaient le toit, partout des cadavres ensanglantés gisaient. Un peu plus loin, elle reconnut le corps de Diabiaté dans une posture grotesque. L'attaque avait surpris le capitaine en plein sommeil, comme les deux Françaises. Sa gorge ouverte bâillait.

Les gens des maisons alentour s'approchèrent silencieusement.

– Pourquoi ? Demanda Ina. Qu'est-ce qu'ils voulaient ?

– Ou plutôt : de qui ne voulaient-ils pas, corrigea Roy. Mais de nous, et de lui, dit-elle en regardant Vincent. Allez-vous comprendre que les Français sont *persona non grata*, ici, et pour un bout de temps ?

– J'ai du sang africain, dit Vincent.

– Ils s'en moquent.

Les trois Français se retournèrent. Le docteur Touré les observait, immobile.

– Ils s'en moquent, répéta le médecin : c'est l'autre côté de votre sang qui les rend aveugles. Je n'aurais jamais imaginé que cela puisse en arriver là.

Il cacha son visage entre les mains.

– Savez-vous ce qu'est l'ivoirité ? C'est l'invention politique la plus ravageuse de l'histoire de notre pays : seuls sont reconnus les « vrais » Ivoiriens, nés de parents ivoiriens. Trouvaille d'un homme d'État pour garder le pouvoir. L'Afrique a toujours connu les luttes ethniques, et Konan Bédié a donné à la nation le baiser du serpent : il lui a offert le racisme. Il est voltaïque, elle est blonde, vous êtes métissé : tous indignes.

Vincent vint s'asseoir près de lui et posa la main sur son épaule.

– Je suis désolé. Je n'ai pas fait mieux que vos compatriotes.

– Ils nous déshonorent.

– Et vous, vous pouvez nous aider et honorer votre pays.

– Comment ?

Vincent se leva et s'approcha du bord de la route. La vieille Peugeot, fumante, barrait le chemin.

– Cinquante kilomètres. Elle peut bien faire cinquante kilomètres de plus, non ?

6

VINCENT LEVA LES YEUX vers un ciel invisible. Au-dessus de leurs têtes, la forêt resserrait son étau sombre, alors que le jour se levait à peine. Les branches enchevêtrées de bété, de teck et de caoutchouc tissaient un lacis dense qui semblait retenir la chaleur ; une vapeur brûlante imprégnait leurs vêtements, poissait leurs cheveux et rendait l'atmosphère insoutenable. La prison végétale ouvrait péniblement des portes qu'elle refermait après leur passage. Ils marchaient depuis plus de deux heures, depuis que la piste elle-même avait renoncé à affronter l'hostilité de cet océan vert au cœur du pays.

Touré, plus long que jamais entre les troncs séculaires, avançait avec détermination.

– On est encore loin ? demanda Ina.

– Nous y sommes. Nous marchons en plein territoire whitie.

Vincent força le pas pour le rejoindre, déchirant les branchages serrés à coups de machette.

– Vous savez où se situe précisément leur village ?

– Non.

– Alors où nous conduisez-vous ?

– Je ne sais pas au juste.

Madeleine Roy s'arrêta et prit appui sur une racine exubérante. La chaleur ne semblait pas l'affecter : le dos de sa chemise en toile laissait apparaître de rares ombres de sueur. Elle s'éventa du revers de son chapeau, assise sur le bois noueux comme dans un fauteuil club.

– J'apprécierais que vous nous expliquiez le sens de notre marche forcée dans cet endroit charmant.

Vincent et Ina l'encadrèrent instinctivement. Elle leur sourit : son visage rayonnait étrangement, libéré des stigmates de la fatigue de la veille.

– Ne vous faites pas de souci. Je suis habituée à l'élément végétal comme il a dû s'accoutumer, à sa façon, à l'univers inconnu de mes serres et de mes expériences.

Elle contempla sans crainte le feuillage luisant qui l'enveloppait.

– Il n'y aura ni gagnant ni perdant dans notre cohabitation. Forcément, dit-elle : il n'y a jamais eu de violence entre lui et moi.

Elle se redressa et Vincent dut reconnaître qu'elle semblait plus vaillante qu'eux. Touré se rapprocha.

– Professeur, les Whities n'ont pas de village à proprement parler. Ou du moins n'est-il pas construit à un endroit fixe. C'est un peuple itinérant, cette forêt est leur maison, ils l'investissent en fonction de leur rythme de vie, de leurs obligations – et de leur goût, aussi. Vous verrez, c'est un peuple raffiné, en un certain sens.

– Belliqueux ? demanda Ina.

– Prudent. Les luttes ethniques ont rendu méfiantes les tribus les plus insouciantes et les plus pacifiques.

Vincent s'impatienta.

– Comment comptez-vous trouver ces fantômes ?

– Ce sont eux qui vont nous trouver, rectifia Touré. Ils l'ont sûrement déjà fait, d'ailleurs. Parmi les mille bruits qui se mêlent à nos voix, l'un d'eux est celui de leurs pas, de leur souffle. Ils sont proches, inspecteur, très proches. Il ne reste plus qu'à attendre qu'ils se manifestent.

– Ils le font toujours ?

– Non.

– Il le faut, insista Vincent. Il faut qu'on les rencontre.

L'Ivoirien scruta la forêt et haussa les épaules avec une mine d'impuissance.

– Alors prions pour qu'ils s'intéressent à nous. En route.

La lumière elle-même semblait s'épuiser et renonçait à traverser la végétation. Le jour finissait et les feuilles semblaient plus lourdes, les branches plus envahissantes. Vincent s'approcha d'Ina et lui tendit une gourde.

– Non merci.

– Ce n'était pas une proposition ; buvez. Vous êtes écarlate.

La jeune femme avala une rasade. L'eau chlorée la fit grimacer.

– Ces pastilles désinfectantes sont pires que la turista.

– Buvez quand même, on a encore du chemin devant nous, je le sens. Pour l'instant, j'ai l'impression qu'on ne les fascine pas, ces braves gens.

Ina explora la nasse émeraude qui les entourait. Ses traits exprimaient l'inquiétude plus que la fatigue. Il tenta de la réconforter.

– Ils vont finir par sortir de l'ombre.

– Ce n'est pas ça, dit Ina.

Elle hésita puis se tourna vers lui.

– Je suis convaincue que vous fonctionnez à l'intuition, vous aussi.

– Parfois.

– Alors vous devez sentir qu'il y a autre chose. Comment dire… un danger. Je ne sais pas.

Vincent l'entraîna par le bras.

– Oubliez votre intuition. On va perdre la trace de Touré, avec vos histoires, et on aura bien besoin de votre sixième sens. Même le professeur est plus alerte que nous.

Ina s'épongea le front du revers du bras. Son inquiétude lui parut tout à coup aussi dérisoire que déplacée.

– Désolée, dit-elle. Allons-y, je...

Elle ne finit pas sa phrase. Sa voix se mua en un cri perçant. La forêt bruissa d'un envol d'oiseaux et se tut étrangement. Ina vacilla et porta la main à son mollet droit. Vincent la rattrapa alors qu'elle perdait l'équilibre.

– Qu'est-ce qu'il y a ?

Le visage de la jeune femme perdit ses couleurs.

– Ma jambe... une douleur terrible, comme une décharge électrique.

Elle prit appui sur son bras et se détendit. Elle croisa son regard chargé d'inquiétude.

– Ça va, ça va mieux.

Elle tenta de lui sourire et s'assit sur un tronc couché. Elle se massa la jambe en grimaçant. Touré et Madeleine Roy apparurent au pas de course.

– Vous êtes blessée ? demanda le professeur, anxieuse.

– Ce n'est rien, une crampe, certainement. La randonnée est un des rares sports que je n'ai jamais pratiqués.

Touré lui saisit le poignet, sceptique.

– Votre pouls bat à 180. Vous devez être déshydratée. Je crois qu'on va faire une pause. De toute façon, la nuit ne va pas tarder à tomber.

Avec une vigueur étonnante, il prit le sac de la jeune femme sur son épaule.

– Suivez-moi. Par chance, le professeur nous a guidés vers une petite trouée parmi les arbres, à une trentaine de mètres d'ici, on y sera mieux. Vous pensez pouvoir marcher jusque-là ?

Ina se redressa péniblement et tenta de suivre le médecin. Vincent ferma la marche. Ina enjamba maladroitement quelques branches basses, trébucha et finit par tomber sur un tapis d'humus. Ses compagnons se précipitèrent vers elle. Touré et Vincent l'allongèrent sur le dos. Le policier releva une mèche sur le front : le sang perlait.

– Ce n'est rien, dit Touré. Une plaie bénigne.

Ina balbutia quelques mots. Vincent y décela l'écho de ses propres craintes.

– Ina, ouvrez les yeux et parlez-moi, dit le médecin en tapotant la joue.

– Ma jambe...

Touré souleva le pied droit : le membre ballottait, sans vie.

– Bougez la jambe, Ina. Puis l'autre. Encore.

Le membre droit, inerte, pendait par-dessus l'avant-bras du médecin. La mobilité de la jambe gauche semblait altérée, elle aussi. Touré se tourna vers Vincent.

– Qu'est-ce qui s'est passé, tout à l'heure ? Elle a crié.

– Elle s'est plainte d'une violente douleur au mollet droit.

Madeleine Roy anticipa le mouvement du médecin et retroussa la jambe du pantalon jusqu'au genou. Sur le mollet d'Ina, trois points rouges auréolés d'une lividité formaient un triangle parfait. La peau avait pris un aspect marbré et grisâtre. Ina se redressa avec peine sur ses avant-bras.

– Qu'est-ce que c'est ? Qu'est-ce qui m'arrive ? Je me sens faible, brusquement...

Elle se laissa retomber sans attendre la réponse. Touré passa le doigt sur les trois empreintes pourpres.

– Deux crochets supérieurs, un crochet inférieur, dit-il d'une voix blanche. Le mamba jaune.

Vincent lui serra le bras avec force.

– De quoi parlez-vous ?

– Un serpent, murmura Roy.

– Petit, vif, presque invisible tant il est rapide. Et très venimeux, précisa le médecin.

– Faites quelque chose, vite.

– Il n'y a rien à faire. Le venin court déjà dans les veines.

Le professeur recouvrit le membre endormi sans parvenir à masquer son angoisse.

– Quel est son effet ? demanda-t-elle.

– Neurotoxique : il attaque les nerfs et bloque la conduction à travers leurs fibres. Le corps est progressivement atteint de paralysie. Si les muscles respiratoires sont touchés...

Vincent le dévisagea. Touré détourna le regard. La culpabilité l'écrasait déjà d'un poids infini.

– Je n'ai pas d'antidote. Pas ici.

– Où ?

– À Tiébissou, au dispensaire.

– Une lumière, dit Ina, une lumière.

La voix était trouble, la peau brûlante maintenant.

Roy posa la main sur le front de la jeune femme dans un geste maternel.

– Elle délire. Est-ce la fièvre ? Déjà ?

– C'est possible, répondit Touré. La réaction inflammatoire déclenchée par le venin est très rapidement fébrile. Il faut la découvrir au maximum et rafraîchir sa peau.

Rafraîchir. Roy l'interrogea du regard. En d'autres circonstances, elle aurait cru à de l'humour. D'un mouvement sec, elle déchira le tee-shirt de la jeune femme. Ina ouvrit les yeux.

– Là-bas. Une lumière.

Vincent se retourna et crut déceler une lueur fugitive. Il se pencha sur le visage perlé de sueur. Elle tenta de sourire. Il se sentait impuissant, pour la seconde fois, alors qu'elle était en danger. Un frisson hérissa sa peau malgré la chaleur. Il se tourna vers l'Ivoirien.

– Combien de temps on a ?

– Deux heures, trois peut-être.

Vincent passa les mains sous le corps d'Ina et la souleva. Elle enroula instinctivement les bras autour de son cou et abandonna sa tête contre lui, épuisée.

– Qu'est-ce que vous faites ? dit-elle avec faiblesse. Vous ne pouvez pas...

– Si. Je peux.

Touré le saisit par le bras.

– Où allez-vous ? vous êtes fou, Karst.

– Ce sera peut-être inutile, dit Roy.

Elle avait prononcé ces mots d'une voix étrangement posée.

– Non, jamais. Je vais retrouver la voiture et je ramène Ina au dispensaire. Attendez-moi ici.

Roy et Touré se turent. Le silence devint troublant, et Vincent se retourna, le corps inanimé d'Ina contre lui. Et il le vit.

Il était grand, le crâne rasé et tatoué. Les lignes noires dessinaient avec précision des traits et des courbes, les arabesques alternaient avec des formes pures et géométriques qui couvraient le front, l'arête du nez, coupaient le menton sur la ligne médiane et s'élargissaient sur la gorge. La frise sombre descendait sur le cou, se séparait en deux rubans qui couraient sur les bras, le long des flancs et des jambes, comme un texte mystique gravé sur le corps. Des pierres semblaient incrustées dans la peau et formaient un collier de couleurs, seule parure sur la nudité. Vincent croisa son regard : bleu tacheté d'or. Une arme étrange, faite de bois, de métal et de liane, tournoyait dans sa main droite. L'homme était immobile, son visage n'exprimait aucune agressivité. Seuls les muscles lobés des épaules dansaient sous la peau – une peau d'une pâleur stupéfiante.

Le feuillage s'ouvrit et un autre indigène apparut. Vêtu

d'un simple pagne, il était armé, lui aussi. Les mêmes tatouages, quoique moins raffinés, ressortaient sur sa peau diaphane. Les branches s'écartèrent de toutes parts et les hommes surgirent de la végétation comme des fantômes pour former un cercle autour d'eux. Le cercle se referma et le premier homme, plus grand que les autres, s'en détacha pour s'approcher de Vincent. Son regard limpide se posa sur le visage d'Ina, puis soutint celui du policier.

– Enfin, dit Vincent. Les voilà enfin.

7

EN PÉNÉTRANT DANS LA CLAIRIÈRE, Vincent eut la vision d'une procession funéraire. Trois Whities portaient Ina à bout de bras, comme une morte sillonnerait l'autre monde, indifférente à tout. Son corps ondulait entre les branches, les feuilles l'effleuraient en déposant les gouttes d'une ultime absolution. Son esprit s'engourdissait dans ce cauchemar. Il s'approcha de Madeleine Roy pour conjurer l'absence et un sort incertain.

– Comment vous sentez-vous ?

– Comme vous : soucieuse.

Elle lui prit le bras et sourit sans ralentir le pas dans le sillage des indigènes.

– Ils vont la soigner.

– On marche depuis trois quarts d'heure. Le temps est compté.

– Ils le savent probablement.

– J'aimerais en être sûr.

– On n'a plus d'autre choix que de s'en remettre à eux, et le docteur Touré semble confiant.

Le cortège s'était arrêté au milieu d'une zone circulaire d'environ cent mètres de diamètre, totalement déboisée. Vincent et la vieille dame levèrent les yeux vers le ciel. La trouée insolite dans la végétation leur offrait une sensation de liberté, l'envie d'inspirer profondément comme le feraient des plongeurs trop longtemps en apnée. Même la sensation brûlante du soleil sur la peau leur parut agréable.

– C'est leur village ? demanda Vincent.

Les Africains posèrent Ina avec précaution sur une natte en osier, seul signe de présence humaine. Ils se rapprochèrent les uns des autres et entonnèrent une mélopée grave, sans harmonie. Peu à peu, les voix se rejoignirent pour s'accorder en un chant étrange, fait de notes sombres et d'instants vifs.

– Un chant ! Ils vont la soigner avec des incantations ! Je n'aurais jamais dû vous écouter.

Vincent jeta son sac au sol et marcha vers Ina. Les voix se turent au même moment. Il leva la tête et Madeleine Roy l'imita, intriguée. Sans le moindre souffle de vent, les arbres qui bordaient la clairière semblèrent s'animer. Un chant plus aigu s'éleva d'une seule voix, cette fois, et emplit l'endroit d'une clameur formidable. Quelques secondes plus tard, il laissa la place au silence. Les branches s'écartèrent, le feuillage s'éclipsa jusqu'à la cime de certains arbres et des dizaines, des centaines de visages apparurent.

– Le voilà, leur village, dit Touré.

Madeleine Roy et Vincent s'immobilisèrent, stupéfaits. Entre les branches étaient tendus d'immenses filets en liane au maillage serré, sur lesquels se tenait tout un peuple. Les plates-formes suspendues s'échelonnaient sur plusieurs niveaux entre les branches d'un même arbre tels des ponts flottants. Le chant de reconnaissance semblait avoir autorisé la tribu à reprendre le cours de son existence : des enfants couraient à des hauteurs vertigineuses d'un arbre à l'autre sur le tissage solide, des femmes tressaient des ustensiles et préparaient le repas dans un brouhaha joyeux et des hommes armés sillonnaient la cité aérienne. La forêt ressemblait à une gigantesque toile d'araignée dans laquelle végétaux et hommes se seraient pris. Les membres de la tribu passaient avec aisance du sol ferme à cet univers mouvant et suspendu. Vincent songea à ces jeux vidéo labyrinthiques dont les couloirs s'éparpillaient dans les trois dimensions. Touré les arracha à leur contemplation.

– Ils vont nous présenter à leur chef.

Un cri strident retentit. Des lianes tombèrent de plusieurs arbres et des hommes en armes glissèrent vers le sol. Ils convergèrent vers le corps d'Ina sans prêter attention aux trois autres étrangers. L'un d'eux, plus grand, s'approcha de la jeune femme et s'agenouilla. La peau tannée par le soleil était marquée de scarifications aux reliefs luisants et les tatouages plus complexes prenaient des reflets pourpres. Vincent interrogea le médecin du regard, en vain. Madeleine Roy se rapprocha.

– Le sorcier de la tribu, je suppose.

L'homme apposa ses mains sur le front d'Ina, puis sur la gorge, la poitrine, le ventre. Il s'attarda sur le bassin et leva les yeux vers Vincent, qui sentit monter en lui un mélange de gêne et d'impatience.

– Contrôlez-vous. Il est le seul à pouvoir faire quelque chose pour elle.

Le professeur le fixait avec sévérité. Elle semblait lire en lui, depuis le début, dès l'instant où il avait pénétré dans les serres de Saint-Jean-de-Beauregard, et sa clairvoyance le troubla. Une poigne ferme serrait son coude et le contact de cette main forte et ridée l'apaisa curieusement. Il se détendit.

Au même instant, deux hommes apportèrent un siège d'ébène à l'assise basse et le posèrent sur le sol, en face d'eux. Des lamelles de bois s'entrecroisaient pour former le dossier. Deux pommeaux plus clairs encadraient le treillis et chacun d'eux, sculpté, représentait une tête couronnée. Les Whities s'écartèrent alors pour laisser passer un homme plus âgé – sans qu'il fût possible de lui donner un âge. Nu, il avait pour seule parure un bijou fait de fils d'or et de cuir savamment tressés où étaient enchâssées des pierres irrégulières de toutes les couleurs. Il était plus grand, et ses mouvements, son regard, les tatouages plus fins, plus précis et plus raffinés, tout indiquait son rang et son autorité sur les autres Whities. Il s'assit sur le trône et leva des yeux noirs, aussi sombres que ceux des autres Whities étaient bleus. Sa peau, elle, était d'une incroyable pâleur, presque transparente. Sous les tatouages se dessinait le trajet des veines. Vincent jeta un regard inquiet en direction d'Ina. Le cérémonial avait assez duré.

– Ça suffit, dit-il à Touré. Parlez-lui d'Ina, vite.

– Tu as fait tienne l'impatience des Blancs.

Vincent, Touré et Roy échangèrent un regard incrédule. Le chef whitie se leva et poursuivit en français, la main levée en direction du sud.

– J'ai connu leurs villes, j'ai vécu dans leur monde et j'ai appris leur langue. Puis je suis revenu à la vérité de mon peuple et de la forêt.

Il s'approcha de Vincent et le domina de sa haute stature. Le policier s'enfonça dans ses yeux insondables et les mille plis de son visage.

– Et toi, qu'as-tu gardé à part la couleur de ta peau ? Tu es revenu pour autre chose.

– Pour la vérité, moi aussi, mais je ne suis pas seul.

Vincent s'agenouilla devant la jeune femme qui semblait disparaître sous le soleil et se fondre dans la terre ocre. Le Whitie observa Ina longuement et prononça quelques mots dans son dialecte. Quelques instants plus tard, le sorcier apparut. Le chef se pencha vers lui et le marabout murmura quelques mots à son oreille.

– Elle vivra, dit simplement le chef. Pourquoi êtes-vous venus dans la Forêt ?

– Pour voir une femme de ta tribu, si tu le permets, répondit Touré.

– Que lui veux-tu ?

– Nous aimerions lui parler. En ta présence et celle de son époux, bien sûr.

Le chef se tut et s'installa sur le trône.

– Je sais qui vous voulez voir. Mais ce n'est pas possible.

– Il le faut, dit Vincent avec fermeté.

Les traits du Whitie se durcirent, le regard s'égara avant de se poser sur le métis.

– Awa était dans la Grande Nuit, elle en est revenue. Elle ne parle plus.

– Je l'ai guérie et te l'ai renvoyée, dit Touré.

L'homme considéra les mots du médecin et son visage s'adoucit.

– Tes pouvoirs sont grands et sa famille te doit une vie. Mais tu ne peux pas la voir. Elle n'aurait pas dû revenir, finit-il par ajouter.

– Pourquoi ?

Le Whitie s'était levé. Vincent voulut intervenir.

– Vous n'obtiendrez rien de plus, lui dit Touré, et il ne reviendra pas sur sa décision.

Un rang se forma entre lui et ses hôtes, et lorsque les hommes se dispersèrent, leur roi avait disparu. Quatre femmes d'âge mûr s'approchèrent d'Ina. Elles découpèrent avec habileté ses vêtements et couvrirent la jeune femme d'une toile faite de feuilles agglutinées. L'une d'elles versa un liquide épais tandis que les autres moulaient le corps avec la couverture végétale. Elles le soulevèrent enfin et s'engagèrent entre les arbres sous le regard inquiet de Roy et de Vincent. Deux hommes poussèrent les trois compagnons dans la même direction et la procession disparut dans la profondeur de la forêt.

Ils s'arrêtèrent à l'orée du campement, à l'ombre d'un

gigantesque bété, devant une sorte de tente faite de terre séchée et de débris végétaux. Le corps d'Ina s'effaça derrière une peau d'antilope tendue à l'entrée de la hutte.

Vincent se mit à faire les cent pas, la main sur son arme. Madeleine Roy s'approcha de l'arbre : des centaines d'idéogrammes étaient gravés sur le tronc séculaire. Des scènes de chasse côtoyaient des positions érotiques, des enfants aux membres surnuméraires s'ébattaient dans les bras de mères fécondes, des fauves s'inclinaient devant les guerriers. Ses doigts glissèrent sur l'écorce et s'arrêtèrent sur un étrange dessin : un visage triangulaire, centré par un œil blanc et un autre noir, suscitait l'adoration d'un groupe. Une femme, les mains sur un ventre proéminent, semblait vouloir s'échapper des bras de la divinité, bouche ouverte dans un cri. Une main se posa sur le bras de la vieille dame et mit un terme à son observation. On la guida vers ses deux compagnons, assis sur le sol près de la tente. Le professeur s'installa en tailleur sur une natte avec autant de souplesse que les indigènes.

Le temps s'écoula avec une lenteur infinie. Le soleil filtrait à travers un feuillage moins dense et brûlait la peau. La voix monocorde des femmes avait fini par les plonger dans une léthargie pesante, quand Vincent les secoua : six hommes avaient installé sans bruit le siège en bois, et le chef whitie leur faisait face, les yeux clos. Il était cette fois très proche d'eux, et l'ombre des arbres les protégeait de l'éblouissement. Madeleine Roy contempla la peau finement dessinée.

– Ses tatouages sont différents : on les dirait beaucoup plus élaborés.

– C'est vrai, répondit Touré. Le tatouage est en réalité un long texte qui conte l'histoire du Whitie. Ce sont les femmes qui tatouent chaque individu de la tribu. Les actes et les événements importants de son quotidien sont ainsi gravés sur la peau, tout au long de sa vie, tel un manuscrit déroulé d'un pied à l'autre en passant par la jambe, le flanc, le bras, la tête pour redescendre de l'autre côté. La dernière ligne touche la plante du pied opposé, elle est rédigée le jour où le Whitie quitte ce monde. Le parcours du tatouage marque l'appartenance de l'homme à la terre : son histoire part d'un pied, traverse le corps et revient à la terre par l'autre pied pour signifier qu'il n'en est qu'un maillon, un élément dans la continuité.

– Les femmes aussi me semblent tatouées.

– Elles le sont : sœurs et mères gravent sur la peau de chaque femme sa vie conjugale, essentiellement, et les faits glorieux de son époux, mais aussi sa propre existence. Les femmes ont une place importante dans la société whitie, et leur histoire personnelle compte autant que celle de l'homme.

Madeleine Roy leva les yeux vers la cité surréaliste qui s'étendait derrière eux : partout subsistait l'obsession humaine qui consiste à s'attacher à sa propre histoire. Elle songea aux efforts qu'elle avait déployés, elle, pour effacer les pages sombres de sa vie. Ces femmes qui portaient leur passé à même la peau pouvaient-elles en gommer un pan ? Leur mémoire était-elle à l'image de ces tatouages : indélébile ?

Un gémissement se fit entendre depuis la tente. Vincent s'approcha du chef.

– Laissez-nous rencontrer la famille d'Awa, puis nous partirons.

Le roi désigna un guerrier dont les tatouages recouverts d'un enduit craquelé recouvraient moins d'un tiers du puissant corps. Le Whitie détourna un regard agressif.

– C'est son mari, et il ne parlera pas. Il ne faut plus parler de ça.

Madeleine Roy prit alors la parole.

– D'autres vies disparaissent au-delà de la Forêt, d'autres femmes basculent trop tôt dans la Grande Nuit et on ne peut pas les faire revenir comme Awa. Nos pouvoirs ne sont pas suffisants. Il faut nous aider.

Le Whitie l'observa en silence. Vincent se souvint d'une phrase de la généticienne : l'âge est une arme en Afrique.

– Les vieilles femmes sont sages, dit le chef, tu es loin dans ta vie et tu as vu tant de choses. Mais j'en ai vu d'autres : les Anciens m'ont envoyé le Message.

– Lequel ?

Le Whitie hésita.

– Celui du Sorcier Blanc.

Le Sorcier Blanc. Les images gravées dans l'écorce firent écho aux mots. Le professeur insista.

– Quels sont ses mots ? Ma sagesse et ton pouvoir iront ensemble.

Sur un geste, un jeune Africain présenta un plateau. Le chef saisit des deux mains un bol qu'il vida d'un trait. Il prit une inspiration et la voix monta, stridente :

– Il nous protège, Il nous protège depuis toujours et pour l'éternité, ce sont ses mots. Contre la faim, la maladie et le mal, Il fait briller le feu du ciel, Il brûle et Il apaise, Il donne la vie contre la vie.

Vincent et Touré, perplexes, échangèrent un regard avec la vieille dame.

– La vie contre la vie ? Quel est cet échange ? demanda Madeleine.

– Au premier croissant de lune, une femme au ventre plein le suit. Il prend la vie où elle naît pour que mon peuple survive. Les mères de nos mères l'ont suivi, puis nos mères, et nos filles le suivront.

Le Whitie ouvrit les yeux.

– Les Anciens t'ont parlé à travers mes lèvres, Vieille Mère.

– Permets-moi de parler à Awa pour comprendre ce que les Anciens ne disent pas.

– Awa n'est pas pure. En refusant la Grande Nuit pour elle et l'enfant, elle a retiré la vie à la tribu. Elle doit rester sous l'arbre et les mots ne sortiront plus de sa bouche. Il décidera.

Le chef se leva et Vincent, impuissant, le vit disparaître avec sa suite entre les arbres. La jeune Africaine resterait une énigme non résolue.

Une femme vint s'agenouiller à leurs côtés. Elle enveloppa Madeleine Roy et le médecin dans un linge d'une extrême finesse et une fraîcheur diffusa à travers leurs corps. Les muscles se détendirent et le professeur éprouva le besoin de s'allonger, nimbée dans un voile de bien-être. Une main décharnée écarta la peau qui masquait l'entrée de la tente. Vincent reconnut le marabout. L'Africain se dirigea vers lui et l'invita à le suivre.

La peau retomba et l'espace, exigu, fut plongé dans la pénombre. Lorsque ses yeux s'habituèrent à l'obscurité, Vincent distingua le corps d'Ina sur le sol poudreux. Elle était allongée sur le dos, nue. Des dessins compliqués, tracés à l'aide d'une décoction rouge, s'emparaient de son visage. Les cheveux d'or avaient été soigneusement coiffés en corolle autour de son crâne. Une femme recouvrait son corps d'une pommade grumeleuse. Lorsqu'elle eut fini, elle se retira vers le fond de la case. Le marabout poussa Vincent dans la même direction et le fit asseoir en face d'un foyer. Des braises rougeoyaient au fond d'une poterie. Le sorcier posa la main sur la tête de Vincent et exposa son visage au-dessus du fourneau. Une poudre mêlée à des graines allongées tomba depuis le sommet de son crâne sur le charbon incandescent. Une fumée âcre s'en échappa. Vincent voulut se redresser, mais le sorcier maintint sa tête au-dessus des volutes. Vincent suffoqua. La femme se pencha pour apposer les paumes sur ses tempes. Le massage circulaire provoqua une sensation électrique qui traversa son crâne de part en part. Les mains appuyèrent ensuite sur son front et la tête bascula.

Ses conjonctives injectées refusèrent alors le battement des paupières. Vincent inspira profondément, comme si ses poumons s'étaient dilatés. Les mains quittèrent son corps. Sa peau semblait s'être libérée des contraintes sensitives, ignorant le contact, la chaleur et la douleur. Il se releva et pivota sur lui-même, plus léger qu'une fumée. Ses bras s'étendirent, ses épaules se contractèrent, son dos s'arrondit. Il leva les bras, mains jointes, et bientôt ses membres se déployèrent telles des ailes. Le toit de la case se confondit avec le sommet du monde. Il était hors du temps, les bruits de la forêt s'étaient tus, le marabout et la femme n'étaient que des points sur une terre lointaine. Il ouvrit la bouche, inspira une nouvelle fois les vapeurs et du souffle naquit le corps d'Ina. Elle ouvrit les yeux et Vincent découvrit les iris miel, ses lèvres bougèrent et il entendit son nom. Elle l'appelait. Il posa la main sur son visage et les dessins disparurent. Elle vivait et elle l'appelait, sa voix était voluptueuse. Il écarta les bras, les corps s'épousèrent et une vigueur nouvelle lui serra le ventre. Son sexe était le prolongement qui devait la rencontrer, elle l'accueillit dans un rire silencieux et des larmes rouges coulèrent sur ses joues. Sa gorge palpitait. Il posa les mains sur ses seins et descendit sur son ventre ; il découvrait une part de lui-même dans ce voyage en elle. Elle noua les jambes autour de lui et leurs corps enserrés s'élevèrent, secoués par des vagues incessantes. Une lueur fulgurante les éblouit puis Vincent tomba dans un gouffre noir, loin de l'extase et de celle qui disparaissait à nouveau.

Il s'éveilla en sursaut.

Il regarda autour de lui, égaré, l'esprit embrumé. Il reconnut la tente. Le feu était éteint et un fil de lumière cernait les contours de la peau de bête. Des images imprécises lui apparurent et il baissa les yeux sur le corps allongé près de lui. Elle l'observait, silencieuse. Les heures – ou les minutes, il était incapable de le dire – tombèrent en cascade sur le champ de sa mémoire. Les souvenirs se bousculaient pêle-mêle. Ils étaient nus. Une bouffée de culpabilité l'envahit, animée par le visage de Stella. Il se redressa vivement. Elle le retint d'une main ferme.

– Regarde-moi.

Elle avait retrouvé toute sa vitalité et sa voix était pleine d'autorité. Vincent croisa son regard.

– Si tu regrettes, on peut tout oublier. Je n'ai pas besoin de cette histoire. En tout cas, je n'en veux pas si tu ne la partages pas.

Il ne répondit pas. Il se sentait lointain, étranger à cette situation. Il aurait voulu fuir cette discussion et rester près d'elle en même temps. Elle tâtonna à la recherche de ses vêtements. Il saisit sa propre chemise et la posa sur les épaules de la jeune femme.

– Non, je ne regrette pas, dit-il avec un sourire. Rien. Laisse-moi un peu de temps, c'est tout.

Il caressa les cheveux épars puis le visage séché par le soleil et les onguents, et se leva. Il écarta un pan du rideau et sortit.

Madeleine Roy, assise sur une branche basse, déchiffrait patiemment les gravures sur le tronc. Vincent tenta de déterminer la position du soleil : il avait décliné, c'était la fin de l'après-midi. Cinq heures, peut-être six s'étaient probablement écoulées depuis que le marabout l'avait entraîné auprès d'Ina. Touré hésita.

– Ina ?

– Elle va bien, répondit Vincent en se massant la nuque. Mieux que moi. On nous a drogués.

– Sans doute une production locale. Ils sont forts pour ça.

– Je ne crois pas. Ça m'a fait l'effet d'une drogue dure, hallucination en prime.

– Peut-être un cadeau du Sorcier Blanc, suggéra Madeleine Roy. Il faut certainement cela pour entendre ses « messages ». Regardez.

Les deux hommes la rejoignirent au pied du bété.

– Les Whities lui vouent un culte évident. Vous avez vu la façon dont ils le représentent ? Ce personnage en blanc, probablement.

– Un visage masqué et une longue tunique, quelque chose comme ça, dit Vincent.

– La forme triangulaire évoque la secte américaine aux trois K, c'est curieux.

Roy detourna le regard, avec cette surprenante capacité à s'éloigner mentalement de ce qui l'entoure.

– Une secte, dit-elle, évasive. Pourquoi pas ?

– Une secte ? Ici ?

Tous se retournèrent. Ina s'appuya sur le tronc décoré. À la lumière du jour, sa pâleur et ses yeux étrangement brillants rappelaient les affres qu'elle avait vécus. La vieille dame lui prit la main.

– Vous êtes sur pied ! Ces marabouts sont effrayants, mais ils ont beaucoup de choses à nous apprendre.

– Je préfère en savoir plus sur ce Sorcier Blanc, dit Vincent. Ina, penses-tu pouvoir passer une nuit de plus en forêt tropicale ?

Le tutoiement l'embarrassa : elle ne savait pas quelle signification lui attribuer. Elle sourit au professeur. Allait-elle chercher à déceler l'engagement dans chaque mot de Vincent ? Une nouvelle façon de l'approcher dans chacun de ses gestes ? Un autre sentiment au fond de ses yeux ? Le garçon manqué qu'elle avait été jusqu'à l'adolescence se moqua d'elle et lui interdit ces questions mièvres. À vingt ans, il avait fallu toute la patience et la détermination de son futur mari pour révéler la femme qui se cachait derrière l'adepte des sports de combat ; l'âge n'allait tout de même pas la prendre au jeu du sentimentalisme. Elle refoula ses désirs inavoués. Vincent avait raison : il fallait du temps, et il en fallait à tous les deux.

– Oui, je me sens nettement mieux, dit-elle.

Touré l'observa, sceptique.

– Je respecte infiniment le savoir des marabouts, mais je serais plus tranquille si nous passions la nuit à Tiébissou. C'est plus prudent.

Le policier n'insista pas. Sur le chemin du retour, il tenterait de mémoriser la forêt, ses ombres et ses secrets, puis il reviendrait. Seul. Il caressa le tronc sacré.

– Très bien, dit-il. Partons, on devrait y être dans cinq heures.

– Attendez quelques jours pour repartir. La tribu pourrait ne pas accepter une nouvelle intrusion.

Vincent leva les yeux : au premier étage, Ina baissait le store. Sur son visage, il lut une lassitude, une forme de découragement qu'il préféra attribuer à la fatigue. Touré avait eu raison : il était plus sage d'être revenu au dispensaire.

– Non, il faut que j'y retourne, dès demain. Ce Sorcier Blanc est peut-être déjà au courant de notre passage. Et il faut que j'essaie de voir Awa.

– Laissez-moi vous accompagner, dit le médecin.

– J'irai seul. Ina a besoin de vous.

– Vous êtes inconscient. Même si vous dénichez cette

fille, vous ne pourrez même pas lui parler : vous ne connaissez pas sa langue.

– Alors je vous la ramènerai. Bonne nuit.

Touré donna les dernières consignes à l'infirmière. Il consulta sa montre : il était une heure du matin et il tombait de sommeil. La fatigue de la journée se manifestait enfin, parachevée par un retour épuisant à Tiébissou.

Il entra dans son bureau et entreprit d'entamer la pile de papiers administratifs qui lui parvenaient avec un retard conséquent d'Abidjan ou d'ailleurs. Il tenta en vain de se concentrer sur la première lettre. Il ferma les yeux et jeta un tissu sur la lampe de bureau ; la lumière ainsi adoucie l'apaisa. Il finit par ouvrir le tiroir du haut dont il gardait toujours la clef sur lui. Il en sortit la série de clichés et la liasse de comptes rendus médicaux qu'il avait retirés du dossier d'Awa avant l'arrivée des Français. Il les jeta dans une coupe en terre cuite. Ce policier était bien le démon qu'on lui avait annoncé. Il finirait par découvrir à force de chercher, et cacher ne suffisait plus. L'allumette craqua et le corps supplicité de la jeune femme se tordit dans les flammes, au milieu des feuilles qui noircissaient.

Soulagé, Touré contempla le capharnaüm sur sa table. La paperasserie attendrait le lendemain. Il se contenta de réunir quelques dossiers pour les déposer à l'accueil. Il ne remarqua même pas le mouvement autour de lui.

Une décharge électrique, presque insensible, courut sur sa gorge – un fil qui glisse, un effleurement. Instinctivement, le médecin porta la main à son cou, mais ce furent les taches qui gouttaient sur la pochette qui l'étonnèrent. Il n'eut pas le temps de réfléchir : l'ombre l'envahit sans attendre, un grand vide devant les yeux, un gouffre vertigineux au bord de la conscience. Il ouvrit la bouche et le liquide qui remplissait le gosier remonta pour déborder ses lèvres. Sa tête bascula dans un jet de sang comme si plus rien ne la retenait, désolidarisée du corps.

Touré s'effondra sans bruit, portant sur son visage l'expression de ce que fut sa mort : un étonnement.

8

– JE T'ACCOMPAGNE, je me changerai en route.

Ina se leva et enfila à la va-vite une chemise sur son tee-shirt trempé.

– Non.

– Pourquoi ?

Il effleura la main nerveuse.

– Ça ne t'a pas suffi ? Moi si, dit-il d'une voix radoucie. Vous resterez ici toutes les deux, au commissariat. Depuis l'incendie et la mort de Diabiaté, la ville est une vraie garnison. Vous y serez en sécurité.

– En sécurité ? Comme Touré dans son bureau ?

Les hurlements de l'infirmière les avaient réveillés au petit matin. L'image du médecin, la gorge ouverte dans un bain de sang, flottait encore dans leurs esprits assombris.

Vincent avait exploré le bureau avant l'arrivée de la police. Touré était assis, offrant le dos à la fenêtre entrouverte, probablement surpris alors qu'il travaillait. Il ne décela aucune trace de lutte, le bureau était tel qu'il l'avait quitté deux jours plus tôt. Sauf, peut-être, cette coupe en terre cuite. Vincent récupéra un coin de feuille roussi sur lequel il déchiffra l'en-tête d'un établissement hospitalier. À côté, un angle luisant évoquait du papier argentique. Qui avait brûlé ces photos ? Le meurtrier avait-il cherché à faire disparaître des documents ? Pourquoi les brûler ici ? Touré avait-il lui-même voulu dissimuler des éléments ? Le policier contempla le visage insondable du médecin, dont la mort avait refermé les traits. Les sirènes avaient alors envahi le dispensaire et Vincent avait jugé plus prudent de quitter les lieux pour emménager avec les deux femmes dans les locaux de la police. Le meurtre de Touré le condamnait à progresser seul sur la piste whitie. Et Ina ne l'accompagnerait pas, quoi qu'elle pût dire.

Madeleine Roy s'interposa.

– Il a raison, ce ne serait pas raisonnable, Ina : vous revenez de loin, souvenez-vous-en.

Elle se tourna vers Vincent sans attendre la réponse de la jeune femme.

– Nous vous attendrons ici, dit-elle, confiante. Quand pouvons-nous espérer vous revoir ?

– Dans vingt-quatre heures. À la tombée de la nuit, si je ne suis pas là, mobilisez les troupes comme vous savez le faire et venez me récupérer, professeur.

La porte claqua avant la fin de sa phrase. Ina avait disparu.

Il avait roulé sur des pistes désertes et retrouvé sans difficulté le chemin qui menait à la forêt. Il abandonna le véhicule à l'endroit où Touré l'avait camouflé deux jours plus tôt et s'engagea entre les arbres.

Les événements de la veille l'avaient bouleversé, lui aussi. Derrière l'apparente froideur qu'il avait affichée pour soutenir les deux femmes, la mort de Touré le tourmentait. Elle s'ajoutait à la longue liste des zones d'ombre qui entachaient l'enquête ; il se promit de l'en sortir.

La nuit tombait. Les repères qu'il avait pris sur le chemin du retour s'estompèrent entre chien et loup. Il avança pourtant sans hésiter, guidé par l'instinct et partagé entre le désir de rejoindre Ina et la conviction d'une réponse imminente.

Il observa le ciel et distingua une lueur. C'était elle qui l'attirait sans qu'il en ait conscience, et qui s'intensifiait. La satisfaction qu'il éprouva fut rapidement débordée par une angoisse profonde, inexplicable. Il huma l'air : une odeur de combustion chargeait l'atmosphère. Le vent d'ouest ramena des particules noires qui tachaient ses vêtements et sa peau. Il accéléra le pas. Le halo jaune rayonnait maintenant au-dessus des arbres. Vincent se mit à courir, sa respiration s'emballa et ses tempes battirent à tout rompre. Dans sa course, il leva les yeux : un nuage égaré ressemblait à une gigantesque braise. Des voix lui parvinrent : elles mêlaient chants, cris de joie et hurlements terrifiants. Il écarta les dernières branches et surgit devant le brasier.

Au centre de la clairière, bois et tissus s'amoncelaient jusqu'à la cime des arbres et les flammes s'élevaient vers le ciel dans un enchevêtrement de rouge, jaune, orange et bleu. Les hommes tournaient autour en une danse frénétique, d'autres se contorsionnaient comme des déments sous l'emprise d'une drogue. Les femmes exposaient leurs enfants affolés au rayonnement du feu sous le flot d'incantations des anciens.

Des guerriers émergèrent de la forêt, à l'opposé de Vincent. Leurs corps étaient recouverts de pigments. À bout de bras, ils portaient un plateau de bois sur lequel se tenait un homme masqué et enveloppé dans une peau de félin. Le cortège se dirigea vers le brasier et Vincent reconnut le marabout. Les hommes s'immobilisèrent à quelques mètres du feu. Le sorcier plongea la main dans un récipient à ses pieds et jeta avec force des poignées de poudre. Les flammes redoublèrent d'intensité et des gerbes d'étincelles arrachèrent à la foule des cris de ravissement.

Il la vit enfin.

Son corps ligoté au poteau se tordait au milieu du bûcher. Les flammes attisées lui arrachèrent un hurlement qui se perdit dans le crépitement du feu et la frénésie de la tribu. Elle disparut dans les flammes. Un souffle traversa le bûcher et des effluves âcres balayèrent le peuple. L'odeur de chair brûlée se mêla à celle des végétaux carbonisés et Vincent réprima avec peine une violente nausée. Il fendit la foule indifférente à sa présence jusqu'au bûcher.

Elle tourna brutalement la tête vers lui et offrit un visage déformé par la détresse. Il arracha son arme du fourreau. La détonation retentit au milieu de la célébration. Les hommes se figèrent un instant et reprirent leur danse, aspirés par leur folie aveugle. La tête retomba sur la poitrine boursouflée. Awa avait cessé de souffrir.

C'est à ce moment qu'il vit à travers le bûcher, à l'autre bout de la clairière, une silhouette blanche qui ondulait derrière les flammes. Le Sorcier Blanc !

Il était là, sur une estrade de bois. Cerveau du sacrifice et maître du carnage. Et il s'enfuyait. Vincent arracha un flambeau des mains d'un indigène et s'élança à la poursuite du gourou blanc.

De ce côté de la forêt, les arbres étaient plus clairsemés mais la nuit tombée troublait les distances. L'homme semblait glisser dans une brume et s'enfonçait dans un territoire qui était le sien, creusant l'écart.

Vincent s'arrêta au pied d'un tek, essoufflé par la course et l'air chargé d'humidité. Un sentiment de rage et de dépit l'envahit : le fuyard avait disparu de son champ de vision. Au même instant, le feuillage bruissa et un visage apparut. Un Whitie le fixait de ses yeux clairs. À la lueur de la torche, son regard exprimait la colère, mais il n'ébaucha aucun geste hostile. L'homme s'effaça et Vincent, obéissant à son instinct, s'élança à sa suite.

L'indigène se coulait entre les branches et les obstacles

semblaient disparaître sous ses pieds. De temps à autre, il jetait un regard derrière lui pour s'assurer de la présence de Vincent dans son sillage. Après quinze minutes de course forcée dans une jungle de plus en plus hostile, Vincent rattrapa son guide. L'homme indiqua une direction d'un mouvement de tête et disparut dans les fourrés.

Le grondement qui emplissait l'air depuis quelques centaines de mètres s'amplifia. Vincent songea à un torrent proche. Une bruine fraîche traversait et abreuvait le mur vert. Il dépassa un taillis plus dense et resta interdit devant le spectacle.

L'écran végétal étouffait en réalité le tonnerre d'une cataracte. L'eau chutait de plusieurs centaines de mètres et s'écrasait avec fracas en contrebas du promontoire rocheux sur lequel il se tenait. Du bouillonnement du lac remontait une brume enveloppante qui pénétra ses vêtements en quelques instants.

Vincent se pencha. Une dizaine de mètres plus bas, les eaux s'élargissaient en découpant une côte moins abrupte. Il s'apprêtait à rebrousser chemin quand il devina une silhouette derrière les reflets argentés. Le Whitie venait d'apparaître derrière la chute d'eau. Vincent longea l'escarpement et se rapprocha de lui. Il le suivit et se glissa entre la paroi rocheuse et le rideau d'écume. Le dos plaqué contre la pierre humide, il avança avec une précaution infinie : l'eau tombait avec une telle violence devant lui que l'effleurer aurait suffi à le faire basculer. Sur le moindre relief giclait une gerbe qui l'aveuglait et l'empêchait de respirer. Il avait péniblement progressé de quelques pas en apnée quand la roche se déroba et sa main trouva le vide. Dans son dos, s'ouvrait une anfractuosité dont il ne put évaluer la taille. Il éprouva le sol du pied : solide, sous une couche de mousse tendre. Il obliqua, longea la paroi et s'enfonça dans ce qu'il crut être une grotte masquée par la chute.

Il posa un pied, puis l'autre et reprit son souffle. Il ouvrit enfin les yeux et distingua une lueur au fond d'une étroite caverne, à l'opposé de la chute. Un ai- chaud vint se mêler à l'humidité du chenal. Vincent parcourut le couloir rocheux sur une cinquantaine de mètres. À l'extrémite, il leva les yeux vers une ouverture qui découpait un cercle irrégulier pâli par la pleine lune. Un puits de lumière. Il entreprit de l'escalader avant de remarquer que des marches, grossièrement taillées dans la pierre, montaient en spirale.

Parvenu à l'air libre, Vincent s'immobilisa. Une vallée s'étalait en pente douce devant lui. La roche drainait une eau minéralisée qui fertilisait le sol : la végétation se déployait comme un tapis à perte de vue. Seule la zone la plus haute, proche de lui, était creusée d'un rectangle déboisé. Là, une construction rudimentaire s'élevait.

Un bâtiment de deux étages noyé dans la verdure, presque invisible. Un rang d'arbres en arrière-plan le masquait aux regards venus du fond de la vallée. Vincent scruta les environs : son guide avait à nouveau disparu. Il sinua à travers les arbres et s'arrêta à une trentaine de mètres de la bâtisse pour l'observer attentivement. Des plantes vivaces en couvraient les quatre côtés. Au premier étage, une porte coupe-feu donnait sur l'escalier de secours. Un ronronnement attira son attention : le policier reconnut le bruit caractéristique d'un groupe électrogène. Profitant d'un passage nuageux sous la lune, il louvoya à travers la végétation et contourna le bâtiment par la droite. Le local technique était ouvert, curieusement. Il ferma la porte derrière lui et se faufila entre les installations.

Le groupe aurait pu alimenter un hôpital de campagne. À l'extrémité de la salle, il gravit quelques marches et se retrouva dans un couloir qu'il parcourut l'arme au poing. De part et d'autre, des salles de machines entièrement automatisées se succédaient. Un laboratoire de pointe.

Il s'arrêta devant une porte entrebâillée et lut le panneau dans la pénombre : PRIVATE. Il la repoussa d'un geste vif et brandit le Glock. Devant lui, une dizaine d'écrans vidéo illuminaient la salle vide. Il reconnut la sortie de la grotte, les alentours du bâtiment, le local électrique. L'écran central, plus grand, se découpait en quatre images. Sur l'une d'elles, une silhouette de dos se tenait dans l'encadrement d'une porte. Sa *propre* silhouette. Il prit conscience de son erreur avant même d'entendre la voix derrière lui et de sentir le contact froid du métal sur sa nuque.

– *Don't move.*

9

VINCENT SE CONCENTRA SUR UN ÉCRAN ÉTEINT : par effet miroir, il vit l'homme qui le braquait.

– *Drop your gun !*

Le policier laissa tomber son Glock sur le sol, et dans le même mouvement saisit la poignée et pivota sur ses pieds en refermant violemment la porte. La main prise en tenaille, l'homme tira à l'aveugle. Un écran vola en éclats et Vincent se protégea le visage tout en pesant de tout son poids contre la porte. Le poignet craqua contre le montant métallique. L'homme poussa un hurlement de douleur et l'arme lui échappa. Vincent relâcha la pression et saisit la main pantelante. L'autre en profita pour percuter violemment la porte : elle heurta Vincent de plein fouet et il bascula en arrière. Lorsqu'il se releva, l'homme s'échappait dans le couloir où un panneau de verre coulissait derrière lui, bloquant le passage.

Vincent se jeta contre la vitre. Sans résultat. L'homme s'arrêta, haletant et l'observa derrière le mur transparent. Caucasien, barbu, les cheveux gris en brosse, il soutenait son poignet avec une grimace de souffrance. Les deux hommes s'affrontèrent du regard puis le type disparut. Vincent s'écarta et braqua son arme sur le verre selon une trajectoire en biais. La balle ricocha sur la première épaisseur et s'impacta dans le mur opposé. Il pointa alors le canon sur le boîtier électronique et le fit sauter. Le panneau coulissa sur son rail et Vincent s'engouffra dans le sas. Il enfonça une première porte et entendit le claquement métallique de la porte coupe-feu qui se refermait. Il courut et se jeta sur la barre horizontale. De la plate-forme supérieure, il vit son adversaire sauter de la dernière marche de l'escalier de secours et contourner le bâtiment. Vincent enjamba la rambarde et, au moment où ses pieds touchèrent le sol, il ressentit une vive douleur à la cheville gauche qui irradia vers le genou. Son talon avait roulé sur un rondin dissimulé sous les feuilles, et basculé vers l'intérieur. La cheville enfla instantanément. Il se releva et se remit à courir, mais la douleur le contraignit à ralentir. L'homme disparaissait dans l'épaisseur des arbres quand Vincent entendit un cri. Il s'élança au travers de la végétation.

Devant lui, renversé sur une souche, le corps du fuyard gisait. Vincent plongea à temps pour éviter la masse qui s'abattait sur lui. L'épieu s'enfonça à quelques centimètres de sa tête dans un lacis de racines. Il eut le temps de reconnaître celui qui venait de le guider jusqu'au refuge du Sorcier Blanc. Le Whitie s'acharna à retirer son arme et Vincent en profita pour tendre sa jambe valide et le faucher. Avec une agilité sidérante, l'Africain bascula vers l'arrière et toucha le sol de ses mains. Ses pieds pivotèrent, décrivirent un cercle dans les airs et retombèrent sur le sol. Vincent porta la main à son holster – vide. La chute du haut de l'escalier lui serait fatale. Une douleur fulgurante lui vrilla le pied : l'indigène écrasait sa cheville. L'épieu s'éleva à la verticale au-dessus de sa tête et Vincent croisa un regard qu'il reconnut. Un des visages qui entouraient le chef, la veille. Le guerrier sombre, le mari d'Awa. Entravé par la végétation, Vincent se recroquevilla pour éviter le coup. Il vit le corps se tendre, les bras au ciel, les mains jointes autour du pic. Un craquement retentit. Le Whitie inclina la tête et lâcha l'épieu. Vincent roula sur le côté pour éviter la pointe acérée et sentit un liquide tiède couler sur sa jambe. Le corps s'amollit et s'effondra sur lui.

Vincent, suffoquant, repoussa le cadavre.

Un homme d'une cinquantaine d'années lui faisait face, immobile. Pétrifié dans une étrange posture, une énorme branche maculée de sang entre les mains. L'homme ferma les yeux et le gourdin lui échappa. Il s'appuya contre un arbre et se laissa glisser au sol. Son crâne ruisselait de sueur, une respiration saccadée secouait son corps. Sa corpulence l'obligea à se relever pour retrouver son souffle.

Vincent se redressa.

– Qui êtes-vous ?

– Un vieux fou nostalgique d'un temps révolu, voilà ce que je suis.

L'homme tourna la tête vers celui dont il venait de sauver la vie. Comme dans un miroir, le policier y lut autant de frayeur que d'épuisement.

– Lamoureux. Je m'appelle Hervé Lamoureux. Et je me prends manifestement pour un reporter de guerre. Bonjour, Karst.

10

– L'HYSTÉRIE COLLECTIVE, TU CONNAIS ? l'Europe est devenue folle en soixante-douze heures. Les maternités sont prises d'assaut par des femmes enceintes terrifiées, des cordons de flics sont déroulés devant les hôpitaux pour éviter les débordements. Le ministère de la Santé est en alerte rouge et le Premier ministre va essayer de rassurer la population dans une allocution télévisée. On redoute que les femmes tentent d'avorter par leurs propres moyens. Figure-toi qu'à Londres, un pharmacien s'est vu contraint de délivrer la pilule du lendemain sous la menace d'une arme !

Lamoureux pressa le combiné contre son oreille et tenta de fermer la porte pour se protéger du brouhaha.

– Il y a eu de nouveaux cas ?

– Oui, en Allemagne, en Hollande et en Suède. Mais on ne sait plus faire la part des choses : dès qu'une femme enceinte a 37°1, les journaux l'enterrent.

– Qu'est-ce qu'on dit des autres continents ? De l'Afrique ?

– Rien sur l'Afrique. J'imagine qu'ils ont d'autres chats à fouetter, là-bas. Les seules réactions édifiantes viennent du Moyen-Orient. Les autorités religieuses d'Arabie Saoudite, de la Syrie et du Pakistan – officiellement nos grands alliés –

ont juste fait savoir que rien ne les étonnait et qu'Allah châtiait enfin la débauche de l'Occident. Les mollahs ont prié un petit coup pour que le drame traverse l'Atlantique, mais pour l'instant, on n'a recensé aucun cas en Amérique – ni en Asie, d'ailleurs. Les pays qui ne sont pas touchés tiennent à leur privilège : États-Unis, Canada, Singapour et Chine ont fermé leurs frontières aériennes provisoirement. L'Europe est en quarantaine.

Axel Wajntraub interrompit sa description apocalyptique.

– Et toi, Lamoureux, qu'est-ce que tu viens faire dans tout ça, bon Dieu ?

– Je le sais de moins en moins, mais tout se joue probablement ici.

– Pourquoi la Côte-d'Ivoire ? L'Afrique serait contaminée sans qu'on le sache ?

Lamoureux entrouvrit la porte de la cabine : un groupe de militaires surexcités venait d'envahir le bureau de poste.

– Tu as raison, Axel : l'Afrique a d'autres chats à fouetter.

Un type frappa contre la vitre.

– Dépêchez-vous ! Il y a du monde qui attend !

– Où tu es ? C'est quoi, ce bordel ? demanda Wajntraub avec anxiété.

– Je suis à Tiébissou, au nord d'Abidjan. C'est au centre du pays, cherche sur une carte.

On tambourinait maintenant sur la porte avec insistance.

– Je n'ai pas beaucoup de temps, dit Lamoureux. Si je peux me connecter au Net, je t'enverrai par mail un papier que tu transmettras au bureau de Bruxelles. Et si tu n'as pas de nouvelles de moi dans quarante-huit heures...

Le Belge n'osa pas réclamer la suite.

– Ne joue pas aux héros, Hervé. On n'a jamais été appelés Indiana dans notre métier, c'est un peu tard pour essayer.

– On sera fixés à mon retour. Je t'appelle dans deux jours.

Lamoureux raccrocha et se dirigea vers le guichet pour

payer la communication. Le local était plein à craquer, mais plus que la promiscuité c'était la tension nerveuse qui rendait l'atmosphère insoutenable. Une femme se mit à vociférer, un soldat tira en l'air et en un instant la foule se déversa par la porte comme une bouteille que l'on renverse. Lamoureux fut pris dans le flot humain et se retrouva sur le sol à quelques mètres du bâtiment sans comprendre ce qui s'était produit. Une chose était sûre : il ne rappellerait personne ce soir et le mail était sérieusement compromis.

Il rejoignit la maison inquiétante qui tenait lieu d'hôtel et s'enferma dans sa chambre. Il fit de son mieux pour se rafraîchir sous le filet d'eau qui ressemblait à un compte-gouttes et renonça à faire fonctionner le ventilateur préhistorique. Il passa une partie de la nuit à suer sur son lit, les yeux rivés sur la chaux murale qui s'écaillait.

C'est au moment précis où il cédait à l'épuisement qu'une violente détonation retentit. Lamoureux souleva la moustiquaire, bondit de son lit et se pencha dangereusement par la fenêtre : à quelques rues de l'hôtel, des flammes et une colonne de fumée s'élevaient vers le ciel rougi. Le journaliste s'habilla à la hâte et se mêla à la foule qui convergeait vers l'incendie.

Ce qu'il vit sur le lieu du drame le pétrifia : devant le bâtiment en flammes, des corps gisaient. Au milieu du charnier, le métis se tenait, droit et immobile, près d'Ina Klein. Lamoureux aperçut alors la vieille femme, un fusil à la main. Dans la confusion générale et le fatras de suppositions des autochtones, il ne parvenait pas à comprendre ce qui s'était produit. Il devina néanmoins que les trois Français ne resteraient pas longtemps à Tiébissou et qu'il était judicieux d'anticiper leur départ. Il rebroussa chemin en courant.

– Monsieur Hervé, c'est trop tôt, là, vraiment ! Tu as payé les deux chambres d'hôtel pour toute la nuit, et tu te lèves déjà ?

Le chauffeur de taxi voulut refermer la porte. Lamoureux l'en empêcha.

– Toi aussi tu te lèves, Dramane. On part tout de suite.

Le journaliste était épuisé : il avait perdu ses repères géographiques et temporels. Il avait eu raison des récriminations du chauffeur, et ils sillonnaient les pistes dans la nuit, à distance du groupe, depuis un temps qui lui paraissait infini. Lorsque l'Ivoirien vit la voiture de Touré là où la route elle-même ne s'aventurait plus, il refusa tout compromis.

– Monsieur, je t'attends pas ici. Tu rentres avec moi ou tu rentres seul.

Dramane jeta un œil méfiant vers la végétation sombre.

– Tu es fou, tu ne peux pas aller là, dit-il. C'est la forêt des tribus des lagunes. Viens, on rentre.

Lamoureux le laissa repartir. Il attendit que le bruit du moteur disparaisse, tel un point de non-retour, pour s'engager entre les arbres.

Après dix minutes de marche, il aurait tout donné pour rebrousser chemin et monter auprès de Dramane dans un taxi qui l'éloignerait de ce cauchemar. La chaleur moite l'accablait, les insectes l'assaillaient de toutes parts, et chaque bruit de la forêt finissait d'anéantir sa détermination.

À maintes reprises, il perdit la trace du groupe. La végétation semblait se reconstituer à une vitesse sidérante et gommer les traces d'un premier passage. Chaque égarement le menait à considérer avec un peu plus de clairvoyance et de terreur la folie de son entreprise. Comment rejoindre une ville proche si d'aventure il se sortait de cet enfer ? Un cri féminin l'arracha à ses pensées. Il éteignit sa torche précipitamment. Il progressa sans bruit, guidé par la voix, pour découvrir la gynécologue inanimée dans les bras de Karst.

Face à eux se tenait un Africain de grande taille tout droit sorti des livres d'histoire. En quelques instants, une dizaine d'indigènes apparurent autour du groupe.

Le cortège avait alors cheminé dans la forêt pour atteindre une grande ornière où tout le reste de la tribu se révéla dans une vision saisissante : un peuple entier vivait dans les airs, sur des cordages tendus entre les arbres. Oubliant ses craintes, il s'empara de son appareil photo et mitrailla l'endroit ainsi que l'étrange cérémonie qui s'y déroula. Le comportement du flic puis de la femme le fascina autant que les gestes étranges du marabout.

Il les suivit jusqu'à la partie dévolue au sorcier, la plus retirée du campement, où il serait probablement plus à l'abri qu'ailleurs, les membres de la tribu ne semblaient pas s'y aventurer. Il se réfugia derrière un caoutchouc qui abritait la construction rudimentaire où l'on avait conduit le jeune couple. Seules des bribes de mots lui parvenaient. Une douleur lui serra l'estomac : il réalisa qu'il n'avait pratiquement rien mangé depuis la veille. Il avala quelques fruits et des gâteaux secs, vida le tiers de sa gourde d'eau et s'allongea. Il commençait à somnoler quand une odeur âcre l'incommoda. Une fumée s'échappait de la cabane et irritait ses yeux, sa gorge et ses fosses nasales étaient en feu. Il lutta pour ne pas tousser. Il voulut s'extirper de sa cachette, mais se redresser fut au-dessus de ses forces. Les arbres se mirent à bouger et une torpeur l'envahit inexorablement.

Le son lancinant des percussions l'arracha à sa léthargie. Il faisait presque nuit. Ce n'est qu'en consultant sa montre qu'il réalisa combien les vapeurs qu'ils avaient inhalées étaient hypnotiques : plus de vingt-quatre heures s'étaient écoulées. Il émergea péniblement de sa tanière ; tout semblait désert autour de lui. Le rythme entêtant des tam-tams s'intensifia. Lamoureux se laissa guider à l'oreille et contourna le campement.

Devant lui s'offrait un spectacle qu'il attribua à un ultime effet de la drogue.

Au milieu d'un immense bûcher, ces sauvages en proie à une hystérie collective immolaient une femme. Ils brûlent *une femme*, nom de Dieu, se répéta le journaliste. Un spasme violent lui noua l'estomac et la gorge. Il aurait voulu se saisir d'une arme, d'un bâton, de n'importe quoi et fondre sur ces esprits malades – tuer, sans retenue. Mais ses membres ne le portaient plus. Il réalisa avec effroi que son corps refusait tout simplement d'obéir. Le sentiment de honte qui le submergea lui apporta la réponse à cette impression de vanité de l'existence et d'indignité qui l'oppressait ces dernières années. Le courage et la détermination avaient fait place à la lâcheté. C'était cela, aussi, sa petite mort. Ce n'est qu'à cet instant qu'il vit le policier près du bûcher, l'arme braquée sur la fille. Cette vision de violence tempéra sa propre haine et apaisa sa culpabilité : Karst était jeune, au fond.

Un mouvement attira cependant son attention : un homme en blanc qui fuyait. Lamoureux s'arracha à sa propre terreur et traversa la foule en transe. Il était encore temps de revenir à la vie. Enivré malgré lui par la rage du policier, habité lui aussi par la vengeance, il se mit à courir vers la forêt à la suite du gourou blanc.

Il n'y eut plus d'arbres, plus d'animaux, plus de limites, et la douleur ne l'atteignait plus. Il remarqua à peine le grondement qui déchira l'air. Couvert de nuages en quelques instants, le ciel s'ouvrit et des trombes d'eau s'abattirent. Aveuglé par la pluie torrentielle, Lamoureux enjambait les branches et s'enlisait sans ralentir son allure, guidé par la pâleur maléfique qui flottait devant lui. Il la suivit dans la nuit, fouetté par l'orage, à travers les ombres vivantes, derrière les cataractes, puis dans les profondeurs de la montagne. Et quand l'homme en blanc disparut dans une bâtisse surgie de nulle part, Lamoureux ouvrit les yeux sur le monde hostile que sa fureur l'avait aidé à surmonter.

La pluie s'était calmée. Derrière lui, le bruissement de la végétation trahit une présence humaine proche : un indigène, puis Karst. Il contourna la maison, s'enfonça à nouveau dans la forêt et se tapit derrière le feuillage alourdi. Quelques instants plus tard, il vit un homme barbu dévaler l'escalier de secours. Derrière lui, Karst surgit comme un démon vengeur. Lamoureux se releva : cette fois, le policier ne serait plus seul. Le fuyard courut dans sa direction et s'élança à travers la végétation.

Il ne fit qu'un pas.

L'indigène sortit de l'ombre, se dressa de toute sa hauteur et n'eut qu'à tendre les bras pour que l'homme s'empale sur l'épieu. Il s'effondra comme un pantin ensanglanté et une satisfaction infinie se dessina sur le visage du Whitie. Tous étaient ici pour la même chose, animés par le même mal, songea le journaliste. Son regard se détacha alors du cadavre pour se porter vers l'orée de la forêt : Karst, cette fois, était couché sur le sol et le guerrier se nourrissait d'une haine inassouvie – elle vivait encore dans son regard, sa posture, l'absence de tremblement de l'arme. Lamoureux sut qu'il n'y aurait qu'une seule façon d'être digne. Lorsque son gourdin s'abattit, le journaliste eut le sentiment d'avoir agi comme il aurait dû le faire des années auparavant. Il se libérait d'un immense poids, avec la conviction, cependant, de le faire beaucoup trop tard.

11

VINCENT SE RELEVA PÉNIBLEMENT.

– Comment connaissez-vous mon nom ?

– Trop long. On peut peut-être faire quelque chose pour lui, répondit Lamoureux avec lassitude.

Le policier s'approcha du Sorcier Blanc. L'homme émit un faible gémissement quand les deux Français le prirent par les épaules pour l'allonger sur le sol. L'épieu avait transpercé le bassin, la victime reposait dans une mare de sang.

– Il n'est pas mort, c'est invraisemblable, s'étonna Lamoureux.

Les lèvres bougèrent avec difficulté.

– Choph...

Vincent se pencha.

– Chopheriel, murmura l'homme à son oreille.

Les deux hommes échangèrent un regard d'incompréhension. Le blessé répéta le même mot qui se perdit dans un dernier souffle.

– Chopheriel ? reprit Lamoureux. Ça ne m'est pas totalement étranger.

Vincent s'éloigna en boitant et contempla quelques instants la bâtisse ruisselante. La pluie s'était arrêtée, le ciel lui-même était repu du carnage. Il se tourna vers le journaliste.

– Vous vous sentez d'attaque pour une petite balade ?

Lamoureux palpa ses cuisses courbaturées.

– On ne va pas leur demander leur avis. Mais vous, c'est votre cheville ?

– Une entorse. Nous reviendrons en voiture. Il y a certainement un moyen d'y accéder par la vallée.

– Revenir ? Ça ne vous a pas suffi ?

Vincent avançait déjà en direction du passage à travers la montagne. Il semblait s'être ressourcé à travers la pluie diluvienne. Lamoureux le suivit. Après une marche forcée pour parcourir le chemin qu'ils semblaient connaître depuis toujours, ils émergèrent de la forêt.

Le lieu cérémoniel s'était transformé en un marécage infâme où les deux hommes pataugèrent dans une boue mêlée de cendres. Peut-être la pluie avait-elle une signification précise dans le langage des dieux : elle avait intimé l'ordre aux Whities d'interrompre le rituel et de quitter l'endroit, désert maintenant.

Vincent leva les yeux vers le sommet du monticule qui fumait encore.

– J'en étais certain : c'est un sacrifice, ils n'ont pas osé y toucher.

Vincent couvrit de boue ses vêtements, son visage et ses mains.

– Faites comme moi, dit-il. Ça vous protégera des éventuelles brûlures.

Lamoureux l'observa, incrédule.

– Vous n'allez tout de même pas le décrocher ?

– Dépêchez-vous, venez m'aider.

La chair calcinée dégageait une odeur presque sucrée. Lamoureux en eut un haut-le-cœur. Ils déposèrent ce qui restait de la jeune femme sur une étoffe abandonnée et l'enveloppèrent avec soin.

– Je ne vous comprends pas, dit le journaliste. Vous avez pris moins de précaution pour les deux types, là-bas, près du laboratoire. Laissez les siens s'occuper du corps de cette femme.

– Son mari est mort. De vos propres mains.

Lamoureux sentit un froid l'envahir.

– Il allait vous tuer, dit-il d'une voix blanche.

– Comme il avait tué le médecin qui a « sauvé » sa femme et voué son foyer à la malédiction, selon lui. Elle s'était échappée du monde du Sorcier Blanc, elle avait refusé le sacrifice sacré qui mettait la tribu entière à l'abri du mal.

– Un sacrifice organisé par le type en blanc ? Mais pourquoi ? Et pourquoi l'avoir tué, lui ?

– Peut-être parce qu'il s'était enfui de la cérémonie où Awa devait expier son attitude. Le Whitie m'a guidé jusqu'au laboratoire parce que j'avais tiré sur son épouse et que, dans son esprit, je tuerais certainement le Sorcier Blanc.

– Il l'a embroché quand il s'est rendu compte qu'il vous échappait.

– J'avais démérité, moi aussi, et il était logique que j'y passe. Vous avez tout compris.

Vincent saisit deux branches et les lia. Il enroula ensuite plusieurs lianes autour du corps et fit glisser les branches dans les boucles. Le ciel se chargeait à nouveau de nuages menaçants.

– Il ne nous reste plus qu'à porter le corps de l'autre côté de la montagne.

Il jeta un regard sombre sur le cadavre allongé dans le linceul de fortune.

– Elle s'en était enfuie, elle y retourne malgré tout.

– Pourquoi la ramener là-bas ?

– Elle y sera à l'abri. Il faut préserver le corps.

Lamoureux épaula docilement le branchage noué. La situation semblait si éloignée de la réalité, si sordide en même temps qu'il refoula les questions qui se bousculaient dans son esprit.

– Dépêchons-nous, dit Vincent. On nous attend à Tiébissou. Vous profiterez du chemin pour m'expliquer ce que vous fichez dans mes pattes, à part me sauver la vie

12

VINCENT DÉCHIRA L'ÉCRAN DE VERDURE et martela le contour de la porte avec la crosse de son arme. Il s'empara d'un rondin de bois travaillé et frappa le linteau. Le plâtre vola en éclats et les câbles électriques apparurent dans la saignée creusée dans le béton. Il les arracha et déverrouilla la fermeture électromagnétique de la porte.

Madeleine Roy pénétra dans le laboratoire. Oubliant l'étrangeté du lieu, Ina l'observa : pour la première fois, le professeur manquait de cette assurance presque troublante qu'elle affichait dans les situations les plus délicates. Elle redoutait ce moment plus que n'importe quelle équipée dans la forêt la plus hostile du pays. Lorsque Vincent était réapparu en ville avec ce journaliste, Roy avait su qu'il s'était aventuré plus loin sur cette piste et que la dimension scientifique allait reprendre le pas sur le reste de l'enquête. C'était à elle d'entrer en scène – et elle aurait forcément à y affronter ses démons. En pénétrant dans ce lieu, elle mettait le pied dans la tombe qu'elle avait creusée avec soin, elle exhumait la part de son existence qu'elle avait délibérément enterrée pour survivre. L'heure était venue de les aider et elle le ferait, quitte à déclencher la tempête sur son âme et sa mémoire. La tempête avant la paix, peut-être.

Le bâtiment était désert. Les pas résonnèrent sur le marbre du hall sans alerter quiconque. Lamoureux s'engagea dans un des deux couloirs qui couraient de part et d'autre. Ina et Vincent grimpèrent les volées d'escaliers qui menaient aux étages. Vincent réapparut le premier, bientôt rejoint par la jeune femme.

– Personne, confirma Ina. Des bureaux vides, truffés d'installations informatiques poussées, probablement dédiées au traitement de données scientifiques.

– Rien de plus de mon côté : archives de CD-Rom et microfiches scannées et gravées sur disques.

– J'ai jeté un coup d'œil sur les impressions papier dans le local du fond : ça ressemble à des protocoles d'expérimentation. Les sujets sont numérotés. Aucun nom n'y figure, bien sûr.

Ina s'approcha de la balustrade. Au même instant, Lamoureux déboulait dans le hall. Madeleine Roy, immobile, n'avait pas dépassé le seuil.

– Pas âme qui vive, dit le journaliste, mais une série de salles ultramodernes bourrées de machines automatisées. Je suis sûr que ça intéressera le professeur au plus haut point.

– Écartez-vous, dit simplement Vincent.

Lamoureux fit quelques pas en arrière sans comprendre. Silencieuse, Madeleine Roy fixait le sol sur lequel le couple avait une vue plongeante depuis l'étage. Le journaliste distingua enfin, incrusté dans le cercle de marbre, le grand triangle blanc enchâssé dans un soleil. En son centre, deux anges de profil, l'un noir, l'autre blanc, étaient représentés dos à dos.

– Connaissez-vous ce symbole ? demanda Vincent.

La vieille dame détourna le regard et disparut dans une zone d'ombre.

– Le triangle blanc et les anges : décidément, dit Lamoureux, tout cela m'est familier, mais je ne peux pas vous en dire grand-chose. Il y a certainement un lien avec les derniers mots de notre fameux Sorcier Blanc. Si je parvenais à communiquer avec la France, j'en saurais plus.

– En évoquant l'Afrique, Germon n'a rien dit à ce sujet. J'irai le voir à notre retour.

Seule Ina fut attentive au trouble qui s'empara de Madeleine Roy lorsque le nom du spécialiste fut prononcé. Le couple descendit les escaliers et jeta un dernier regard à la mosaïque avant de rejoindre le professeur.

La généticienne arpentait déjà les allées de la première salle, délimitées par des murs de machines et de plans de travail faits d'une matière inconnue. À l'abri du verre Securit, des bras articulés manipulaient avec une extrême précision des instruments au-dessus d'une série de tubes alignés.

– Ils travaillent sur du matériel cellulaire sous contrôle d'une cellule optique électronique, dit Madeleine Roy. Les données de la cellule et la position du bras dans l'espace sont transmises à l'ordinateur qui rectifie les mouvements pour suivre des instructions enregistrées.

Elle leva les yeux sur les écrans vidéo.

– Reconstruction des images nucléaires à partir d'une résonance magnétique ultra-sophistiquée. Ces machines soumettent le noyau de la cellule et son contenu à une émission d'ondes. En réponse, le noyau émet une onde qui revient vers le capteur, et à partir de ces réponses successives, l'ordinateur reconstitue l'image. Ces installations sont récentes – et très chères.

Ina s'approcha de plusieurs cubes vitrés disposés en arc de cercle et reliés à une ventilation centralisée.

– Des hottes à flux laminaires. On s'en sert à l'hôpital pour manipuler les produits toxiques : ils sont introduits dans l'enceinte et on les manipule de l'extérieur grâce aux gants fixés à la paroi. Je n'arrive pas à croire que nous sommes en pleine cambrousse africaine. Pourquoi cinq hottes ici ? Que peuvent-ils manipuler de si délicat ?

– C'est le mot, reprit le professeur Roy. Il n'y a pas plus délicat que le matériel cellulaire et les produits qu'on emploie pour les modifier.

Elle jeta un regard à travers un immense hublot.

– Monsieur Lamoureux, pressez sur le bouton du haut.

Le journaliste s'exécuta et un voyant rouge s'alluma.

– Notre présence a modifié la température ambiante. La porte ne s'ouvrira pas, expliqua-t-elle.

– Qu'y a-t-il derrière ce hublot ?

– Une chambre de cryoconservation.

Au même instant, un souffle glacial balaya la pièce.

– Le thermomètre électronique a mesuré la différence de température de part et d'autre de cette porte. Il déclenche le refroidissement de l'atmosphère et surtout celui de la chambre. Le matériel conservé dans cette pièce ne supporterait pas une rupture de la chaîne du froid. Je dois avouer qu'ils n'ont rien laissé au hasard, dit Roy, admirative.

Elle enfila une combinaison en Gore-Tex, des gants et un masque. Les autres l'imitèrent. Un signal sonore retentit : le voyant était passé au vert. La porte vitrée pivota sur son axe et ils pénétrèrent dans l'enceinte froide. Le journaliste inséra une nouvelle pellicule dans son appareil.

– Restez dehors, lui dit Vincent.

– Pourquoi, vous ne voulez pas que je prenne de clichés, c'est ça ? il suffit de le demander gentiment, dit-il en obturant l'objectif.

– Je préfère que l'un de nous puisse appuyer sur ce bouton en cas de besoin.

Lamoureux sourit.

– Méfiance de flic à l'égard du journaliste. Allez-y, Karst, je ne quitte pas le bouton des yeux. Je vous ai sauvé une fois, je peux bien le refaire.

Il fit un pas en arrière et la porte se referma sur l'espace aveugle. La lumière prit une teinte bleutée et baissa d'intensité. Le centre de la pièce était occupé par un cylindre métallique d'un mètre de diamètre dans lequel s'emboîtait un second tube. Le professeur effleura une touche tactile et le bloc interne coulissa vers le haut en libérant des volutes de fumée. Dans des compartiments, d'innombrables éprouvettes et lames congelées s'alignaient. Une autre touche commanda la rotation du cylindre sur son axe dans de nouvelles émanations gazeuses. Vincent recula.

– C'est de l'azote liquide qui s'évapore, précisa Ina ; inoffensif et indispensable pour la cryoconservation.

Une des logettes s'ouvrit et Roy s'empara d'un tube.

– Des paillettes, dit-elle. Des millions de paillettes.

Vincent examina le tube dans les mains de la femme.

– Qu'est-ce que c'est ?

– Des cellules congelées, inspecteur. Préparées puis congelées.

– D'où proviennent-elles ? À quoi servent-elles, à votre avis ?

Partagée entre l'effroi et la fascination, le professeur fixait la colonne de verre et d'acier. Sa peau, parcheminée, renvoyait des reflets argentés. Un flash coupa court à sa contemplation. Derrière le hublot, Lamoureux baissa son appareil. Le cylindre intérieur glissa sur son axe et disparut dans le socle. Vincent déclencha l'ouverture de la porte et ils quittèrent l'enceinte, envahis par un froid intérieur bien plus saisissant.

Madeleine Roy brisa le silence.

– La provenance de ce matériel cellulaire et sa nature font peu de doute, et les images sur ces écrans sont parlantes. Mais il y a un moyen de le vérifier.

Elle se tourna vers les deux hommes.

– Où est-elle ?

Vincent et Lamoureux se dirigèrent vers une porte et

pénétrèrent dans une salle dont les murs étaient tapissés de battants métalliques.

– Celui de droite, précisa Lamoureux.

Dans un bruit d'aspiration, la porte pivota et le corps calciné d'Awa se détacha sur le fond lumineux du réfrigérateur.

– L'unique moyen d'éviter la décomposition du corps avant notre retour, dit Vincent.

Aidé du journaliste, il sortit le cadavre avec précaution. Roy semblait avoir retrouvé son calme coutumier.

– Déposez-la sur cette table. Ina, elle est à vous.

Tous regardèrent la gynécologue. La jeune femme se ressaisit et fouilla dans la mallette qu'elle avait trouvée dans le cabinet de Touré. Vincent s'écarta du corps.

– Tu as réussi à dénicher ce qu'il te faut ?

Ina acquiesça. Elle disposa un scalpel et plusieurs pinces Kocher sur le tissu qu'elle avait déplié et enfila une paire de gants.

– Finalement la chirurgie et l'autopsie sont peut-être plus proches que je ne l'imaginais. Allons-y.

Elle saisit une lame et débuta l'incision au-dessus du pubis. Elle prolongea le trait selon une ligne horizontale et la peau brûlée s'effeuilla en couches friables. Ina traversa l'épaisseur du derme et trancha l'insertion des muscles grands droits de l'abdomen sur l'os. Elle rajusta ses gants et inséra les doigts dans l'ouverture.

– L'utérus est à peine plus gros que la moyenne, il est légèrement antéversé. Si la grossesse était en cours, elle n'a pas dépassé les premières semaines.

– C'est curieux, dit Madeleine Roy : elle a disparu trois mois alors qu'elle était déjà enceinte. L'embryon a forcément plus de quatre mois.

Ina fit remonter le scalpel vers le nombril ; les chairs rétractées s'écartèrent d'elles-mêmes. Elle fixa deux pinces sur les pans de la paroi abdominale pour maintenir l'ouverture béante. Lamoureux eut un mouvement de recul. Il n'avait même pas le cran de photographier l'intervention. Le médecin croisa le regard de Vincent et elle sut que les images du corps de Stella ne l'avaient pas encore quitté. Elle se tourna vers la vieille dame.

– Voulez-vous m'aider et tenir les pinces dans cette position ?

Le professeur saisit les instruments. Ina plongea les mains dans le pelvis et en extirpa une masse ovoïde, molle et recouverte de caillots sombres. Elle plaça un second champ de tissu entre l'utérus ainsi mis à nu et le fond du bassin et fit glisser une lame le long de l'organe. Elle examina l'épaisseur de la paroi puis l'intérieur de la cavité. Après quelques minutes d'examen silencieux, elle replia la masse de chair lacérée.

– La paroi de l'utérus est en train de se désagréger. En cas de grossesse, c'est l'inverse : elle s'épaissit pour permettre la nidation de l'embryon. Et je ne retrouve trace ni de l'œuf ni du placenta.

Madeleine Roy l'interrogea du regard.

– L'embryon n'est plus là et on peut supposer qu'il a été prélevé récemment, puisqu'il n'y a pas eu de fausse couche, d'après Touré.

Le professeur se tourna vers la chambre froide.

– Il est probablement dans une de ces éprouvettes. Souvenez-vous des mots de Diabiaté et du chef whitie, monsieur Karst : depuis des années il en va ainsi. Des femmes enceintes disparaissent, sacrifiées sur l'injonction du Sorcier Blanc sous prétexte d'assurer la survie de la tribu. Maintenant, vous savez d'où viennent les paillettes de cellules conservées dans ce container. Des cellules embryonnaires, plus précisément.

– Pour quoi faire ? Un trafic ?

– Peut-être.

Vincent ouvrit la porte.

– Venez, Lamoureux. La réponse est sans doute ici. Il faut fouiller ce bâtiment.

– Attendez.

Les deux hommes se retournèrent : Ina finissait de suturer les entailles.

– Elle a révélé tout ce qu'elle pouvait nous révéler. Elle a droit à un peu de dignité, maintenant.

Elle replia le morceau d'étoffe autour du corps mutilé et s'écarta. Vincent et le journaliste saisirent le cadavre, quittèrent le laboratoire et s'enfoncèrent silencieusement dans la forêt.

Une demi-heure plus tard, ils réapparurent dans le hall et se séparèrent.

Les portes de l'ascenseur s'ouvrirent sur un sous-sol sombre dans lequel Vincent s'engagea avec prudence. Face à lui, un mur miroitant était creusé de trois portes frappées du triangle blanc. Sur la gauche, une cabine de verre s'élevait jusqu'au plafond ; elle ressemblait à un centre de commande à distance. Il se glissa dans le box et observa les trois ordinateurs qui tapissaient le pupitre. Il pressa le bouton de mise en marche du premier et suivit les instructions du logiciel qui s'affichaient. Au même instant, les portes de l'ascenseur glissèrent sur leurs rails et Lamoureux apparut dans le couloir. Vincent fit fonctionner le premier micro.

– Ouvrez la première porte, dit-il.

Le journaliste pénétra dans la pièce illuminée et referma la porte.

– Je vous vois à travers la paroi, dit Vincent. Et vous ?

– Non, un miroir sans tain, probablement.

Lamoureux leva les yeux vers la voûte.

– Les murs sont humides, le sol aussi.

Vincent cliqua sur une icône. Lamoureux ferma les yeux, brusquement ébloui par des dizaines de tubes fluorescents, enchâssés entre les épaisseurs de verre murales. En quelques secondes, la température grimpa de dix degrés et la chaleur devint intenable. Lamoureux sentit ses pieds glisser : le sol suintait de toutes parts et libérait une eau rapidement transformée en vapeur brûlante. L'humidité enveloppa le reporter dans une gangue poisseuse. Vincent sélectionna un autre symbole sur l'écran. Les tubes s'éteignirent et la vaporisation cessa. Lamoureux tourna sur lui-même, habité par un sentiment de danger imminent. Au début, il ne ressentit qu'un manque indéfinissable, l'impression étrange d'un vide ambiant. Ce n'est qu'après quelques instants qu'il éprouva une gêne à la poitrine, une oppression thoracique grandissante. Sa respiration se fit courte et saccadée. Très vite, il haleta et s'accroupit, en proie à l'affolement. Il porta la main à la gorge, cherchant l'air qui semblait se raréfier. Il étouffait. Instinctivement, il se précipita vers la porte. Vincent interrompit la manœuvre et Lamoureux se traîna hors de la pièce. Il rejoignit le policier dans la cage de verre, en suffoquant.

– Qu'est-ce que c'est que ça ? Une salle de torture moderne ?

– À peu près. Restez ici et jouez avec le deuxième ordinateur quand je vous ferai signe.

Vincent referma la porte de la deuxième salle derrière lui. Elle était beaucoup plus petite. Excepté la paroi sans tain, murs, sol et plafond étaient carrelés sur toute leur surface. Vincent se retourna et fit un signe. Le journaliste cliqua sur la première icône. Des jets d'eau tombèrent du plafond et les murs crachèrent des gerbes mousseuses. En quelques instants, le niveau atteignit les chevilles puis, très vite, les genoux du jeune homme. Il se rapprocha de la porte et leva la main. Le journaliste sélectionna le même symbole avec le curseur et cliqua. En vain. Il fit une autre tentative sans succès et leva les yeux vers la deuxième salle : immobile, Vincent avait de l'eau jusqu'à la poitrine et guettait l'arrêt des torrents qui se déversaient sur lui. Le policier jeta un regard inquiet vers la cabine qu'il ne voyait pas. Lamoureux avait-il compris le signal ? Il leva la main à nouveau. Le journaliste sentit la panique le gagner et sélectionna les différentes commandes dans un mouvement aussi désordonné qu'inefficace. Rien ne tarissait le flux. Il releva la tête, horrifié : le policier surnageait à la surface des eaux turbulentes, à cinquante centimètres du plafond. Lamoureux fit une tentative désespérée – le débit s'accéléra. Il poussa un hurlement de rage et d'impuissance quand la tête de Vincent disparut sous l'eau.

Son regard affolé se posa enfin sur l'arme en évidence près du tableau de commande.

Lamoureux s'en empara et tira à l'aveugle sur les boîtiers électroniques et le microprocesseur. Le court-circuit plongea les salles et le couloir dans la pénombre des lumières de secours. Le journaliste jura et se précipita hors de la cabine jusqu'à la paroi de verre qui le séparait du policier. La porte restait verrouillée, écrasée par l'extraordinaire force de l'eau. Le visage de Vincent lui apparut en transparence. Les dernières bulles d'air s'échappèrent de ses lèvres et moururent le long de la paroi. Lamoureux recula d'un pas, tendit le bras et vida le chargeur sur un même point. Le verre résista, creusé par l'impact répété. La dernière balle provoqua la fissure attendue. Sous l'effet de la pression, la paroi céda et vola en éclats dans un déferlement d'eau et de fragments tranchants. L'eau s'engouffra dans le couloir et les autres salles avec une violence inouïe. Lamoureux ferma les yeux au moment où le choc le plaqua contre le mur.

Quand le journaliste put se redresser, tout son corps le faisait souffrir, ses bras et son visage saignaient. En face de lui, Vincent, recroquevillé sur le sol, crachait le liquide de ses poumons inondés. Quelques instants plus tard, les deux hommes se rassurèrent d'un regard. Vincent n'avait pas encore retrouvé son souffle et de violentes quintes de toux le secouaient. Ils finirent par se lever péniblement. Le sous-sol était noyé dans vingt centimètres d'eau. Ils empruntèrent l'escalier et débouchèrent, pantelants, dans la lumière du hall. Les deux femmes se précipitèrent.

– Qu'est-ce qui s'est passé ? Tout a sauté, seules les zones de froid fonctionnent à bas régime, mais de façon autonome.

Lamoureux s'assit sur la première marche, dégoulinant. Ina examina ses plaies.

– Les femmes whities ont séjourné dans le sous-sol, dit Vincent.

Roy s'engageait déjà dans l'escalier, il freina son élan.

– C'est inondé. Vous ne pourrez pas accéder aux salles.

– Quelles salles ?

– Des salles d'expérimentation, probablement, répondit le journaliste. Chaleur, vapeur, lumière ou obscurité... Ils jouaient même sur l'oxygénation de l'atmosphère.

Le professeur les écoutait, atterrée. Chaque mot pesait sur elle comme du plomb.

– Le conditionnement cellulaire, dit-elle.

Ses compagnons se turent, elle s'éloigna d'eux.

– On a soumis ces femmes à des épreuves en tout genre pour provoquer des modifications génétiques au niveau des cellules les plus sensibles : les cellules embryonnaires, qui sont en pleine maturation. Elles acquièrent ainsi des propriétés particulières – un peu comme un corps qui finit par s'immuniser face à une agression. L'embryon est ensuite ponctionné et les cellules conservées.

– Dans quel but ?

Madeleine Roy semblait ailleurs, perdue dans une réflexion à haute voix qui n'autorisait pas de questions. Elle ignora Vincent et poursuivit d'une voix sombre :

– C'était en 1991. Mes travaux touchaient à leur fin, ils

permettaient d'identifier l'ensemble des protéines codées par les gènes du corps humain.

Dans la lumière déclinante, sa silhouette s'était courbée sous le poids du souvenir.

– La technique d'identification était efficace. Lorsque mon équipe l'a testée sur ces femmes américaines qui venaient de vivre leur grossesse en Antarctique, il était clair que des protéines inconnues circulaient dans leur sang. Elles ne pouvaient provenir que de gènes modifiés. C'était la première fois qu'on pouvait prouver et définir l'impact *immédiat* de l'environnement sur le capital génétique – en particulier celui du fœtus.

Elle releva la tête. Sa main chercha un point d'appui. Ina voulut la soutenir, Vincent s'y opposa silencieusement.

– Jusqu'où faut-il pousser la quête scientifique ? Peut-être étais-je allée trop loin. Un an après l'attribution du Nobel, un service de gynécologie parisien puis un service australien ont tenté l'expérience auprès de femmes enceintes hospitalisées. Avec l'accord approximatif de ces femmes, les équipes ont soumis mères et fœtus à différents « stimuli », disaient les médecins : des injections anodines. Des coups de « stress biologique » inoffensifs, rien de plus. C'était de l'expérimentation humaine pure et simple, pratiquée sur des gens mal informés auxquels on avait arraché une signature à la va-vite. Et j'étais fautive, trancha-t-elle. De façon indirecte, mais responsable. Tout était parti de mes travaux.

Son regard balaya les salles puis se posa sur le triangle blanc et les deux anges.

– Ils n'ont pas cessé ; je l'ai toujours su. Le jour où je vous ai rencontrés, j'en ai eu la conviction.

La vieille dame se tut et l'espace fut plongé dans un silence de mort.

– Que peuvent-ils faire de ces cellules ? demanda Vincent.

– Elles sont un très bon matériel d'étude génétique,

répondit Ina, et leur potentiel thérapeutique est immense. Beaucoup de pays interdisent l'utilisation de cellules embryonnaires notamment pour le clonage. Celles-ci sont peut-être secrètement vendues à des équipes scientifiques. Mais pourquoi les modifier au préalable ?

Le jour finissant traversait encore les panneaux de verre pour tomber sur les premières dalles de marbre. Le professeur disparut dans l'ombre de Vincent.

– Pourquoi ma femme est-elle morte ?

Ina détourna le regard. Madeleine Roy affronta cet homme qui attendait tant d'elle.

– Éloignez-vous de votre questionnement intérieur, monsieur Karst, et réfléchissez, dit-elle avec froideur. D'un côté, des femmes africaines disparaissent en début de grossesse depuis plus de vingt ans. Elles ont pour signe particulier des caractéristiques physiques propres à la race blanche. On conditionne leurs embryons pour en modifier les gènes, on les prélève et on les conserve. D'autre part, des femmes enceintes meurent aujourd'hui un peu partout en Europe, et on découvre qu'elles ont, elles aussi, été soumises à des expériences similaires – à moindre degré, bien sûr – lors d'une hospitalisation anodine. Injection de produits, exposition à des températures élevées, infections... La différence : on ne prélève pas leurs embryons.

– Le point qui les lie, en revanche, enchaîna Ina : ces patientes ou leurs époux ont tous des origines africaines...

– ... Et surtout une mère qui a subi une fécondation *in vitro*, dit Madeleine Roy.

– Qu'en déduisez-vous ? demanda Vincent.

– Vous allez comprendre. À l'époque, on a introduit artificiellement dans l'utérus de ces femmes un embryon conçu dans une éprouvette.

– Rien de choquant, dit Ina : c'est le principe de la FIV.

– Certes, mais ce que chacune de ces femmes a cru, c'est

qu'il s'agissait de son *propre* embryon, je veux dire son propre ovule fécondé par un spermatozoïde de son époux.

– Je vois où vous voulez en venir, dit la gynécologue. Mais j'ai du mal à y croire : qui oserait implanter dans le corps d'une femme un embryon qui n'est pas le sien, et dont les gènes ont été modifiés de surcroît ?

– Ils n'ont peut-être pas la même éthique que vous, Ina, dit Lamoureux en désignant le symbole sur le sol.

Roy balaya d'un geste les objections.

– Les femmes whities représentent un matériel génétique inespéré : elles possèdent certains traits de la femme blanche et sont quasiment offertes par leur tribu. Imaginons que ces cellules modifiées et prélevées chez ces Africaines aient effectivement été substituées aux embryons des couples européens et inséminées lors de ces FIV. Ces couples avaient du sang africain, ils n'y ont vu que du feu, à l'époque. Les enfants qui naissent – en l'occurrence, Bénédicte Miler, le mari de Florine Montiel ou Stella – possèdent par conséquent ce matériel génétique particulier et le transmettent eux-mêmes à leur descendance. En d'autres termes, vos patientes, Ina, étaient porteuses de fœtus dont les gènes ont été modifiés à la génération précédente.

– Quelques jours ou semaines plus tard, elles meurent dans des conditions inexplicables, conclut Lamoureux. J'imagine que ces manipulations ne datent pas d'hier, et qu'on n'a pas cessé de les pratiquer depuis, un peu partout dans le monde. Le cauchemar ne fait que commencer, si j'ai bien compris.

La généticienne se rapprocha de Vincent.

– Ne répétez pas la question qui vous dévore, inspecteur. Nous levons un premier voile sur ce qui s'est produit, mais je ne suis pas encore en mesure d'établir le lien entre ces découvertes effrayantes et la mort de Stella et de toutes les autres femmes. Peut-être pourrai-je y répondre, mais pour cela... (Elle hésita.) Pour cela, je vais devoir me remettre au travail. N'arrêtez pas le vôtre : cherchez la raison d'être et d'agir de ces gens.

Elle se dirigea vers la chambre de cryoconservation.

– Possédez-vous des connaissances en électricité, jeune homme ? Il faut rétablir le courant : je dois emporter des échantillons cellulaires. Je trouverai sans doute un container adapté.

Vincent et Lamoureux quittèrent le bâtiment et le contournèrent jusqu'au local électrique. Le sol était sec.

– On doit pouvoir rétablir le courant par secteur, dit le policier. Il faut trouver le tableau de répartition.

– Occupez-vous de cette salle, je fouille là-haut.

Le journaliste grimpa les quelques marches qui le séparaient d'une porte cachée dans un renfoncement du local. La pièce était plongée dans l'obscurité. Il alluma son briquet, sorti miraculeusement indemne du bain forcé. Ses pieds s'empêtrèrent dans un tissu qu'il ramassa. Une toge blanche, frappée du symbole omniprésent. Sur sa gauche, une lueur rouge changeante attira son regard. Une onde glacée hérissa sa peau et le fit reculer jusqu'à ce qu'une pression dans le dos l'arrête.

– Vous avez trouvé quelque chose ? demanda Vincent.

Pour toute réponse, Lamoureux tendit le vêtement au métis et alluma à nouveau son briquet. La flamme vacilla devant la structure métallique, le câble puis les cristaux liquides rouges.

Le compte à rebours indiquait 2 minutes et 37 secondes.

Les éléments s'enchaînèrent à une vitesse folle dans l'esprit de Vincent. L'homme se sait poursuivi. La toge abandonnée là où le processus de sécurité est activé. L'homme qui s'enfuit par la porte de secours. *Le processus de sécurité est activé* : il suffit d'une porte forcée, comme ils l'avaient fait, pour enclencher le compte à rebours, celui de l'autodestruction.

Les deux hommes jaillirent du local comme des déments. Courir, les retrouver et partir. Vite.

Vincent pénétra dans le hall avant Lamoureux. Sa gorge se dénoua enfin.

– Ina ! Professeur Roy !

Le journaliste se précipita dans les escaliers. Les secondes s'égrenaient, Vincent enfonçait les portes du rez-de-chaussée une à une. À l'autre bout du couloir, les femmes apparurent.

– Lamoureux ! Elles sont ici, descendez !

Vincent les poussa sans ménagement vers la porte. Roy trébucha, Lamoureux la rattrapa *in extremis*.

– Vous êtes fou ! Expliquez-vous ! cria la vieille dame.

Les deux hommes la soutinrent et dévalèrent avec elle les marches du perron.

– Dans quelques secondes, on ne sera plus en mesure de vous expliquer quoi que ce soit.

Le policier se retourna et vit Ina hésiter sur le seuil de la porte.

– Les cellules, Vincent, il nous en faut !

– Viens, nom de Dieu ! hurla le jeune homme en regardant sa montre à la dérobée.

Il l'arracha littéralement à la marche et tous se mirent à courir comme des forcenés vers la route au fond de la vallée.

Les deux femmes ne posaient plus de questions. Les branches fouettaient leur visage, elles avançaient à perdre haleine. Elles protégèrent instinctivement leurs yeux quelques instants avant d'être aveuglées par l'éclair jaune qui cisailla la forêt. La déflagration déchira le ciel avant de soulever la terre, les arbres, et de projeter les quatre compagnons au sol sous un déluge de feu et de débris incandescents.

IV.

LE GÈNE DE LA RÉVOLTE

1

– NOS PATIENTES MEURENT CHAQUE JOUR, nos services sont débordés, la police est obligée d'assurer la sécurité de l'hôpital, et vous venez me parler de mystique. Vous êtes déroutante.

L'homme se mit à rire et le fauteuil en trembla. Ina s'efforça de ne pas perdre son sang-froid. Ils avaient quitté la Côte-d'Ivoire trois jours plus tôt et la fatigue commençait seulement à avoir raison d'elle. Elle se passa la main dans les cheveux et sentit les cicatrices encore inflammatoires. Ils avaient eu de la chance : un rang d'arbres les avait protégés des milliers de débris projetés par le souffle de l'explosion. Ils s'étaient traînés jusqu'à la route pour retrouver leur véhicule et rejoindre Tiébissou.

À peine Madeleine Roy avait-elle posé le pied à Paris, qu'elle s'était retranchée dans sa maison et ressourcée dans les serres, très éprouvée par le voyage. Vincent n'avait pas pris le temps de souffler : avec Flieg et Pauline, ils avaient écumé les pistes qui leur permettraient de revenir sur les traces de Chopheriel et d'un éventuel trafic de cellules embryonnaires. L'une d'elles, et non la moindre, n'avait pas été exploitée.

– Il peut encore nous aider. J'irai le voir demain matin.

– Non, c'est à moi d'y aller, dit Ina. J'ai toujours su lui parler.

– Tu es épuisée, tu as besoin de repos. Je te rappelle qu'en quittant l'aéroport tu as pris un taxi pour l'hôpital.

– Je me reposerai plus tard. Pour l'instant, mes patientes continuent à mourir. Il faut avancer, Vincent.

Si au début ses motivations lui avaient paru floues, elles étaient d'une clarté évidente en arrivant à la maternité Ménard. Être ici, en face de lui, pour discuter d'un autre cas que le sien et tourner ainsi la page. Elle s'en voulait d'être anxieuse, de mal soutenir son regard, d'éprouver le besoin de répondre, de se justifier, de se défendre enfin comme une femme prise en faute. Pourtant, ce n'était rien d'autre que cela : son corps était la faute, et Germon l'avait pointée du doigt quelques années plus tôt, avec la froideur du clinicien. Il avait confirmé la faille, elle devrait vivre ainsi. Sa stérilité était l'éternel reproche que lui adresserait la nature et qu'elle lirait dans le regard des hommes, mais c'était Germon qui l'avait formulé. Revenir, c'était exhumer le souvenir et elle ne s'était pas trompée : la voix du professeur restait l'écho du diagnostic, son regard ravivait sa culpabilité.

Mais aujourd'hui, Vincent venait prendre place dans l'échiquier compliqué de sa vie. Il était lui-même trop perturbé pour lui offrir une quelconque certitude, mais ce n'était pas de cela dont elle avait besoin. Plus qu'une assurance pour le futur, qu'elle ne craignait pas, elle avait cherché le courage d'affronter le passé et ses révélations. Cette force était née aux côtés de Vincent. Elle irait voir Germon parce qu'il était le seul à pouvoir répondre à leurs interrogations, mais aussi parce qu'elle se sentait enfin capable d'entendre les mots d'aujourd'hui et de se résigner à ceux d'hier.

Elle observa le professeur, obèse, vieilli, mangé par ses tics, et la domination qu'il exerçait sur ses interlocuteurs lui parut plus fragile.

– J'aimais votre curiosité, je dois le reconnaître, dit Germon.

– Vous n'y répondiez pas toujours.

– Pourquoi cette question et pourquoi moi ? Je suis médecin, l'avez-vous oublié ?

– Vous êtes spécialiste en pathologie génétique associée à la grossesse, et vous êtes un humaniste. Qui d'autre que vous saurait faire le lien qui m'intéresse entre la science et la mystique ?

Germon se redressa péniblement. Exposé à la lumière jaune de la lampe, son visage se creusait de sillons et d'ombres qui glissaient sur sa barbe.

– Avant, vous vous emportiez, maintenant vous flattez. Je préférais l'interne au médecin d'aujourd'hui, Ina Klein. Je suis déçu.

– Mais je ne suis plus votre interne et je n'ai pas à vous flatter. Je nourris peut-être des illusions à l'égard de vos connaissances, tout simplement.

Germon sourit.

– L'insolence vous ressemble davantage. Tout comme l'intelligence. Vous voyez, j'ai aussi de l'estime pour vous. Et vous avez raison : qu'y a-t-il de plus mystique que la génétique ? Le mystique cherche à se rapprocher du divin par une démarche spirituelle. La génétique en est une, même si elle s'inscrit en dehors de la religion : toucher au cœur de nos cellules, aux origines de notre corps et de ses fonctions, n'est-ce pas une manière de visiter la Création ?

Le professeur se tut, absorbé par la contemplation des livres alignés dans la pénombre.

– « En dehors de la religion », reprit Ina. La croyance religieuse et la science ne se sont-elles jamais rencontrées ?

– La science est agnostique : elle croit tout au plus en ce qu'elle démontre, ou en ce qu'elle cherche, faute de mieux.

– On peut imaginer que la médecine s'associe à un idéal religieux.

– Elle sert alors un délire mystique qui n'a rien à voir

avec la mystique religieuse. C'est le principe d'une secte, en somme.

La secte. Il s'engageait spontanément sur le sujet qu'elle n'osait aborder. Cette fois, elle ne voulait rien expliquer ni justifier ; Germon l'y contraignit.

– J'aimais votre curiosité, c'est vrai, mais j'appréciais pardessus tout la clarté de vos questions. Elle vous fait défaut, ce matin. Où cette passionnante réflexion est-elle censée nous mener ?

– Chopheriel, dit-elle simplement.

Germon ferma les yeux, plongé dans l'immensité de son savoir. Ina avait gardé le souvenir de ces immersions : un détail apparaissait à la surface de sa mémoire phénoménale et le professeur reconstituait intégralement le puzzle.

– Que savez-vous de la mystique juive ? dit-il.

– Rien, ou presque.

– C'est bien ce que je pensais. Ainsi vous péchez par ignorance au prix d'une confusion regrettable.

– Je ne demande qu'à comprendre mon erreur.

– La mystique est une expérience spirituelle qui tend à rapprocher le mystique de Dieu, à les unir si possible, je vous l'ai dit. L'homme cherche à comprendre et déceler la part de divin dans tout ce qui l'entoure. C'est une démarche individuelle, au moins ésotérique, mais profondément religieuse, contrairement à ce qu'on a pu penser : juif, chrétien ou musulman, le mystique n'est pas hérétique. La mystique et la religion partagent le même but, en réalité : prendre conscience de façon intime de la présence divine. Le mystique est un impatient, voilà tout ; dans ce monde déjà, il cherche la relation immédiate avec Dieu.

– Je ne comprends pas le lien avec Chopheriel.

– Mais il n'y en a pas, s'emporta Germon, et c'est là que réside votre confusion ! Vous voulez établir un lien entre la mystique religieuse et une secte – car c'est bien une secte que vous évoquez, n'est-ce pas ?

Ina acquiesça comme une enfant prise au piège de son propre stratagème.

– La mystique juive est fascinante, reprit le professeur. Elle a pris différentes expressions au cours du temps. Chaque courant prônait une autre approche du divin. L'une d'elles fut celle de la Merkabah. L'expérience consistait à rencontrer Dieu par la vision du monde céleste et du Char divin. Le mystique chantait pour atteindre l'extase et accéder aux cieux dont il traversait les Palais jusqu'au Trône pour y contempler la gloire divine au terme du voyage.

– Chopheriel était-il un mystique juif ?

– Non : un ange sur le parcours céleste du mystique. Un Prince du Ciel, un des plus puissants de la hiérarchie angélique de la Merkabah avec Sopheriel Memit, le Prince qui Donne la Mort. Chopheriel, lui, est le Prince qui Ressuscite : il est chargé des livres de la Vie avec l'autorisation de Dieu.

Prince de la Vie, Prince de la Mort. Les deux anges, l'un blanc, l'autre noir. Ina fut prise dans le tourbillon d'images qui l'assaillaient : le Sorcier Blanc, le symbole omniprésent dans les profondeurs de la forêt. Awa, enfin, immolée par le feu divin.

– Je comprends mieux votre pensée, dit-elle : Chopheriel est une image religieuse récupérée par la secte du même nom.

– C'est le principe d'une secte : emprunter un masque à la religion pour séduire, manipuler et détruire ses adeptes. On est à l'opposé de la démarche religieuse et intime du mystique, et à l'opposé de la mystique juive, en l'occurrence.

– Qui est derrière cette secte ?

Les tics déformèrent les traits du professeur, Ina se souvint de ces signes de nervosité qui ne l'avaient jamais quitté et du geste apaisant d'une main qui lisse la barbe.

– Croyez-vous que ses dirigeants sont venus se présenter ici ? dit-il. Peu de gens connaissent son existence. Je suis surpris que vous m'en parliez.

– Vos connaissances sur cette secte m'étonnent tout autant.

Germon sourit, la provocation l'amusait.

– Me soupçonneriez-vous d'en être adepte ? Je suis marginal, d'une certaine manière, dit-il en contemplant la pièce obscure, mais je ne suis pas dangereux.

– Eux le sont, à vos yeux ?

– Toutes les sectes le sont, et celle-ci plus que toutes, peut-être.

– Pourquoi ?

– Les sectes généralistes sont dangereuses pour l'individu : elles profitent de sa fragilité pour détruire une personnalité déjà trouble et la façonner. La secte de Chopheriel, elle, est un véritable fléau pour l'avenir de nos sociétés, docteur Klein.

Germon avait pesé sur ses derniers mots. Il se leva dans un effort évident. La jeune femme avait oublié combien il était grand, et le tremblement de ses longs bras l'impressionna : durant les mois passés dans son service, elle ne l'avait jamais vu trahir ainsi son émotion.

– Cette secte présente une particularité redoutable : elle est exclusivement constituée de médecins, comme vous et moi.

– Une secte médicale à part entière ?

– Elle ne se contente pas de suivre un idéal pseudo-religieux ou d'aduler un gourou aux dons magiques de guérisseur. Elle lie des milliers de médecins dans le monde entier qui nourrissent une cause unique : la vie éternelle, en un certain sens.

– Un délire de plus, comme les autres sectes.

– À une différence près mais capitale : ils sont brillants et puissants. Et tous sont prêts à mettre leurs compétences et leurs moyens au service de leur illusion : la race parfaite. Ce sont des scientifiques, profondément cartésiens, qui ont su couvrir leur folie d'un voile rationnel et coller une étiquette médicale sur leur utopie.

– Pourquoi n'en a-t-on jamais entendu parler ? Si cette secte est si redoutable, les pouvoirs publics ont certainement cherché à la démanteler.

– Elle a créé son réseau dans l'ombre, sans bruit ni vague. On a mentionné son nom il y a dix ans dans un scandale qui concernait des manipulations génétiques sur des femmes enceintes. La secte a su se faire oublier en poursuivant son lent travail d'extension.

Germon se pencha vers elle. L'effroi qu'elle lut sur son visage la glaça.

– Comprenez-moi bien : cette secte est terrifiante parce qu'elle a aujourd'hui les capacités de satisfaire ses ambitions folles. Elle dispose de moyens financiers, de la matière grise – et surtout de son matériel de travail.

Ina l'interrogea du regard.

– Vos patientes, précisa Germon. Les vôtres, les miennes, les patientes du monde entier, qui sont aussi celles de ses adeptes.

Les deux médecins se turent. Ina quitta son fauteuil. Elle était oppressée : l'air, la lumière, l'espace, tout lui manquait cruellement dans ce bureau. Elle considéra l'homme qui semblait destiné à lui révéler les pires secrets. Obliger la jeune femme à affronter sa stérilité ne lui avait pas suffi : il fallait qu'il salisse son refuge, la médecine.

– Cet homme, ce policier, dit encore Germon. Celui que vous m'avez adressé... Quand il m'a parlé des femmes mortes dans d'étranges circonstances, j'ai su que les choses se compliqueraient et qu'elles nous toucheraient de près. Je suppose qu'il faut maintenant faire le lien entre ce drame et la secte de Chopheriel, si j'ai bien compris le sens de votre visite.

Germon lui-même s'essouffla. Il dut s'asseoir avant de reprendre.

– J'ai commencé à travailler avec d'autres équipes de chercheurs pour élucider ce qui frappe ces femmes enceintes. Une personne nous aurait été d'un grand secours. (Il hésita.) Madeleine Roy possède des compétences incomparables en la matière et j'ai conseillé à cet inspecteur de la rencontrer.

– Nous l'avons fait.

– Je doute qu'elle coopère, maintenant.

– Vous venez d'affirmer qu'elle en avait les moyens.

Germon la fixa avec insistance : il semblait chercher en elle une raison de poursuivre.

– Roy s'est retirée de la scène scientifique dans un climat trouble.

– Je sais, mais personne n'a prouvé de façon formelle qu'elle était coupable d'expérimentation génétique sur l'humain. Ses travaux ont été détournés, en quelque sorte.

– C'est au même moment qu'on a parlé pour la première fois de Chopheriel. On a soupçonné Madeleine Roy d'en être une adepte.

Ina se crispa. Les mots de Germon lui faisaient l'effet d'un souffle glacé.

– C'est ridicule. Vous n'avez pas pu y croire.

– Non, et rien n'a été prouvé, là non plus. La secte était alors bien plus obscure et insaisissable qu'aujourd'hui. Mais je n'avais pas le choix.

– Quel choix ?

– Lui avez-vous parlé de moi ?

– Oui, je crois.

– Alors n'attendez plus rien d'elle.

Germon leva péniblement le regard.

– Un comité d'éthique scientifique s'est réuni pour décider du sort qu'il fallait lui réserver. J'en étais le président.

– Alors, c'est vous...

– Nous l'avons blâmée et radiée du Collège international des hautes études en génétique, oui, confirma Germon. Le lendemain, elle quittait ses fonctions et démissionnait officiellement. Adepte ou pas, je doute qu'elle cherche à nous aider aujourd'hui. Et je ne saurais vous dire si elle est capable d'entraver nos efforts, dans le cas où son implication dans la secte serait effective.

Ina se dirigea vers la porte.

– Pourquoi n'en avez-vous pas parlé à Vincent Karst ?

– Je vous l'ai dit : rien n'a été prouvé et c'était une décision soumise au secret professionnel. Lui-même n'a jamais parlé, lors de nos discussions, de cette secte ni de son rôle possible dans le drame que nous vivons.

La jeune femme prit appui contre le chambranle. Tout semblait se dérober sous elle, tandis que les éléments prenaient place dans son esprit : les réticences de la vieille dame, son trouble dans le laboratoire africain, ses silences et ses zones d'ombre. Et surtout son étrange réaction à l'évocation de Germon. Le professeur l'arracha à ses pensées.

– Docteur Klein ?

Elle s'immobilisa sans se retourner. L'affrontement avait assez duré.

– Je n'y ai jamais cru ; j'ai toujours eu beaucoup de respect pour Madeleine Roy. Mais il faut continuer. Avec ou sans elle.

2

Vincent et Bruno Gallet gravirent les marches du perron. Le policier contempla furtivement le paysage. La maison de Saint-Jean-de-Beauregard était prise au piège de l'hiver. Les nappes de givre s'étendaient entre les arbres nus jusqu'à l'enceinte du parc. La demeure de Roy semblait plus isolée, plus froide encore qu'à sa première visite.

Le déverrouillage automatique retentit et Vincent poussa la porte. Le médecin légiste serra la poignée de sa mallette métallique et ils entrèrent.

Les deux hommes traversèrent le hall et s'arrêtèrent au seuil du salon. Les rideaux étaient tirés et du plafond tombait une lumière crue. Dans l'aquarium, les poissons s'agitaient frénétiquement. Près d'eux, les sculptures avaient disparu. Elles semblaient s'être déplacées, telle une armée de morts-vivants, et elles occupaient tout le séjour. La lumière blanche accentuait les lignes déchirées. Gallet eut un mouvement de recul devant les visages ; la pièce aurait pu résonner de leurs cris. Il suivit Vincent à travers les œuvres torturées jusqu'à l'entrée de la serre centrale.

Leurs pas crissèrent sur les gravillons. Madeleine Roy leva la tête et sourit. Sa silhouette se détacha sur le fond vert de la coulée végétale. Elle semblait plus fine que jamais dans son tablier. Son regard trahissait une tension infinie. Gallet s'approcha d'un hortensia. Les branches s'élevaient bien au-dessus de leurs têtes et offraient leurs boules fleuries jaune pâle.

– Le climat de la serre n'est pas celui d'un hiver, expliqua la vieille dame. Il fleurit et sèche en même temps : lumière, vent, peu d'eau.

– Une forme d'expérimentation, dit Vincent.

– C'est une plante, répondit Madeleine Roy. Pas une femme, monsieur Karst. J'expose, j'observe et je laisse évoluer. Je n'exige rien de cette fleur : elle est libre de résister ou de disparaître. C'est ce qui différencie l'observation scientifique, qui permet de comprendre un mécanisme, de la manipulation, qui veut changer l'ordre des choses. Je tente de découvrir le secret du végétal et le respecter, je ne veux pas bouleverser le genre humain.

Vincent se tut. Où était la limite de l'exploration scientifique ? Le laboratoire marqué du sceau des anges hantait son esprit. La généticienne enleva son tablier et lissa son chemisier. Elle s'empara d'une télécommande et la dirigea vers l'entrée : les filtres glissèrent sur les panneaux de verre et plongèrent la serre dans une obscurité incomplète. Madeleine Roy disparut derrière un manteau de verdure et les deux hommes la suivirent, guidés par le froissement des feuilles mortes sous ses pas et l'effleurement des branches. Ils écartèrent le feuillage d'un saule pleureur et s'arrêtèrent à quelques mètres de la vieille dame.

Devant elle, la terre venait de s'ouvrir.

Un rai de lumière fissura le sol et deux panneaux métalliques dissimulés sous un tapis végétal s'écartèrent ; un escalier menait à pic vers un monde souterrain. Madeleine Roy descendit et ses hôtes s'engagèrent à sa suite, tandis que les deux battants se refermaient déjà sur leurs têtes.

L'univers qui s'offrait à leurs regards leur parut irréel. Le laboratoire s'étirait en un boyau de verre, de métal et de technologie sur toute la longueur de la serre. Au travers de la voûte de verre, Vincent devina l'enchevêtrement de terre et de racines, gardien du secret. Les sons de la nature avaient disparu, remplacés par ceux des machines et le pas léger des hommes et des femmes en combinaison. Le professeur se retourna pour affronter leur regard incrédule.

– Il fallait que je m'abrite du monde qui me trahissait et de mon propre passé. Quel autre refuge m'aurait protégée ? Alors seulement j'ai pu poursuivre mes travaux.

Elle sourit à une femme masquée qui manipulait un échantillon derrière une vitre.

– Ils m'ont suivie, dit-elle avec fierté. Nous formions une équipe soudée. Il n'en manque pas un, ils sont tous venus me rejoindre.

Des murs d'installations biotechnologiques découpaient le laboratoire en autant d'unités de recherche. Ils longèrent les plans chargés de matériel. Les regards se levaient furtivement sur leur passage et replongeaient aussitôt sur un microscope, un écran, une batterie de tests automatisés. Ils atteignirent enfin l'extrémité de la serre : le sous-sol se terminait par une excroissance circulaire, centrée par une cabine. Un couloir étroit courait entre ses parois et les murs. Un homme longiligne d'une trentaine d'années les accueillit d'un geste. Madeleine Roy posa la paume sur une interface de reconnaissance et le panneau de verre glissa.

– Je vous présente Ewan Jaeger, biologiste moléculaire hors pair. Confiez-lui votre mallette, docteur Gallet.

Le médecin légiste pénétra dans l'enceinte vitrée et ouvrit le caisson métallique avec précaution. Roy et Vincent leur firent face à travers la paroi transparente. Le biologiste manipula le système informatique et des cristaux liquides dessinèrent un cadre rouge entre les deux épaisseurs de verre transformées en écran géant. Gallet lui tendit un premier tube du caisson isotherme.

– De quoi s'agit-il ? demanda le professeur.

– Du sang de Bénédicte Miler.

Elle interrompit le processus d'un geste.

– Non. Commençons par le sang *fœtal*.

Gallet l'interrogea du regard et lui obéit.

– On a pu extraire 0,15 ml d'un fragment du cordon ombilical, dit-il. Les corps ont été congelés avec l'autorisation des familles.

Vincent détourna le regard. Lui n'avait donné aucune autorisation. Pupille de l'État, Stella n'était pas mariée : un papier administratif avait probablement fait l'affaire.

– Ce sera amplement suffisant, répondit Madeleine Roy. Le seuil de détection des fractions protéiques est bas avec cette nouvelle technologie.

– Pourquoi analyser le sang du fœtus ? demanda Vincent.

– Peut-être aurions-nous dû commencer par là, mais comment pouvions-nous concevoir un tel cauchemar génétique ? Souvenez-vous de nos découvertes africaines, inspecteur, et des hypothèses qui en découlent : les mères whities et par conséquent les cellules embryonnaires sont soumises à des épreuves. Suite au conditionnement, ces cellules sont prélevées puis implantées dans l'utérus des femmes qui participent aux premiers programmes de fécondation *in vitro*. Il en est ainsi depuis trente ans. Naît une première génération d'enfants : ils sont porteurs de ces gènes modifiés qui leur confèrent probablement une résistance aux épreuves subies, comme le ferait un organisme vacciné contre une infection, par exemple, mais de façon intrinsèque. C'est en eux. Ces enfants grandissent : ce sont Bénédicte Miler, l'époux Montiel et probablement Stella. Adultes, ils transmettent ces gènes à leur descendance, mais cette deuxième génération ne va pas dépasser le stade fœtal : les mères sont hospitalisées pendant la grossesse, subissent des manipulations à leur insu et meurent dans les conditions tragiques que l'on connaît. Ces implantations sauvages de cellules n'ont jamais cessé, dans des centaines d'hôpitaux dans le monde, sur des milliers de femmes, et les événements vont se reproduire à l'infini.

– Vous voulez dire que dès le départ, c'est vers le fœtus et ses gènes modifiés qu'il fallait se tourner ? demanda Vincent.

– Encore fallait-il saisir la nature de ces effroyables manipulations.

Madeleine Roy leva les yeux vers l'écran.

– Les explorations sur la mère n'ont rien donné, dit-elle ; si ces gènes sont effectivement en cause dans la mort prématurée de ces femmes, c'est bien sûr du côté fœtal qu'il faut chercher.

Sous contrôle microscopique électronique, le laborantin préleva la moitié de l'échantillon, injecté ensuite dans un canalicule en plastique. Le liquide sombre disparut dans l'aspiration de l'appareil.

– Le sang va subir une décantation qui séparera les globules du sérum contenant les protéines. Le sérum est ensuite soumis à une électrophorèse classique puis bidimensionnelle pour distinguer les protéines en fonction de leur poids moléculaire. Jusqu'ici, rien de neuf.

Sur l'écran transparent, une série de bandes fluorescentes apparurent.

– Chaque bande correspond à un groupe de protéines de même poids. C'est là que les travaux de notre équipe interviennent : la machine soumet chaque groupe à une émission d'ondes ultrasonores modulées dans les trois dimensions. Selon sa structure dans l'espace, chaque protéine renvoie un signal différent. Le système informatique convertit l'ensemble des signaux en une image et reconstruit la protéine. On connaît maintenant chacune des protéines de ce sérum.

Les colonnes de cristaux s'égrenaient progressivement

entre les plaques de verre verticales pour céder la place à un codage complexe.

– Depuis vingt ans, le laboratoire a affiné cette méthode et l'a couplée à une fragmentation de l'ADN humain. Toutes les combinaisons de gènes ont été envisagées, et nous avons reconstitué l'ensemble des protéines que cet ADN peut fabriquer : c'est le protéome humain dans sa totalité, pour la première fois, dit-elle avec émotion.

Madeleine Roy s'approcha de la double-plaque de verre : les colonnes de chiffres et de lettres défilaient sans interruption. Un message apparut enfin. Le professeur croisa le regard de son collaborateur.

– Il est temps de comparer les protéines de notre sérum à notre gigantesque banque de protéines humaines. Si notre raisonnement est juste, l'ordinateur nous permettra peut-être de comprendre ce qui s'est passé.

Les écritures disparurent de l'écran pour laisser la place à une matrice d'une extrême complexité. Les chiffres apparaissaient puis s'effaçaient, projetant leur rayonnement fugace sur les murs de la sphère. Lentement, le haut du tableau se précisa, découpé en milliers de cases où tournaient sur leur axe des molécules représentées en trois dimensions. Au pied de chaque logette, un code définissait la molécule identifiée.

Jaeger s'appuya sur le tableau de commandes, stupéfait.

Le professeur fit un pas vers l'écran et effleura d'une main mal assurée une première case. Rouge. Une molécule de la même couleur y tournoyait, portant la mention XXX. Non identifiée. Elle fit de même avec une deuxième puis une troisième protéine. Les scientifiques échangèrent un regard chargé d'effroi. Chaque ligne comportait plusieurs cases rouges. Les tableaux s'enchaînaient à une vitesse fulgurante, confondus sur la plaque luminescente. Les matrices superposées s'effacèrent d'un coup et apparut une grille constituée de cinq colonnes. Un chiffre clignotait en bas de la dernière.

Vincent brisa le silence.

– Que voyez-vous ?

– L'ordinateur répond à votre question, dit-elle d'une voix blanche. Ce sérum contient 3 357 824 protéines, monsieur Karst. Plus de 48 000 d'entre elles nous sont inconnues, vous m'entendez ? Parfaitement inconnues. Aucune combinaison du génome humain tel qu'on le connaît n'est susceptible de les fabriquer.

Vincent et Gallet la dévisagèrent sans comprendre.

– Ewan, dit Madeleine Roy, testons le sang maternel.

Quelques instants plus tard, l'ordinateur révéla la présence de 8 937 protéines inconnues dans le sérum de Bénédicte Miler.

– Elles n'existent qu'à l'état de traces chez la mère : elles se sont fixées sur les récepteurs et deviennent indétectables par les méthodes classiques.

– Qu'est-ce que tout cela signifie, bon Dieu ?

Les chiffres disparurent, la lumière jaillit du plafond et l'écran ne fut plus qu'une plaque transparente à travers laquelle les visages exprimaient l'inquiétude. Madeleine Roy était d'une pâleur mortelle.

– À la première génération, les nouveaux gènes, conditionnés, se sont exprimés : de nouvelles protéines sont apparues pour doter le corps de nouvelles capacités, certainement. À la seconde génération, ces gènes se sont mêlés au capital génétique de l'autre parent, qui transmet la moitié de ses chromosomes à l'embryon. En d'autres termes, le fœtus que portait Stella abritait d'une part ces gènes modifiés que possédait sa mère, mais aussi les vôtres, « normaux », monsieur Karst. La rencontre des chromosomes et la coexistence des gènes se sont bien déroulées. Jusqu'à ce que ces femmes soient hospitalisées.

– Ce qu'ont subi Stella, Miler, Montiel et toutes les autres dans les hôpitaux d'Europe a pu modifier à nouveau les gènes du fœtus ?

– Non, c'est plus subtil que cela. Quand les brillants scientifiques de Chopheriel ont soumis les patientes d'Ina – et bien d'autres dans le monde – à des épreuves, ils cherchaient seulement à savoir si la deuxième génération possédait les mêmes gènes modifiés, si ces gènes étaient transmissibles et s'ils conféraient au fœtus une protection équivalente à celle des parents.

– Ils ont alors exposé Miler à la chaleur, et plongé Montiel dans un coma hypoglycémique pour injecter des produits au niveau du cordon fœtal – voire diminuer l'oxygénation du fœtus, selon l'hypothèse d'Ina.

– ... Et ils ont certainement inoculé une infection dans le corps de Stella, oui. Ils ont ensuite observé les réactions de la mère mais surtout du fœtus. Ils en furent satisfaits, sans doute : les gènes modifiés ont joué leur rôle et produit des protéines protectrices. En revanche, ils n'ont pas mesuré les conséquences de leurs actes : ces épreuves infligées ont réveillé le monstre qui dormait. Les gènes modifiés ont certes reconnu les circonstances contre lesquelles ils doivent protéger le corps ; mais en basculant dans leur phase d'activité, ils ont déclenché des interactions avec les gènes du père. L'activité des gènes modifiés a peut-être aussi perturbé la conformation de l'ADN, ou même réveillé des gènes « quiescents », endormis. Quoi qu'il en soit, la combinaison de tous ces phénomènes a généré la production de protéines inconnues supplémentaires. Nous en connaissons les effets sur la mère, dit-elle gravement : infections foudroyantes, bouleversement de la température corporelle, anéantissement des systèmes de contrôle cellulaire. L'inverse de l'effet escompté.

La vieille dame laissa son regard se perdre dans le laboratoire.

– Le corps humain jette l'éponge, messieurs : il n'en peut plus. Les tortures génétiques infligées par la secte ont eu raison de lui.

Elle plongea dans les yeux acier de Vincent.

– C'est l'enfant qu'elle portait qui a tué votre compagne, Vincent. Un embryon déboussolé, violenté au plus profond de son être, à l'origine même de son existence. Et il en sera de même pour toutes celles qui portent en elles le fruit de cette démence humaine. Ils ont ouvert la boîte de Pandore du génome et il en est sorti un gène terrifiant : celui du refus, et c'est toute une génération à venir qui refuse de poursuivre la route. De leurs propres mains, ils ont créé le gène de la révolte.

3

– ELLE VOUS ATTEND DANS VOTRE BUREAU.

Ina rassura sa patiente et se rapprocha de l'infirmière.

– J'en ai pour une heure ou deux, pas plus.

L'infirmière lui prit le dossier des mains, résignée.

– Sortez plutôt par la consultation externe et empruntez les escaliers du bâtiment A. Une vingtaine de familles affolées vous guettent à l'entrée du service, vous n'iriez pas bien loin.

Ina contourna les ascenseurs et rejoignit le couloir de bureaux qui séparait l'unité du bloc opératoire. Elle ouvrit la porte et reconnut la petite femme assise au milieu du capharnaüm. Pauline se leva vivement et lui rendit son sourire.

– Je vais vous dire ce qu'une femme ne doit jamais dire à une autre à moins de passer pour une peste : vous avez une mine épouvantable, Ina.

– Venant de vous, c'est acceptable.

L'inspectrice jeta un œil à son reflet dans une porte vitrée de la bibliothèque. Deux nuits blanches successives ; elle avait connu pire. Ina l'observa : musclée, sèche et un corps en vie, même épuisée. Elle envia cette force intérieure, alors que l'Afrique puis la panique qui régnait au service avaient eu raison de sa propre résistance. Pauline lui tendit une pochette.

– Voici le résultat de notre semaine d'enquête : tout ce qu'on a pu trouver sur Chopheriel et certains membres présumés.

Ina feuilleta le dossier avec fébrilité. Pauline l'interrompit.

– C'est l'heure d'y aller. Promettez-moi de ne pas vous endormir en pleine réunion, dit-elle, inquiète. Vous croyez que ça ira ?

– Un peu barbouillée, c'est sans doute la fatigue. Oui, ça ira.

La gynéco jeta sa blouse au fond d'une armoire. L'inspectrice ouvrit la porte.

– Vous pouvez rester, je n'en ai que pour quelques secondes. Je voudrais que Keller se rende au moins compte que je suis une femme.

Elle sortit un boîtier d'un tiroir. Pauline n'avait jamais remarqué la moindre trace de maquillage sur son visage. Son chemisier moulait un corps plus rond, aux courbes adoucies. Elle se sentit désespérément étrangère à cette image de séduction qui l'éloignait de cette femme. Elle partageait malgré tout certaines choses avec Ina, qu'elle avait appris à apprécier. Pourtant, l'autre nuit, quand Karst les avait quittés, Flieg et elle, pour rejoindre le médecin, le peu de féminité qui habitait Pauline l'avait désertée. Instinct de protection : c'est la seule partie d'elle qui aurait pu en souffrir, et elle l'avait amputée comme on tranche à la base un membre malade.

– Voilà, dit Ina en refermant l'armoire, je ne peux pas faire mieux. Allons-y, vous me raconterez tout en voiture.

– En 96 déjà, le rapport parlementaire Gest-Guyard a répertorié 184 mouvements, dont 13 comprenaient entre

2 000 et 10 000 adeptes. La palme revient aux Témoins de Jéhovah : 130 000 il y a cinq ans.

– Quelles sont les estimations en 2003 ?

– On estime que le taux de croissance annuelle des sectes est compris entre 2 et 5 %. Faites le compte : 300 à 500 000 Français seraient impliqués dans des sectes. Vous vous rendez compte ? Dans ce beau pays, une personne sur cinquante lit le *Bohagavatan* dans un temple Krishna à 4 heures du matin ou fait du porte-à-porte en vous promettant le salut dans un monde en toc, les bras chargés de bouquins. Ça fait rêver, non ?

– Qui lutte contre le phénomène sectaire dans ce beau pays, comme vous dites ?

– L'étendue des réseaux et la multiplicité des cibles imposent la collaboration de différentes administrations : l'Action sociale, l'Emploi et la Solidarité, la DGS, l'Intérieur, la Justice, tous s'y sont mis dans le cadre de la MILS, la Mission interministérielle de lutte contre les sectes, créée en 1999. Personne n'est de trop : il faut identifier, surveiller, et surtout déterminer les zones d'insertion. Comme la réunion de ce soir.

– Expliquez-vous.

Pauline profita du feu rouge pour ouvrir la pochette de documents.

– Les sectes repèrent des « gisements » d'influence et de ressources qui vont véhiculer les messages et recruter : ce sont essentiellement les formateurs professionnels et les psychothérapeutes, deux fonctions mal encadrées par la loi. Les sectes ont ensuite élargi leur cible : c'est dans le domaine de la santé en général et de l'action sociale que le recrutement bat son plein. Les médecins sont aujourd'hui les grands enrôleurs ; qui est mieux placé pour parler des limites de notre société en matière de bien-être mental et physique, quand les sectes promettent toutes l'équilibre et l'extase ?

Ina écoutait avec attention, révoltée. Elle était médecin avant tout et son métier avait trop longtemps été une identité pour que les mots de Pauline ne la blessent pas. Il lui semblait qu'on salissait toute une famille pour punir les méfaits d'un seul membre.

– Si tout ce que vous dites est vrai, pourquoi le conseil de l'ordre des médecins ne réagit-il pas ?

– Ce n'est ni une instance juridique ni un organisme policier, vous le savez bien. Il est plutôt le garant d'une éthique et, face à un phénomène de cette ampleur, il ne peut pas grand-chose. Un de ses membres siège au conseil de la MILS, rien de plus. Un rapport du Conseil national de l'ordre des médecins daté de 1997 ou 1998 s'est contenté de répertorier les pratiques médicales au sein des sectes, et le message a été timidement relayé par les médias. En gros, ça donnait : « Médecins, prenez garde, les sectes vous recherchent ! » Une page sur le médecin racoleur ou racolé au sein des sectes guérisseuses ou psychanalytiques essentiellement.

Ina hésita.

– Des chiffres ?

– Vous êtes prête ? Dans ce même rapport, on avance celui de 3 000 médecins impliqués dans les sectes généralistes. Du côté des Renseignements généraux, le son de cloche est terrifiant : 17 % des médecins en France seraient liés de près ou de loin à une secte. Impossible de confirmer un tel chiffre, bien sûr : ça va du vague sympathisant à l'adepte pur et dur, mais c'est suffisant pour réfléchir à deux fois avant de retourner chez un médecin.

Un sur cinq. Ina fut prise de vertige. Pauline regretta ses mots : elle avait oublié qu'elle s'adressait à un médecin. Elle tenta de rattraper sa maladresse.

– Ce sont des personnalités fragiles, bien sûr, mal socialisées et manipulables, par conséquent. La profession n'a rien à y voir. En revanche, ces estimations tout comme le rapport du Conseil de l'ordre ne tiennent absolument pas compte des sectes de médecins à proprement parler, dont ils envisagent à peine l'existence. Une chose est sûre : de Chopheriel, personne ne dit mot, et ça, c'est beaucoup plus grave.

– Qu'en sait-on aujourd'hui ?

– Pas grand-chose. Dans les années 70, un dissident de Raël un peu trop scientifique se serait lassé de croire que Raël, alias Claude Vorilhon, puisse être l'incarnation de chevaliers tout-puissants venus d'une autre planète. Il aurait décidé de revenir à la science, plus concrète, pour asseoir sa foi en un être supérieur – donc éternel. Il en cherchera la trace et la solution dans le domaine qui est le sien : la génétique.

Pauline observa Ina. Le mal-être qui s'était emparé d'elle se lisait sur ses traits.

– Si la profession refuse d'affronter le problème des sectes de médecins, c'est peut-être parce qu'elle souffre autant que vous d'avoir à faire ce triste constat et que le danger que ces sectes représentent est sans commune mesure avec celui des sectes « traditionnelles ». La peur du péril rend aveugle, Ina.

– Puisque les pouvoirs publics sont si clairvoyants, pourquoi n'ont-ils pas prévu que nous nous regrouperions pour former une secte ?

L'agressivité était de bonne guerre et Pauline s'y résolut. Elle l'avait bien cherché. Elle finit par s'interroger sur le bien-fondé de leur équipée : Ina aura-t-elle le recul nécessaire pour affronter la réunion à laquelle elle la menait ? Il était trop tard pour se poser la question ou pour faire marche arrière.

– Vous avez raison. La police elle-même n'a jamais réellement pris le taureau par les cornes. On a affaire à des gens brillants, Ina, pas aux fragiles et autres habituels paumés de la société qu'on manipule avec trois mots. Ce sont des individus stabilisés et protégés par une activité scientifique de haut vol et qui s'adressent à leurs pairs. Aucun d'eux ne parlerait de secte, bien sûr, mais d'un réseau d'échanges. Le secret et la discrétion sont des mots d'ordre. Où est la faille ? Où l'édifice fissure-t-il et comment s'y introduire ?

Ina sourit, plus détendue.

– En manipulant une pauvre gynécologue psychologiquement fragile. Vous êtes pire qu'eux.

La voiture s'échappa des grands boulevards surchargés et sillonna les ruelles du 14e arrondissement.

– La réunion de ce soir vous surprendra. Il ne s'agit évidemment pas d'un recrutement officiel organisé par Chopheriel et vous ne trouverez pas les deux anges sur tous les murs. Ce sont des rencontres d'« anticipation scientifique » : une réflexion entre gens compétents désireux de dépasser le cadre parfois étroit de leur pratique médicale... En réalité, c'est l'occasion pour l'organisateur de révéler les idéaux profondément enfouis ou refoulés de son auditoire et de leur offrir un mode d'expression rassurant. S'il y a bien une chose qu'un médecin ne supporte pas, c'est de s'avouer illuminé. Il lui faut un alibi palpable et rationnel pour donner libre cours à ses fantasmes, et Chopheriel l'a compris. Ses dirigeants ont caressé la mégalomanie du monde médical avec les seuls mots rassurants : ceux empruntés à la science.

– Et cet idéal, pour les adeptes, c'est la race génétiquement parfaite, si j'ai bien compris. Derrière le vieux rêve de tout généticien, il y a malgré tout le mythe de la Fin des Temps et des races finissantes. Les membres de la secte ne sont pas à l'abri du délire mystique.

– Germon ne s'est pas trompé, effectivement. La thématique de nos fameuses soirées d'anticipation en dit long. Ce soir, vous aurez droit à « Génétique, (l'autre) éthique de la création ».

– Je vois. Nous sommes médecins, mais rien ne nous empêche de philosopher à nos heures perdues. C'est ça ?

– Vous avez tout compris : on cultive l'idéal, on dévie lentement mais sûrement vers le rêve fou sous le vernis rassurant du scientifique humanisant.

La voiture ralentit et finit par s'arrêter le long du parc Montsouris.

– On y est, dit Pauline, les yeux rivés sur son rétroviseur central. La grande maison grise en remontant le trottoir d'en face sur cinq cents mètres. Regardez de l'autre côté : la voiture bleue, là, près de l'abribus.

Ina distingua avec peine le petit signe que lui adressa le conducteur.

– Flieg reste ici et moi, je me poste devant la maison avec mon tricot. Vous ne pouvez pas la louper, la plaque vissée sur la porte d'entrée est éloquente : *Cercle de la Science et de la Pensée.* C'est aussi le domicile de l'intervenant.

Elle regarda le tableau de bord de la voiture.

– Vous êtes en retard pour la réunion, mais l'essentiel est de réussir à parler avec Keller à la fin de son speech. Vous marquez ainsi votre intérêt pour la démarche philosophique que le Cercle adopte ; c'est le signe que le poisson a mordu à l'hameçon.

– Comment avez-vous repéré Keller ? Un médecin a parlé ?

– Aucun. Soit le poisson mord, soit il passe sans s'être aperçu de la présence du pêcheur. Là réside toute la force de Chopheriel et le gage de son existence discrète. Non, c'est un faisceau de constatations : impliqué dans les premiers programmes de fécondation *in vitro*, mêlé au scandale des expériences sur les femmes enceintes en 92, et quelques éléments glanés péniblement auprès de Germon. Pas commode, le vieux professeur.

Ina rangea le dossier dans son sac. Pauline lui tendit une feuille.

– Il y a encore ceci. L'ultime carte à jouer si les circonstances l'imposent. Vous lirez discrètement ces deux pages pendant la conférence.

La gynécologue quitta la voiture.

– Une dernière chose, dit Pauline.

– Oui ?

– Vous êtes vraiment courageuse, votre cran m'impressionne.

– Allez droit au but.

Pauline détourna le regard.

– Vincent est une tête brûlée, vous n'êtes pas obligée de l'imiter.

– Alors le toubib va vous répondre : l'inconscience n'est pas sexuellement transmissible. C'est bien ce que vous redoutez, n'est-ce pas ?

Le policier sourit. Le médecin identifiait ce qu'elle-même ressentait sans savoir le nommer : la jalousie. Ina marquait ainsi son territoire.

– Vous êtes armée ? demanda Pauline.

– Oui.

– Donnez-moi ça tout de suite. Vous êtes folle ? Vous n'êtes pas dans un western. Je vous l'ai dit : ce type est contagieux.

Ina se mit à rire.

– Je n'ai rien à vous donner. Je me défends avec ça, dit-elle en serrant le poing.

Ina s'éloigna et Pauline remonta la vitre.

– « On ne peut pas consentir à un effort scientifique sans l'inscrire dans l'avenir de l'homme, donc dans une réflexion humaniste. »

Ina quitta l'orateur des yeux et contempla l'assemblée. Les chiffres effrayants de Pauline la hantaient. Pourtant, aucun ne ressemblait à un illuminé dangereux, un savant fou, un être perdu pour la société. Elle aurait pu les croiser dans les couloirs de son service, ils lui auraient parlé d'un cas compliqué d'hypertension gravidique ou de polykystose ovarienne, et elle les aurait jugés brillants ou incompétents, gentils ou agressifs – normaux. Elles les aurait jugés *normaux*, tout simplement. Peut-être même n'aurait-elle rien ressenti à leur endroit tant ils se ressemblaient tous, tant *elle* leur ressemblait. L'image de Vincent s'imposa et l'apaisa. Pourtant, avant de le rencontrer, ne s'était-elle pas réfugiée dans le travail en faisant de sa pratique un sacerdoce ? Qu'est-ce qui l'avait empêchée de basculer ? Elle aurait pu être membre de Chopheriel, et l'idée la fit frissonner. Elle se concentra sur le discours de Keller. Jamais d'outrance, subtilement *borderline*, pas un mot démagogique : aucun penseur du Cercle ne sauverait un monde en perdition en rejoignant les rangs d'une élite visionnaire. On était à des années-lumière du prédicateur hystérique penché sur une foule en transe. Keller parlait sobrement d'éthique, de vocation ultime : l'acte scientifique trouvait sa noblesse dans l'idéal qu'il servait ; science sans pensée n'était que ruine de l'homme.

– « C'est d'un véritable lien entre nous tous que peut naître le sens humain de nos gestes scientifiques. Merci d'être venus. »

Ina se leva et observa attentivement les participants. De sept à soixante-dix-sept ans, ou presque. Personne ne semblait avoir basculé dans l'extase. Son voisin avait même rivalisé avec elle dans les bâillements étouffés. Elle en ressentit un profond malaise : ceux qui rallieraient la cause de Chopheriel le feraient à leur rythme, en leur âme et conscience, en laissant pousser patiemment leur graine de démence sous le vernis rationnel d'une vocation scientifique.

Les gens commençaient à quitter la salle et Ina croisa le regard ensommeillé de son voisin. L'homme se redressa sur son siège.

– Je dois manquer de spiritualité, dit-il simplement.

Il lui tendit la main.

– Guy Lafleur. Chirurgie vasculaire à Émile-Roux.

Le nom la fit sourire. Le physique de son interlocuteur s'apparentait plus au terrain de rugby qu'au bloc opératoire. Elle se souvint des recommandations de Pauline : ne pas trop en dire. Le moins possible, en fait.

– Ina Klein.

– Mon parrain va être déçu, mais je ne suis pas sûr de revenir. Qui est le vôtre ?

Une succession d'images, de mots et de visages défilèrent dans l'esprit de la jeune femme. Le puzzle s'était progressivement mis en place, depuis quelques jours, et le nom lui vint telle une évidence.

– Holstadt. Philippe Holstadt, le radiologue.

La salle était presque vide. Le type finit par se lever.

– Peut-être à une prochaine fois ?

Seule, elle attendit qu'un confrère en chemise à carreaux et semelles crêpe épuise un sujet complexe sur les dissidences chromosomiques et l'émergence d'une nouvelle vie organique pour s'approcher de Keller.

– Bonsoir.

Son éloquence l'avait fait paraître plus grand qu'il n'était. Il s'était tu et redevenait un petit homme au crâne dégarni et aux mouvements gauches. Il dut lever la tête pour lui répondre : un strabisme rendait son regard insondable. Elle prit conscience du pouvoir du verbe. Keller était plus qu'un philosophe intéressant, en définitive.

– Je ne vous ai jamais vue aux rencontres du Cercle, je crois, dit-il.

– Je compte bien revenir : c'était passionnant. Une bouffée d'oxygène.

– Nos réunions n'ont pas une telle ambition, mais je suis ravi qu'elles vous procurent un bien-être.

Elle s'en voulut de l'avoir sous-estimé. Keller n'était pas un vieillard qu'une femme émoustillait avec un sourire. L'attitude d'une nouvelle participante lui était transparente et c'était probablement son pain quotidien. Elle ne l'attraperait pas d'une façon aussi grossière et peut-être se méfiait-il déjà d'un enthousiasme aussi marqué. Il fallait changer de cap, et vite : il rangeait ses affaires.

– Mais je ne crois pas qu'une réunion ponctuelle soit fédératrice, dit-elle.

– Que voulez-vous fédérer, docteur...

– Klein.

Si le nom évoquait pour lui quelque chose, Keller n'en laissa rien paraître. Ina poursuivit l'offensive.

– Vous parliez de dépasser l'approche rationnelle de notre activité pour lui donner une dimension spirituelle. Je doute qu'un débat d'une heure et demie permette à vingt personnes de sensibilités différentes de faire émerger un élan spirituel unique. D'après vous, lequel d'entre nous, ce soir, aura libéré sa pensée du carcan rationnel en sortant d'ici ?

– Le point de vue de l'autre est un miroir suffisant pour certains. Nous ne cherchons pas à forger les esprits éclairés de la science du XXIe siècle, docteur Klein. Et il ne s'agit en aucune façon de rejeter notre art et sa pratique. Nous formons simplement un groupe qui s'offre l'occasion de prolonger la science par une réflexion et non pas de la dépasser. Pour vous, c'est peut-être une bouffée d'oxygène dans un monde irrespirable, alors que pour la plupart d'entre nous, c'est juste une autre façon de respirer le même air.

Il ferma sa mallette d'un geste qui voulait clore la conversation.

– Peut-être aurai-je le plaisir de vous retrouver le mois prochain ?

La salle s'était vidée. Ils étaient seuls et Keller s'apprêtait à quitter les lieux. Ina abandonna l'illusion d'infiltrer la secte. Elle songea à ses patientes et toutes celles dont le sort dépendait de l'enquête. C'était une course contre la montre et bientôt elle n'aurait plus le temps de réfléchir, ni même de respirer. Il était l'heure de savoir, pas d'intriguer. Son regard s'échappa par la fenêtre : elle aperçut la voiture de Flieg cinquante mètres en aval. Pauline avait disparu de son champ de vision. Elle joua le tout pour le tout.

– Chopheriel ne se contente pas d'organiser des rencontres spirituelles.

Keller feignit de ne pas comprendre avec un naturel déconcertant.

– Je ne sais pas de qui ni de quoi vous parlez, mais si une autre structure vous paraît mieux adaptée à vos attentes, peut-être vaut-il mieux la rejoindre.

– Non, elle n'est pas tout à fait « adaptée » à mes attentes. En revanche, vous pouvez y répondre. Vous avez déjà répondu à ces questions en 92, quand on vous a interrogé sur les liens susceptibles d'unir la secte de Chopheriel et les autres médecins incriminés dans l'expérimentation pratiquée sur ces femmes enceintes.

– Je ne crois pas pouvoir vous aider. Au revoir, docteur Klein.

Ina lui tendit la feuille qu'elle avait parcourue pendant le débat.

– C'est un test ADN, professeur Keller. Il devrait vous intéresser. Il a été effectué sur les cellules sanguines de votre fille et celles de votre épouse. Elles ont accepté de s'y soumettre quand on leur a dit que le dossier risquait de réapparaître au grand jour.

– Il est classé, pourtant.

– Lisez ce résultat, dit Ina en posant le papier sur le bureau du conférencier. Il montre que la FIV que vous avez pratiquée pour votre propre couple ne l'a pas été dans les règles de l'art.

Keller posa sa sacoche, les yeux fixés sur la jeune femme.

– Si vous n'avez pas envie de lire ces pages, je vais vous en donner les conclusions : on ne retrouve pas le capital génétique de votre femme dans celui de votre fille. Ce n'est donc pas l'ovule de Mme Keller qui a été fécondé puis implanté dans son utérus. Question : quelles cellules l'ont remplacé ?

– Je crois que je n'ai plus besoin de répondre à vos interrogations.

Ina sentit son corps basculer vers l'arrière et s'agrippa au bras qui se resserrait comme un étau autour de son cou. Keller fit un pas vers elle et plia méthodiquement le compte rendu d'analyse génétique.

– Quel dommage. Vous étiez la Mère idéale. Nous avions besoin de vous comme vous aviez besoin de nous, mais cette fois vous allez trop loin. Notre Guide comprendra que nous n'avions plus le choix.

– Moi si, cria Ina dans un souffle.

Elle décocha un coup de talon dans le tibia de son agresseur et enfonça le coude dans ses côtes. Lafleur desserra son étreinte. La jeune femme en profita pour saisir son poignet et faire pivoter l'avant-bras autour de son axe en passant derrière le type. Elle posa le coude du chirurgien sur son genou et fit levier en poussant le poignet. L'articulation céda dans un craquement et Lafleur se recroquevilla en gémissant.

Keller se précipita vers son bureau.

– Ne touchez pas à ce tiroir et reculez vers la fenêtre.

Pauline s'adossa au chambranle, l'arme au poing. Elle contempla l'homme au sol.

– J'ai eu tort de croire que Karst aurait une mauvaise influence sur vous. Même lui n'est pas capable de ça. Qu'est-ce que c'est ? dit-elle, vivement intéressée.

– Krav maga. Une méthode de défense des unités israéliennes pour faire face aux agressions en corps-à-corps. Encore une diversion quand le tai-chi m'agace.

Pauline fit le tour de la table et ouvrit le tiroir. Elle en sortit avec précaution un dictaphone, une enveloppe avec un billet d'avion dont elle lut la destination, et une arme automatique.

– Interdite à la vente comme à la possession. Je crains que vous ne deviez repousser votre départ pour Stuttgart et vous soumettre à quelques interrogatoires.

Elle fit un pas en arrière et lorsqu'elle se rendit compte que la fenêtre s'ouvrait, il était déjà trop tard : avec une agilité stupéfiante, Keller posa le pied sur le bureau et renversa la chaise qui le séparait de la jeune femme. Les doigts de Pauline effleurèrent le tissu du pantalon, incapable de retenir l'homme qui basculait dans le vide.

Ina leva les yeux vers un ciel incertain. S'éloigner du sol, un instant, pour oublier qu'un corps s'y écrasait presque sans bruit, cinq étages plus bas.

4

– COMMENT VA-T-ELLE ?

– Mieux. Un malaise, le contrecoup, sans doute. Elle dit en avoir vu d'autres en Afrique, mais je crois qu'elle est choquée, malgré tout. Ils veulent la garder en observation cette nuit. Pauline est avec elle, elle va essayer de la convaincre.

– Keller ?

– Plongeon du 5e étage. Il n'a pas dû souffrir – ou pas longtemps, répondit Flieg.

– Et l'autre ?

– Lafleur a fini par parler, en revanche. Pauline est vraiment forte pour les convaincre de se mettre à table. On a mieux compris le geste de Keller.

– Qu'est-ce que ça signifie ?

– Que tu repars, Karst.

– Où ?

– En Allemagne. Ils s'y réunissent.

– Encore ?

– Rien à voir avec les groupes de réflexion. C'est le grand jour, ou plutôt la grande nuit, Vincent. Ils y seront tous. C'est la grand-messe de Chopheriel, le rassemblement qu'ils attendent depuis toujours : l'heure des révélations, de l'aboutissement d'années de travaux, d'efforts et d'espoirs fous. Keller préférait mourir plutôt que de compromettre le concile.

– Je pars quand ?

– Ce soir, 18 h 50. Un vol Lufthansa pour Stuttgart.

Vincent songea à Ina. Elle aurait certainement eu besoin de sa présence ce soir.

– Là-bas, poursuivit son collègue, tu loues une voiture et tu te débrouilles pour atteindre la Schwarzwald avant minuit.

– Je ne supporte plus les forêts.

– Tu auras la montagne en prime. Tes billets t'attendent au comptoir d'information à Roissy, ainsi qu'une carte magnétique pour récupérer les affaires de Lafleur.

– On sait ce qu'elles contiennent ?

– Non. Lui-même n'en a pas la moindre idée. Il était censé tout découvrir à l'aéroport, comme tu le feras. Une précaution supplémentaire de Chopheriel pour éviter les indiscrétions.

– Nos collègues allemands sont déjà sur place, j'imagine.

– Ils explorent la région depuis plusieurs heures sans succès. Rien qui trahisse un rassemblement imminent. Il est préférable qu'ils n'insistent pas : on pourrait les repérer.

– Et en fin stratège, tu t'es dit qu'il n'y avait qu'un seul moyen pour débusquer Chopheriel sans l'alerter.

– Prendre la place de l'un d'eux. Bravo. Tu gagnes un siège aux premières loges.

– Ça ne me laisse pas beaucoup de temps pour y arriver.

– Je sais. Mais pas d'imprudence, malgré tout : traverser de nuit le massif de la Forêt-Noire en plein Bade-Wurtemberg n'est pas une partie de plaisir.

Les images d'adolescence violente et de paysages glacés s'imposèrent à lui. Il avait fui l'Alsace, il retrouverait le Rhin sombre et l'Allemagne dans la rigueur de l'hiver.

– Une dernière chose, Karst. C'est au sujet du professeur

Roy. Les derniers propos de Germon nous obligent à prendre des précautions.

– Je sais ce que Germon a révélé d'elle. Je ne la crois pas mêlée à la secte.

– Compte tenu de son passé et du différend qui l'oppose à Germon, il est quand même surprenant qu'elle coopère de bon cœur ou sans arrière-pensée. Inutile de lui parler de ton voyage.

– J'ai confiance en elle, Flieg.

– J'ai envie de te croire. Ton avion décolle dans deux heures. Est-ce encore nécessaire de te demander d'être raisonnable ? Ne mets pas l'Allemagne à feu et à sang.

– Non, tu as raison : c'est parfaitement inutile de me le demander.

– On aurait pu envoyer quelqu'un d'autre, ne l'oublie pas.

– Pourquoi ne pas l'avoir fait ?

Flieg laissa tomber le masque.

– C'est ta dernière chance, Vincent. Ta dernière chance de redorer ton blason et sans doute de bosser à nouveau avec les deux meilleurs flics de France. Va, et souviens-toi qu'on n'est pas loin, prêts à intervenir au moindre signal de ta part. Alors pas de tache de sang sur tes vêtements pour ton retour triomphal dans le bureau de Picard.

5

VINCENT SE FRAYA UN PASSAGE jusqu'au comptoir Lufthansa. L'aéroport grouillait d'hommes, de femmes et d'enfants pressés de retrouver leur famille et de fêter Noël, la célébration qu'il détestait par-dessus tout. Chopheriel n'avait probablement pas choisi le 23 décembre par hasard : se réunir la veille d'une naissance miraculeuse et génétiquement douteuse enveloppait le rassemblement d'une anticipation mystique. Il bouscula quelques personnes et s'approcha de l'hôtesse.

– Vous avez un billet au nom de Karst sur le vol pour Stuttgart.

– L'enregistrement est terminé, monsieur.

– Il ne vous reste plus qu'à les prévenir qu'ils ne partiront pas sans moi, dit-il en agitant son insigne sous le nez de la femme.

– Pas sans *nous*, rectifia une voix masculine dans son dos.

Vincent ne prit pas la peine de se retourner.

– Qu'est-ce que vous fichez ici, Lamoureux ?

– On a un contrat, vous avez oublié ?

Vincent le prit par le bras.

– Il n'y a aucun contrat entre nous et ce qui suit ne vous regarde plus. Foutez le camp.

– Je vous ai tiré d'affaire, Karst. Mais oubliez ça et songez un peu moins égoïstement à ce qui vous anime dans cette enquête. Vous aurez une chance de comprendre pourquoi je suis ici.

Le journaliste se dégagea de l'étreinte et son regard plongea dans celui du policier.

– Chacun cherche un sens à sa vie à travers ses actes. Je vous l'apprends ? Vous avez encore toute la vôtre devant vous pour gommer, rétablir, peut-être même pour trouver une forme de paix intérieure. Vous n'avez que trente ans et c'est un combat que vous menez depuis bien longtemps déjà, Karst. C'est ce qui vous pousse hors du lit après une nuit agitée par vos démons, c'est aussi ce qui vous donne envie de continuer, d'accepter toutes les nuits aussi pourries que les précédentes. Pourtant il y a si peu à rattraper. (Lamoureux se mit à rire.) Une balafre, quelques années en cité. Tout reste à faire, tout est encore devant vous ; réjouissez-vous. Voilà ce qui nous sépare : moi, tout est derrière. C'est tamponné, refermé, scellé. Je n'ai qu'un vague arrière-goût du sens qu'ont pris les années passées, vous comprenez ça ? Je n'aurai plus beaucoup d'occasions de renouer avec la dignité, dit-il en serrant sa carte d'embarquement. Alors si vous n'avez ni reconnaissance ni sens du partage, respectez au moins mon effort de survie.

Une voix impérieuse retentit dans le hall : le décollage du vol 853 pour Stuttgart était imminent. Les haut-parleurs écorchèrent leurs noms. Vincent écourta le contrôle d'identité en brandissant à nouveau sa plaque et ils se précipitèrent vers la salle d'embarquement.

Une heure et demie plus tard, ils survolaient les anses sombres du Neckar et l'avion atterrit dans la capitale provinciale. Le givre recouvrait la végétation rase en bord de piste. Vincent s'était efforcé de ne pas regarder par le hublot. Il ne voulait rien voir de la ville ni du pays et la langue allemande le glaçait. Les souvenirs d'enfance l'assaillaient tandis qu'il luttait pour s'en échapper.

Ils furent les premiers à s'engouffrer sur la passerelle. Vincent récupéra les clefs d'une Audi Quattro de location équipée de pneus neige.

– J'espère que ça suffira, dit-il sans conviction.

– On a combien de temps pour parvenir au lieu de rassemblement ?

– Pas assez. Partons.

La voiture rejoignit l'autoroute et prit la direction de Tübingen puis Zurich. Vincent profita de l'absence de limitation de vitesse pour rattraper le temps perdu. Quarante kilomètres avant la frontière suisse, il quitta les grandes axes routiers et emprunta la nationale qui sinuait vers l'ouest et le Haut-Rhin. Les premiers reliefs apparurent, et la Schwarzwald étendit devant eux l'ombre interminable de ses pinèdes. Seules les chutes de neige irrégulières avaient adouci le spectacle. Vincent tendit au journaliste le sac qu'il avait récupéré à Roissy.

– Ouvrez et faites l'inventaire.

Lamoureux retira un GPS de poche et une lampe-torche.

– C'est une réunion de scouts ?

– Ouvrez l'enveloppe.

Elle contenait une feuille blanche sans en-tête et ne comportait que quelques caractères dactylographiés que Vincent identifia sans difficulté.

– Des coordonnées géographiques. D'où l'intérêt du GPS.

– J'imagine que les membres de Chopheriel ont tous reçu une convocation de ce type : anonyme et codée si ces feuilles tombaient entre d'autres mains.

– Que peut bien représenter le chiffre sur la première ligne ?

– Je ne sais pas, dit le journaliste. 175... Un matricule pour chaque adepte ? C'était peut-être celui de Lafleur, puisque c'est sa convocation.

Vincent ne répondit pas, les mains crispées sur le volant. Le crachin s'était transformé en une pluie battante. Une fine couche de verglas recouvrait la chaussée glacée par les températures négatives des derniers jours. Le macadam luisait comme un miroir. La voiture aborda dangereusement un virage en épingle et les phares balayèrent un court instant une borne.

– 175 ! s'écria Lamoureux. Le repère kilométrique sur la route, bien sûr ! Nous venons de franchir le kilomètre 167. Vous vous arrêterez dans huit kilomètres. Il faudra probablement poursuivre à pied et s'aider du GPS pour...

Ses derniers mots se perdirent dans une ultime courbe de la route : la voiture se mit à glisser, incontrôlable. Vincent braqua le volant pour placer les roues dans le sens opposé à la trajectoire du véhicule. Le pare-chocs heurta un arbre en bordure de la route. Sous l'effet du choc, le capot se souleva, les phares volèrent en éclats et l'arrière chassa vers la pente, en aval. Le châssis se déchira sur le bord du ravin et bloqua le mouvement de la voiture, en équilibre au-dessus du vide. Les deux hommes détachèrent leurs ceintures et plongèrent hors de l'habitacle déformé au moment où le véhicule basculait. L'Audi dévala le flanc montagneux, effectua plusieurs tonneaux avant de finir sa course contre un bouquet d'arbres.

Les deux passagers se rassurèrent mutuellement du regard. Lamoureux se releva avec peine ; il serrait contre lui le sac et son contenu. Vincent gravit les quelques mètres qui le séparaient de la route. Quelques virages plus bas, deux points lumineux progressaient dans leur direction.

– Donnez-moi le sac, vite !

Vincent le brandit à la lumière des phares. La voiture s'arrêta près d'eux et une vitre s'abaissa.

– J'ai perdu le contrôle du véhicule, dit Vincent. *Deux anges perdus dans la montagne.*

– Montez.

La voiture s'enfonça dans un brouillard de plus en plus dense. Le conducteur, un homme blond d'une quarantaine d'années, jeta un coup d'œil inquiet sur sa montre.

– Vous avez de la chance que je sois en retard.

– Beaucoup de chance.

L'homme croisa le regard de Vincent. Ses yeux curieusement rapprochés donnaient à son visage une expression animale.

– Où est votre point de migration ?

– Au kilomètre 175.

– Tous les deux ?

La méfiance du ton n'échappa à aucun des deux hommes. Chaque mot comptait, et il était hors de question de se dévoiler si près du but.

– Non, répondit Vincent. Et toi ?

– 181, dit l'homme, adouci par le tutoiement fraternel.

– Je suis à la borne suivante. Je descendrai avec toi et je continuerai à pied.

Lamoureux chercha en vain une réponse sur le visage impassible de Vincent. Le contact du GPS à travers la toile le rassura. Ses mains se resserrèrent instinctivement sur le sac. Dans quelques instants, il quitterait seul le 4 × 4 : la prudence de Karst les obligeait à se séparer. Une angoisse sourde l'envahit. À travers la fenêtre, on devinait à peine les souches les plus proches dans cette purée de pois. Le véhicule progressait lentement et Lamoureux déchiffra l'inscription sur la borne qu'ils dépassaient : 171.

– Comment vous appelez-vous, Frères ?

Vincent hésita une fraction de seconde. C'était l'adepte de

Chopheriel qui s'était adressé à deux condisciples. L'homme n'attendait certainement pas d'eux qu'ils lui récitent leur état civil. À ce test involontaire le policier n'avait pas de parade. Il porta discrètement la main à son arme. Lamoureux s'avança entre les deux sièges.

– Galgi'el, dit-il. Et lui, c'est Rahati'el. Et toi ?

– Za'afi'el, répondit le médecin, enfin détendu.

Vincent fixa le reflet de Lamoureux dans le rétroviseur. Le journaliste esquissa un sourire et disparut dans l'ombre.

Le véhicule s'immobilisa sur le bord de la route. Le moteur tournait encore. Lamoureux descendit, claqua la portière et suivit du regard les lumières qui s'estompèrent dans la brume.

Plongé dans la nuit, il sentit un étau humide se refermer sur lui et pénétrer lentement chaque parcelle de son corps. Il fouilla dans le sac et en sortit la lampe et la convocation. La lumière s'éparpilla sur les nappes de brouillard. Il braqua le faisceau sur la feuille et saisit le GPS de l'autre main. Il entra avec difficulté les coordonnées géographiques dans l'appareil : ses doigts tremblaient. Il parvint à se convaincre qu'il s'agissait d'un effet du froid. Un vent mordant venait de se lever. Il traversa la route dans la diffraction du rayonnement et tenta de suivre la trajectoire qui se dessinait sur l'écran.

Il s'enfonça entre les pins séculaires. Sous ses pieds, les aiguilles givrées craquaient. Il glissa dans la pente et se rattrapa de justesse à une branche qui ployait sous une masse de neige. Lamoureux sentit une bouffée d'angoisse monter en lui : les accessoires venaient de lui échapper des mains. Il tâtonna sur le sol glacé et finit par retrouver la torche. Elle fonctionnait encore. Le faisceau lumineux balaya le tapis végétal et Lamoureux ramassa l'appareil de guidage. Il tenta de lire l'heure : 23 h 53. Il ne lui restait que sept minutes pour rejoindre le lieu de rassemblement.

Le journaliste se mit à gravir la pente entre les ombres des conifères, les yeux rivés sur le graphique. Il ne trouvait pas de réponse à la question qu'avait fait naître l'échange avec l'adepte de Chopheriel : pourquoi n'avaient-ils pas tous le même point de ralliement ? À quoi pouvait correspondre l'emplacement localisé par le GPS ? Au bout d'une soixantaine de mètres, l'écran clignota : il était arrivé à destination. Il regarda autour de lui sans rien apercevoir d'autre que les troncs massifs. Sur sa gauche, une lueur apparut, fugace. Un deuxième éclair déchira la pénombre de la forêt, un peu plus haut et à droite du premier flash. Autour de lui, des torches s'allumaient et s'éteignaient. La signification de ces jeux de lumière lui échappait. Les aiguilles fluorescentes de sa montre ne lui accordaient plus que trois minutes pour agir. Son cœur battit à tout rompre. Il déplia la feuille et l'exposa à la lumière. Vincent et lui s'étaient attachés aux chiffres sans prêter attention aux mots en bas de page :

Trouver l'arbre de Vie

Trouver un arbre au beau milieu d'une forêt. Lamoureux ralluma la torche : la discrétion n'était plus une priorité. Il chercha désespérément un signe à la cime des sapins, un élément de reconnaissance. Les lueurs avaient disparu autour de lui sans trahir un regroupement ; seuls les rayons de sa propre torche se dispersaient dans les nappes cotonneuses. Il allait l'éteindre quand un éclair bleuté le surprit. Il focalisa le rayonnement sur un énorme tronc et le symbole lui apparut : les deux anges se donnaient le dos dans un triangle luminescent. Lamoureux comprit l'utilité du tube ultraviolet collé au filament classique dans sa torche. Sur l'arbre, le symbole avait été peint de telle sorte que seule une lumière de ce type puisse le faire ressortir dans l'obscurité. Il passa la main sur l'écorce en faisant le tour du pin. Ses doigts s'enfoncèrent dans une fente qui s'élargissait vers le bas. Lamoureux se pencha et examina le tronc : l'arbre avait été creusé pour former une excavation cylindrique. Le journaliste s'éloigna et caressa les branches qui affleuraient le sol : le feuillage était artificiel. Le tronc évidé ne nourrissait plus les branches recouvertes d'épines synthétiques. Combien y avait-il d'arbres de ce type noyés dans cette forêt ? Lamoureux se rapprocha de l'ouverture : elle permettait à un individu corpulent de s'y introduire. Il s'accroupit et se faufila tant bien que mal entre les deux lèvres de bois.

Ses pieds rencontrèrent le vide : il était assis au bord d'un tube métallique. Il jeta un œil à sa montre puis dirigea le faisceau vers l'extérieur, à la recherche d'un signe qui le retiendrait. Dans quoi s'engageait-il ? Ici, au milieu de ce décor glacé, il était parvenu au point de non-retour. À partir de maintenant, tout serait obscur et il serait seul.

Lamoureux se laissa glisser jusqu'à ce que ses pieds rencontrent une surface solide. Il s'accroupit : la plate-forme, comme la paroi, était en métal noir. À l'instant où son cadran s'illuminait pour indiquer le milieu de la nuit, le cylindre pivota pour obturer la fente située au niveau de son visage. Un bruit de moteur emplit l'espace exigu et la cabine amorça sa descente, entraînant le journaliste dans les profondeurs de la montagne.

6

LE CHIFFRE 181 apparut dans un virage et le médecin ralentit. Quelques mètres après la borne, le 4 × 4 s'enfonça dans les fourrés et s'arrêta sur un petit promontoire déboisé qui surplombait l'à-pic. Les deux hommes descendirent et traversèrent la route.

– Je vais longer le macadam jusqu'au kilomètre suivant, dit Vincent.

– Dépêche-toi, on est en retard. Il faut rejoindre ton arbre dans dix minutes. Tu as ce qu'il faut ?

Vincent fit un signe de la main et se mit à courir. L'homme patienta un instant pour le voir disparaître dans le brouillard et s'enfonça dans la forêt.

Son GPS indiquait encore trois cents mètres à gravir dans l'escarpement. L'adepte accéléra le pas et se mit à haleter. Il alluma plusieurs fois sa torche pour éviter un obstacle ou repérer une trajectoire plus aisée. Un ronronnement dans le ciel le força à s'arrêter. Il ne sut à quoi l'attribuer : un battement lointain, peut-être les pales d'un hélicoptère. Le son se perdit dans le souffle du vent et le frémissement des branches. Il reprit son ascension à travers les fourrés et les épicéas jusqu'à ce que son appareil lui indique la position précise de l'arbre. L'homme brandit la torche et illumina les troncs qui l'entouraient. Le symbole apparut comme une gravure métallique dans l'écorce. Il tendit les bras vers l'arbre et suspendit le mouvement, paralysé dans son élan. Deux mains s'étaient glissées sous ses aisselles et se rejoignirent derrière la nuque avant qu'il ait pu amorcer la moindre réaction. Une douleur fulgurante irradia de ses orbites vers l'ensemble du crâne. Il ouvrit la bouche sans qu'un cri puisse en sortir, tandis qu'il tombait dans un gouffre sans fin.

Le corps s'affaissa et Vincent relâcha la pression de ses pouces sur les globes oculaires. Il fit glisser l'homme à terre et prit son pouls. Dix-huit battements par minute. La manipulation était redoutablement efficace : la chute de la fréquence cardiaque avait plongé le membre de la secte dans l'inconscience. Flieg aurait été fier de son collègue ; l'homme était vivant. Il dissimula le corps sous un bosquet et s'approcha de l'arbre.

L'ouverture dans le tronc lui faisait face. Il avait vu le médecin y glisser une jambe, il l'imita et se coula dans le cylindre métallique sans hésitation. Le policier leva les yeux vers le ciel. La lune apparaissait, ronde et diffuse à travers la brume et les branches. Un instant plus tard, l'astre s'éclipsa. La paroi avait coulissé sur son axe circulaire et obturé la fente. Vincent perçut le mouvement du tube métallique. Il écarta les jambes et plaqua les mains contre la paroi afin de se stabiliser. L'habitacle prit de la vitesse et s'inclina. Une lueur bleutée monta du sol à travers la plaque en alliage découpée et projeta sur le toit les deux anges adossés. L'intensité lumineuse crût au fur et à mesure que la cabine progressa dans sa descente.

Hors du temps et de l'espace, Vincent était incapable d'évaluer la distance parcourue. Seul le froid trahissait les profondeurs dans lesquelles il était entraîné. Il se recroquevilla et braqua la torche sur le cadran de sa montre : la chute durait depuis vingt secondes, elle lui semblait interminable. Sous ses pieds, la source de lumière se rapprochait et le symbole creusé dans le métal l'éblouissait. La cabine ralentit enfin sa descente et le policier se redressa. Lorsqu'elle s'immobilisa, la paroi coulissa sur son rail.

Le spectacle fut saisissant.

Des dizaines de cabines similaires s'ouvraient, telles les alvéoles d'une ruche, sur un immense balcon. Vincent sortit de la loge et s'approcha de la balustrade le long de laquelle les adeptes s'alignaient. Le balcon surplombait une grotte gigantesque dont les parois se rejoignaient au sommet d'une voûte. Le théâtre de pierre, cathédrale creusée au cœur de la montagne, résonnait du moindre souffle. Vincent se pencha : quatre autres balcons superposés s'avançaient sous le sien et tous faisaient face à une scène surélevée jusqu'au niveau de la cinquième coursive. Fixée à la paroi, elle semblait surgir de la roche et affronter les cinq balcons. Sept lustres circulaires tombaient du sommet de la voûte et formaient, face aux coursives, une demi-couronne qui baignait le dôme de lumière. Au sol, un hémicycle coupé en deux se remplissait dans un ballet de silhouettes.

Un temple élevé dans les profondeurs de la terre, songea le policier. Des centaines d'hommes et de femmes s'étaient retrouvés au cœur de la nuit, au centre de la montagne, pour célébrer leur mission et leur foi scientifique délirante.

Un murmure parcourut l'assemblée et résonna dans l'immensité de la voûte de pierre. Sensibles à un signal imperceptible, tous s'étaient tournés vers la scène qui les dominait. Une porte creusée dans la roche s'ouvrit et les têtes se levèrent quand celui qu'ils attendaient fit son apparition.

7

– NOUS AVONS TANT ESPÉRÉ CETTE HEURE.

La voix était grave, pleine, elle semblait monter vers le faîte du temple et emplir chaque parcelle de l'espace. La rumeur s'éleva du parterre, embrasa les balcons et explosa en une formidable clameur. Autour de Vincent, tous avaient levé un poing victorieux. Il les imita, glacé, les yeux rivés sur l'homme en chaire.

La distance et la roche sur laquelle sa silhouette se détachait donnaient le sentiment d'une apparition mystique. L'homme s'approcha du rebord, le visage dans l'ombre. Il requit le silence et se pencha vers le parterre de membres.

– Mikha'el !

À cet appel, la moitié de l'hémicycle se leva comme un seul homme avant de reprendre place.

– Gabri'el !

L'autre moitié du parterre se manifesta. Le Guide leva les yeux vers les cinq balcons :

– Chataki'el ! Chahaqi'el ! Bardi'el ! Barki'el ! Sardi'el !

Vincent se souvint des explications de Lamoureux dans l'avion. Le journaliste s'était plongé dans les courants mystiques et les noms des Princes des sept Cieux lui parvinrent tel l'écho de leur conversation. À chaque nom, un balcon s'était levé. Les sept cieux répondaient à l'appel de Chophe-ri'el, Prince de la Vie.

Lorsque tous se furent assis, le Prêtre s'adressa enfin à eux.

– Sous la montagne, au centre de la terre, au plus près des origines : c'est ici qu'il fallait nous retrouver, mes Frères. Toucher au cœur de la vie, n'est-ce pas ce que nous avons tous désiré ardemment depuis trente ans ? Nous avons uni nos efforts, notre savoir est immense, et ensemble nous avons donné sens à nos actes ; nous nous sommes éloignés de la science stérile, la science pour la science, la science tournée vers elle-même. Nous avons conjugué nos connaissances et nos moyens pour les mettre au service du devenir. C'est une science qui s'adresse résolument à l'homme et son futur : vous avez tous regardé vers la Vie et l'Humanité en lui offrant le droit de survivre.

Sur la paroi rocheuse défilèrent des images de microscopie électronique et de structures moléculaires en trois dimensions avant de laisser la place à une gigantesque cartographie génomique.

– Le noyau cellulaire. L'ADN, les gènes et leurs secrets. Leurs imperfections, leurs faiblesses, les caprices du hasard et de l'évolution biologique. À quoi bon découvrir sans agir ? Nous avons tous refusé d'assister passivement à la dérive de l'expression génétique, refusé d'accepter ses ratés, de capituler face aux caprices de la création. Il n'y a pas de fatalité en science : il n'y a que la résignation.

L'homme se redressa et les images disparurent.

– Trente ans, s'écria-t-il. Trente ans d'exploration patiente, trente ans pour comprendre, tester, trente ans d'efforts, de découragement et d'espoirs. Trente ans d'unité et d'acharnement, surtout, enfin récompensés.

Des voix impatientes montèrent des balcons. Le Grand Maître reprit la parole.

– Comprendre le génome, déceler ses carences et les

combler : le but est proche, Frères. Aujourd'hui, forts de celle qui rejoint nos rangs, nous saurons vaincre l'obstacle scientifique, l'ultime rempart sur notre chemin.

Une forme apparut alors dans le rayonnement. Lorsqu'il reconnut celle qui émergeait de l'ombre, Vincent fut envahi par un sentiment de désespoir et de haine. Madeleine Roy s'avança jusqu'au garde-fou. Elle observa la foule et recula d'un pas. Sur son visage fermé, le policier ne lut rien d'autre qu'une distance infinie.

– Ensemble, nous surmonterons la dernière épreuve, clama leur chef. Nous n'aurons plus à nous cacher, nous pourrons travailler fièrement, au grand jour ! Le monde scientifique soutiendra enfin nos travaux et reconnaîtra notre mission : la survie de l'homme ne sera plus un combat inégal, grâce à vous tous, mes Frères, et à ce que vous faites de la science.

Les adeptes de Chopheriel offraient leurs traits à la lumière des lustres et Vincent reconnut certains visages. Les traits de Samoëns avaient perdu l'expression lasse qu'ils empruntaient sur les quais de Strasbourg, Gallet souriait avec émotion. Tous ces médecins n'étaient pas en transe, il n'y avait pas d'étincelle de démence dans leur regard. Ils n'étaient pas non plus ces âmes à la dérive qu'on manipule, ces hommes fragiles qui suivent passivement un gourou. Ils étaient fiers, habités par une sérénité intérieure : ils s'étaient accomplis et tout leur être l'exprimait. Le constat s'imposait comme une évidence et plongea Vincent dans l'effroi. Un mouvement hors de son champ de vision l'arracha pourtant à sa réflexion. Il tourna la tête : une alvéole venait de s'ouvrir, et dans ce fait insignifiant il vit le danger naître.

En haut de la cinquième coursive, l'homme, couvert de feuilles mortes, avança. Son regard affolé fouilla les rangs et se posa sur le policier. Vincent reconnut le conducteur du

4 × 4 et tenta de dissimuler son visage. Mais l'homme pointa un doigt accusateur.

– Sopheri'el Memit ! L'Ange Noir, l'Ange de la Mort et de la destruction est parmi nous ! Trahison !

Les mots résonnèrent comme un glas sous la voûte. Tous se tournèrent vers lui et des éclats de voix confus se mêlèrent. Vincent jura en maudissant Flieg et sa propre faiblesse, et sortit son arme. Des portes s'ouvrirent à chaque extrémité du balcon et deux hommes surgirent. Une balle se logea dans la gorge du premier vigile, une autre traversa la poitrine du second. Vincent se fraya un passage à coups de crosse jusqu'au premier rang. Il prit son élan et sauta dans le vide sous les cris de la foule. Son corps se tendit et ses doigts effleurèrent le cercle métallique du lustre central au moment précis où son poids l'entraînait vers le sol. Il resserra les doigts autour de l'arceau qui balança dangereusement. Suspendu dans les airs, il profita de l'élan pour lâcher la barre et se projeter de toutes ses forces vers la plate-forme. Son corps décrivit une courbe dans l'espace et ses pieds touchèrent la balustrade. Vincent se rétablit au moment où la porte creusée dans la paroi se refermait.

Les balles sifflèrent près de son crâne. Il s'accroupit face aux balcons, protégé par la paroi transparente du promontoire. Il leva la tête et aperçut la goulotte métallique qui cheminait vers le sommet de la voûte. Du tube d'acier émergeait une série de câbles électriques. Vincent suivit leur trajet jusqu'aux suspensions lumineuses. Il tendit le bras et vida son chargeur sur la zone d'émergence des câbles dans un déluge d'étincelles. La salle de pierre fut plongée dans l'obscurité. Les hurlements de terreur résonnèrent sous les arches et les torches halogènes s'allumèrent de toutes parts, braquées vers la voûte. Vincent enclencha un nouveau chargeur dans l'arme automatique que Flieg lui avait confiée avant son départ. Chaque balle, véritable petite bombe au point d'impact, était capable de creuser un trou de trente centimètres de diamètre dans du béton armé. Il se cala dos au sol et tendit l'arme en direction des éperons d'ancrage métalliques dans la roche. Au troisième coup de feu, les lustres vacillèrent au-dessus de la foule terrifiée. Les dernières balles firent voler en éclats la fixation la plus profonde et rien ne retint plus les sept roues de métal, qui s'effondrèrent dans un fracas épouvantable.

Vincent se redressa et jeta un regard vers les corps déchirés en contrebas. Le feu se déclara une fraction de seconde plus tard et se propagea à une vitesse sidérante. Les flammes dévoraient déjà les premiers balcons lorsqu'il enfonça la porte par laquelle le Maître et la généticienne venaient de s'enfuir.

8

LE COULOIR SINUEUX qu'il parcourut le conduisit à une première pièce circulaire. L'ascenseur était vide, la salle déserte. Vincent ouvrit à la volée l'unique porte face à lui et s'engouffra dans un boyau métallique qui progressait par courbes dans la roche, tel un ver dans un fruit. Il perdit rapidement le sens de l'orientation. Hors d'haleine, il pénétra enfin dans une salle voûtée plongée dans la pénombre.

Après le tohu-bohu du Temple, le silence prenait une dimension inquiétante. Au centre, sur une estrade de pierre, un puits laissait échapper une lueur bleutée. Sept rectangles de plexiglas plaqués contre les parois en renvoyaient le reflet. Un faisceau lumineux jaillit brusquement sous chaque panneau et diffusa à travers l'épaisseur.

L'un après l'autre, les corps apparurent.

Immobiles, ils semblaient flotter dans les sept cercueils qui entouraient Vincent. Sous l'effet de la diffraction chromique, les visages pétrifiés se teintaient de rouge, de jaune, de bleu ou de vert. Il monta sur l'estrade, fasciné par l'apparition macabre. Derrière lui, trois écrans s'allumèrent : les images du dôme et des hommes en proie aux flammes envahirent la salle.

– Tu as brisé leurs espoirs et tu as comblé le mien.

La voix s'était débarrassée de ses accents incantatoires. Vincent la reconnut enfin. Alexandre Germon sortit de l'ombre et son visage émacié se pencha au-dessus du puits de clarté.

– Vous vous êtes joué de nous. Regardez, dit Vincent en contemplant le carnage sur les écrans : c'est terminé, maintenant.

Germon releva la tête.

– Jamais je n'ai joué. J'ai tant attendu ce moment où tu nous rejoindrais, entouré des Mères. Tu es l'incarnation de ma foi, le sens de ma pensée.

Vincent se retourna lentement. C'est alors qu'il la vit.

– Depuis le début vous étiez de leur côté ! J'aurais dû me fier à mon instinct et ne jamais revenir vers vous.

Madeleine Roy croisa son regard désenchanté. Elle hésita puis choisit de parler :

– Je vais les aider parce que je n'ai pas le choix, dit-elle d'une voix monocorde.

9

QUELQUES HEURES PLUS TÔT, déjà, elle avait compris dans quelle impasse elle s'engouffrait en pénétrant dans le bureau obscur de la maternité Ménard.

– Votre coopération nous étonne autant qu'elle nous est précieuse, Madeleine. Nous étions dans une impasse, malgré l'étroite collaboration des équipes européennes.

Madeleine Roy avait souri poliment dans la pénombre. Elle observa attentivement son confrère. Dix ans plus tôt, Germon n'avait pas prêté une oreille aussi attentive à ses explications. Aujourd'hui, il l'avait écoutée religieusement, il l'avait remerciée et elle aurait dû y voir une ultime reconnaissance, une réhabilitation à peine voilée. Pourtant, rien de tout cela ne la satisfaisait. Dans ce bureau étouffant, face à celui qui l'avait condamnée à l'exil scientifique, elle n'éprouvait ni rancœur ni délectation dans la revanche. Elle n'était pas non plus venue récolter les lauriers d'une gloire tardive. Elle était là pour dévoiler sa découverte terrifiante et mettre ses travaux à la disposition du consortium international : le combat que la médecine menait dans les maternités primait sur les conflits individuels.

Mais elle voulait aussi une réponse aux questions qu'elle était la seule à pouvoir se poser. Et Germon était probablement le seul à connaître cette réponse.

– Pourquoi tout cela s'est-il produit, Alexandre ? Pourquoi Chopheriel se serait-il lancé dans cette entreprise diabolique ?

– Ils ont les moyens de satisfaire leurs ambitions mystiques.

– Cela n'a jamais été l'ambition de Chopheriel, en tout cas ça ne l'était pas il y a trente ans. Antoine Lamarre n'a jamais été raëlien ni même formé une quelconque secte, vous le savez parfaitement : il nourrissait un objectif spirituel humaniste. Lamarre était un précurseur, il anticipait le long combat contre les dérives de la génétique. Il respectait l'être et sa création. Chopheriel œuvrait pour la vie et ne se réunissait que pour ramener le généticien à l'humain et l'écarter des tentations grâce au partage des idées et à l'échange. J'étais de ceux-là, vous vous en souvenez ?

Germon ne répondit pas. Ses doigts glissaient sur une feuille dans un mouvement répétitif, absent de la conversation. La vieille dame n'attendit pas sa réaction.

– Je me souviens de vous, moi. Vous partagiez ces idées, nous formions ensemble les rangs de Chopheriel, *notre* Chopheriel. Mais le malheur vous a frappé. Votre fils est mort et vous vous êtes éloigné de tout pour vous enfermer dans votre obsession.

– Qu'êtes-vous en train de m'expliquer ? Que vous adhérez à cette secte alors que j'ai refusé d'y sombrer ?

– Non. J'essaie de vous comprendre, tout simplement. Vous vous êtes lancé à corps perdu dans le combat contre l'« imperfection génétique », comme vous disiez. Celle qui vous volait votre enfant.

Madeleine Roy se pencha vers son confrère.

– Et vous n'avez plus jamais cessé de le faire, Alexandre. En 92, vous êtes allé trop loin – pas assez pour vous, mais trop pour la morale et la justice. Nous n'étions pas nombreux à connaître – sans pouvoir les prouver – les liens qui vous unissaient aux services parisien et australien où l'on avait pratiqué ces expériences scandaleuses de conditionnement cellulaire sur ces femmes enceintes. Alors vous avez pris les devants.

Germon fit pivoter son fauteuil et disparut dans l'ombre.

– Ainsi vous m'en voulez toujours de vous avoir blâmée.

– Il fallait des coupables, n'est-ce pas ? Rien d'autre ne comptait que votre obsédante croisade : ni la loyauté ni l'amitié. Vous avez rabaissé Chopheriel au rang d'une secte dont vous étiez le rescapé, et jeté Lamarre dans l'arène du scandale. Quant à moi, la nature de mes travaux m'accusait suffisamment pour que vous n'ayez rien d'autre à faire que me condamner du haut de votre estrade et sacrifier ma carrière.

Germon ferma les yeux. Il y a onze ans, déjà, elle n'avait pas fléchi : elle s'était retirée sans éclat, dignement, retranchée dans ses convictions. Il y a onze ans, elle savait déjà, et il avait su l'anéantir. Au retour de l'exil, sa clairvoyance était intacte.

– Votre ingratitude me blesse, Madeleine. J'ai tout fait pour limiter votre condamnation, comme vous dites. Vous risquiez plus que l'opprobre de vos pairs : la prison vous guettait.

– Vous auriez dû les laisser faire. Car je n'ai pas suivi l'exemple de Lamarre : la disgrâce ne m'a pas rendue suicidaire, mais silencieuse. Silencieuse jusqu'à aujourd'hui.

– La disgrâce vous a rendue amère et paranoïaque. C'est à peine mieux. Je pensais que votre longue retraite vous mènerait à la sagesse, au contraire.

– Je ne partage pas votre conception de la sagesse. Vous pensiez que j'épouserais votre cause ? Vous êtes dangereux, Alexandre. Il fallait vous faire soigner.

– Non, pas de ça, je vous en prie. Vous valez mieux que

ce discours moralisateur et je mérite autre chose que d'être assimilé à un illuminé ou un savant fou.

– Chopheriel ne réunissait pas des illuminés mais des idéalistes qui cherchaient à préserver leur âme de la dérive scientifique et de l'expérimentation déshumanisée. « Respecter la Création » : tel était notre credo.

Germon frappa du poing sur son bureau.

– Respecter la Création ! Foutaise ! la Création suit la loi du plus fort, vous ne l'avez pas encore compris ? Il y a longtemps que je le sais et Chopheriel l'a admis à la mort de Lamarre. J'ai offert un visage et une existence à leur idéal, voilà tout.

– Non. Vous aviez sous la main des hommes et des femmes ébranlés par la disparition de leur mentor. Ils étaient là, offerts, et vous les avez utilisés pour donner la dimension et les moyens inespérés à votre obsession. Vous avez mis leur humanisme au service de votre combat en leur faisant croire que c'était sa meilleure expression. Vous les avez manipulés sans croire un seul instant à leur aspiration. J'étais moi-même bouleversée quand j'ai appris la mort de Lamarre, mais je ne vous ai pas suivi.

– Vous avez préféré vous enterrer et régresser pendant qu'eux m'ont écouté. La science a avancé sans vous, Madeleine. Tout a changé, la Création, votre fameuse Création évolue dans le sens que je redoutais. Les faiblesses génétiques se révèlent chaque jour, et chaque jour l'homme découvre son impuissance devant une terre, une nature et une évolution hostiles. C'est le seul message en lequel nous devons croire, tous. Par son engagement, Chopheriel a donné sens à son existence, je vous le répète.

Pour la première fois, Madeleine Roy éleva la voix. Les mots s'étouffèrent dans la pièce calfeutrée.

– Vous êtes bien le gourou d'une vulgaire secte : la Fin des Temps imminente, la race parfaite.

– Vous devenez désobligeante : vous me prenez encore pour un fou mystique. La race parfaite ! Cette ambition éculée ! Comme vous avez eu tort de vous retirer du monde des connaissances. Le clonage lui-même est obsolète. Nous savons tous qu'il a déjà été réalisé dans le plus grand secret, au même titre que l'on conçoit et teste les armes du futur dans des laboratoires d'État, au fin fond des fameuses *dead zones*. Pourtant, on continue à faire réfléchir les populations angoissées sur *l'éthique* du clonage.

Germon partit d'un éclat de rire. Les tics envahirent à nouveau son visage.

– Quelle supercherie ! Mais puisqu'il faut nourrir les névroses du peuple, autant le faire avec des questions inutiles plutôt qu'avec de vrais problèmes, n'est-ce pas ? Vous savez bien que c'est le raisonnement que tiennent nos scientifiques terrorisés par leurs propres découvertes. La politique de l'autruche est leur seule parade. Non, je vous rassure, je ne caresse pas l'espoir fou d'une race parfaite, pour la bonne raison qu'elle n'existe pas. Et il est tout aussi absurde d'avoir concentré tant d'efforts sur le clonage : à quoi sert de reproduire à l'identique des êtres faibles ? On pourra copier à l'infini notre capital génétique, c'est en vain : il n'est pas armé contre ce qui l'attend.

– Alors vous avez décidé de le transformer. C'est donc là le but ultime de vos efforts.

– Ouvrez les yeux : l'homme parfait, c'est celui qui résistera à l'évolution de notre monde. Car c'est en cela que réside la véritable folie humaine : on a maltraité le monde et il a entamé son irréversible chute vers l'autodestruction. Les températures extrêmes, la raréfaction de l'oxygène dans l'air, les maladies inconnues, la lumière aveuglante ou l'obscurité sans fin.

– Vous avez converti ces milliers de gens brillants à votre

projet et vous avez fabriqué des cellules résistantes à tous ces dérèglements.

– Et de ces cellules sont nés des êtres humains qui traverseront les épreuves, oui.

– Vous faites pire que ceux qui ont maltraité la Terre : vous martyrisez l'Homme. Souvenez-vous des principes de l'éco-médecine : l'homme et la nature forment un binôme étroitement lié, c'est ce en quoi nous croyions, avec Lamarre. Respectons les deux parties de ce tout pour qu'elles vivent en intelligence et en harmonie.

– L'harmonie est brisée de façon irréversible et tous les médecins de Chopheriel l'ont compris : la nature nous échappe et c'est sur l'homme qu'il faut maintenant se concentrer. Chopheriel respecte enfin son idéal : la génétique au service de l'homme.

– Vous avez quitté trop tôt le groupe de réflexion, Alexandre. Si vous étiez resté parmi nous, vous auriez aussi envisagé l'homme comme un écosystème à part entière : lui aussi résulte d'un équilibre entre ses fonctions organiques, son cerveau et ses gènes. En bouleversant l'une des composantes, votre folie a gravement perturbé cet équilibre.

– Votre passivité abandonne l'homme à son sort.

– Votre désir de vengeance est en train de le détruire.

– Quand cesserez-vous de croire que je règle un compte personnel ? Je me bats pour l'être humain, alors que vous assistez lâchement à sa fin !

– Votre fils a vécu une terrible épreuve, mais c'était l'expression d'une simple anomalie génétique. Vous avez refusé de faire le deuil de votre enfant, vous n'avez pas accepté la maladie et vous en avez fait une faiblesse de tout le genre humain. C'est un faux combat, Alexandre, et personne n'est responsable de ce qui vous est arrivé : ni Dieu, ni la Création, ni la science... ni vous. Vous avez voulu réparer l'irréparable et vous avez bouleversé le génome en croyant le rendre invincible. Il est en train de vous le signifier de la manière la plus terrifiante qui soit. Ces femmes vont mourir, partout dans le monde, et vous ne pourrez rien contre ce drame.

– Seul, non. Avec vous, oui.

– Vous épouseriez le diable même pour réussir, n'est-ce pas ? Pendant toutes ces années, vous avez utilisé le formidable réseau de Chopheriel : des milliers de médecins prêts à tout, depuis la fabrication de vos embryons martyrisés, en passant par leur implantation, jusqu'aux expérimentations les plus folles dans les services hospitaliers. Tout était là, offert : les cerveaux, les moyens – et des milliers de femmes confiantes. Mais quand les premiers décès sont survenus, vous avez tout de suite su que vous arriviez au bout de vos compétences et que vous auriez besoin d'aide. De mes travaux, en l'occurrence.

– Nous avions la certitude que les gènes étaient transmis de génération en génération. Le problème ne pouvait résider que dans l'expression protéique de ces gènes. Nul mieux que vous ne pouvait contribuer à résoudre cette énigme.

Madeleine Roy tenta de reconstituer le chemin machiavélique qu'avait suivi l'esprit de son confrère.

– Vous saviez que je refuserais de répondre à votre appel. L'enquête policière est tombée à pic : l'inspecteur Karst voulait à tout prix élucider la mort de sa compagne. Les membres de votre secte l'ont mené à vous. Avec votre habileté coutumière, vous avez ensuite aiguillé le policier et Ina Klein vers mes serres de Saint-Jean-de-Beauregard.

– Vous étiez trop brillante pour avoir interrompu vos travaux, trop curieuse pour ne pas les aider.

– Vous avez ensuite convaincu vos adeptes que l'enquête servirait leur cause. Ils ont alors guidé Karst sur la piste africaine jusqu'aux Whities, au cœur de la forêt. Et vous ne vous êtes pas trompé, Alexandre : aujourd'hui, vous savez ce que vous vouliez savoir, grâce à l'acharnement des deux jeunes gens et ma coopération naïve. Mécanismes génétiques, techniques de détection, identification des protéines tueuses : nous vous avons offert les clefs de votre impasse scientifique.

– C'est vrai. La rage qui anime ce garçon a même dépassé mes espérances.

– L'enquête a servi vos desseins malgré elle, mais elle réclame maintenant une réponse : elle a résolu l'énigme, elle a démasqué l'horreur génétique que vous avez orchestrée dans l'ombre, il lui faut un coupable. Alors vous avez vendu Chopheriel. Vous avez livré ces hommes et ces femmes en pâture à l'enquête. Vous les avez trahis et sacrifiés, pour la seconde fois de leur histoire : ce sont des fous, des illuminés, ils sont dangereux. Ce sont les coupables, ceux que vous avez désignés à Karst. N'est-ce pas ?

– Nous n'avons plus besoin d'eux, maintenant, Madeleine. À nous deux, nous avons les compétences et les moyens de rectifier le tir et de réussir.

Madeleine Roy le dévisagea, stupéfaite.

– Vous ne pensez tout de même pas que je vais vous soutenir dans votre entreprise ? Vous êtes malade, Germon, vous êtes dangereux pour les autres et pour vous-même.

Germon se leva. Il tira sur les rideaux, ouvrit les fenêtres et poussa les volets. La lumière s'engouffra dans la pièce comme un flot trop longtemps retenu.

– Voyez : vous serez une nouvelle clarté sur nos fondations. Notre mission prend un grand tournant à vos côtés.

– Je ne vais pas vous aider, Germon. Je vais vous faire arrêter.

– Je n'ai jamais douté de votre intelligence, et votre reconstitution d'une si longue entreprise est remarquable. Pourtant, certains points vous échappent encore. Vous m'aiderez, croyez-moi. Je crains que vous n'ayez pas le choix.

Il jeta un coup d'œil à sa montre.

– Je vous en aurais volontiers expliqué les raisons, dit-il, mais le temps presse.

Il s'approcha d'elle et lui offrit le bras.

– Venez, Madeleine. On nous attend.

10

Les images et les mots s'effacèrent, et seules s'imposèrent ces *raisons* qu'elle avait écoutées dans l'hélicoptère et qu'elle comprenait enfin, face au métis dans cette salle sous la montagne.

– Écoutez-moi, Vincent. Nous n'avons pas le choix, je vous le répète. Je vais les aider.

– Pas le choix ? Vous n'avez pas le choix parce que vous êtes aussi malade que les autres et que vous n'avez jamais cessé d'être envoûtée par cette secte, son gourou et ses mensonges monstrueux !

Il se tourna vers Germon et braqua son arme sur lui.

– Vous êtes cinglé, la mort de votre fils vous a traumatisé et vous n'êtes jamais sorti de ce drame.

Le professeur sourit et, dans ce sourire, Vincent crut déceler de l'affection, une forme de tendresse troublante. Au-dessus des écrans, un pan de mur s'illumina et la silhouette d'une femme se dessina à contre-jour. Les bras en position christique dévoilaient sa nudité, et la blancheur de sa peau ressortait étrangement. Son visage de cire révélait des traits africains alors qu'une chevelure claire flottait au-dessus des épaules. Les yeux ouverts dans le liquide étaient d'un bleu profond. Vincent effleura la plaque de verre. Un mal-être s'empara de lui. Germon s'approcha.

– Elle te ressemble, n'est-ce pas ? La même force dans le regard. C'est pour ce regard qu'elle fut choisie pour être la première Mère de Chopheriel. Quand j'ai prélevé en elle les cellules embryonnaires pour les implanter en cette immigrée sénégalaise qui croyait avorter, il y a trente et un ans, j'ai su que l'enfant qu'elle portait désormais traverserait les épreuves et le temps.

Germon s'approcha. Vincent sentit le souffle l'envelopper et l'ombre l'emprisonner. Les mots lui vrillaient l'esprit.

– Tu es le Fils originel, celui en lequel j'ai toujours cru. *Mon* Fils, mon œuvre et ma création, répéta Germon en posant la main sur son épaule.

Vincent se dégagea brutalement. Son enfance et son adolescence près de celle qu'il avait considérée comme sa mère se désagrégeaient, ravagées sur les lèvres du scientifique. Son existence tout entière volait en éclats devant le corps de celle qui l'avait conçu.

– Samoëns, le foyer, Stella..., dit le jeune homme d'une voix blanche.

– Je ne t'ai jamais quitté, Vincent. Depuis ta naissance. Samoëns veillait sur toi, sur tes fréquentations. Il disait que Stella était forte, qu'elle était celle qui pourrait porter ton enfant, celle à laquelle tu transmettrais sans risque tes gènes, le fruit de mon travail.

Madeleine Roy s'effaça : les explications de Germon alors qu'ils volaient vers l'Allemagne avaient levé le dernier voile sur la perversité de son confrère. L'enquête policière, l'existence de Karst elle-même n'avaient pas été un hasard.

Germon contempla les autres femmes figées dans les aquariums.

– La mort de Stella m'a bouleversé. J'attendais tout d'elle ; quelle déception. Tu me comprends, Vincent, je sais que tu me comprends. Mais j'ai tout de suite su que tu n'en resterais pas là, que tu creuserais, que tu chercherais sans répit. Je savais que tu retournerais là-bas et que tu viendrais à moi, ensuite. L'acharnement : ça aussi, je l'ai offert à tes gènes, dit-il en regardant la femme whitie. Elle a résisté à tant de choses lors du conditionnement ! Son fils se devait d'être un homme déterminé.

Vincent lutta pour ne pas céder à l'horreur des révélations et à l'effondrement de ses repères. Ses yeux fous cherchèrent un point d'ancrage, une bouée de secours dans la tourmente.

– Je ne vous crois pas, vous m'entendez ? Je ne crois pas un mot de votre délire, vous méritez simplement de crever, dit-il en lui pointant le canon sur la tempe.

Madeleine Roy s'interposa.

– Non. Pensez à elle. Pensez à Ina, comme je le fais depuis quelques heures.

Vincent la dévisagea sans comprendre. Elle le contraignit à baisser l'arme et il vit enfin combien elle était abattue. Un tremblement animait sa main et son corps, comme pour signifier que l'indifférence courtoise l'avait désertée à tout jamais.

– Elle est enceinte, dit-elle dans un souffle.

Germon s'éloigna et s'adossa au cercueil de verre. Un sourire indécis barrait son visage.

– Je l'avais identifiée, il y a des années déjà. Parmi toutes mes patientes, elle était digne, elle aussi, d'être une Mère. Convaincue d'être stérile, meurtrie en somme – comme toi. Un problème hormonal transitoire, une stérilité passagère qui se réglerait en temps voulu. Pourquoi le lui dire ? Elle m'était offerte, elle était destinée à porter la mission de Chopheriel quand bon nous semblerait. Et le temps et les événements m'ont donné raison : le ciel me l'envoyait quand Stella m'échappait prématurément. Elle s'occupait de ta femme, tu la rencontrerais forcément. Sa constitution était toujours exceptionnelle, elle était digne de mettre au monde la deuxième génération que j'attendais tant, celle qui porterait tes gènes. Nos Frères africains ont su agir pour que tu fasses d'elle une Mère. Elle porte ton enfant, Vincent, l'enfant de Chopheriel, celui qui prouvera que l'humanité peut résister aux outrages de la nature.

Vincent ferma les yeux. Il lui sembla que l'essence vitale le quittait définitivement pour laisser place à un vide abyssal. Son corps, curieusement apaisé, ne lui répondait plus.

– Où est-elle ? dit-il avec difficulté.

– Les Frères veillent sur elle à l'hôpital.

Madeleine Roy frôla son bras.

– Ils ont profité de son hospitalisation pour confirmer la grossesse, l'anesthésier elle aussi, la stimuler et tenter d'observer les réactions embryonnaires précoces. Le mécanisme est enclenché.

La stimuler. Les images des corps suppliciés de Stella, de Bénédicte Miler et de Florine Montiel le submergèrent.

– Je vais coopérer, dit-elle. À ce stade embryonnaire, l'activation des gènes destructeurs n'est probablement pas aussi massive. On peut peut-être la sauver avant que les nouvelles protéines soient fabriquées ou s'en prennent à l'organisme.

Germon sembla quitter de lointaines pensées et sourit à Vincent.

– Si ce n'est pas elle, ce sera une autre. Tu souffres mais tu es fort. De toi naîtront ceux qui résisteront à tout, même à la souffrance et à la blessure intérieure.

Vincent leva le bras et le canon scintilla dans le faisceau azur. Le policier attira la vieille dame à lui dans un geste protecteur et appuya sur la détente à plusieurs reprises. Pulvérisée, la paroi de verre s'effondra dans un flot de liquide épais et le corps de la femme whitie bascula. La rigidité des tissus le figea sur la dalle dans une posture grotesque et Vincent ressentit un inexplicable soulagement.

Alors, Roy et lui s'approchèrent des marches.

Transpercé de part en part par un éperon de verre, Germon gisait au pied de l'estrade dans une odeur de formol et de sang. Vincent contempla l'expression de souffrance gravée sur son visage. Le policier n'éprouva ni joie ni haine ; seul un sentiment de dégoût sans borne.

– Le gène de la vengeance, je l'avais déjà en moi, dit-il.

Madeleine Roy s'appuya sur lui avec lassitude.

– Hélas, j'avais besoin de lui comme il avait besoin de moi dans cet enfer génétique.

L'image d'Ina refit surface Vincent se tut, impuissant.

– Tout n'est pas perdu, dit-elle.

– Que pouvez-vous faire ?

– Il y a deux ans, un de mes amis a disparu dans des conditions étranges ; un accident de voiture. Il s'appelait Jan Helleberg [1], il était danois et une figure brillante de la virologie. Curieusement, son confrère américain a reçu deux jours après sa mort un document qui contenait l'essentiel de ses recherches. Une découverte capitale, notamment dans la lutte contre le virus du sida : l'élaboration du gène du Silence, capable d'éteindre une partie de l'ADN et de rendre silencieux un gène en pleine expression protéique. Je connais bien l'équipe de Chicago qui travaillait en binôme avec l'équipe de Helleberg : depuis mes serres, j'ai coopéré avec le Moore Institute pour prolonger le travail du virologue disparu. Si je parviens à identifier les protéines produites par les cellules embryonnaires dans le corps d'Ina, je définirai le gène responsable et avec l'aide du Moore Institute et de son directeur, Jonathan Mattews, nous parviendrons certainement à concevoir le gène du Silence capable de paralyser ces gènes destructeurs. Il faut partir d'ici, dit-elle. Venez, en empruntant cette issue, nous sommes proches du flanc de la montagne. Nous sommes arrivés par ici.

---

1. *Le Sang des Sirènes*, du même auteur, Albin Michel, 2000.

– Lamoureux, objecta Vincent. Il est là-bas, dit-il en observant les écrans. Je dois le récupérer – vivant, de préférence.

Le policier se précipita dans le tunnel. La chaleur commençait à se répandre dans le dédale de couloirs souterrains. Vincent traversa la première salle, emprunta un passage et fit irruption au milieu du troisième balcon. Comme ailleurs, les gens s'engouffraient dans les alvéoles pour fuir l'atmosphère suffocante du dôme en feu tandis que d'autres s'effondraient déjà. Vincent parcourut la rangée d'ascenseurs qui montaient et descendaient dans un ballet incessant. Le dernier ascenseur se fermait quand Vincent saisit un dossier arraché, plongea et l'intercala entre les deux panneaux. Les portes s'écartèrent à nouveau et Lamoureux apparut dans la cabine, défait et en nage, un tissu plaqué sur son visage.

– Suivez-moi ! cria Vincent.

– Vous êtes fou ? Venez, il faut sortir d'ici. La montagne entière tremble comme une cocotte-minute, ça va sauter d'un instant à l'autre.

Vincent l'agrippa par le bras et l'obligea à quitter l'habitacle, alors que des hommes en armes rebroussaient déjà chemin et fondaient sur eux. Lamoureux laissa échapper un juron et s'élança derrière Vincent.

Ils contournèrent la façade est du temple par un boyau creusé dans la pierre et débouchèrent devant la plate-forme de verre. Hors d'haleine, ils se jetèrent dans le tunnel qui les ramenait vers Madeleine Roy quand Lamoureux interpella son compagnon. De la main, il indiqua l'entrée d'un local technique. Les deux hommes échangèrent un regard et enfoncèrent la porte. Le policier arracha l'extrémité de trois tuyaux pendant que le journaliste se précipitait sur les vannes d'oxygène qu'il ouvrit à plein débit. Le gaz diffusait déjà hors du local lorsqu'ils reprirent leur course effrénée.

Guidés par la vieille dame, les deux hommes quittèrent la

dernière salle et Vincent laissa se refermer derrière lui, sans un regard, le tombeau d'un secret dont il ne voulait pas.

Ils passèrent une double porte coupe-feu et se précipitèrent dans un ascenseur isolé, cinquante mètres plus loin. Lorsque les portes s'ouvrirent à l'air libre, ils gravirent la pente derrière Madeleine Roy jusqu'à l'escarpement où s'était posé l'hélicoptère qui avait conduit les deux professeurs au sanctuaire de pierre. Une torche les éblouit et Vincent distingua la voix familière derrière le bruit des pales et du rotor en marche. Au-dessus d'eux, une valse d'appareils zébrait le ciel de faisceaux lumineux. Les phares convergeaient tous vers le sommet.

– Montez. On vous attendait.

Vincent sourit à Pauline et prêta main-forte au professeur pour s'installer sous le cockpit.

– Qu'est-ce qui se passe, Karst ? demanda la jeune femme alors qu'ils prenaient de l'altitude. La Schwarzwald est à peu près intacte alors que tu y as passé plus d'une heure.

Vincent observa avec inquiétude le ballet d'hélicoptères.

– Dis-leur de s'en aller. *Vite.*

Pauline fit un signe au pilote sans attendre ; elle connaissait trop bien son collègue pour risquer de perdre un temps précieux. Les appareils s'élevaient déjà dans les airs.

– Pourquoi ? Nom de Dieu, qu'est-ce que tu as encore fait ?

Au même instant, au cœur de la montagne, les flammes rencontrèrent un air saturé en oxygène. Un grondement sourd déchira la nuit et le sommet lui-même parut trembler sous leurs regards stupéfaits. L'appareil s'éloigna précipitamment tandis que des pans de forêt s'effondraient dans un champignon de fumée et de roches incandescentes.

– Rien. J'ai nettoyé un tout petit bout de terre.

11

ILS DESCENDIRENT DE L'AVION et s'engouffrèrent dans la voiture qui les attendait sur la piste de Roissy.

Vincent s'assit à l'arrière, près de Madeleine Roy et du journaliste. Il abaissa la vitre. Le vent qui fouettait son visage le vivifia. Les lumières agressives en pleine nuit, les tours HLM du nord de Paris et l'air irrespirable du périphérique le ramenèrent à la réalité.

Les cités défilèrent devant lui et il songea à sa mère – celle qu'il avait toujours vue comme sa mère. Il avait été l'enfant de trop, le gosse imposé par la nature au-delà du refus, pourtant jamais elle n'avait agi autrement que comme une mère envers lui. Et il ne laisserait personne lui dire qu'en elle avait grandi un embryon martyrisé qui n'était pas le sien. Il est des ombres nécessaires, des vies honnies qu'on enfouit de façon salutaire dans le secret. Et une existence à construire plutôt qu'à défaire. La vision d'Ina dans un lit d'hôpital s'insinua en lui comme un poison et il posa la main sur le siège passager. Pauline tourna la tête, le chauffeur accéléra sur un simple regard et la voiture passa en trombe la porte de la Chapelle.

La sirène hurlait et le boulevard de Magenta s'ouvrit sur leur passage. Le véhicule banalisé fit le tour de la place de la République et s'engagea sur les axes bondés qui menaient à Bastille puis au pont d'Austerlitz.

Pauline brandit son insigne et ils pénétrèrent dans l'hôpital à petite allure. Vincent ouvrit la portière, sauta du véhicule et se mit à courir. La voiture atteignit le bâtiment de la Maternité et Pauline jaillit de son siège. Une main se posa sur son épaule.

– Non, dit Madeleine Roy. Si nous arrivons trop tard, laissez-le affronter l'épreuve. Seul.

Vincent gravit les marches comme on entre dans un tombeau.

Les infirmières s'effacèrent sur son passage. La sage-femme tourna la tête vers lui et il lut sur ses traits ce qu'éprouvent tant de femmes et d'hommes qui consacrent leur vie à la santé des autres et se heurtent, en bout de route, à l'échec : une désolation lasse.

– Nous entourons les femmes, mais nous savons aussi ce que cela représente pour l'homme, finit-elle par dire.

Vincent aurait voulu que ce soit la dernière fois. Ne plus éprouver ce sentiment de vacuité lorsque la vie abandonne le corps et que l'esprit se mure dans le silence, incapable d'entendre la mort et d'appréhender le vide. La femme posa la main sur la sienne – une écorce insensible, une enveloppe inerte.

– Il ne faut pas en rester là. Vous devez oublier – recom mencer.

Il n'y avait plus rien à recommencer. Il retira sa main.

– Où est-elle ? Où est le corps ?

La sage-femme hésita, mal à l'aise.

– Il est peut-être préférable que vous n'alliez pas...

– Je veux la voir.

– Pas maintenant, dit-elle avec fermeté. Elle doit se reposer.

Vincent recula sans comprendre. *Elle se repose.*

– Elle aura besoin de vous, reprit la femme : une fausse couche est très éprouvante, physiquement *et* psychologiquement.

Épilogue

CE SOIR, C'EST LE VENT QUI SOUFFLE.

Le vent, celui de la terre, le vent coupant d'automne que n'ont jamais connu ces feuilles. Madeleine Roy les observe, elle découvre avec elles et ici l'air chargé d'humidité, de senteurs végétales et de décomposition organique. Elle marche le long des plants anarchiques – l'anarchie : c'est elle qui règne, les branches ont poussé vers le ciel dévoilé, elles ont éventré la verrière par endroits. D'autres sont mortes. Le professeur se penche, redresse la tige moribonde d'une *Phalaenopsis* de Birmanie qui ne repoussera plus, et s'éloigne.

Les bouches de ventilation se sont tues, les canalisations sont taries, le lichen et la mousse se disputent les interstices. Les feuilles sont tombées pour la première fois : on a ouvert la cage et le cycle biologique a repris ses droits. Vivre et laisser vivre – et laisser mourir, aussi.

Entre les troncs, les statues de Georges Roy paraissent moins torturées ; elles semblent avoir trouvé leur place. Elles ont peut-être cessé de hurler la folie des hommes, songe la vieille dame. Son époux a droit, lui aussi, à la paix intérieure.

Elle s'assoit sur un banc que n'a pas envahi la végétation. Son reflet dans le verre lui révèle combien elle a vieilli et elle estime qu'elle a bien vieilli, justement. Elle lit sur ses traits la beauté qu'offre la sérénité à certaines personnes – elle trouve du *sens* à ses propres traits. Son corps peut se laisser aller et écouter le temps. Elle a même le droit d'être fatiguée ; elle y voit une forme de justice, un droit biologique inaliénable. Il y a l'âge et il y a la mort, aussi, qu'elle acceptera pour elle-même comme elle a accepté de l'affronter sans répit depuis presque un an, maintenant.

Des mois d'horreur, encore, bien après l'Allemagne, sa forêt et ses montagnes refermées sur les illusions dévastatrices de milliers d'hommes et de femmes. Le spectre de Chopheriel a plané sur l'Europe, d'autres mères ont encore payé le tribut de la démence. Avec Ina, on a assisté, en début d'année, à ce qu'on a identifié ensuite comme étant le premier « suicide précoce de l'embryon » – la fausse couche comme ultime étape du refus. Le Mal, en médecine, apprend déjà quand l'homme comprend à peine, il court quand l'autre fait ses premiers pas : les gènes stimulés ont parlé plus tôt, plus vite, plus radicalement. Les protéines ont tué l'œuf. Le meurtre utile, en somme. Un fœtus plus clairvoyant qu'un adulte, qui retourne l'arme contre lui, sans attendre. Comment l'humain aurait-il pu subir tant de violences sans se révolter ? Préférer la mort au déséquilibre, la disparition au bouleversement. Toute une génération a choisi, dévastée par la folie de ses pères.

Madeleine Roy songe à ces mois d'angoisse et de travail acharné, aux espoirs et aux efforts conjoints pour concevoir le gène du Silence et sauver ces femmes que le droit d'être mère à nouveau ne protégera jamais de la peur.

Elle songe aussi avec envie à l'oubli, seul refuge pour certains et inaccessible pour d'autres – pour elle. Elle est la femme du souvenir, elle n'oubliera pas l'Afrique, les plaies ouvertes, la fureur et le deuil jamais consommé. Elle a affronté sa propre mémoire et elle a lutté. Le visage de Germon lui apparaît dans la brume pâle. Chopheriel et ce qu'il en a fait, cette lente destruction de l'esprit, la hantent encore par moments.

Elle contemple à nouveau les sculptures et sait ce qui l'a toujours liée à l'homme disparu : elle fut l'une d'elles, l'une de ces créatures violentées, bouche ouverte sans voix. Georges Roy lui avait montré le chemin à suivre sur les routes compliquées de sa folie. Le cri a fini par émerger de douze années de douleur et de hurlements silencieux.

Elle se lève : il est l'heure. Elle avance jusqu'aux portes ouvertes vers le ciel, au milieu de la serre, et descend les marches.

Du laboratoire ne reste qu'une froideur de surface. Les machines sont arrêtées. Les plantes se sont infiltrées sans vraiment l'habiter : on y a fait ce que la nature ne reconnaît pas. Les murs de technologie ont disparu, eux aussi. Madeleine Roy marche dans l'allée centrale, entre les chaises, jusqu'au pupitre improvisé. Elle observe le panneau accroché au mur et laisse l'émotion la gagner. *Cercle Lamarre.* Elle se souvient de son ami. Il lui apparaît tel qu'il était avant de penser que le suicide s'imposait comme seule échappatoire. Retrouver son esprit, faire renaître l'âme et offrir un peu de son humanité comme un ultime apaisement. L'essence originelle de Chopheriel.

Les premiers s'installent, silencieux. Elle reconnaît d'anciens visages qui lui sourient – signe de résurrection : Lamarre n'est pas mort, en un sens, et eux non plus. D'autres visages lui sont inconnus. Elle y lit de l'espoir ou de l'angoisse ; des êtres scientifiques en devenir, sombres et en quête de lumière. Oublier ce qui s'est produit, ne plus croire que la science puisse perdre pied dans ce monde où l'homme n'est rien d'autre qu'un génome imparfait.

Dans cinq minutes, la conférence débute. Elle se redresse : elle a croisé un regard au fond de la salle. Un bleu invraisemblable, une curiosité génétique, comme le sont les cheveux blonds chez cet homme aux traits africains.

Elle se fraie un passage jusqu'à la dernière rangée. La chaise est vide, l'homme a déjà disparu. Une jeune femme est assise sur le siège voisin. Le regard de la vieille dame glisse sur le ventre arrondi. Ina sourit.

– On m'a remis ceci pour vous.

Sur la chaise, un petit paquet que Madeleine Roy ouvre avec précaution. Elle reconnaît la jeune pousse. La *Purple Magdalena* est une fleur assez commune, une corolle rouge très simple, un seul rang de pétales veloutés. Elle fleurit de mars à juillet. Le feuillage est persistant. Le professeur sourit et lève les yeux : sur le plafond de verre, les racines ont couru comme des serpents fous, prêts à enfouir l'ancien laboratoire. Elle caresse les bourgeons qui vont éclore au printemps. La plante pousse au soleil comme à l'ombre. Elle est très résistante, c'est d'ailleurs la caractéristique de la Madeleine Pourpre, qu'on appelle aussi la fleur-zombie : lorsqu'elle s'est ancrée dans le sol, tout effort pour la faire disparaître est vain. Ses racines, profondes, vont chercher la vie là où elle se cache, à l'abri des éléments et des malveillances. Et lorsqu'on ne l'attend plus, une tige perce l'écorce de terre.

Des jours, des mois, des années, plus tard s'il le faut, mais la *Purple Magdalena* finit toujours par repousser.

REMERCIEMENTS

Je remercie infiniment Gaby Frimodt, Africaine de cœur et admirable conteuse, pour m'avoir fait partager ses connaissances, ses souvenirs et ses documents mais aussi les innombrables histoires de la Côte-d'Ivoire qu'aucun livre ne m'a dévoilées, et pour s'être replongée dans ce pays qu'elle a si bien connu afin de me le faire vivre avec authenticité.

Je tiens aussi à remercier l'équipe du Généthon pour leurs renseignements précieux, les auteurs de l'*Encyclopédie de la mystique juive* dont le travail m'a été d'un grand secours, le professeur Roland Goestschel dont les textes sur la Kabbale m'ont instruit comme ils m'ont captivé,

et enfin dire ma fascination pour Gershom Sholem, son génie et son œuvre.

Aux femmes et aux hommes de science qui préfèrent contribuer à l'avancée du monde plutôt que le tromper.

DU MÊME AUTEUR

Aux Éditions Albin Michel

LE SANG DES SIRÈNES

LE CINQUIÈME PATIENT

« *SPÉCIAL SUSPENSE* »

MATT ALEXANDER
Requiem pour les artistes

STEPHEN AMIDON
Sortie de route

RICHARD BACHMAN
La Peau sur les os
Chantier
Rage
Marche ou crève

CLIVE BARKER
Le Jeu de la Damnation

LAWRENCE BLOCK PRÉSENTE
Choix de maître

GILES BLUNT
Le Témoin privilégié

GERALD A. BROWNE
19 Purchase Street
Stone 588
Adieu Sibérie

ROBERT BUCHARD
Parole d'homme
Meurtres à Missoula

JOHN CAMP
Trajectoire de fou

CAROLINE CARVER
Carrefour sanglant

JOHN CASE
Genesis

PATRICK CAUVIN
Le Sang des roses
Jardin fatal

JEAN-FRANÇOIS COATMEUR
La Nuit rouge
Yesterday
Narcose
La Danse des masques
Des feux sous la cendre
La Porte de l'enfer
Tous nos soleils sont morts

CAROLINE B. COONEY
Une femme traquée

HUBERT CORBIN
Week-end sauvage
Nécropsie
Droit de traque

PHILIPPE COUSIN
Le Pacte Pretorius

DEBORAH CROMBIE
Le passé ne meurt jamais
Une affaire très personnelle

JAMES CRUMLEY
La Danse de l'ours

JACK CURTIS
Le Parlement des corbeaux

ROBERT DALEY
La nuit tombe sur Manhattan

GARY DEVON
Désirs inavouables
Nuit de noces

WILLIAM DICKINSON
Des diamants pour Mrs Clark
Mrs Clark et les enfants du diable
De l'autre côté de la nuit

MARJORIE DORNER
Plan fixe

FRÉDÉRIC H. FAJARDIE
Le Loup d'écume

FROMENTAL/LANDON
Le Système de l'homme-mort

STEPHEN GALLAGHER
Mort sur catalogue

CHRISTIAN GERNIGON
La Queue du Scorpion
(Grand Prix de
littérature policière 1985)
Le Sommeil de l'ours
Berlinstrasse
Les Yeux du soupçon

JOHN GILSTRAP
Nathan

JEAN-CHRISTOPHE GRANGÉ
Le Vol des cigognes

Les Rivières pourpres
(Prix RTL-LIRE 1998)
Le Concile de pierre

SYLVIE GRANOTIER
Double Je
Le passé n'oublie jamais

JAMES W. HALL
En plein jour
Bleu Floride
Marée rouge
Court-circuit

JEAN-CLAUDE HÉBERLÉ
La Deuxième Vie de Ray Sullivan

CARL HIAASEN
Cousu main

JACK HIGGINS
Confessionnal

MARY HIGGINS CLARK
La Nuit du Renard
(Grand Prix de littérature
policière 1980)
La Clinique du Docteur H.
Un cri dans la nuit
La Maison du guet
Le Démon du passé
Ne pleure pas, ma belle
Dors ma jolie
Le Fantôme de Lady Margaret
Recherche jeune femme aimant danser
Nous n'irons plus au bois
Un jour tu verras...
Souviens-toi
Ce que vivent les roses
La Maison du clair de lune
Ni vue ni connue
Tu m'appartiens
Et nous nous reverrons...
Avant de te dire adieu
Dans la rue où vit celle que j'aime
Toi que j'aimais tant
Le Billet gagnant
Une seconde chance
La nuit est mon royaume

CHUCK HOGAN
Face à face

KAY HOOPER
Ombres volées

PHILIPPE HUET
La Nuit des docks

GWEN HUNTER
La Malédiction des bayous

PETER JAMES
Vérité

TOM KAKONIS
Chicane au Michigan
Double Mise

MICHAEL KIMBALL
Un cercueil pour les Caïmans

LAURIE R. KING
Un talent mortel

STEPHEN KING
Cujo
Charlie

JOSEPH KLEMPNER
Le Grand Chelem
Un hiver à Flat Lake
Mon nom est Jillian Gray

DEAN R. KOONTZ
Chasse à mort
Les Étrangers

NOËLLE LORIOT
Le tueur est parmi nous
Le Domaine du Prince
L'Inculpé
Prière d'insérer
Meurtrière bourgeoisie

PATRICIA MACDONALD
Un étranger dans la maison
Petite Sœur
Sans retour
La Double Mort de Linda
Une femme sous surveillance
Expiation
Personnes disparues
Dernier refuge
Un coupable trop parfait
Origine suspecte

PHILLIP M. MARGOLIN
La Rose noire
Les Heures noires
Le Dernier Homme innocent
Justice barbare
L'Avocat de Portland

DAVID MARTIN
Un si beau mensonge

MIKAËL OLLIVIER
Trois souris aveugles

ALAIN PARIS
Impact
Opération Gomorrhe

RICHARD NORTH PATTERSON
Projection privée

THOMAS PERRY
Une fille de rêve
Chien qui dort

STEPHEN PETERS
Central Park

JOHN PHILPIN/PATRICIA SIERRA
Plumes de sang
Tunnel de nuit

NICHOLAS PROFFITT
L'Exécuteur du Mékong

PETER ROBINSON
Qui sème la violence...
Saison sèche
Froid comme la tombe
Beau monstre
L'été qui ne s'achève jamais

FRANCIS RYCK
Le Nuage et la Foudre
Le Piège

RYCK EDO
Mauvais sort

LEONARD SANDERS
Dans la vallée des ombres

TOM SAVAGE
Le Meurtre de la Saint-Valentin

JOYCE ANNE SCHNEIDER
Baignade interdite

JENNY SILER
Argent facile

BROOKS STANWOOD
Jogging

WHITLEY STRIEBER
Billy
Feu d'enfer

MAUD TABACHNIK
Le Cinquième Jour
Mauvais Frère
Douze heures pour mourir

THE ADAMS ROUND TABLE PRÉSENTE
Meurtres en cavale
Meurtres entre amis

Composition Nord Compo
Impression BCI, mai 2004
Editions Albin Michel
22, rue Huyghens, 75014 Paris
www.albin-michel.fr
ISBN 2-226-15384-5
ISSN 0290-3326
N° d'édition : 22536. – N° d'impression : 042315/4.
Dépôt légal : juin 2004.
Imprimé en France.

Pistes du CD :

1. Humeur
2. Peau de chagrin
3. Mal aimer
4. La paix attend son heure
5. Jardin d'Eden - Feat. Jay.S
6. Danser la Vie
7. Natur'ELLE
8. Je suis devenue Femme
9. Masculin Féminin
10. Bienvenue

Auteure et interprète : EstELLE Penain
Composition et direction artistique : David Keler
Collaboration artistique : Jérôme Sztajman
Featuring : Jay.S
Mastering : Chab
Production : Gaël Lichan – Kalavati Prod

Achevé d'imprimer en octobre 2018
sur les presses de la Nouvelle Imprimerie Laballery - 58500 Clamecy
Dépôt légal : octobre 2018 - N° d'impression : 808168

Imprimé en France

La Nouvelle Imprimerie Laballery est titulaire de la marque Imprim'Vert®